Kate Fenton · Farben im Schnee

Kate Fenton

Farben im Schnee

Roman

Aus dem Englischen von
Michael Windgassen

Kabel

Titel der englischen Originalausgabe:
THE COLOURS OF SNOW
Michael Joseph, London

Umschlag: Theodor Bayer-Eynck
Gesamtherstellung: Clausen & Bosse, Leck
ISBN 3-8225-0238-3

1 3 5 7 9 10 8 6 4 2

Für Ian,
der mir die Zeit und den Ort ermöglichte,
um dieses Buch zu schreiben,
in Liebe.

Oktober

Der Oktober war bislang enttäuschend. Naß, grau und moderig.

Ich stand am Fenster, drei Stockwerke über der Straße, und wartete darauf, Sebastians Lieferwagen aufkreuzen zu sehen. Ein Taxi schloß auf zu einem Bus der Linie 137. Dahinter ächzte ein Lkw unter der Last einer randvollen Ladepritsche. Wo blieb der Schuft?

Grauer Nebel lag über dem Park jenseits der ersten Baumgruppe. Im stumpfen Licht zeigten die Blätter nur ein rostiges Braun, statt golden oder orangefarben zu leuchten. Das Gras war nach dem langen und (für mich) unerträglich warmen Sommer so spröde und farblos wie billig gebleichtes Haar.

Vermutlich stellen sich die meisten Leute den Oktober öde, vergilbt und wüst vor. Für sie signalisiert der Oktober das Ende des Sommers, so wie der Winter das alte Jahr begräbt. Unstrittig ist, daß der Oktober eine Fülle von Beweisen für Vergänglichkeit und Zerfall liefert: faulende Früchte, dürres Laub, zerrupfte Blumenbeete.

Doch so spleenig es sich auch anhören mag, für mich war der Oktober immer ein Monat des Neubeginns, voller Verheißung und strotzend vor Möglichkeiten. Und das galt vor allem für diesen besonderen Oktober. Ich war darauf gefaßt, daß mein Lebensweg in den nächsten Minuten eine völlig neue Wendung nehmen würde, unwiderruflich...

Mit einem Stoßseufzer setzte ich mich vor mein Zeichenbrett.

Womöglich unterliegen meine saisonalen Stimmungen nicht zuletzt dem Rhythmus des akademischen Jahres. Das neue Schuljahr fing auch immer im Oktober an. Die Schule war mir zwar verhaßt, doch kann ich nicht leugnen, daß sie von Jahr zu Jahr, mit jedem Wechsel in die nächsthöhere Klasse, ein wenig erträglicher wurde. Auf die Schulzeit folgte ein vergnüglich turbulenter Lebensabschnitt im College, dessen Tore sich mir an einem kühlen Oktobermorgen öffneten.

Im Oktober zog ich mit Sebastian zusammen. Jahre später kaufte ich mir diese helle, wunderschöne Mansarde – im Oktober. Mein Besitzerstolz war nicht einmal während der letzten drei Monate verlorengegangen, in denen mir die Wohnung zunehmend zum Gefängnis wurde.

Aber immerhin – und dieser Gedanke tröstete mich, sooft die Gefahr drohte, in Selbstmitleid zu versumpfen – immerhin waren meine vier Wände mindestens ebenso dekorativ wie die eines alten Knastbruders. Meine Zelle schmückte nacktes, wollüstiges Fleisch, in klassischer Komposition und großzügig dimensioniert. Dabei handelte es sich nicht etwa um Ausschnitte einschlägiger Illustrierter, und erst recht nicht um Frauenfleisch.

An der Wand hinter meinem Zeichenbrett hing ein einziges, in Acryl gemaltes Bild – von einem nackten Mann in Lebensgröße. Liegend. Seine Haut, im warmen Kaminfeuerschein, hat das beigefarbene Gold festen Honigs. Das Haar ist zerzaust und schweißnaß vom erschöpfenden Liebesspiel (was den meisten Betrachtern des Bildes sofort ins Auge sticht). Die Lider sind vor Mattigkeit geschlossen, doch wenn er sie öffnen würde, kämen Augen darunter zum Vorschein, deren nur schwer bestimmbare Farbe irgendwo zwischen gold und erdbraun liegt. Er hat ein ausgesprochen freundliches Gesicht.

Während der sich träge dahinschleppenden Sommermonate hatte mich das Bild sowohl gequält als auch getröstet. Nun war ich traurig, es nicht mitnehmen zu können. Als Christopher, mein Galerist, das Gemälde gesehen hatte, hatte er es unbedingt für die Ausstellung haben wollen. Er akzeptierte sogar, daß es unverkäuflich ist und flehte mich an, es als kurzfristige Leihgabe der Galerie zu überlassen. Er meinte, es sei das beste Bild, das ich je gemalt hätte. Trotzdem, es durfte nicht an die Öffentlichkeit. Leider konnte ich Christopher nicht einmal den Grund meiner Ablehnung erklären, ohne zuviel zu verraten. Er war ziemlich eingeschnappt und sprach eine Woche lang kein Wort mit mir.

Die Ausstellung war gestern abend für geladene Gäste eröffnet worden. Billiger, gut gekühlter Sauvignon wurde aus eleganten Sektflöten genippt, die sich Christopher ausgeliehen hatte, und es hagelte Komplimente.

»Natürlich versuchen alle nur nett zu sein. Sie haben Angst davor, was passiert, wenn du wütend wirst«, zischelte mir Christopher gehässig zu, als er lächelnd an mir vorbeieilte. Er hatte mir immer noch nicht verziehen, daß ich den Akt zurückgehalten hatte.

Ich betrachtete meine Werke – diesig wabernde Hügel, aus zahllosen Graustufen zusammengesetzte Mauern, spiegelglattes Wasser und Menschen, die zur Stille ihrer Umgebung paßten –, ich betrachtete sie und fragte mich, warum ich nicht bei meinem Sujet geblieben war und Stadtszenen gemalt hatte. Ich konnte mir nicht vorstellen, daß meine simple Kleckserei diesem illustren, kritischen Publikum irgend etwas sagen mochte. Ich war schrecklich verlegen und kam mir vor, als hätte ich Marsbewohner aufgefordert, ein Kricketspiel zu würdigen.

Sebastian war nicht gekommen. Er ging nie zu Vernissagen und schien auch unter den besonderen Umständen zu keiner Ausnahme bereit zu sein. Ich heuchelte Gleichgültigkeit, war selber nicht einmal sicher, ob mich sein Fehlen kränkte oder nicht. Ich hatte den Verdacht, daß er am heutigen Morgen, womöglich in diesem Augenblick, in der Galerie sein und seine unerbittlich kritischen Blicke über Christophers raffiniert beleuchtete Wände werfen würde. Mir doch egal, was er davon hält, redete ich mir ein. Ich wollte seine Meinung gar nicht wissen.

Wissen wollte ich bloß, wo zum Teufel er steckte. Wieder ging ich ans Fenster. Die Straße unter mir war nun leer. Im Park tollte ein schwarzer Hund auf dem stoppeligen Rasen herum und jagte seinem Schwanz nach.

Nur keine Panik. Nicht aufregen. Ruhig Blut.

Sebastian hatte vor zwei Monaten einen Anrufbeantworter angeschafft. Zu meinem Nutzen, wie er vorgab. Wie hätte er sonst den Besitz eines solchen bourgeoisen Spielzeugs rechtfertigen können? Vor einer Stunde hatte ich angerufen und eine Nachricht hinterlassen, und zwar im Tonfall bewundernswert tiefgestapelter Hysterie, wie ich fand. Aber vielleicht hätte ich doch ein bißchen mehr Dampf machen sollen. Hoffentlich hörte er bald das Band ab.

Auf dem Schreibtisch vor mir lag der Ausstellungskatalog.

WINTER IN YORKSHIRE

(Der Titel geht nicht auf mich, sondern auf Christopher zurück; ich finde ihn aber durchaus unverfänglich und angemessen.)

Aquarelle und Acrylbilder von Frances Cleverdon.

Titel und Preise der einzelnen Bilder waren auf seidenen, taubengrauen Karten aufgelistet. Christopher bewies in solchen Dingen einen exklusiven Geschmack, den er sich auch nur deshalb leisten konnte, weil er happige Prozente einstrich. Auf dem Deckblatt war eins der ausgestellten Werke abgebildet.

Ich hatte nicht den Mut gehabt, Christopher zu sagen, daß auch dieses Gemälde unverkäuflich ist. Lächerlich, nicht wahr? Aber nach unserem letzten Krach war ich vorsichtig geworden. Also hatte ich eine Strohfrau beauftragt, ANGLER I zu kaufen, sobald die ersten Gläser Wein vom Tablett gehoben würden. Rosie sagte mir anschließend, daß ihr fast das Herz in die Hose gerutscht sei, als sie den Scheck unterschreiben mußte, ausgestellt auf eine Höhe, die ihren Dispo um das Dreifache überstieg. Ich versprach ihr, daß sie das Geld auf dem Konto hätte, bevor die Galerie zur Kasse bitten würde.

So würde ich eins meiner eigenen Bilder kaufen. Natürlich würde ich noch einen Preisnachlaß herauszuschlagen versuchen und Christopher um seine Provision bringen. Aber was sollte ich machen? Das Bild war bereits einem anderen versprochen.

Es zeigte den Oktober, so wie er sein sollte. Wie in meiner Vorstellung der Oktober immer war…

I

Stellen Sie sich einen großen, dicken Bären vor. Er starrt aufs glasklare Wasser, das um seine Sieben-Meilen-Gummistiefel sprudelt. Er wirkt verstört. Anscheinend ist Wasser für ihn ein ganz fremdes Element.

Er trägt einen verbeulten Tweed-Hut, der auf seinem gewaltigen Bärenschädel eierbecherklein aussieht. Für seinen bauchigen, beigefarbenen Pullover müssen mindestens drei Schafe geschoren worden sein. In der einen Pranke hält er ein Röhrchen, und ich bin – selbst aus der Distanz – bereit zu schwören, daß es sich um eine Packung Smarties handelt. Beim Hervorkramen aus einer der unergründlich tiefen Taschen seiner Reithose hat Meister Petz dummerweise den Verschluß abgerissen, und die bunten Pillen sind in den Fluß gehagelt. Deshalb gafft er so, rätselnd und bekümmert, zuerst auf das Röhrchen, dann auf die verräterischen, in sich verlaufenden Wasserringe rund um seine Beine.

Das war das Bild, das sich mir an einem rotgoldenen Oktobernachmittag unten am River Wrag bot.

Meiner Erfahrung nach bleiben die schwungträchtigsten Angelpunkte, um die das eigene Leben rotiert, zur Zeit der Wende oft unerkannt. Jedenfalls ist mein Lebenslauf weniger von wohlüberlegten Entscheidungen bestimmt worden als vielmehr von Absurditäten. Ich bin stets überrascht worden von diesen Momenten, die meist getarnt einsetzen und harmlos scheinen wie Spiegeleis auf der Fahrbahn. Plötzlich und ohne eigenes Zutun hat man eine ganz neue Richtung eingeschlagen.

Ein Beispiel: Ich war auf dem Weg zu einem Vorstellungsgespräch nach Hull, verpaßte den Zug und landete an der Kunstakademie in London. Und jetzt: Tagelang hatte ich die ein, zwei Angler ignoriert, die da unten lustlos ihre Angeln auswarfen und am Ufer auf und ab spazierten. Die Tatsache, daß ich genau in dem Augenblick zum Fenster rausschaute, als dieser riesige, bärenhafte Kerl sein Naschzeug ins Wasser fallen ließ – diese Tatsache leitete einen ähnlichen, vielleicht sogar noch gravierenderen Kurswechsel in meinem Leben ein.

Damals platzte ich beinahe vor Lachen. Verschanzt hinter dem Schiebefenster hoch oben über dem Fluß, brauchte ich nicht zu fürchten, die Gefühle von Meister Petz zu verletzen. Von unwiderstehlichen Lachkrämpfen geschüttelt, ließ ich mich mit einem Plumps auf das schütter gepolsterte Sommerhaussofa fallen.

Ich weiß nicht, warum mir dieser Anblick so komisch vorkam. Vielleicht war er gar nicht komisch. Mag sein, daß mir die sieben einsamen Tage aufs Gemüt geschlagen waren. Wer allein in einem leeren Haus zu lachen anfängt, fühlt schnell den Wahnsinn näherrücken. Und außerdem, sollten Sie einmal so schrecklich niedergeschlagen sein, wie ich es war, würden Sie auch über alles lachen und sei es nur, um nicht heulen zu müssen.

Minuten vorher hatte ich noch vor einem Riesenbogen jungfräulich weißen Zeichenpapiers gehockt, der auf dem Tisch ausgebreitet lag, und war zu dem Schluß gekommen, daß mein Vorhaben ein Fehler sei. Ich war, wie mir dämmerte, einem Mythos zum Opfer gefallen. Sebastian hatte recht gehabt.

»Du bist nicht mehr bei Trost, Fanny«, war sein Kommentar gewesen, als ich ihn in meine Pläne eingeweiht hatte. »Viele meinen zwar, daß nur die Umgebung hübsch sein muß, um schöne Kunstwerke produzieren zu können, aber das ist ein Märchen. Schönheit ist hier...« Er zeigte nicht auf die Augen (stellvertretend für die des Kunstbetrachters) und auch nicht zum Kopf, sondern er tippte auf die Brust. Ich glaube, er hatte die Seele im Sinn. Sebastian stammt aus einer irisch katholischen Familie und kommt immer gern auf die Seele zu sprechen, obwohl oder gerade weil sein Lebensstil darauf angelegt ist, sie, die Seele, in Gefahr zu bringen. »Ich mag das Landleben, und du sicher auch. Als Besucher. Doch du bist eine Stadtschwalbe und kein Land... such dir ein Tier aus. Wie dem auch sei, du drehst durch da draußen.«

Ich redete mir damals ein, daß er nur nach Vorwänden suchte, um mich in London zu halten. Daß ich nicht lache.

Ha, ha. Wenn Sebastian der Arbeitseifer packt, kann gut und gern ein Monat vergehen, bevor er merkt, daß ich weg bin.

»Und wer gibt dir Ratschläge, wenn ich nicht zu erreichen bin?« hatte er hinzugefügt. »In den kommenden Wochen kann ich unmöglich mal eben nach Yorkshire hoch.«

»Ich will deinen Rat nicht«, zischte ich wütend. »Seit zwei Jahren bekomme ich von dir bloß zu hören, daß meine Malerei Mist ist. Auf die Hilfe kann ich gut verzichten.«

»Wenn du ein ehrliches Wort nicht verträgst, komm nicht zu mir«, entgegnete er kühl. Es gab Zeiten, da sah ich in Sebastian mit seinem schmalen, bleichen Gesicht und den hellblauen Augen eine Art frühchristlichen Märtyrer. Auf den Scheiterhaufen gebunden, würde er mit gelassener Miene die glimmenden Reisigbündel betrachten und sich dabei zur reinen Wahrheit bekennen, so wie er sie sieht.

Gerald sagte immerhin – und ich glaubte ihm aufs Wort – daß er mich sehr vermissen würde –, zwischendurch, wenn ihm Zeit blieb auf seinen Spritztouren auf Firmenrechnung, während des zwölfstündigen Arbeitstags in der City und bei seiner Frau und den beiden Kindern in Hertfordshire.

»Wo liegt der Fleck überhaupt? Ich hab ihn nicht einmal auf der Karte gefunden.«

»Ein Tal in den Mooren von North Yorkshire, Gerald. Ein altes Cottage, an die vier Meilen vom Dorf entfernt. Ich finde, das klingt idyllisch.«

»Dir ist doch klar, Frances-Liebling, daß du da oben von jetzt bis Ostern eingeschneit sein wirst, oder?«

Also sprach der waschechte Südmensch. Als eine, die aus der Gegend von Manchester kommt, war mir dagegen klar, daß ich weder Skier noch Hundefutter für die Huskies einzupacken brauchte. Aber mit einem solchen Wetter hatte auch ich nicht gerechnet. Täglich gab es neue phänomenale Rekorde an Hitze und Sonnenschein.

Mehr noch: Kein Künstler hätte sich eine schönere Landschaft als Wrag Valley wünschen können. Das Cottage, das ich für die Wintermonate gemietet hatte, klebte an einem Südhang über dem Lachsfluß. Eine Woche lang hatte ich zugesehen, wie die Moore unter der fulminanten Herbstsonne vom Violett ins Braune rösteten. Die welken Farnfelder auf den Hügeln leuchteten heller als die polierten Messingkrüge der Ortskneipe. Die letzten prallen Brombeeren schimmerten heimlich aus der Hecke rund um meinen verwilderten Garten, und die Äpfel an dem Baum unten am Fluß waren, wenn auch klein, so doch warm von der Sonne und süffig süß wie Qualitätsportwein.

Als ich vor acht Tagen hier ankam, hatte ich sofort den schweren, quadratischen Tisch unters Wohnzimmerfenster bugsiert, um Licht und Panorama voll ausnutzen zu können. Eine verworfene und klein zusammengefaltete Skizze glich Unebenheiten zwischen Fliesenboden und Tischbeinen aus. In der windschiefen Fensterluke der zwei Fuß dicken Außenwand lag mein Blechkasten mitsamt dem Wust an Blei- und Pastellstiften, Kreidestücken, feinen und groben Pinseln und Schmierlappen – all dem gebräuchlichen Kram eines Malers.

In diesen acht Tagen hatte ich nichts gemalt.

Es soll aber niemand glauben, ich sei einer jener Kleckser, die mit gezücktem Pinsel darauf warten, daß Inspiration vom Himmel fällt. Ich hätte auch einen Stift zur Hand nehmen und ein x-beliebiges Ding zeichnen können – aber da bot sich einfach nichts an, was gezeichnet werden wollte. Jedenfalls nicht von mir. Und so mußte ich einsehen, daß Sebastian völlig recht hatte. Mein Milieu waren nicht Hügel, sondern Häuser, Straßen und keine Hecken, fließender Verkehr und keine lachshaltigen Gewässer.

Bis ich aufblickte und diesen Angler sah. Was ich an ihm so besonders fand, war mir nicht klar. Ich hatte den seltsamen Kerl schon vorher dort unten gesehen und war unbeeindruckt geblieben. Doch diese eine Szene reizte mich derart, daß ich, nachdem ich zu lachen aufgehört hatte, zum Fotoapparat langte.

Draußen machte sich die Sonne schon daran, wie eine schwere Goldmünze hinter den Horizont zu rutschen. Mit der Polaroid (mir standen in diesen Tagen nicht weniger als drei verschiedene Kameras zum Spielen zur Verfügung) eilte ich zur Hintertür. Als ich aber in die warme Luft hinaustrat, zeigte sich das Ufer da unten verwaist. Nicht eine einzige Welle kräuselte die glasklare Oberfläche des Wassers. Wo war Meister Petz? Mir erschien es unmöglich, daß ein solcher Hüne so plötzlich und restlos verwinden konnte. Dann entdeckte ich ihn. Verdeckt von einem kipplig schiefen Baum, watete er langsam und stetig flußaufwärts, weg von meinem Haus. Das Wasser quirlte um seine strammen, gummigestiefelten Beine.

»Bleiben Sie«, rief ich ihm zu. »Bitte. Einen Augenblick.«

Er hielt inne, schaute sich um und war sichtlich erschrokken, mich wie eine schwarze Vogelscheuche mit schlackernden Blechohrringen von Grasbüschel zu Grasbüschel den Garten hinunterhüpfen zu sehen. Zur Arbeit ziehe ich mich an, wie's mir behagt und nicht um das Geschmacksempfinden anderer Leute zu bedienen.

Überstürzt kletterte ich die Uferböschung hinunter.

»Ich würde sie gern beim Angeln fotografieren, ein paar Schnappschüsse machen«, sagte ich. »Zu Studienzwecken. Für ein Gemälde...«

Meister Petz zuckte freundlich mit den Achseln, kehrte um und kam auf mich zu.

»W-w-wo hätten Sie mich denn gern?«

An der Stimme stimmte nichts. Ich hatte die für Yorkshire typischen kehligen Grunzlaute aus seinem Mund erwartet. Statt dessen tönten seine Worte so sonor und musikalisch wie die eines Ansagers vom dritten Programm, mit der gleichen paradoxen Mischung aus Leutseligkeit und schrecklich britischer Schüchternheit. (*Ich würde es normalerweise nie wagen, in Ihr privates Wohnzimmer einzudringen*, implizieren diese honigsüßen Stimmen der Herolde unserer Kulturwellen, *dachte mir aber, daß Sie vielleicht das Konzert zu hören wünschen, live aus dem Konzertsaal des Funkhauses, etc. pp...*) Der kleine Sprachfehler betonte die Schüchternheit des Anglers.

Ich lächelte so gewinnend wie möglich. »Bleiben Sie einfach da, wo Sie sind. Wenn's recht ist...«

Er nickte und machte sich wieder an seiner Angelschnur zu schaffen. Ich drückte ab und musterte den Mann, während sich das Polaroid entwickelte. Er war überraschend jung. Das heißt: überraschend für mich. Ich bin immer davon ausgegangen, daß das Angeln – wie Rosenzucht oder Bowling – nur für Männer ab Pensionsalter interessant ist. Doch dieser Angler dort schien nicht viel älter als ich zu sein. Ich war neunundzwanzig. Er mochte Anfang Dreißig sein. Allerdings war sein Gesicht, wie bei Engländern oft der Fall, frisch, offen und ewig schulbubenhaft.

Er paßte in die Landschaft wie der Baumstumpf hinter ihm und war kaum weniger massiv. Sein Haarschopf war so hell und wirr wie Heu, und das Gesicht, auf einen Punkt flußaufwärts gerichtet, entrückt und verklärt wie die Miene eines tibetanischen Mönchs – dieses Gesicht also schimmerte golden in der untergehenden Sonne. Die Angelrute hing schräg in der Luft, so ruhig wie der geschwungene Bug einer arabischen Dau. Den ersten Schnappschuß schaute ich mir kaum richtig an, so eilig hatte ich es, ein zweites Bild zu machen, bevor das Licht nachließ.

Ich finde, daß ein Körper enorm viel über die Person aussagt. Ich spreche nicht von nackten Körpern (zumindest nicht in diesem Fall), sondern einfach nur davon, wie Leute ihre Glieder halten oder bewegen. Besonders originell ist dieser Gedanke wohl kaum. Immerhin ist Ballett nichts anderes als die Kunst des Ausdrucks durch Pose und Geste. Beim Malen jedoch sagt mir die Art, wie jemand steht oder sitzt, mehr als Worte. Wenn Leute, was tatsächlich manchmal vorkommt, Modell für mich stehen, rauscht mir das, was sie sagen, am Ohr vorbei wie Hintergrundmusik aus dem Radio. Die meisten (echte Profimodelle natürlich ausgenommen) plappern nervös drauflos, während sie gemalt werden. Dem Gerede ist allerdings kaum ein Hinweis auf ihre Person zu entnehmen; viel aufschlußreicher sind die Äußerungen ihrer Körper, und darauf gebe ich acht.

Vor kurzem ließ sich der junge Besitzer einer Restaurantkette von mir malen. Während der zwei ausgedehnten Sitzungen beschrieb er haarklein den immensen Erfolg seines Unternehmens: wie die Gründung erfolgte, wie er zusammen mit seiner sowohl schönen als auch talentierten Frau die Geschäfte leitete und wie er sich die bald fällige Expansion vorstellte. Jedes seiner Worte sprühte vor Zuversicht und *joie de vivre*. Ich aber war malend, durch intuitive Schau sozusagen, zu einer ganz anderen Einschätzung gekommen. Die spitzwinkligen Schulterblätter, der verkrampfte Aufwärtsdreh seines teuer beschuhten Fußes, ja, jede Körperkontur zeugte unübersehbar von Angst. Nackter, panischer Angst. Eine Woche nach Auszahlung meines Honorars ging er pleite.

Aber selbst ich lasse mich vom äußeren Eindruck immer wieder in die Irre führen. Ergeht's uns nicht allen so? Dünne Leute sind leicht reizbar, mollige gutmütig, gutaussehende Männer sind arrogant, schöne Frauen biestig. Spontan hatte ich meinen wollbestrickten Riesen zu den Gutmütigen geschlagen. Und weil er in dieser überaus friedlichen und prachtvollen Landschaft angelte, also einer durch und durch beschaulichen Beschäftigung nachging, rechnete ich ihm ein ruhiges und zufriedenes Gemüt zu. Ein fröhlicher Landsmann in Muße.

Als ich aber meine Kamera hob und ein zweites Mal den Auslöser drückte, fiel es mir wie Schuppen von den Augen. Schlagartig, fast schockierend, wurde mir klar, daß ich mich in ihm getäuscht hatte. Der entrückte Gesichtsausdruck, die hängenden Wollschultern, der nach unten verzogene Mund – all das zeugte beileibe nicht von Ruhe und Zufriedenheit. Mein angelnder Bär war ein Ausbund an Melancholie.

Ich riß das zweite Foto aus dem Apparat und der Plastikkassette, die ich zwischen Ellbogen und Brustkasten geklemmt hatte – zu heftig: die Kassette fiel zu Boden und purzelte über den Grasrand ins Wasser. Meine Flüche waren alles andere als salonfähig.

Dem Angler fuhr der Kopf herum; meine Ausdrücke hatten ihn sichtlich aufgeschreckt.

»'Tschuldigung«, murmelte ich.

Er watete herüber, fischte die Kassette aus dem Fluß und schlenkerte das Wasser ab, bevor er sie mir zurückgab.

»Haben Sie das Foto?«

»Ja. Danke.«

»Ich bin g-geschmeichelt, darauf abgebildet zu sein«, sagte er mit höflichem Lächeln und hob eine seiner mächtigen Pranken – zum Abschiedsgruß.

Ich wollte, daß er bleibt, spürte ein heftiges, ganz und gar irrationales Verlangen, ihn zurückzuhalten und mit ihm zu reden. Irrational, weil Wald- und Wiesentypen noch nie mein Fall gewesen waren. Zotteligen Bären zog ich schlanke, dunkle, clevere Straßenkater vor.

Aber bevor ich mir einen Vorwand ausdenken konnte, war er außer Hörweite; ja, er watete so schnell davon, daß es schien, als hätte er die Flucht ergriffen.

Lamp Lodge lag am Ende einer asphaltierten, aber dennoch tief zerfurchten Fahrspur, die sich in Serpentinen vom Hang ins Tal schlängelte. »Der Himmel sei mir gnädig, wenn hier tatsächlich Schnee liegt«, hatte ich gestammelt, als ich am Tag meiner Ankunft diese Piste runterschlich, den Fuß fest auf der Bremse.

Eigentlich führte der Weg am Cottage vorbei und folgte in etwa dem Flußlauf um ein, zwei Felder weiter, war aber mit dem Wagen kaum mehr passierbar. Der heiße, trockene Herbst hatte die Rillen und Schlaglöcher tückisch verkrusten lassen. Bei Regen, so stellte ich mir vor, mochte die Fahrt darüber zu einem sumpfig schmatzenden Alptraum ausarten. Freiwillig würde ich unter keinen Umständen die empfindliche Federung meines Wagens riskieren. Ein solcher Weg taugte allenfalls für kaltblütige Zugmaschinen, nicht aber für mein feuriges Rassegefährt.

Die Spur am Fluß entlang erwies sich jedoch als Abkürzung ins Dorf. Die Strecke nach Thornbeck – den Lamp Hill hinauf, hoch über Thornbeck Top, vorbei an der Wheatsheaf-Kneipe und hinab – betrug, wie ich nachrechnete, vier lange, gewundene Meilen. Zu Fuß und eben dieser Lehmspur folgend, war man nach knapp einer Meile am Ziel. So dicht bei anderen menschlichen Behausungen zu sein überraschte und enttäuschte mich auf seltsame Weise. Vor allem aber wunderte ich mich, warum die Schlammpiste noch nicht befestigt worden war.

Mr. Danby, der Milchmann, hatte die blumigste Erklärung auf Lager. »Leichenweg«, sagte er.

»Wie bitte? Heißt der etwa so?«

Er schüttelte den Kopf. »Lamp Lane – wenn's dafür überhaupt einen Namen gibt. Aber irgend so'n Historiker, der letzten Sommer in Ihrem Haus wohnte, hat mir davon erzählt. Solche Wege sind etliche angelegt worden. Um Särge zu transportieren, von alten Bauernhöfen aus. Ich für mein Teil würde auch nicht gern einen Sarg über Lamp Hill karren. Sie etwa?« Er dämpfte die Stimme. »Im Ernst, außer Leichenwagen ist hier noch nie was gefahren.«

»Ach was, Sie wollen mich wohl auf den Arm nehmen«, sagte ich. »Es kommen doch täglich Traktoren vorbei, und ich wette, daß der Weg früher auch von ganz normalen Pferdekarren benutzt worden ist. Gleich wollen Sie mir bestimmt noch weismachen, daß um Mitternacht gespenstische Trauerzüge hier heruntermarschieren.«

»Wenn's ein Gespenst bei uns gibt, dann kann es sich dabei nur um den alten Landjunker handeln, der hier rumschleicht, um eins seiner Liebchen zu besuchen«, entgegnete Mr. Danby mit geheimnisvollem Augenzwinkern. »Das war ein ganz eigener, der alte John Vaisey. Zu geizig, um auch nur einen einzigen Penny für die Straßen rund um seinen Besitz auszugeben. Deshalb sieht's jetzt hier so aus. Sie werden nicht erleben, daß heutzutage ein Auto den Weg runterkommt.«

»Manchmal doch«, sagte ich. »Nachts. Da hab ich schon mal ein Auto vorbeifahren hören.«

Mr. Danby sah mich mit skeptischer Miene an. »Wahrscheinlich war's oben auf der Hügelstraße.«

Vielleicht. Ich wollte mich nicht festlegen. Die Stille auf dem Land ist außerordentlich, besonders im Vergleich zum ständigen Geräuschpegel der Stadt. Ein Auto, das anderthalb Meilen entfernt den Hügel hochspurtet, könnte sich durchaus so anhören, als würde es an meinem Fenster vorbeifahren. Tagsüber war allerdings nie ein Wagen in Sicht. Hier bewegte sich einfach nichts, abgesehen von dem seltsamen Trecker, der eins dieser furchteinflößenden zackigen Folterinstrumente, die man sonst auf den Höfen rosten sieht, hinter sich herzog. Ja, und immer wieder tauchten auch einige bunt ausstaffierte Wandervögel auf.

Einen Tag nach meiner Begegnung mit Meister Petz folgte ich einer Gruppe von Spaziergängern über die Lamp Lane ins Dorf. Den Morgen hatte ich mit Wäschewaschen vertrödelt, und ich suchte nach einem Vorwand, mich nicht meiner eigentlichen Arbeit stellen zu müssen. Papier, Stifte und Pinsel schreckten mich ab.

Nach einer Meile etwa gabelte sich der Weg. Linkerhand knickte er scharf ab und führte quer durch ein ausgetrocknetes Flußbett, das ein trauriges Bild bot. Parallel zur Furt verlief, weit aus dem wasserlosen Grund herausragend, eine Reihe fester, flacher Trittsteine, auf denen man auch bei steigender Flut das gegenüberliegende Ufer trockenen Fußes erreichen konnte. Allerdings lohnte es kaum, diese Brücke zu überqueren, denn auf der anderen Seite war ein schweres Tor mit der Aufschrift: THORNBECK MANOR. PRIVAT.

Ich bog nach rechts ab und erreichte wenig später Thornbeck – ein kleines Nest: eine Kneipe, eine Kirche und kein einziger Laden, außer jenem umgebauten Vorderzimmer eines der Cottages, das an zweieinhalb Tagen der Woche als Postbüro diente. Len verkaufte auch Eiscreme an Spaziergänger, schauderhafte Gipsfiguren für den Garten und abgegriffene Grußkarten, die sich durch lange Verse im Inneren sowie durch kitschigfarbene Rosen oder scheue Häschen auf dem Deckblatt auszeichneten. Ich fragte mich wieder einmal, ob es hier in Thornbeck überhaupt möglich war, ohne Auto zu überleben. Man brauchte doch schließlich mehr als Gipsgnome und Schokoeis am Stil.

Es gab ein paar Häuser, vielleicht zwei Dutzend, allesamt, soweit ich sehen konnte, aus Feldstein. An zweien hing jeweils ein weißes Schild mit gotischen Lettern in Schwarz, die Bed and Breakfast anpriesen. Eine der beiden Unterkünfte hatte sogar fließend Kalt- und Warmwasser zu bieten. Das Dorf war wie aus dem Bilderbuch.

Im Winkel zwischen meinem lehmigen Pfad und der Dorfstraße wucherte hinter einer niedrigen, aber schmuckvoll behauenen Steinmauer ein üppiges Dickicht aus Rhododendren. Ich konnte mir lebhaft vorstellen, wie prachtvoll sie im Frühling blühen würden. Doch das dichte, dunkle Laubwerk – und so zeigen sich diese Sträucher ja den Rest des Jahres – machte einen beengenden, düsteren Eindruck auf mich. Da war wieder ein schweres Tor, aus schwarz lackiertem Schmiedeeisen und mit mattgoldenen Speerspitzen. Es stand offen. Von Drähten gehalten, baumelte krumm und schief eine Holztafel an zwei der Speerspitzen. Darauf stand zu lesen: THORNBECK MANOR und PRIVATWEG. Der gegenwärtige Squire (falls es denn in unserer demokratischen Zeit ein solches Wesen überhaupt noch gibt) schien gebührlich scharf darauf zu sein, sein Terrain zu markieren und vor der Welt abzuschirmen.

ZUR VERWALTUNG. HINTER DER KIRCHE RECHTS, hieß es weiter. Den Weg konnte ich mir sparen. Ich kannte das Verwaltungsbüro nämlich schon. Es befand sich in einem Gebäude, das früher einmal zweifellos als

Schulhaus gedient hatte. Am Tag meiner Ankunft war ich dort gewesen, um den Schlüssel für das Cottage abzuholen, denn Lamp Lodge gehörte mit zum Grundbesitz von Thornbeck.

Planlos und sporadisch fotografierte ich im Dorf herum und kaufte die Lokalzeitung sowie ein paar Postkarten, deren Ansicht mit dem Original allerdings nicht viel Ähnlichkeit hatte. Die retuschierten Grashügel strahlten ampelgrün, die Schafe persilweiß. In Wirklichkeit sahen die Felder khakifarben aus, und die Schafe, die vor mir Reißaus nahmen, waren so dreckig wie der trockene Lehm unter meinen Füßen.

Auf dem Rückweg sammelte ich Blätter, Beeren, Blumen und trockene Grashalme und zupfte sogar Wollbüschel von einem Stacheldrahtzaun, an dem Schafe vorbeigezogen waren. Zu Hause angekommen, schnitt ich Schlagzeilen aus der Zeitung aus, mischte die Ansichtskarten, kippte meine Ernte über den Tisch und spielte lustlos darin herum. Mit anderen Worten: Ich versuchte all die alten Tricks, um mich zu inspirieren. Fehlanzeige. Am Ende las ich die lokalen Nachrichten.

Und als ich aus dem Fenster sah, war Meister Petz wieder da, gleich unter dem Apfelbaum, wo der Fluß an tiefem Morast und ausgewaschenen Wurzeln entlanggluckert. Dort stand er und tunkte die Angel ins Wasser.

Ich warf einen Blick auf die Armbanduhr und einen zweiten in den Spiegel. Das schäbige T-Shirt konnte mir egal sein; immerhin sah ich seit meiner Ankunft schon viel gesünder aus. Vorher war ich bleich wie ein Grottenolm gewesen und noch dünner als sonst. Ich zog das Gummi aus den Haaren, flauschte die etwas schmuddeligen Locken auf und schlenderte – nonchalant diesmal – zum Ufer hinunter.

»Es ist nach fünf«, sagte ich. »Wie wär's mit einem Drink?«

»Tja...«

Er trug einen Ehering am Finger. Womöglich fühlte er sich von mir angemacht. Es wäre gelogen zu sagen, daß ich von verheirateten Männern die Nase voll hatte. Er lächelte – auf die höfliche Nein-danke-Art.

»Ach, wahrscheinlich wartet Ihre Frau auf Sie«, sagte ich

heiter, streng darauf bedacht, meine Einladung ganz harmlos erscheinen zu lassen, »mit trockenen Sachen und einem noch trockeneren Martini.« Ich lachte aufmunternd.

Keine Reaktion. Oder doch: Er schaute weg, konnte aber nicht verbergen, wie sehr sich sein großes, offenes Gesicht schmerzlich verkrampfte. Er schüttelte den Kopf.

»N-n-nein«, antwortete er, so leise, daß ich ihn kaum verstand.

Um Himmels willen, dachte ich; ob sie gerade gestorben ist? Oder mit dem Gärtner durchgebrannt?

»Ich hab eine gute Flasche Weißen im Kühlschrank«, sagte ich schnell, »und sie allein für mich zu öffnen, wäre Verschwendung.« Oh, wie ungeschickt; er mußte von mir denken, daß ich Angst vorm Alleinsein hatte. Also versuchte ich eine scherzhafte Wendung. »Schließlich schickt es sich nicht, heimlich und im stillen zu trinken, oder?« Tatsächlich bin ich davor noch nie zurückgeschreckt. »Über eine Woche starre ich nun schon auf einen Tisch voll von leeren Zeichenbögen und fürchte langsam durchzudrehen.« Die Wahrheit drängt ans Licht.

Er verzog den Mund auf eigentümliche Weise, die mir verriet, daß er die Einladung überdachte. »O-offenbar«, sagte er schließlich, »komm ich nicht drumrum, Ihnen Ge-gesellschaft zu leisten. Ehm, nun ja... vielen Dank.« Er fand eine geeignete Trittstelle in der Uferböschung und hievte sich aus dem Wasser.

»Ich geh schon mal vor und öffne die Flasche«, sagte ich und ließ ihm Zeit, sein Gerät zusammenzupacken.

Im Vorbeigehen pflückte ich einen Apfel vom Baum und biß in die rosige Seite. Er schmeckte so süß wie erwartet.

2

Mein Besucher mußte sich ducken, um unter dem steinernen Türsturz hinweg in die Küche zu gelangen. Dabei zog er den Hut vom Kopf und klemmte ihn unter den Arm. Wie alle Räume hatte auch die Küche einen Blick aufs Tal. Das Mobiliar war karg und in einem wäßrigen Himmelblau gestrichen. Zum Glück bot der Kühlschrank viel Platz.

Ich reichte ihm ein beschlagenes Glas. Es enthielt – um ganz genau zu sein – den elsässischen Gewürztraminer »Hugel«, Jahrgang 1976. Früher, bevor ich einen Haufen Geld dafür bekam, Wände auf Türen und Türen in Wände zu malen (so jedenfalls sah es Sebastian), und bevor ich Gerald kennenlernte, hatte es für mich bloß drei verschiedene Weinsorten gegeben: weißen, roten und Schampus. Daran tat ich mich wahllos gütlich. Heute lege ich zuerst die Stirn in Falten, um das Etikett zu studieren, empfinde dann denselben Genuß, habe aber die Auswahl meinen schmucken neuen Kreditkarten überlassen. Das Auto hatte während der gesamten Strecke über die A 1 unter der Last der Weinkisten geächzt. Und, ich gestehe voll Scham, unter Delikatessenplunder. Stadtmenschen sind ignorant und mißtrauisch wie viktorianische Afrikapioniere: Sie glauben in der Wildnis ländlicher Gebiete nicht ohne einen halben Supermarkt im Kofferraum überleben zu können.

Interessiert beobachtete ich, wie er das Glas schwenkte, mit Wonne daran schnupperte und einen herzhaften Schluck im Mund hin und her rollen ließ, bevor er ihn schluckte. Dann sah er mich an und lächelte. In diesem Moment war mir die erschreckend teure Flasche jeden Penny wert, denn die Freude in seinem Gesicht machte (zumindest einstweilen) den Trübsinn vergessen, der bestimmt noch in mir steckte. Verborgen vielleicht, aber wirksam.

»G-g-göttlich«, bemerkte er und wies mit markiger Geste auf das, was er trank. Äußerungen dieser Art beeindrucken mich so sehr wie die Wassersuche per Wünschelrute.

»Sie mögen Wein.«

»Ich liebe Wein«, gab er zu wie jemand, der eine unsägliche Sünde beichtet, »aber normalerweise kommen für mich nur b-billigere Sorten in Frage – nicht solche erlesenen. Meine Frau hat mir hin und wieder einen Kasten Elsässer mitgebracht. Der schmeckt b-besonders...«

Wieder so ein unverlangter, beiläufiger Hinweis auf die Partnerin, dachte ich, registrierte aber die Vergangenheitsform und wunderte mich aufs neue.

»Mir auch«, sagte ich. »Aber Smarties sind auch nicht übel.«

Er wurde rot wie ein Schuljunge. »Sie haben mich g-gestern beobachtet.«

»Nur unter dem Blickwinkel der Kunst. Sie sahen richtig traurig aus und standen so hilflos da, als die Dinger baden gingen.«

»Eine ältere Frau von der Peel Farm steckt mir immer ein Röhrchen zu, wenn ich sie besuche. Mit sieben Jahren hab ich ihr, wenn ich mich recht erinnere, mal gestanden, ganz wild darauf zu sein«, fügte er hinzu. Er war so höflich, so förmlich. Immer freundlich zu älteren Damen und zweifellos auch zu allen anderen schwachen Wesen. Ein Überbleibsel aus vergangener Zeit. »In ihren Augen ist man mit fünfunddreißig Jahren w-wahrscheinlich immer noch schulpflichtig.«

»Und Sie – armer Kerl – müssen das Zeug wohl schlucken, um ihr zu gefallen, wenn ich das richtig sehe.«

»Ich...« Für einen Moment beäugte er mich verunsichert, und es schien, als sei er nicht daran gewöhnt, belächelt zu werden. »Ich mag Schokolade gern«, gab er grinsend zu. »Mehr noch, ich bin schrecklich v-versessen auf alle fleischlichen Gelüste. Was man mir wohl auch ansieht.«

Im winzigen Cottage wirkte er noch größer als am Flußufer. Er maß an die zwei Meter – auf Socken, denn die grünen Gummistiefel hatte er vor der Schwelle stehenlassen. Mit dem Scheitel reichte ich ihm kaum bis zur Schulter. Dick war er nicht, aber mächtig stabil. Ich fragte mich, ob sich meine Hände wohl hinter seinem Rücken treffen würden, wenn ich ihn umarmte. Gegen einen Probeversuch hätte ich nichts einzuwenden gehabt.

Aber er hielt mir die Pranke hin.

»Entschuldigung. Ich habe mich noch gar nicht v-vorgestellt. Ned Cowper, f-f...«

»Frankie Cleverdon«, sagte ich und sprang in die Bresche – wozu man bei Stotterern allzuleicht geneigt ist. »Ich habe das Haus für den Winter gemietet.« Seine Hand war warm und trocken und ließ meine ganz verschwinden, die, wie mir peinlich bewußt wurde, mit Druckerschwärze beschmiert war.

»Oh, ich weiß, wer sie sind.«

»Wirklich?«

»Das heißt, Jack Calder von der Grundstücksverwaltung hat mir gesagt, daß das Haus hier bis Februar vermietet ist, an eine junge M-malerin aus dem Süden.«

»Eigentlich stamme ich aus Manchester.«

»Schlimmer noch. Von der f-falschen Seite der Insel also. Aber jetzt leben Sie in London.« Er fragte nicht, sondern stellte einfach nur fest. »Außerdem«, fuhr er fort und krauste vor lauter Konzentration die Stirn, »mögen Sie lieber Magermilch statt Vollmilch, haben ein Konto bei der Midland Bank und eine Vorliebe für selbstgezogenes Gemüse.«

»Kennen Sie auch meine BH-Größe?« rief ich und war gerührt, als er wieder knallrot wurde. Wie ein zu groß geratener Pennäler.

»Manche K-klischees über das Dorfleben sind durchaus zutreffend«, sagte er. »Jeder scheint über den anderen Bescheid zu wissen.«

»Verstehe. Sollen wir den Wein draußen trinken und die letzten Sonnenstrahlen genießen?«

Hinterm Haus war eine breite, mit Natursteinen geflieste Terrasse. Eine Gartenbank, von der die grüne Farbe blätterte, stand zwischen zwei Fenstern in der Sonne. Die Brüstung bestand aus einer breiten, niedrigen Mauer. Unten lag der Fluß schon im Schatten, aber auf der Terrasse war es noch warm. Zwei eingetopfte Geranien, spillerig und feuerrot wie Hahnenkämme, waren vom Vormieter zurückgelassen worden.

Ich hockte mich zwischen die beiden Töpfe vor die Wand, während mein Gast, immer noch auf Socken, vorsichtig über die Steinplatten lief, auf der Bank Platz nahm und sich wohlig an die sonnenerwärmte Hauswand lehnte. Versonnen beulte er den zerknautschten Hut aus, stülpte ihn über die Stirn und schloß die Augen. Ich langte verstohlen nach Skizzenblock und Bleistift. Ganz automatisch hatte ich beides zu der Weinflasche und den Gläsern aufs Tablett gelegt. Von der notwendigen Hardware kann ich mich kaum trennen, auch wenn mir diese Manie selber zuweilen lästig fällt. Ähnlich wird ein Fixer zu seinen Injektionsnadeln stehen.

Das schräg übers Tal fallende Abendlicht war klar und golden wie der Wein, den wir tranken. Für eine Weile sagte keiner von uns ein Wort, und während ich zeichnete, war nur das leise Rauschen des Flusses zu hören. Zwischen dem dösenden Bären und mir herrschte, wie ich fand, eine friedlich vertrauliche Stimmung. Ob ihm mein Gekritzel auffiel, war nicht zu sagen.

»Ich liebe den goldenen Herbst«, meinte ich schließlich. »Dieses englische Licht – warm, sanft und nördlich. Im Juli gibt's das nicht.«

Er nickte, ohne die Augen zu öffnen. »Ein Tag wie heute ist w-wie eine unerwartete Freirunde, oder? Im Sommer ist man auf Sonne eingestellt, auch wenn sie sich hier in unserem Teil nur selten zeigt. Aber im Oktober? Ein solch herrliches Wetter läßt einen hoffen. Man hat das Gefühl, als wäre alles m-möglich.«

»Es *ist* alles möglich«, entgegnete ich eher flapsig als tiefsinnig. Doch an diesem Abend flog meine Hand wie von selbst und ohne mein bewußtes Zutun übers Papier, was so selten vorkommt wie Rosen auf einem Fußballplatz. Vielleicht würde die Inspiration auch noch für morgen reichen, so daß ich den Pinsel in die Hand nehmen und Bilder malen könnte, so hell und magisch wie dieser Abend. Es gelang mir perfekt, den schiefen Sitz des verbeulten Tweedhutes zu Papier zu bringen. »Es ist alles möglich«, wiederholte ich halblaut, aber dennoch entschieden. »Man muß nur fest genau daran glauben.«

»Oh, nein«, antwortete Ned Cowper leise, und ich hörte oder glaubte einen bitteren Unterton zu hören. »Manches ist einfach nicht drin.«

»Was meinen Sie?«

Abrupt richtete er sich auf. »N-nichts«, sagte er. »Ich rede Unsinn. Was um alles in der Welt tun Sie da?«

»Ich zeichne Sie. Was dagegen?«

Sein Hut fiel zu Boden. Er langte danach, behielt mich aber weiter im Auge, sichtlich alarmiert. »Nein, nein«, gab er zur Antwort, aber in der Stimme schienen böse Vorahnungen mitzuschwingen.

»Sie können das Blatt zerreißen, wenn's Ihnen nicht gefällt.«

Ein solches Angebot kann man getrost machen, denn ich habe noch nie jemanden getroffen, der den Mut aufgebracht hätte, ein Porträt von sich zu zerreißen, auch wenn es noch so unschmeichelhaft war. »Schlafen Sie ruhig weiter«, beschwichtigte ich ihn.

»Ich habe nicht geschlafen.«

Sein Kinn war kantig und besonders glatt rasiert. Ich vermutete, daß er nach Seife roch und dem Pullover ein Hauch von Stallmief anhaftete. Exotische Wässerchen waren bei ihm bestimmt nicht zu erschnuppern. Der Mund hing zwar nicht nach unten, zeigte aber an den Winkeln einen deutlichen Abwärtstrend. Resignation.

»Warum sind Sie so traurig?«

Wieder fiel der Hut runter.

»Du meine G-güte, was für eine merkwürdige Frage.«

»Tut mir leid. Habe ich Sie verletzt?«

»Nein, das nicht...«

»Man sagt mir nach, ich hätte die üble Gewohnheit, andere auszuhorchen. Aber das kommt, wie ich mich dann immer rausrede, ausschließlich der Porträtarbeit zugute. Darf ich Ihnen noch ein Glas Wein einschenken?«

»Ich sollte lieber passen.«

»Wieso?«

Ich stand vor ihm und ließ die schlanke, grüne Flasche in der Luft schweben.

»Aber ich k-kann nicht nein sagen. Warum müssen Sie als Porträtistin ungewöhnliche Fragen stellen?«

»Ich glaube, das wird vom Künstler erwartet. Vor einem Friseur schütten die Leute ja auch ihre Seele aus. Ein Porträt zu malen dauert viel länger als Haareschneiden und -föhnen. Außerdem scheinen Modelle davon auszugehen, daß der Künstler ihre innersten Regungen kennen muß, um ihr Äußeres malen zu können.«

»Denken Sie auch so?«

Ich füllte mein Glas, setzte mich hin und nahm den Bleistift wieder zur Hand.

»Ja und nein. Wenn ein Porträt nicht mehr verrät als die Farbe der Haare und Augen, ist es nichts wert. Aber Leute zu beobachten finde ich sehr viel informativer, als ihnen Fragen zu stellen.«

»Sie m-machen mir Angst.«

»Warum denn? Stecken Sie voll von abgründigen Geheimnissen? Nur zu, sprechen Sie sich aus. Als Malerin hab ich einiges mit Priestern gemein. Auch ich bin von Berufs wegen verschwiegen.«

»Gütiger Himmel«, stöhnte er – und dann, übergangslos: »Haben Sie sich schon eingerichtet, hier im Haus?«

Ein Ablenkungsmanöver, das mich nicht narren konnte. Trotzdem bejahte ich die Frage.

»Und stört Sie nicht die Abgeschiedenheit?«

»Die Frage stellt mir jeder. Fast ehrfurchtsvoll. Ob mir's denn nichts ausmacht, so *ganz allein* zu sein. Als würde das Land in aller Regelmäßigkeit von verrückten Messerstechern und Sexmonstern heimgesucht. Dabei fühle ich mich des Nachts hier viel sicherer als in Clapham Common.«

»Sie haben also keine Angst? Kein bißchen?«

Ich schüttelte den Kopf. »Nennen Sie mir jetzt bitte keine Gründe, warum ich die haben sollte. Ich schlafe friedlicher, solange meine Illusionen über das ländliche England intakt bleiben.«

»Die menschliche Natur ist überall dieselbe.«

»Wie wahr«, antwortete ich. Es kommt einem chemischen Mysterium gleich: Alkohol wirkt sehr viel stärker bei mir, wenn ich gut aufgelegt bin. In niedergeschlagener Stimmung kann ich eine Flasche Wein leeren, ohne darauf anzuschlagen. An diesem Abend hatte ich kaum anderthalb Gläser intus und fühlte mich schon auf leichtsinnige Weise überschwenglich. »Die hiesigen Zeitungen sind gerade so wie die *Sun*. Voll von Ehemännern auf Abwegen und frevlerischen Pfarrern. Im Unterschied zur *Sun* werden hier allerdings die pikanten Details ausgespart. Ich muß aber sagen...«

»Wie bitte?« Meister Petz klang schockiert und schien meine Meinung zu mißbilligen. Ich war enttäuscht von ihm.

»Ich habe zufällig heute nachmittag einen Blick in den *Reporter* geworfen.«

»Wie jeder andere hier im Tal, wie ich fürchte«, sagte er ziemlich gereizt. »M-manchmal wundere ich mich, warum die Leute überhaupt noch Zeitung lesen. Die Gerüchteküche ist doch längst in Betrieb, bevor die Nachrichten Schwarz auf Weiß erscheinen.«

Ich lächelte beschwichtigend. »Ja, aber was in der Zeitung steht, muß schließlich wahr sein.«

»›Mir gefällt ein Lied, das gedruckt ist, belebt, denn daran läßt sich nicht mehr zweifeln...‹«

»Shakespeare?«

»Aus dem *Wintermärchen*. Kennen Sie es?«

Ich schüttelte den Kopf. »Mir hat mal jemand gesagt, daß man bei 75 Prozent aller Zitate mit Sicherheit davon ausgehen kann, daß sie von Shakespeare stammen.«

Er lachte.

»Ich sollte jetzt gehen«, meinte er unsicher, rührte sich aber nicht.

»Die Zeichnung ist noch nicht fertig«, entgegnete ich. »Und außerdem wollten Sie mir doch noch erzählen, wie gefährlich es für eine junge Frau ist, hier nachts allein zu sein.«

»Im Grunde kann man sich im Wragdale völlig sicher fühlen«, antwortete er nachdenklich. »Ich schließe zum Beispiel nie mein Auto ab. Niemand tut das. Die Kirche steht auch den ganzen Tag über offen. Trotzdem p-passieren immer wieder Straftaten. Im Fluß wird viel gewildert...«

»Von Ihnen auch?«

»Ich fische v-völlig legal, ehrlich. Mein Schwager stellt die Angelscheine aus. Aber selbst er macht sich nichts draus, wenn einer vom Ort mal einen oder zwei Fische ohne Schein an Land zieht. Schlimm sind die Banden, die aus Tyneside kommen und Netze durch den Fluß spannen. Auch dafür könnte man noch Verständnis haben«, fügte er ruhig hinzu. »Die Zeiten sind hart, und mit freilebenden Lachsen lassen sich sündhafte Preise erzielen. Aber leider sind diese B-burschen mitunter ziemlich gewalttätig.«

»Die Vorstellung, daß gefährliche Banden durch meinen Garten streifen, behagt mir ganz und gar nicht.«

»Ihnen tun sie bestimmt nichts«, erwiderte er. »Gefährlich

wird's nur für die Aufseher vom Gewässerschutz. Falls Sie mal verdächtige Geräusche unten am Fluß hören, rate ich Ihnen, die Decke über den Kopf zu ziehen und sich nicht drum zu kümmern.«

Ich hatte gehofft, daß er mir vorschlägt, ihn anzurufen.

»›Sieh dich vor, mein Schatz, wenn die feinen Herrn vorübergehn...‹« trällerte ich, um zu zeigen, daß auch ich zitieren konnte.

»Ich fürchte, die werden weder Tabak noch Spitzen für dich haben, mein Schatz.« Und als er »Schatz« sagte, prikkelte mir die Kopfhaut. »Nicht mal einen Fisch. Diese Kerle lassen nur eins zurück«, ergänzte er reichlich hastig, »und das sind zerrissene Netze, die den Fluß verderben.«

»Schande«, kommentierte ich und studierte meine Skizze. Der Meister Petz meiner Zeichnung lehnte an der Wand; der schief aufgesetzte Hut schirmte die Augen vor der Sonne ab. An der Seite war ein übergroßes Weinglas zu sehen, und seine Miene strahlte vollste Zufriedenheit aus. Der breiten, geraden Mundpartie hatte ich absichtlich einen fröhlicheren Schwung verpaßt. Ich wollte, daß er glücklich ist.

Wie ein Flugzeug, das auf Landeerlaubnis wartet, ließ ich den Bleistift für eine Weile über dem Papier kreisen. »Nein. Fertig.«

»Darf ich es sehen?«

Er langte in die Tasche und zog eine schlanke, goldumrandete Lesebrille zum Vorschein, die auf seiner nobel proportionierten Nase derartig komisch wirkte, daß ich sie allzugern mit ins Bild gesetzt hätte. Scheu wie selten zuvor schob ich ihm den Skizzenblock zu. Für gewöhnlich ist mir egal, wie andere über meine Bilder urteilen – meine eigene Kritik ist meist sehr viel schärfer. Aber auf die Reaktion von Meister Petz war ich doch sehr gespannt. Er nahm den Block zur Hand und fing sofort lauthals zu lachen an – was mir besonders gut gefiel.

»Sie sind sehr g-g-geschickt«, bemerkte er.

Ich schüttelte den Kopf. »Ähnlichkeiten auf Papier einzufangen ist eine Himmelsgabe so wie das Talent, beim Singen den richtigen Ton zu treffen. Entscheidender ist, was man daraus macht, wie man dieses Talent umsetzt. Damit fangen die Schwierigkeiten an...«

»Ich sollte mir mal ein Gemälde von Ihnen ansehen«, sagte er, nahm aber die Brille wieder von der Nase. »Bei Gelegenheit.«

»Werfen Sie hier oft Ihre Angel aus?« Als mir bewußt wurde, wie diese Frage auch zu verstehen war, verzog ich das Gesicht, doch Ned Cowper schien den Hintersinn nicht mitbekommen zu haben.

»Die Saison ist bald vorbei. Ende Oktober. Wer noch einen guten Fang machen will, muß sich ranhalten.« Er stand auf. »V-verzeihung, daß ich Sie so lange aufgehalten habe. Die Sonne ist weg, und Sie h-holen sich noch eine Lungenentzündung.«

»Mir ist nicht kalt«, protestierte ich. Erregung und Alkohol heizten mir ein. Dabei hatte ich im Unterschied zu Ned, der in Wolle und Tweed eingepackt war, bloß eine dünne Baumwollhose und ein noch dünneres T-Shirt an. »Wirklich nicht.«

»Aber s-sicher doch«, entgegnete er. Zu meiner Verwunderung war er rot geworden und schaute weg. Ich blickte an mir herab und sah, daß sich meine Brustwarzen unterm Stoff abzeichneten.

Er streckte mir wieder seine Riesenpranke entgegen. Auch wenn er verlegen war – Meister Petz vergaß nie sein gutes Benehmen.

»Köstlicher Wein«, sagte er. »V-vielen Dank.«

»Bis bald«, sagte ich. »Hoffentlich...«

3

Am nächsten Morgen stand ich mit den Hühnern auf. Die Sonne war noch nicht aufgegangen.

Ich fühlte mich rundum wohl, so wie an Geburtstagen, als Geburtstage noch unendlich viel Glück verheißen hatten. Im Alter von neunundzwanzig Jahren stellten sich an solchen Tagen zwar ähnlich starke, aber der Tendenz nach doch völlig andere Empfindungen ein. Ursache für meine Hochstimmung war nicht zuletzt der Umstand, daß ich seit Monaten zum erstenmal durchgeschlafen hatte, ohne von diesem ständig wiederkehrenden Alptraum heimgesucht worden zu sein.

In der üblichen Version dieses Alptraums finde ich mich zwischen weißen Wänden eingekerkert, die oft mit eklig obszönen Graffiti beschmiert sind, und mir schwant, daß ich für diese unanständigen Worte und widerlichen Karikaturen, die ringsumher zu sehen sind, verantwortlich bin. Dann wird mir mit Schrecken bewußt, daß ich die Aufgabe hatte, diese Wände kunstvoll zu bemalen, kann mich aber nicht mehr daran erinnern, was ich malen sollte. Ich weiß nur, daß es ungemein wichtig ist, das Wandgemälde bis zum Morgen vollendet zu haben.

Wahrscheinlich ist dies der typische Alptraum eines Künstlers. Ebenso wird ein Schauspieler von der Furcht verfolgt, die Bühne zu betreten, ohne seinen Text zu kennen.

Diese Träume sind deshalb so schaurig, weil sie durchaus nahe an die Wirklichkeit heranreichen. Ein befreundeter Schauspieler vertraute mir einmal an, daß er gelegentlich einen totalen Blackout auf der Bühne erlebte – bei Aufführungen, in denen er schon seit Monaten mitwirkte. Wenn die Nerven streikten, waren ihm nicht nur einzelne Zeilen entfallen, sondern kein einziger zusammenhängender Gedanke mehr möglich. Sooft er eine Rolle auch gespielt haben mochte, vor dem Publikum graute es ihm immer wieder.

Gleichermaßen haben weiße Räume, blankes Papier und leere Wände die Eigenschaft, Panik in mir auszulösen. Man kann nämlich nicht einmal zu den besten, zuversichtlichsten Zeiten sicher sein, den richtigen Dreh zu finden. Denn es bleibt stets fraglich, ob der Raum zu meistern ist, ob sich der eigene Wille in ihm durchsetzen läßt. Obwohl ich schon etliche Bilder gemalt habe, bleibt die Leinwand für mich ein Schreckgespenst – wie ein unbekanntes Publikum. Der Erfolg des Vorabends hilft einem dabei nichts. Der ganze Vorgang muß wieder von vorn in Angriff genommen werden, was an guten Tagen stimuliert. An schlechten Tagen ist man jedoch vor Angst wie gelähmt.

Ein einfühlsamer Lehrer von der Kunsthochschule gab mir den Rat, Collagen zu kleben, um der Phobie vor dem leeren Blatt auszuweichen. Gott segne Jonathan Blake. Was die Herstellung solcher Collagen im einzelnen bewirkt, ist allerdings nur schwer zu erklären, denn mit dem eigentlichen Werk haben sie letztlich kaum eine Ähnlichkeit.

An diesem Morgen trug ich den ersten Becher Tee zu dem großen Tisch, auf dem die Fundstücke vom Vortag lagen und darauf warteten, zu einer Collage arrangiert zu werden. Dazu kann alles mögliche herhalten: nicht bloß Blätter und Blumen (wovon ich kaum Gebrauch gemacht hatte, bevor ich hierher kam), sondern auch Buntpapier, Kieselsteine, Busfahrkarten, Bilder aus Illustrierten, Schmuck, Süßigkeiten – und Fotos. Deshalb meine *Paparazzi*-Ausstattung an Kameras. Fotos sind immer sehr nützlich. Aber auch gedruckte Wörter. Aus diesem Grund zerschnipsle ich gerne Zeitungen. Eine einzige Schlagzeile kann recht inspirierend sein.

Zugegeben, all das klingt wie die Vorbereitung zu einem Zauberritual. Als wir noch ein Atelier miteinander teilten, hatte sich Sebastian oft auf unangenehme Weise an eine Hexe erinnert gefühlt, wenn ich an einer meiner zusammengestoppelten Hybriden herumklebte.

Ich rückte mir nun einen Stoß Papier zurecht und fing an, mit verschiedenen Mustern zu spielen. Rote und goldbraune Weißdornblätter, gefiederte Graswedel, ein Zweig, so knorrig wie ein Krokodil, und ein dickes Büschel Schafswolle. Silberfolie als Wasserfläche. Allerdings war mir das Material zu synthetisch, zu weihnachtlich. Ich spritzte grüne Tinte darüber. Nicht übel.

Und wozu das Ganze? Ich denke, der Vorgang dient der

Formulierung einer Idee. Versierte Künstler schaffen es wohl, ihre Vorstellungen im Kopf soweit auszumalen, daß sie ohne Umweg ins Werk gesetzt werden können. Mir gelingt das nicht. Ich muß die Farben sehen, das Material fühlen. Ich muß damit herumexperimentieren wie ein Kind, das Bauklötze stapelt.

Eine fertiggestellte Collage ist in den seltensten Fällen schön zu nennen und meistens nicht lange von Bestand. So auch jetzt, die Blätter verloren bereits die volle Tönung. Aber in der Regel führt das Arrangement zu einem Ergebnis, das mir, so undefinierbar es auch sein mag, dazu verhilft, über die Hürde des Horror vacui hinwegzusetzen. Und wenn ich mir dann die frische Leinwand oder den Papierbogen vornehme, liegt nebenan der Collagenwust, auf den ich mitunter – und das ist vielleicht das eigentümlichste an der Sache – im weiteren Verlauf keinen einzigen Blick mehr werfe.

Die heutige Komposition jedoch vermittelte mir kaum etwas, weder den grünen Schimmer noch das friedliche Dahinplätschern des Flusses, das Klatschen eines springenden Fisches oder den Sinn für den einzigartig weichen Dunst über der Landschaft von Yorkshire – also nichts von dem, was ich einzufangen versuchte. Ich nahm einen der Schnappschüsse zur Hand. Mit liebevoller Sorgfalt schnitt ich die Gestalt von Meister Petz aus, wie er angelnd und tieftraurig flußabwärts schaut. Das Ausschneiden einer menschlichen Figur hat etwas ungemein Intimes an sich. Um halb neun in der Frühe ist dieser Akt nahezu unanständig.

Ein Klirren von Flaschen machte mich plötzlich auf Mr. Danby aufmerksam, der mir durchs Fenster bei der Arbeit zuschaute.

Ich ging durch die Küche und öffnete ihm die Hintertür. Mr. Danby war klein und stämmig; er hatte sandfarbene Haare und leuchtende, blaßblaue Augen, wie man sie nur selten sieht. In der Dorfkneipe wurde darüber gewitzelt, daß es unter den Kindern von Thornbeck und Langton-le-Moor verdächtig viele mit roten Haaren und blauen Augen gab. Wahrscheinlich geraten Milchmänner allenthalben in Verdacht – besonders solche, die sieben Kinder zu Hause haben und so leutselig und sorglos sind wie Mr. Danby. Er war überdies eine Art Philosoph.

»Nun denn...«, sagte er und reichte mir ein Pint Milch und einen Becher Joghurt.

»Nun denn...«, war die hiesige Standardformel für alle möglichen Zwecke. Sie war genausogut Ausdruck der Überraschung wie auch ein Gruß schlechthin.

»Danke, Mr. Danby. 's wird sicher schön, sobald sich der Nebel verzieht.«

»Ganz bestimmt. Frankie. Komisch, das Bild, an dem Sie gerade arbeiten. Das darf ich doch sagen, oder?«

Vom ersten Tag an nannte er mich schlicht und einfach Frankie.

»Das soll auch gar kein Bild sein«, antwortete ich resigniert. Normalerweise halte ich aus gutem Grund meine unansehnlichen Schnittmuster von den Blicken anderer fern.

»Ich behaupte ja nicht, was von moderner Kunst zu verstehen«, sagte Mr. Danby aufgeschlossen, wie er war. »Aber das krieg ich auch noch hin. Ha, ha...«

Wie oft hatte ich den Kommentar schon gehört.

Trotzdem, ich mochte Mr. Danby. Am ersten Morgen nach meiner Ankunft hatte er mir gezeigt, welche Tricks vonnöten waren, um den Holzofen zu befeuern – eine ziemlich rußige Aktion, die über eine halbe Stunde in Anspruch genommen hatte. Zum Glück war mir nicht der Fehler unterlaufen, ihm ein Entgelt dafür anzubieten. Ein paar Tage später hatte ich ihm jedoch ein Bier auszugeben versucht, als ich ihm mittags im Wirtshaus begegnet war, wo ich eigentlich nur eine Packung Streichhölzer kaufen wollte. Mein forscher Antrag hatte ihn offenbar schockiert, zumal die anderen Gäste am Tresen ihn sofort zu hänseln anfingen und mit seiner »emanzipierten Freundin« aufzogen. Seitdem verging kein Morgen, ohne daß er mir den einen oder anderen Kommentar zu aktuellen Dorfgeschichten anvertraute.

Ich dachte nun darüber nach, wie es sich unauffällig anstellen ließ, die Rede auf Ned Cowper zu lenken. Fragen, so hatte ich gelernt, konnten leicht als anstößig und neugierig verstanden werden. Über einfache Feststellungen ließ sich meist mehr in Erfahrung bringen.

Also bemerkte ich: »Die Angelsaison ist bald vorbei.«

Er setzte eine düstere Miene auf und schüttelte den Kopf. »War ein schlechtes Jahr. Kaum Regen, und wenn nicht genug Wasser den Fluß runtergeht, bleiben die Fische weg. Es hat sich diesmal kaum gelohnt, die Angel auszuwerfen.«

»Wirklich?« sagte ich und stellte die Milch in den Kühlschrank, um nicht in Mr. Danbys klare, blaßblaue Augen sehen zu müssen. »Gestern war aber jemand mit der Angel unten. Ned Cowper.«

»Ah ja«, antwortete Mr. Danby in bedeutungsvollem Tonfall. »Das ist was anderes.«

»Vermutlich«, entgegnete ich, ohne zu zögern.

Der Milchmann lehnte sein rundes Hinterteil an den Rand des Spülsteins und machte es sich bequem. »Man sagt doch, daß Angeln die Nerven beruhigt«, tönte er. »Wenn Sie meine Meinung hören wollen, Frankie: Der Mann ist nicht auf Lachse aus, sondern sucht vielmehr Trost.«

Nicht zum erstenmal fragte ich mich, ob Mr. Danby in seiner Freizeit womöglich Laienprediger war.

»Ich fand auch, daß er traurig ausgesehen hat«, pflichtete ich bei und spielte auf das an, was mir schon bekannt war: »Es ist bestimmt ein ungutes Gefühl, nach Hause zu kommen, ohne die Person anzutreffen, mit der man dort gewohnt hat.«

Mr. Danby nickte. »Armes Mädchen«, seufzte er. »Armes kleines Mädchen. Aber haben Sie schon das über den Vikar von St. Catherine gehört? Aus Langton-le-Moor, der Gemeinde direkt hinterm Hügel. Die ganzen Zeitungen waren voll davon...«

Der Themenwechsel war mir alles andere als lieb, aber ich faßte mich schnell und sagte: »Ich hab's gelesen.« Nach meiner Erfahrung vom Vortag verkniff ich es mir, darüber zu lachen. Was für den einen eine willkommene Pikanterie, ist für den anderen schließlich eine gräßliche Tragödie, und ich wage zu behaupten, daß es im ganzen Tal seit Jahrzehnten keinen gepfefferteren Skandal gegeben hatte. Der ungezogene Vikar. War der arme Kerl doch tatsächlich mit mehreren anderen Männern erwischt worden, und zwar ausgerechnet in einer öffentlichen Herrentoilette. *In kompromittierender Situation*. Um Himmels willen. Der Name der Stadt ist mir entfallen; auf jeden Fall liegt sie am anderen Ende des Moors, und der Tatort war, wie ich mich entsinne, die »Queen's Park Bedürfnisanstalt«.

Der *Northern Reporter* hatte die Affäre ganz und gar nicht zum Lachen gefunden. Ich versuchte mir die Klatschkolumnisten dabei vorzustellen, wie sie auf die Schreibmaschine eindroschen. Unterdrückten sie ein Grinsen, oder waren sie genauso bierernst und weltfremd wie ihre Zeitung? Mindestens ein Mann, so war dem Bericht zu entnehmen gewesen, hatte durch ein rückwärtiges Fenster türmen können. In »Ausübung seiner Pflicht« war der Schutzmann dem fliehenden Gentleman hinterhergestiegen und im Fenster steckengeblieben. Dieser groteske Höhepunkt der Geschichte reizte mich zu wieherndem Gelächter, und ich sehnte mich nach Sebastian, mit dem ich allzugern meinen Spaß geteilt hätte.

»Schlimme Sache«, meinte Mr. Danby gewichtig.

»Besonders schlimm für den armen Mann«, stimmte ich leidenschaftlich zu, in der Hoffnung, für mein gestriges Fehlverhalten Buße tun zu können.

»Und wie mag es seiner Schwester jetzt ergehen? Die führt ihm seit Jahren den Haushalt. Armes Mädchen.«

»Allerdings.«

Über die bedauernswerte Frau wollte ich das Gespräch zurück auf Ned Cowper bringen, wozu mir jedoch keine taktvolle Überleitung einfiel. Mr. Danby hatte auch sie als armes Mädchen bezeichnet. War sie etwa tot? Oder krank?

»Ich muß mich auf den Weg machen, Frankie. Für morgen wieder dasselbe?«

»Ja, bitte.«

Ein Pint Magermilch, ein Joghurt und jede Menge Klatsch.

Die Collage war schnell fertig. Ned Cowper machte sich gut im grün-silbernen Wasser. Trotzdem wage ich zu behaupten, daß der Rest der Welt Mr. Danbys voreingenommene Meinung geteilt hätte.

Leider konnte ich mich nicht dazu bringen, mit dem Malen anzufangen. Ich redete mir ein, daß es notwendig und hilfreich sei, zwischen Vorbereitung und Endprodukt eine schöpferische Pause einzulegen. Flunkerei. Ich spitzte die Bleistifte und machte meine Lieblingspinsel sauber – obwohl sie bereits völlig weich und seidenglatt waren.

Als sich der Nebel überm Talboden aufgelöst hatte, wurde es warm, wärmer als am Tag zuvor. Gegen Mittag gab ich einem Impuls nach, stieg in den Wagen und fuhr nach York. Schule schwänzen. In York gab es ein paar nette Geschäfte.

Am Abend – die Sonne neigte sich dem Westrand des Tals zu – saß ich draußen vor der Hintertür und versuchte, nicht zu zittern unter der kühlen Brise, die die Volants meines exquisit dünnen Rocks flattern ließ. Ein fraglos verschwenderischer Einkauf – zumal im Oktober – und ein Unikat in meiner Kleidersammlung.

Meine Garderobe grenzte an Schizophrenie: schlaff und lang herunterhängende dunkle Säcke zum Malen einerseits, andererseits eine glitzernde Vielfalt von Modeschöpfungen, wie von der Hintertreppe eines Freudenhauses geworfen (so Geralds schnoddrige Bemerkung). Er hatte sich zur Aufgabe gemacht, mir den klassisch guten Geschmack und die Markenzeichen gediegener Ware beizubringen, war aber ohne Erfolg geblieben.

Was die mitgebrachten Koffer fast zum Bersten gebracht hätte, waren die zusätzlichen Pullover und dicken Socken gewesen sowie das Regenzeug und die Thermowesten. Nichts von alledem taugte jedoch für den heutigen Zweck – oder das Wetter. Deshalb der neue Rock. Dazu ein Angorapullover, weich wie der Bauch eines Kätzchens. Daß er ständig über die Schultern rutschte, war wohl vom Designer so vorgesehen. Ich hatte mich also aufgetakelt und hoffte, eine unwiderstehliche Kombination von Sex und Zurückhaltung gefunden zu haben, um den merkwürdig scheuen und ausweichenden Bären in die Falle tappen zu lassen.

Ich gab vor, ein Buch zu lesen, und trug eine große Sonnenbrille, die meine nervösen Blicke hinunter auf den Fluß verbergen sollte. Allerdings war kein einziger Angler zu sehen, und ich fühlte mich schon auf verlorenem Posten – als albern herausgeputzte, zu stark geschminkte und abgelegte Lumpenpuppe – als sich hinter mir ein stammelndes »Hallo« meldete.

Blitzschnell wandte ich mich um und sah Ned Cowper, herrlich altmodisch wie eine Figur aus P. G. Wodehouse. Bei Männern hatte sich allgemein wieder der englische Landjunker-Look durchgesetzt. Doch für mich bestand kein Zweifel daran, daß Ned Cowper in seiner ausgebeulten Cordhose und dem handgestrickten Pullover diese Mode nie abgelegt hatte. Er war gerade um die Ecke gebogen und hielt eine Flasche in der Hand. Statt der Gummistiefel trug er heute derbe Halbschuhe.

»Heute abend wird wohl kein F-f-fisch anbeißen«, sagte er.

»Wir brauchen Regen«, bemerkte ich sachkundig.

Er musterte mich mit ernstem Blick. Ich starrte zurück, die Augen so weit aufgesperrt wie eine Katze – und noch raublüsterner.

»Sie sehen t-toll aus«, sagte er plötzlich und korrigierte sich: »Verzeihung. Hübscher Rock m-meine ich.«

»Bitte keine Entschuldigungen.«

»Ich schulde Ihnen eine Flasche W-w-wein.« Er streckte mir das Mitbringsel entgegen. »Aus Neuseeland. Haben Sie den schon mal probiert? Wird Ihnen b-b-bestimmt schmekken.« Er stotterte um so mehr, je nervöser er war.

»Prima«, rief ich und sprang auf. »Ich hol zwei Gläser und den Korkenzieher.«

»Ich b-bin eigentlich nicht zum Trinken gekommen«, entgegnete er hastig. »Die Flasche sollte ein G-geschenk für Sie sein.«

»Können Sie nicht bleiben?« Meine Stimme klang unüberhörbar enttäuscht.

»Der Wein ist nicht k-kalt genug…«, wendete er wenig überzeugend ein.

Warm war er auch nicht. Jede Wette: Die Flasche hatte noch vorhin im Kühlschrank gestanden. Das darumgewikkelte Papier war voller Kondenswasser. Wer eine Flasche als Geschenk bloß abliefern will, stellt sie doch vorher nicht kühl.

»Ich könnte die Waschschüssel mit Eis und Wasser füllen«, schlug ich vor. »Der Wein wird im Nu die richtige Temperatur haben.«

»Tja, ich weiß nicht so recht…«, zögerte er und sah hilfesuchend auf mich herab. Ich nutzte die Gunst des Augenblicks. Schamlos.

»Auf ein Glas«, sagte ich. »Das schadet doch nichts.«

4

Nach ähnlichem Muster spielten sich auch unsere Begegnungen in den darauffolgenden Tagen ab.

In meiner Erinnerung scheinen sich die Abende zu einer einzigen langen, behaglichen Unterhaltung zu verquicken. Rückblickend sehe ich jedoch Ned mal auf der Bank sitzen, mal an die Wand gelehnt, mal trägt er ein Hemd, ein anderes Mal einen Pullover. Daraus schließe ich auf eine Folge von Abenden, an denen wir uns trafen. Er machte nie Anstalten, mit mir ins Haus zu gehen, jedenfalls nicht bis zum letzten Angeltag, dem 31. Oktober, am Tag vor Allerheiligen. Danach kam alles ganz anders.

Der Wein, den er am ersten Abend mitgebracht hatte, war, wie ich mich entsinne, sehr gut. Er trank natürlich nicht nur ein Glas, sondern leerte mit mir fast die ganze Flasche. Ich erinnere mich auch, daß ich schnell und albern drauflos plapperte, glücklich darüber, mir seine Gesellschaft gesichert zu haben. Wäre meine Großmutter noch am Leben und anwesend gewesen, hätte sie wahrscheinlich nur den Kopf geschüttelt und düstere Prophezeiungen über Tränen in der Nacht von sich gegeben. Und sie hätte recht behalten.

Wir diskutierten gerade über ein ganz und gar unverfängliches Thema – über *The Archers*, glaube ich –, als Ned plötzlich fragte, wieso ich nach Yorkshire gekommen sei.

Meine Antwort war flüssiger als wahrhaftig: Ich hätte aus London herausgemußt, weil mir das Leben in der Stadt zu kompliziert geworden wäre. Zu schnell, zu hektisch, zu viele Partys, zu viele Männer...

»Das heißt, eigentlich sind's nur zwei«, präzisierte ich, als mir bewußt wurde, daß ich blindlings auf ein Minenfeld gestolpert war. »Von zu vielen Männern kann keine Rede sein. Sie sollen von mir nicht annehmen, daß...« In welchem Licht ich mich vor Ned zeigen wollte, war mir selber noch nicht klar. Allerdings lag mir daran, durchblicken zu lassen, daß ich ungebunden war, wenn auch nicht unumworben. Für eine *femme fatale* gehalten zu werden, wäre mir recht gewesen; als loses Mädchen wollte ich dagegen nicht erscheinen. Vielmehr als Single, im Unterschied zu einer ausgehungerten Jungfer. »Wie dem auch sei, ich konnte mich zwischen beiden nicht entscheiden.«

»Warum nicht?« wollte Ned wissen.

Die simpelsten Fragen sind am schwersten zu beantworten. »Ich weiß nicht. Wirklich nicht.«

»V-vielleicht lieben Sie b-beide.«

»Lieben...«, sagte ich in melodramatischer Geringschätzung dieser Vokabel. Gerald hatte früher seine Frau geliebt, liebte sie vielleicht nach wie vor. Ich hatte Sebastian geliebt und liebte ihn womöglich noch. Sebastian liebte seine Arbeit. Gerald behauptete, mich zu lieben. Ich liebte Gerald gewiß nicht. »Was ist Liebe?«

Ned schmunzelte. »Ein halbes Leben lang v-versuche ich dahinterzukommen.«

»Eine harte Nuß, nicht wahr?« bemerkte ich und nippte am Glas. »Zu Anfang ist noch alles ganz einfach. Nichts ist so schön wie das erste Hochgefühl im siebten Himmel. Aber das hält nicht an... und dann?«

Ned Cowper schwenkte versonnen den Wein im Glas. Er wirkte verlegen, was mich kaum überraschte. Mir wurde peinlich bewußt, daß ich ihm eine Beschreibung meines faden, liebeskranken Zustands zugemutet hatte.

»Was soll's«, sagte ich und wechselte betont heiter das Thema. »Der eine bedachte mich laufend mit Beleidigungen, was meine miese Arbeit angeht, und von dem anderen bezog ich französische Unterwäsche, die mir nicht paßte, und Vorwürfe über meinen Geschmack in Sachen Kleidung. Dabei dachte ich immer, daß Liebe mehr einbringt als das.«

»K-k-kommt's nicht vor allem auf den eigenen Einsatz an und nicht so sehr auf das, was rausspringt?«

»Das klingt reichlich salbungsvoll.«

»Stimmt aber, oder?«

»Sie sind wohl kaum in der Lage, mir erklären zu können, was mit den beiden Männern schiefgelaufen ist, zumal Sie von der ganzen Sache keinen Schimmer haben.«

»T-tut mir leid«, erwiderte er, zeigte sich aber alles andere als zerknirscht.

»Es war nicht ernst gemeint.«

»Aber Sie wollten doch wissen, was Liebe ist.«

»Ich habe Sie nicht um eine Predigt gebeten.«

»Wohl kaum«, sagte Ned schmunzelnd.

»Tja, ich vermute, die Liebe ist eine Kombination von beidem«, dozierte ich nicht weniger schwülstig. »Ein wohl austariertes Geben und Nehmen.«

»Wie wahr«, entgegnete Ned, und das Gespräch wäre so einvernehmlich dahingeplätschert, wenn ich nicht eingehakt hätte, um (wie ich hoffte) die Unterhaltung zu beleben.

»Genug von mir und meinen Problemen«, erklärte ich entschieden munter wie ein Bulldozer. »Sprechen wir von Ihnen.«

Ned wurde rot. »Ach was...«

»Sagen Sie nicht, Sie hätten keine Leiche in Ihrem Seelenkeller versteckt.«

»Und w-wenn schon... darüber w-will ich nicht reden.« Er lächelte nicht einmal mehr.

»War bloß ein Scherz«, lenkte ich ein. »Ich hatte nicht die Absicht...« Ich fühlte mich schrecklich gerüffelt. Schon fing er an, sich bei mir zu entschuldigen und stammelte irgendwelche Ungereimtheiten darüber, von allen Seiten mit indiskreten Fragen belästigt zu werden – was nicht gerade dazu angetan war, die Stimmung zwischen uns zu heben. »Der V-vorwurf trifft Sie natürlich nicht«, fügte er hinzu. »Weiß Gott nicht. Es ist nur so: Ich rede nicht gerne über mich. Das war schon immer so.« Er versuchte zu lächeln und schnitt dabei eine schmerzentstellte Grimasse. »Ich bin der typische Engländer, Sie wissen schon: t-total verklemmt und schrecklich langweilig. Ich will Ihnen nicht zur Last fallen.«

»Na schön«, antwortete ich unterkühlt. »Worüber sollen wir dann sprechen? Übers Wetter?«

Wenig später brach er auf.

Ich fürchtete, ihn nicht mehr wiederzusehen, doch schon früh am folgenden Nachmittag spiegelte der Tümpel am unteren Gartenrand seine gewaltige Silhouette. Weil ich mir so große Sorgen gemacht hatte, war ich weder zu essen noch zu arbeiten in der Lage gewesen. Als Ned endlich den grasbewachsenen Hang zur Terrasse hochstampfte, stellte ich fest, daß er genauso elend aussah, wie mir zumute war, was mich sogleich tröstlich stimmte.

»Ich hab mich gestern ziemlich d-dämlich aufgeführt«, sagte er ohne ein Wort des Grußes. Fortan kamen wir gut miteinander aus.

Er ließ aber immer noch den Vorwand gelten, angeln zu wollen. Ich sage Vorwand, weil tatsächlich kein einziger Fisch durch ihn ernsthaft in Gefahr geriet. Außerdem gefiel mir die Vorstellung, daß er genauso sehr auf meine Gesellschaft aus war wie ich auf seine. Wein brachte er keinen mehr mit. Er kam immer nur auf einen Sprung vorbei, nachdem er wie üblich eine Stunde oder so im Fluß herumgestiefelt war. Bei mir blieb er dann eine weitere Stunde. Länger nie. Und er verlor auch nie von sich aus ein Wort über seine Frau. Sie können sicher sein, daß ich ihn meinerseits niemals direkt auf sie ansprach. Ich hatte meine Lektion gelernt. Keine Indiskretionen. Im Gegenzug hütete ich mich, Sebastian oder Gerald zu erwähnen.

Statt dessen redeten wir über Gott und die Welt. Ned kannte sich gut aus in den Belangen des ländlichen Lebens. Ich erinnere mich, daß er mir eines Nachmittags ganz genau beschrieb, wo jenseits der Hügel ein bewohnter Dachsbau zu finden war. In allen Einzelheiten schilderte er mir den unglaublichen Lebenszyklus der Aale und das erstaunliche Spektakel, das sich bietet, wenn ein Schaf gedeckt wird. Erleichtert nahm ich zur Kenntnis, daß dabei immer noch die altmodischen Methoden zur Anwendung kamen. Keine Männer in weißen Kitteln mit Reagenzgläsern. Der Vollzug blieb einzig und allein dem Bock überlassen, der in diesem Teil der Welt auch »Tup« genannt wird. Dem armen Vieh wurde allerdings vorher das Geläuf mit Farbe beschmiert, so daß der Bauer im nachhinein erkennen konnte, welchem Schaf seines Harems er die Gunst der Begattung erwiesen hatte. Ich kam mir vor wie eine Schülerin, die ihren Lehrer mit unanständigen Fragen aus der Fassung zu bringen versuchte und wollte von Ned wissen, ob ein einziger Schuß die gewünschte Schwangerschaft garantierte. Ned schien aber nur im Hinblick auf menschliches Verhalten prüde zu reagieren und sprach über die Paarungsgewohnheiten anderer Spezies ganz ungeniert und ohne rot zu werden.

Er konnte sehr komisch sein. Einmal schilderte er mit mimischer Unterstützung, wie er dabei geholfen hatte, eine widerspenstige Kuh zu entbinden. Allein die Vorstellung dieses Hebamme spielenden Riesen war ein Witz an sich. Er hatte, wie er mir anvertraute, gleich im Anschluß an sein Studium in Oxford mit der Landwirtschaft angefangen, mit übergroßem Eifer und stümperhaftem Unvermögen. Aber er hatte dazugelernt.

»Arbeiten Sie immer noch in der Landwirtschaft?« fragte ich.

Obwohl ich als Städterin recht ahnungslos war, lag doch auch mir die Vermutung nahe, daß ein Landwirt im Oktober dringlichere Aufgaben zu erledigen hatte als nach nicht vorhandenen Fischen zu angeln, Wein zu trinken und über *The Archers* zu diskutieren.

Neds Gesicht war charmanterweise offen wie ein Buch. Er senkte den Blick und scharrte mit den Füßen, bevor er zaghaft zur Auskunft gab, daß es ihm nach wie vor Freude bereiten würde, Lämmer aufzuziehen.

»Jim Rutherford meint, daß ich mit schwierigen Schafen genausogut umgehen kann wie ein erfahrener Schäfer«, sagte er nicht ohne Stolz.

Insgesamt machte Ned auf mich den Eindruck eines englischen Gutsbesitzers wie aus einschlägigen Romanen, einer Figur, die mir, um ehrlich zu sein, nicht sehr vertraut war.

Dieser Eindruck verstärkte sich, als er mir mitteilte, daß er im Dower House von Thornbeck wohnte. Als ich am nächsten Tag durchs Dorf fuhr, hielt ich eifrig Ausschau nach dem Haus. Es war, wie ich schließlich entdeckte, ein georgianisches Schmuckstück, abgerückt von der Durchgangsstraße und gegenüber von Thornbeck Manor. Versteckt zwischen gewaltigen Kastanien und aus den sandfarbenen Steinen der Umgebung gebaut, mit hohen Fenstern und einer hübschen Säulenveranda, wirkte es in seiner Symmetrie und Gediegenheit wie ein Puppenhaus.

An diesem Tag klebte ich Muscheln, Fetzen einer gestreiften Tapete und Spitzendeckchen zu einer Collage zusammen. Das Wohnzimmer war inzwischen voller Collagen in diversen Aufbau- und Verfallstadien – ein überschäumender Quell von unterschiedlichsten Ideen, die mir entgegenströmten wie Treibgut in einem Fluß, der über die Ufer getreten ist. Trotzdem hatte ich noch kein einziges Bild in Angriff genommen. Die Schuld daran schob ich meiner Inanspruchnahme durch Meister Petz zu. Um wieder malen zu können, mußte, wie ich mir einredete, Ordnung in unser Verhältnis gebracht werden – so oder so. Inzwischen ging ich viel spazieren, pflückte Beeren, las Krimis und wertete die jeweils vorangegangene Unterhaltung mit Ned aus.

Diese Analysen beschäftigten mich vor allem deshalb so sehr, weil unsere Gespräche ziemlich unpersönlich waren. Aus meiner Sicht auf ganz merkwürdige Weise unpersönlich. Unter einem vertraulichen Austausch verstand ich eher eine gegenseitig verabreichte Seelenmassage wie auf der Couch beim Psychiater und nicht diese wohlanständigen Gespräche auf dem Sofa. Neds Konversation bewegte sich strikt im Rahmen altmodischer Salonmanieren. Bücher, Musik, Kunst, viel über das Landleben, wenig über aktuelle Ereignisse – es gelang uns sogar, religiösen und politischen Themen geflissentlich aus dem Weg zu gehen. Nicht ganz, wie ich im Rückblick konstatieren muß: Ersteres wurde immerhin gestreift.

Für meine Spekulationen fand ich deshalb im nachhinein einen offenen Raum. Ich sah mich wie vor ein riesiges menschliches Kreuzworträtsel gestellt und versuchte, aus einem Sammelsurium von literarischen, lokalen und musikalischen Anspielungen sowie aus den wenigen direkten Hinweisen, die er von sich gab, Aufschluß über eine Biographie zu gewinnen und ein Charakterbild zusammenzustükkeln.

Ich konnte nur raten, ob Ned eine glückliche Kindheit verlebt hatte (ich entschied, daß dem so war). Konkret ließ sich nur wenig in Erfahrung bringen: Er war einziges Kind, ein Elternteil lebte noch, nämlich die Mutter, und zwar in Cheltenham, und mit vier Jahren hatte er angefangen, Klavier zu spielen. (Ich hatte die reizende Vorstellung eines kleinen krausköpfigen Mozartbuben.)

»Spielen Sie immer noch?« fragte ich.

Ned schaute zu Boden und spreizte die kantigen, braunen Finger der linken Hand. Es schien fast, als fragte er sich selber, ob sie immer noch über die Tastatur zu laufen vermochten. »Ich... ehm, nun... ja und nein. Jedenfalls nur ganz selten. Ich habe kein K-klavier mehr zu Hause.«

»Bei mir steht eins«, rief ich. »Im Wohnzimmer, wo ich arbeite.« Ich glaubte, eine List gefunden zu haben, mit der er sich ins Haus locken ließ. Mittlerweile kam ich mir vor wie eine gefräßige Spinne, die geduldig und scharfsinnig darauf wartete, daß eine Hummel ihr Netz berührt.

»Ich weiß«, antwortete er und verzog das Gesicht. »Ein altes Broadwood, das inzwischen noch verstimmter sein wird als damals, und vor zwanzig Jahren war's schon schlimm genug. Wissen Sie, warum das Instrument hier ist? Bevor sich Roger dazu entschloß, das Haus für Feriengäste freizugeben, haben B-bauarbeiter Renovierungen vorgenommen und dabei so enge Türen eingesetzt, daß das K-klavier nicht mehr durchpaßte. Man müßte schon eine Wand einreißen, um es rauszubekommen.«

»Woher wissen Sie so gut Bescheid?« fragte ich.

»Roger Vaisey vom G-gutshof ist eine Art Cousin von mir.« Das war mir neu. Dabei hätte ich auf eine Verbindung zwischen Dower House und Thornbeck Manor durchaus selber schließen können. »Als Kind habe ich mit m-meinen Eltern des öfteren die Ferien hier verbracht. Vor allem während der Jagdsaison.«

»In Lamp Lodge?« fragte ich und war angetan von der Vorstellung, daß Ned hier in meinem Cottage gewohnt hatte.

Er nickte.

»Hat das Dorf also tatsächlich noch einen echten Squire?« wollte ich wissen. »Ich höre die Leute immer nur von dem ›Old Squire‹ reden. Aber den Titel habe ich nicht ernstgenommen. Klingt doch viel zu feudal.«

»John Vaisey ist vor acht Jahren gestorben«, antwortete Ned und setzte dabei eine Miene auf, die ich nicht zu deuten wußte. »Sein Sohn Roger lebt jetzt auf dem Gutshof.«

»Der scheint ja ziemlich menschenscheu zu sein«, bemerkte ich, »bei all den Verbotsschildern und meterhohen Rhododendronbüschen vor dem Haus.«

»Scheußlich, nicht wahr?« entgegnete Ned. »Aber Sie irren sich. Roger ist a-alles andere als menschenscheu. Ein ungemein geselliger Typ und guter Kerl. Und ich sag das nicht bloß, weil er mein Schwager ist...«

»Ihr Schwager?«

»Und Cousin natürlich.« Ned schien meine Verwunderung offenbar nicht registriert zu haben. »Mehr noch, Roger und ich sind seit J-jahren Freunde. Schon seit der Schul- und Studienzeit.«

Aus diesen Informationen (und der Tatsache, daß Ned Einzelkind war) schloß ich messerscharf, daß Mrs. Cowper die Schwester des Gutsherrn war oder gewesen war. Neds Beschreibung seines Verhältnisses zu Roger Vaisey überraschte mich dennoch nicht schlecht: Die in der Kindheit geschlossene Freundschaft schien ihm mehr zu bedeuten als die spätere, durch Heirat entstandene Familienbeziehung. Vielleicht hatte er recht, denn Verwandte kann man sich nicht aussuchen, so wie seine Freunde.

Ich erfuhr, daß Ned in St. Edmund Hall alte Sprachen studiert hatte.

»Sie sind bestimmt enorm gescheit«, sagte ich.

»Roger war immer der gescheitere von uns beiden«, erwiderte er spontan, »obwohl er beim Abschluß nur den dritten Grad erreicht hat. Er hat zu Hause Geschichte studiert und meines Wissens kein einziges Seminar besucht. Ich dagegen war sehr viel besser beim K-kricketspielen als in Latein. In meinem College wurde auf eine gute Schlagtechnik mehr Wert gelegt als auf Geistesakrobatik. Zu meiner Zeit. Inzwischen hat sich natürlich alles g-grundlegend verändert. Wie ich höre, gehen aus dem College nur noch Genies hervor.«

Ob Ned in Oxford Freundinnen gehabt hatte? Ich stellte ihn mir vor: auf dem Fahrrad, hin und her schlingernd, weil er Händchen hielt mit einem schlaksigen Mädchen vom Betjeman-College, das den Saum des weiten Rocks um die Lenkstange ihres Fahrrads gewickelt hatte. Doch mehr als der Hinweis, ein tüchtiger Kricketspieler gewesen zu sein, war aus Neds Studienzeit nicht zu erfahren. Persönliches klammerte er schlichtweg aus. Und seit unserer ersten, unschönen Auseinandersetzung verzichtete ich darauf, entsprechende Fragen zu stellen.

Dieser Verzicht war, wie ich verwundert feststellte, auf sonderbare Weise befreiend. Die Grenzen der eigenen Psyche zeigen bei genauerer Inspektion oft Ähnlichkeiten mit den Wänden einer Gefängniszelle. Mein Blick auf Ned war durch den Fensterausschnitt einer solchen Zelle begrenzt. Ich erfuhr, daß er Bach und Renoir verehrte und versuchte, ihn auch für Dufy und Van Morrison zu interessieren. Überein stimmten wir in unserer Vorliebe für Dorothy Sayers, den Ealing Comedies und die viktorianisch-gotische Architektur. Er verriet mir seine Schwäche für Frankreich – seine Weine, seine Kultur und Sprache. Wie sehr er seine Frau geliebt hatte, verriet er mir nicht.

Ich wähle absichtlich die Vorvergangenheitsform (geliebt hatte) und zwar nicht nur, weil mir der Gedanke, daß Ned eine andere Frau liebte, wenig behagte, sondern weil ich in zunehmendem Maße davon überzeugt war, daß Mrs. Cowper nicht mehr unter den Lebenden weilte. Eins stand zumindest fest: Sie wohnte nicht im Dower House. Aus einer Reihe von Bemerkungen hatte ich folgern können, daß Ned allein dort wohnte. Zum Beispiel erwähnte er, daß er seine Mahlzeiten selber kochte. Trotzdem war ich nach wie vor auf Mutmaßungen angewiesen, für die es keine direkten Belege gab. Geradeheraus konnte ich nicht fragen. Er war offenbar so befangen im Hinblick auf seine Frau, daß es mir äußerst schwerfiel, dieses Thema zur Sprache zu bringen. Aber versuchen mußte ich es doch.

Wir redeten übers Fischen. Ned weigerte sich hartnäckig zuzugeben, daß Mr. Danby und seine Anglerfreunde in ihrer pessimistischen Einschätzung der diesjährigen Fangchancen recht haben könnten und fragte sich, ob er zu einer anderen Tageszeit mehr Glück haben würde.

»Früher, als wir gerade ins Dower House eingezogen waren, bin ich immer schon vor Sonnenaufgang zum Angeln rausgegangen«, sagte er.

Ich stieß mich an dem Wörtchen »wir« und hakte unbarmherzig nach. »Das wird Ihrer Frau aber bestimmt nicht gefallen haben«, meinte ich lächelnd. »So früh aufgeweckt zu werden von dem Gatten, der mit seinen riesigen Gummistiefeln nach draußen poltert.«

Er zuckte sichtlich zusammen, wirkte verblüfft, fast so wie ein Hund, der zu unrecht geprügelt worden war.

»Ich glaube nicht, daß sie was dagegen gehabt hat«, murmelte er, leerte sein Glas und stand auf, um zu gehen. Ich fragte ihn nie mehr nach seiner Frau.

Zu allem Unglück ließ mich mein Hauptinformant zu dieser Zeit im Stich, wenn auch nur vorübergehend. Mr. Danby hatte wieder Probleme mit der Kniescheibe. Ausgeschlossen, daß er Milchkästen schleppte. Mrs. Danby war freundlich und tüchtig, aber völlig überfordert mit der Stellvertretung für ihren Mann, dem Haushalt und den sieben Kindern. Für Klatsch und Tratsch hatte sie keinen Sinn. Ich bin nicht forsch genug, um mich allein in eine Kneipe zu trauen, und es empfiehlt sich auch kaum, zum Postamt zu laufen und zu fragen: »Was ist eigentlich mit Ned Cowpers Frau passiert?«

Nach einer Weile ließ mein Interesse nach. Da unsere Treffen immer mehr zu einer (wie ich es sah) verläßlichen Gewohnheit wurden, fand ich es durchaus angebracht, Mrs. Cowper aus meinen Gedanken zu streichen. Außerdem spielte sich zwischen Ned und mir nichts ab, was auch nur im Ansatz sittenwidrig (und in meinem Sinne) gewesen wäre.

In meiner mitunter fieberhaften Vorstellung glaubte ich jedoch, Ströme der Leidenschaft – unsichtbar und verheerend wie radioaktive Strahlung – zwischen uns schwingen zu spüren, wenn wir, brave vier bis fünf Fuß voneinander entfernt, über den Tourismus oder Monet diskutierten, über Hundesteuern oder die englische Landschaft.

»Sie haben kein Herz«, behauptete ich hitzig.

»Und ob.«

Ich hatte mit lyrischen Worten meinen morgendlichen Spaziergang durchs Moor geschildert und die Unmöglichkeit beklagt, das weißglühende Kupfer sonnenbeschienener Farnwedel auf der Palette anzumischen. Neds Antwort darauf war profan und schnöde gewesen: Farnkraut sei eine Plage und obendrein gefährlich, weil es die Schafe krank machte und nur unter hohen Kosten auszurotten wäre.

»Wir Städter wissen die Natur viel besser zu schätzen als Bauernlümmel Ihres Schlages«, erklärte ich. Ned war, wie ich erfahren hatte, in Gloucestershire groß geworden.

»Wie kommt's?« sagte er grinsend. Daß Meister Petz von Tag zu Tag munterer wurde, hielt ich meinem Einfluß zugute.

»Alle Nordlichter der größeren Städte haben einen ausgeprägten Sinn für die Idylle. Man denke nur an Delius oder D. H. Lawrence. Wir sehen die Landschaft nicht nur mit den Augen, sondern fühlen sie auch in unseren Herzen. An einem Tag wie heute erscheinen mir die kahlen Bäume wie poetische Chiffren der Vergänglichkeit, die Felder wie aus Gold gewalzt. Ihr Landjunker seht nur die Ulmenkrankheit und die verkaufte Ernte.«

»Ah, aber Sie sind eine Künstlerin...«

»Ja«, sagte ich, doch plötzlich war all mein Überschwang dahin. »Ja«, wiederholte ich kleinlaut.

»Jetzt weiß ich, was Sie zum M-malen nach Yorkshire gelockt hat«, fuhr er spöttisch fort. »Lawrences kernige Poesie der nördlichen Landschaft, die in der Tat wohl mehr zu bieten hat als gepflegte Maulwurfshügel, wie bei Ihnen im Süden.«

»Falsch«, entgegnete ich. »Was mich hergelockt hat, war eine Zeitungsannonce, die das Cottage hier zur Miete anbot. Ich wäre auch nach Wales gegangen, nach Schottland oder Cornwall, egal, Hauptsache weit weg und entlegen.«

»Ja, klar«, antwortete Ned ruhig. »Es ging Ihnen ja vor allem darum, aus L-london zu fliehen.«

»So ungefähr.«

Er sah mich rätselnd an. »Das Liebesleben ist Ihnen zu k-kompliziert geworden.« Ich war verdutzt. Bislang hatte er sich noch nie zu einer vergleichbar persönlichen Bemerkung aufraffen können.

»Mag sein.«

»Nach k-konventioneller Weisheit scheint es so zu sein, daß eine Person immer nur vor sich selbst zu fliehen versucht. Was natürlich nicht gerade leicht ist.«

»Das ist mir in London gelungen«, sagte ich. »Dadurch, daß ich mich in meine Arbeit vergraben habe. Monatelang kein einziger freier Tag. Ich hab's übertrieben und bin ziemlich runtergekommen, hatte ständig irgendwelche Infektionen.« Mandelentzündungen, Blasenkatarrh und sogar Fußpilz. Um schlafen zu können, mußte ich Tabletten schlucken, und über ein Jahr lang kam keine richtige Menstruation zustande – was nicht etwa so gewollt war.

Es entstand eine längere Pause, bevor er sagte: »Aber Sie sind hierhergekommen, um zu arbeiten.«

»Um meine eigenen Bilder zu malen«, präzisierte ich. »Das ist etwas anderes. In London sind mir nur ganz wenige Bilder dieser Art geglückt.« Während der letzten drei Jahre nur ein einziges, um genau zu sein. »Ich bemale sonst immer nur Wände, Türen oder Decken.«

»Wie Michelangelo«, meinte Ned schmunzelnd.

»Oder ich gestalte die Wände von Swimmingpools. Alles mögliche. *Trompe-l'oeil*, wenn Sie verstehen, was ich meine. So was ist heute gefragt. Vor vier Jahren hatte ich mal eine kleine und ziemlich mickrige Ausstellung, zu der auch eine Agentin namens Magda eingeladen war. Sie gab mir den Rat, mich auf Wandmalerei zu spezialisieren. Ich dachte, warum nicht. Und seither arbeite ich im Auftrag anderer und male jeden Mist, solange es Leute gibt, die dumm genug sind, mir eine Menge Geld dafür zu bezahlen.«

»Sie sind wohl teuer, oder?«

»Und wie«, antwortete ich mit bitterem Lächeln. »Dank Magda. Sie kümmert sich um die Preise.«

Und hat mich – laut Gerald – in die Welt der Erwachsenen gezerrt.

Hat mich völlig ruiniert – laut Sebastian.

»Und von dem lukrativen Geschäft wollen Sie jetzt nichts mehr w-wissen?«

»Einstweilen.« Ich lachte, aber das Lachen klang selbst für meine Ohren angestrengt und blechern. »Ich hoffe, meine Kunden vergessen mich nicht. Allerdings ist mir ein sehr verlockendes Angebot für eine Ausstellung gemacht worden. In der Liszt-Galerie. Kennen Sie die? Spitzenadresse. Christopher Hamilton-Smythe, der Galerist, will, daß ich bis zum Herbst nächsten Jahres zwanzig Bilder fertig habe. Ich wage nicht einmal daran zu denken, was er für ein einziges Gemälde verlangen wird. Wenn ich sie gemalt habe...«

Ned berührte zärtlich meine Hand. »Was ist l-los mit Ihnen, Schätzchen?«

Es war die Art, wie er mich »Schätzchen« genannt hatte – die gab den Ausschlag. Plötzlich fing ich zu schluchzen an. »Ich fürchte, nicht mehr malen zu können...« Daß ich diese Worte ausgesprochen hatte, erleichterte mich ungemein. Nie zuvor, nicht einmal im Selbstgespräch, hatte ich dieses Eingeständnis zu formulieren gewagt. Jetzt sprudelte es fast aus mir heraus, so sehr drängte die Wahrheit ins Offene. »Ich habe seit fast zwei Jahren kein eigenes Bild mehr gemalt...«

Ned hielt meine Hand und stellte sich ein bißchen ungeschickt dabei an, mir mit einem großen, weißen Taschentuch die Tränen von den Augen zu tupfen.

»Sie haben mir gerade noch erzählt, wieviel G-geld Sie verdienen.«

»Für Auftragsarbeiten, ja. Wandmalereien. Die sind irgendwie auch ganz nett. Die meisten Leute wissen, was sie wollen. Für mich kommt's lediglich darauf an, die vorhandenen Flächen zu nutzen und den scheußlichen Farbgeschmack der Kunden zu treffen. Ach, es ist so simpel...«

»Offenbar haben Sie Erfolg damit gehabt.«

»Aber nichts wirklich Gutes geschaffen«, schluchzte ich. »Jedenfalls nichts, was nach meinem Verständnis gut gewesen wäre oder nach dem von Sebastian...« Ich zupfte ein zerknülltes Stück Klopapier aus dem Ärmel – Neds blütenweißes Taschentuch war zu schade, um vollgeschneuzt zu werden – und putzte mir geräuschvoll die Nase. Mit tiefen Atemzügen versuchte ich, mich und meine aufgewühlten Gedanken zu beruhigen. »Was ich gemalt habe, war handwerklich nicht schlecht«, sagte ich vorsichtig. »Was heißt, nicht schlecht? Es war gut... egal, was Sebastian davon gehalten hat. Für ihn ist von vornherein inakzeptabel, was Geld einbringt. Für meine Arbeit habe ich mich nicht geschämt. Jedenfalls kaum. Aber stolz darauf konnte ich auch nicht sein...« Ich stockte, um den Kloß im Hals zu schlucken. »Es steckte einfach nichts dahinter. Klingt das, was ich sage, zu überspannt?«

Ned starrte in sein Weinglas.

»Ich habe mal Aufzeichnungen eines Malers gelesen. Ich weiß nicht mehr, wer es war. Irgendeine Berühmtheit. Er behauptet, daß alle Künstler dasselbe malen«, sagte er nachdenklich.

Trotz meiner gereizten Verfassung dachte ich noch: Typisch Ned Cowper, daß er nun, wo's ans Gefühl geht, hinter einer dritten Person in Deckung geht. Aber ich hatte ihn in seiner Einfühlsamkeit unterschätzt.

»Einer w-wie ich geht ganz selbstverständlich davon aus, daß der eine Künstler Porträts malt, der andere Landschaftsbilder, ein anderer Blumen oder Stilleben. Aber nein. In dem

Text hieß es, daß alle guten Künstler, und mögen sie noch so unterschiedliche Bilder auf der Leinwand entstehen lassen, zum Ausdruck bringen, was den Menschen seit jeher bewegt: Leben und Tod, L-l-liebe, Schmerz und Glück...« Achselzukkend steckte er sein überdimensionales Taschentuch in die Tasche zurück.

»Ich habe nicht den Anspruch, solche erhabenen, mysteriösen Themen in Malerei umzusetzen«, entgegnete ich.

»Liebe und Tod«, bemerkte Ned, »sind ganz alltägliche Erfahrungen, auf ihre Weise sogar gewöhnlich.«

Ich merkte auf.

»Sebastian faselt ständig was von Resonanzen«, sagte ich. »Seiner Meinung nach muß ein Kunstwerk auf Widerhall jenseits seiner selbst treffen. Ich finde, das hat was mit des Kaisers neuen Kleidern zu tun. Diese Resonanzen wird wahrscheinlich nur Sebastian Ford empfangen können. Ich male Leute und Katzen«, fügte ich trotzig hinzu und trank einen Schluck Wein. »Und Häuser und Mülleimer.«

Daß Ned nicht sofort antwortete, war mir lieb. Irgendwo im Tal rief ein Käuzchen durch die Abendstille. Ich dachte nach.

»Aber... nun ja. Vielleicht verstehe ich doch, was Ihr Künstler gemeint hat. Vielleicht ergibt auch das, was Sebastian behauptet, einen Sinn. Denn wenn ich meine eigenen Bilder betrachte, sehe ich bloß Gesichter, Katzen, Häuser oder Mülleimer. Dann weiß ich, daß ich versagt habe. Ich suche... etwas anderes, weiß aber wahrscheinlich nicht einmal wonach.«

»Ach was«, entgegnete Ned. »Ich erinnere mich, d-daß Sie mal was ähnliches über die Porträts gesagt haben, die Sie malen.«

»Wirklich? Keine Ahnung, wovon Sie sprechen.«

»Ich erinnere mich an alles, was Sie gesagt haben«, erklärte Ned mit schuldbewußter Miene. »Ich habe ein gutes G-gedächtnis, wie ein Elefant...«

»Danke«, sagte ich, griff kühn nach seiner Hand und drückte sie kurz.

»W-wofür? Daß ich mir Ihren Kummer angehört habe? Kaum der Rede wert. Mit der Zuversicht hapert's immer wieder mal. Das trifft jeden von uns.«

»Ich hatte nicht vor, Sie mit meinem Gejammer zu langweilen. Aber es tut gut, mit Ihnen zu reden. Das werden Sie bestimmt auch schon des öfteren von anderen gehört haben, oder?«

»N-nein«, erwiderte Ned sichtlich überrascht. »Aber ich hoffe, es ist so. Gesagt hat's noch niemand... Wie dem auch sei, jetzt geht's Ihnen wieder besser.«

Eine Frage war das nicht. Er stellte bloß nüchtern fest und grinste ironisch.

»Was macht Sie so sicher?«

»Ich m-m...« Er brach ab und preßte die Lippen aufeinander. Sonderbar, aber sein Gesicht verfärbte sich plötzlich knallrot. Dann: »Ich will schließlich mal eins Ihrer Bilder sehen. Das haben Sie mir versprochen«. Er stand auf und stellte, bedächtig wie immer, sein Glas auf dem Tablett ab. In seinem Rücken schimmerte kühl der halbe Mond am Dämmerhimmel.

»Kommen Sie morgen wieder?« So direkt hatte ich ihn noch nie gefragt.

»Der letzte Tag zum Angeln«, sagte er. »Den laß ich mir um n-nichts in der Welt nehmen.«

5

Abends, wenn Ned gegangen war, machte ich manchmal Feuer im Wohnzimmerkamin. Tagsüber war es warm, aber gegen Abend wurde es schon bitterkalt. Ich ging meist früh zu Bett. So auch heute. Ganz nach ländlichem Rhythmus. Unter der Schräge meines weißgetünchten Speichers stand ein riesiges Mahagonibett, das – wie das Klavier – wahrscheinlich nur mit Brachialgewalt aus dem Haus entfernt werden konnte. Immerhin war die Matratze neu, zum Glück.

Unter Bergen von Eiderdaunen und mit einem gemütlichen Stapel Kissen im Rücken schmökerte ich in einem Roman herum und kam mir vor wie Königin Elisabeth I. in ihrem prunkvollen Schlafgemach. Es würde mir schwerfallen, auf die Ausziehcouch in meiner Etagenwohnung zurückzukehren. Was meinem stattlichen Bett jedoch noch fehlte, war ein zweiter – und viel größerer – Leib neben dem meinen.

Auf dem Nachttisch (aus dessen Schublade es so nostalgisch nach Mottenkugeln und Kampfer roch) stand eins meiner drei Radios, die mich mit dem beruhigenden Gelulle auf Kanal vier vor der gespenstischen, eulendurchschwirrten Stille von draußen in Schutz nahmen. Wie gewöhnlich drehte ich auch in dieser Nacht das Radio aus, als die Börsenberichte anfingen. Was das Programm anging, war ich wählerisch, auch wenn es nur als Geräuschkulisse diente.

Erst jetzt hörte ich das Auto draußen vorüberfahren. Die Nordseite meiner Mansarde war ohne Fenster. Ungestüm strampelte ich die Daunendecke weg und eilte in den Nebenraum. Ich mußte mich auf einen Stuhl stellen, um durch den kleinen, quadratischen Fensterausschnitt spähen zu können und sah, wie sich zwei Scheinwerfer den Hang von Lamp Hill nach oben tasteten. Aha, auf Mr. Danbys Auskünfte war also auch kein Verlaß. Entweder der Wagen hatte die Hügelstraße verlassen, um unten wieder kehrtzumachen (was ziemlich unwahrscheinlich war), oder er war über die Holperpiste von Lamp Lane gekommen, die an meinem Cottage vorbeiführte.

Was konnte jemand um elf Uhr nachts auf dieser Strecke verloren haben? Da waren nur Felder, das Cottage – und der Fluß.

Ich bin nicht leicht aus der Ruhe zu bringen und zog die Möglichkeit, Wilderer ertappt zu haben, kaum ernsthaft in Betracht. Der Verdacht drängte sich allerdings auf, wenn auch nicht in alarmierender Weise, sondern eher als spannende Ablenkung. Ich kroch ins Bett zurück – und starrte an die Wand.

Entschlossen setzte ich mich früh am nächsten Morgen vor den Arbeitstisch. Ob ich das ohnehin getan hätte oder Ned einen Gefallen damit tun wollte, weiß ich nicht.

Um halb neun läutete das Telefon. Der schrille Ton schreckte mich auf, denn ich war in zwei Wochen kaum mehr als ein halbes Dutzend mal an den Apparat gerufen worden. Er besaß noch eine richtige Glocke im Gegensatz zu diesen elektronischen Trillerlauten, hatte eine silberne Wählscheibe und war aus jenem schweren, schwarzen Material geformt, das so kühl und klamm in der Hand liegt wie polierter Marmor.

»Morgen, Liebling.«

»Wer spricht?« Ich hatte den Hörer unters Kinn geklemmt und musterte das blanke Papierviereck vor mir auf dem Tisch.

»Liebling, aber du wirst doch...«

Wer sonst – um Punkt halb neun in der Früh? Gerald war dem Zwiebackkrieg zwischen seiner Frau und den Kindern entflohen und hatte in dem freudlos lackierten Chefbüro Zuflucht gesucht, exakt fünfundzwanzig Minuten vor Ankunft der freudlos lackierten Chefsekretärin. Frankie, die ganz und gar nicht lackierte Gelegenheitsgeliebte, paßte hübsch dazwischen.

»Ich bin beschäftigt, Gerald. Ich male an einem neuen Bild.«

»Wann wirst du Zeit haben, um mit mir zu reden? Ich muß mit dir reden, Babe.«

»Wenn ich mit dem Bild fertig bin.«

»Und wie lange brauchst du dafür?«

Ich werde oft gefragt, wie lange es dauert, ein Bild zu machen. Wie lang ist ein Faden? Nun, von einer Viertelstunde bis ewig. Meine riesige Mappe steckt voll von Bildern, die nie fertig geworden sind. Trotzdem kann ich mich davon nicht trennen (genausowenig wie eine Mutter von ihrem mißratenen Kind), denn ich bin sicher, daß sich irgendein Versprechen in ihnen verbirgt.

Bei einer Auftragsarbeit weiß ich natürlich ganz genau abzuschätzen, wann sie beendet sein wird. Für ein durchschnittliches Wandgemälde – von der Größe einer Doppeltür – gebe ich mir maximal vier Wochen, entsprechend der Quadratmeterzahl und den etwaigen Sonderwünschen des Kunden.

Besonders teuer wird es, wenn meine Spezialität gefordert ist: der Einschluß eines oder mehrerer Porträts. Magda hatte aus meinem Talent, Ähnlichkeiten zu treffen, einen zugkräftigen Verkaufsschlager gemacht. Mit zynischer Gewißheit meinte sie, daß die Vorliebe der Kunden für ihr eigenes Konterfei durch nichts zu übertreffen sei. Wer in einem Fotoalbum herumblättert, sucht in erster Linie nach Bildern von sich selbst.

Kein Mann, so sagte sie, könne der verlockenden Aussicht widerstehen, sich (mit schmeichelhaft vergrößertem Bizeps) auf der eigenen Badezimmerwand durch einen Rousseauschen Dschungel schwingen zu sehen. Und wie sehr würde es eine reiche Hotelbesitzerin begeistern, sich auf der Wand ihrer Cocktailbar verewigt zu sehen – in den Armen von Fred Astaire, Foxtrott tanzend durch die glitzernde Menge?

(Nur im Hintergrund natürlich. Nicht zu aufdringlich. Madame ließe sich mit Juwelen von Wallis Simpson behängen – bei Windsor war gerade Schlußverkauf. Solche Details kamen immer gut an.)

Nennen Sie mir Ihre kühnsten Träume; ich bin sicher, Ähnliches schon gemalt zu haben: von Ehepaaren, die sich auf der Wand ihres Swimmingpools vor der Kulisse des antiken Pompeji sonnen, bis hin zu Kindern, die auf dem Rücken des Pegasus über den Kaminsims im Kinderzimmer springen.

Ein dreifaches Hoch auf Magda. Ich konnte mich nur wundern, was für Mengen von Geld sich in vornehmen Landhäusern ansammelten, um für diese selbstgefälligen Kreationen ausgegeben zu werden.

Sebastian sprach in diesem Zusammenhang gehässigerweise von »Malerei pro Quadratmeter«. Da zählt es nicht, daß ich in den ersten vier Jahren nach dem Studium mit meinen Bildern kaum genug verdiente, um über den Steuerfreibetrag hinauszukommen. Meist konnte ich es mir nicht einmal leisten, meine Werke für eine Ausstellung in den schäbigen Räumen des nahegelegenen Kunstzentrums rahmen zu lassen. Um mich (und ihn) über die Runden zu bringen, mußte ich in Restaurants und Bars kellnern. (Und Ned Cowper wagte zu vermuten, ich sei in Beziehungen der Teil, der eher nimmt als gibt.) Sebastian werkelte derweil in der Garage, die wir als Atelier nutzten, an seinen riesigen, düsteren Aufbauten aus Schrott herum. Zweifellos brachten sie jede Menge Resonanzen zum Schwingen, waren aber verdammt unergiebig, wenn es darum ging, anstehende Rechnungen zu begleichen. Damals habe ich nicht auf ihn gehört.

Sebastian war mein vertrautester (und unerbittlichster) Kritiker. Er ließ sich von seinem zermürbend schwierigen Weg nicht abbringen und hatte für andere Kunstrichtungen nur bitteren Spott übrig. Sein Blick war so scharf wie die Zunge spitz. Schon bevor ich mich seiner Meinung nach verkaufte, hatte er mir zu verstehen gegeben, daß ich nicht einmal mit Schminke umzugehen vermochte, geschweige denn mit Farben. Daß ich dennoch die Hoffnung hegte, Gnade vor seinen Augen zu finden, lag in meinem blinden Vertrauen begründet, für das es eigentlich keinen Grund gab.

Zur Zeit, als sich Magda in meine kleine Ausstellung im Kunstzentrum verirrte, hatte ich es satt, in Wohngemeinschaft zu leben und in dem zugigen Atelier zu arbeiten. Sebastian kümmerten meine Sorgen nicht. Er hantierte immer nur mit seinen Schweißbrennern herum. Auf meinem Podest in der Ecke froren mir trotz Handschuhen die Finger am Pinsel fest. *La Bohème* – ohne die Lieder. Sebastian und ich hatten Zimmer gemietet in einem feuchten viktorianischen Verlies am Rand von West Hampstead und Cricklewood. Insgesamt wohnten wir zu fünft, ein Arrangement, das auf die Studienzeit zurückging. Als Student kann man es sich noch leisten, eine halbe Stunde vorm Badezimmer oder Telefon warten zu müssen. Damals hatte ich auch noch darüber hinwegsehen können, daß mir ständig irgendwelche Sachen abhanden kamen. Als mich Magda jedoch mit Aufträgen versorgte und ich schon um sieben Uhr morgens aufbrach, um bis zum Abend zu placken, wurden mir die bohemienschen Sitten langsam unerträglich.

Schließlich legte ich mir bürgerlichen Putz an, schmeichelte mich bei der Bank und der Wohnungsgesellschaft ein und erstand meine sonnige, luftige Mansarde in Clapham. Ein Jahr später besaß ich auch ein Auto: lang und schnittig, außen schwarz und innen weiß. Es erinnerte mich an einen Dauerlutscher. Sebastians Verachtung für meinen Luxus kannte keine Grenzen. Das hätte ich noch verwinden können, wenn er nicht, kaum einen Monat später, so schamlos gewesen wäre, sich bei mir einquartieren zu wollen.

Ich weigerte mich schlichtweg, hielt aber trotzdem Kontakt zu ihm. Wie du mir, so ich dir. »Jemanden in Beschlag nehmen zu wollen, ist nicht minder bourgeois als schnöder Besitz«, bemerkte ich bissig. Bald darauf fand er Käufer für seine Skulpturen. Seine Kleider waren zwar nach wie vor zerknittert und unifarben, aber neu. Die Jacke sah genauso aus wie die alte, roch aber nach Leder und stank nicht mehr nach Paraffin, womit er den lebensgefährlichen Atelierofen beheizt hatte. Unter den süßlichen Lederduft mischte sich öfters das flüchtige und teure Bukett eines Frauenparfüms. Aber das war nicht neu.

Wie dem auch sei, daß er nun selber zu Wohlstand gekommen war, stimmte ihn nicht versöhnlicher, was unsere Beziehung anging. Ich redete mir ein, daß er neidisch war, weil ich mehr Geld verdiente als er und jederzeit die Freiheit hatte, zur »ehrlichen« Malerei zurückzukehren.

Dann traf ich Gerald. Er war, wen sollte es wundern, das genaue Gegenteil von Sebastian. Als Kunde beauftragte er mich, die Kantine seiner Firma zu dekorieren. Gerald arbeitete als Geschäftsführer für eine Werbeagentur. Er trug makellose Anzüge, maßgeschneiderte Hemden, schmierte Gel ins Haar und benutzte ein ausgefallenes Rasierwasser. Er überschüttete mich mit Aufmerksamkeiten, Zärtlichkeiten und kostspieligen Angebinden, ganz nach Art der alten Schule. Und daß ich seine *Geliebte* war – ganz im verruchten, altmodischen Sinne des Wortes – gab unserem Verhältnis die besondere Note. Zu Anfang jedenfalls.

Ich wünschte mir bloß, daß er aufhören würde, mich erziehen zu wollen. Gerald kannte nur eins: Optimierung. Unter seinem Einfluß fand ich Gefallen an edlen Dessous (warum nicht?), aber ich weigerte mich, mir die Haare schneiden zu lassen oder meine Vorliebe für Pommes frites zu verleugnen. Allerdings schaffte er es, mich für schicke Restaurants und teure Weine zu begeistern. Ja, er erschloß mir eine völlig neue Welt von Kostbarkeiten. Dafür war ich ihm auch dankbar, bedauerte es aber, daß er mein Vergnügen nicht richtig teilen konnte. Der Genuß von Weinen zum Beispiel war für ihn (wie alles andere in seinem komplizierten Leben) eine äußerst ernste Angelegenheit. Ich empfand Mitleid mit ihm, denn die Vorfreude auf den köstlichen Tropfen, den es zu trinken galt, ging ihm völlig ab. Statt dessen fühlte er sich fast zwanghaft bemüßigt, eine penible Expertise abzugeben. Die Sorge, jedes einzelne Wort, das auf dem Etikett stand, voraussagen zu können, nahm ihm den eigentlichen Genuß. Daß er sich meist vertippte, machte ihn für mich erst wirklich liebenswert. Ein perfekter Gerald wäre mir unausstehlich gewesen.

Außerdem war er auf charmante Weise befangen, was seine sorgsam verheimlichte Herkunft aus der Arbeiterklasse anging. Die Ehe schien ihn auch nicht glücklich zu machen. Seine Frau, eine gelernte Krankenschwester, die nun mit Leib und Seele Mutter war, brachte, wie er meinte, nur wenig Verständnis für ihn auf. Mir kam bald der Verdacht, daß sie wahrscheinlich nicht auf Geralds Optimierungsvorschläge eingehen und sich jeden Morgen eine neue Maske anschminken wollte.

Heute morgen erzählte er mir wieder, wie sehr er meinen geistigen Input für den Alltag brauchte. Geralds Leben entsprach einer dynamischen Fluktuationskurve aus *inputs* und *objectives*. Insgeheim wünschte ich mir, Ned würde unser Gespräch hören können, denn Gerald war der Meinung, daß ich in unserer Beziehung für den Input zuständig sei. Ausschließlich nutznießend war ich weiß Gott nicht.

»Tut mir leid«, erwiderte ich entschieden. »Wirklich, Gerald, ich kann darüber jetzt nicht reden. Ich muß arbeiten.«

»Ich hatte vor, dich in Yorkshire zu besuchen«, sagte er.

»Hör doch. Ich bin beschäftigt. Bis über beide Ohren.«

»Also erst nach Weihnachten.« Er klang beleidigt und verärgert.

»Das ist noch lange hin, und wer weiß, was sich inzwischen tut. Aber bitte, versteh, ich habe momentan keine Zeit für dich...«

Das Gespräch konnte nicht mehr lange dauern, denn seine Sekretärin mußte jeden Augenblick ankommen, und Gerald legte großen Wert auf eine strikte Trennung zwischen Arbeit, Familie und Liebelei.

Ich denke, es war unausweichlich, daß nur wenige Minuten, nachdem ich den Hörer aufgelegt hatte, Sebastian anrief. Er hielt sich gerade im Elternhaus von Felicity auf, einer wohlhabenden Freundin aus Surrey. Ich war schon ein paarmal mit ihr zusammengetroffen. Sebastian machte keinen Hehl aus seinen diversen Affären und nahm ganz unverfroren seine vermeintlichen Gastrechte in Anspruch – indem er zum Beispiel zur Geschäftszeit Ferngespräche führte, nur um seiner Verflossenen zu sagen, daß sie Leben und Talent in der Wildnis verschleuderte.

»Ich versuche zu arbeiten, Sebastian, und will mich jetzt nicht streiten.«

Immerhin hatte er zumindest dafür Verständnis. Wenn ihn die Arbeitswut packte, verzichtete er auf Schlaf und Essen, bis ihm die Augen glasig wurden und er keinen zusammenhängenden Satz mehr zustande brachte. Auch Gerald arbeitete fleißig, glaubte aber (so stand's in seinem Katechismus zu Fragen effizienten Managements und interpersoneller Kommunikation), daß selbst in äußerster Anspannung Zeit zu finden sei für wichtige Gespräche.

»Na schön«, sagte Sebastian. »Kommst du wenigstens gut voran?«

»Ich hab noch nicht mal angefangen.«

»Brauchst du Hilfe?«

»Aus Surrey?«

»Ich komm hoch, wenn du willst.«

»Das wäre Felicity bestimmt nicht recht.«

Rührend: Sebastian war promiskuitiv wie ein Hirsch, sorgte sich aber dennoch um eine alte Freundin.

»Weißt du noch, was ich dir gesagt habe, Fanny?«

»Was denn?«

»Landschaften sind nicht dein Ding und werden es nie sein. Dein Sujet sind Menschen, und ich meine nicht diese blödsinnigen Cartoons, die du überall in London auf Wände pinselst. Nein, halt den Mund und hör mir zu! Ich spreche von wirklichen Menschen, die in der Wirklichkeit stehen, essen, schlafen, vögeln... und nicht von bescheuerten Geldsäkken, die sich ihr eigenes Disneyland ins Wohnzimmer holen. Versuch dich an das blaue Dach zu erinnern. Tu mir den Gefallen und setz dich in Marsch. Du bist schon fast einen Monat lang weg.«

»Sebastian?«

Aber die Leitung war schon tot.

Das blaue Dach – ich wußte genau, worauf er anspielte: DACHLANDSCHAFT MIT FRAU UND KATZE war eins der wenigen Bilder von mir, mit denen Sebastian einverstanden zu sein schien. Um ihm nicht Unrecht zu tun, sollte ich hinzufügen, daß er an den eigenen Arbeiten genausoviel herummäkelte. DACHLANDSCHAFT... ein ziemlich düster gestimmtes Acrylbild, das ich gemalt hatte, als Sebastian nach Paris gereist war (zu welchem Behufe, konnte ich nur zähneknirschend ahnen) und mich allein in unserem viktorianischen Verlies zurückgelassen hatte. Es war im Grunde nicht mehr als ein Blick aus meinem Zimmer. Eine dunkle, abschüssige Landschaft aus regennassen Ziegeln unter einem wagnerianisch bewölkten Abendhimmel. Doch aus einem Oberlicht strahlte es hell, und in diesem Fenster saß einsam eine Frau mit einer Katze auf dem Schoß; daneben ein Telefon, das nicht läutete. »Nasser Kemenatenkater« hatte Sebastian das Bild betitelt. Charmant.

Nachdenklich ging ich zurück an den Arbeitstisch.

Und plötzlich war mir alles klar. Ich nahm den Stift zur Hand und warf mit schwungvollen Strichen eine Skizze aufs Papier. Ihr Gegenstand waren aber nicht die Bäume, die Sonne auf dem Wasser, die Farben des Farns dahinter oder die diesige Hügellandschaft Yorkshires, sondern – Meister Petz.

6

Ned fing einen Fisch.

Ich sah, wie er ihn an Land zog, obwohl ich zufällig mal nicht draußen auf ihn gewartet hatte. Die Uhren waren vorgestellt worden, und es dämmerte schon früh am Nachmittag. Um Viertel vor fünf war es bereits dunkel, und ich malte wie besessen, entschlossen, das Bild fertig zu haben, bevor er heraufkam. Es fehlten nur noch wenige Striche, als ich plötzlich von einer blinkenden Bewegung abgelenkt wurde. Ich schaute zum Fluß hinunter und sah, wie ein silberner Strich aus dem Wasser schnellte und Ned wie wild an der Spule kurbelte. Dann verschwanden Fisch und Angler unter dem Laub eines Ahornbaums, und ich wußte nicht, ob er die Beute in Sicherheit gebracht hatte, bis ich ihn wenige Minuten später durchs Gras zu mir heraufstapfen sah.

Ich traf ihn an der Küchentür. Er steckte immer noch in den hohen Gummistiefeln und hatte die Angelrute über die Schulter geworfen. Sein Gesicht war gerötet und strahlte vor Glück.

»Eine weibliche Lachsforelle«, sagte er und hob die Hand mit dem baumelnden Fisch. »Nichts B-besonderes, wiegt aber bestimmt an die drei Pfund.«

»Da muß irgendwo eine Waage sein«, entgegnete ich und durchsuchte den blaulackierten Küchenschrank. Ich fand die Waage und stellte sie ins Spülbecken. Es kostete mich ein wenig Überwindung, den toten Fisch von Ned entgegenzunehmen, der vor der Schwelle wartete und immer noch keine Anstalten machte, die Stiefel auszuziehen. Der Fisch war verblüffend schwer – und glitschig zwischen den Fingern. Fast hätte ich ihn fallen lassen.

»V-v-vorsichtig. Der Schleim hilft den Tieren durchs Wasser zu gleiten.«

Armes Ding. Die Schuppen schimmerten herrlich, viel frischer und leuchtender als das, was in der Auslage der Fischhändler zu sehen war. Blau wie Schiefer, aber mit einer intensiven perlmutterfarbenen Tönung. Die Augen waren stumpf, die Zähne bedrohlich spitz. Ich ließ die Beute auf die Waagschale rutschen.

»Zwei Pfund und fünf Unzen«, las ich ab und sagte, als ich Neds enttäuschte Miene sah: »Können auch sechs sein. Knapp zweieinhalb Pfund.«

»Na schön. Ich kann von G-glück reden, überhaupt was gefangen zu haben. Damit hatte ich gar nicht gerechnet. Nicht bei dem W-wasser, so wie es...« Er stockte, als uns beiden bewußt wurde, wie dieser Kommentar auszulegen war.

»Kommen Sie rein«, sagte ich. »Es ist zu kalt, um draußen zu trinken. Was soll ich mit Ihrem Fang anstellen? Ah, ich weiß schon. Ich muß ein Foto von euch beiden machen.«

»Unsinn«, lachte Ned. »So viel A-aufhebens um diesen Mickerling?«

Trotzdem lichtete ich ihn ab. Er stand vor der Küchentür und präsentierte die Forelle wie einen kiloschweren Hai. Im Verhältnis zu Neds massiger Gestalt machte sich die Beute wie ein Stichling aus.

»Und was soll ich jetzt damit?« fragte ich erneut, als Ned die Stiefel auszog.

»Aufessen.«

»Ach was«, widersprach ich. »Sie haben ihn gefangen. Er gehört Ihnen.«

»Ich habe schon Hunderte von Lachsforellen gegessen, frisch aus der Wrag. Sie sollten mal eine p-probieren. Meine Revanche für all den guten W-wein, den ich bei Ihnen getrunken habe.«

»Ich weiß nicht, wie man damit umgeht. Mit all den Innereien und so.«

Ned trat auf Socken über die Schwelle. Während der vergangenen Wochen hatte ich des öfteren Gelegenheit gehabt, seine Auswahl an Socken zu bewundern. Für einen Mann von offenbar schlichtem Geschmack waren sie beachtlich luxuriös. Das heutige Paar leuchtete in einem hellen Kornblumenblau und war – darauf wette ich – aus Kaschmirwolle.

»Ich nehme den Fisch für Sie aus«, sagte er. »Ist ein scharfes Messer im Haus? Und vielleicht eine Schürze.«

Die Schleifen meiner Schürze reichten kaum für den Umfang seiner Taille, und ich brauchte länger als nötig, um sie festzuschlingen.

Mit der behenden Nonchalance eines Chirurgen schlitzte Ned den silbernen Bauch des Fisches auf. Den Rest der Prozedur schaute ich mir weniger genau an.

»Und was nun?« wollte ich wissen, als er die Hände unter laufendem Wasser abschrubbte.

»Mir persönlich schmeckt ein M-mittelding zwischen Backen und Dünsten am besten«, antwortete er. »Viel Butter, abgeriebene Zitronenschale, Petersilie. Dann wird der Bursche ordentlich gewürzt und mit den Zutaten in Alufolie eingewickelt.«

»Das machen Sie wohl lieber selbst, oder?«

Ich hatte einen heiteren Tonfall angeschlagen und erwartete, daß er über meinen Vorschlag lachen würde. Doch das tat er nicht.

Ich ging zum Angriff über. »Die Portion ist viel zu groß für mich allein...«

»B-b-beverley hat mir bloß kaltes Fleisch in den Kühlschrank gestellt«, entgegnete er.

»Beverley?« hakte ich nach. Zum Glück verschlug es mir die Sprache, bevor ich fragen konnte: »Ihre Frau?«

»Eine Art H-haushälterin auf Abruf«, antwortete er und wirkte überrascht, wie so oft, wenn er voraussetzte, daß ich Bescheid wußte. Obwohl er mir nichts oder kaum etwas von sich erzählte, ging er anscheinend doch davon aus, daß ich über sämtliche Verhältnisse im klaren sei. »Beverley arbeitet für den Gutshof und für uns.«

Die Erleichterung darüber, von Beverleys Harmlosigkeit versichert zu sein, mischte sich mit dem Mißfallen an der Verwendung des Wortes »uns«. Aber wie man weiß, sprechen ja früher verheiratete Personen nach wie vor oft in der Mehrzahl und meinen ihren Haushalt.

»Und heute ist die Angelsaison zu Ende«, bemerkte er – überflüssigerweise, wie ich fand. Er warf einen Blick auf die Uhr. »Ich muß um zehn zu Hause sein.«

»Es ist nicht einmal sechs.«

»Soll ich die g-ganze Mahlzeit zubereiten?« fragte er schüchtern. »Vorausgesetzt, Sie haben Zitrone, ein paar Kartoffeln... und ein b-bißchen Salat?«

»Ich bitte Sie darum«, sagte ich und konnte mein Glück kaum fassen. »Nehmen Sie sich, was Sie brauchen.«

»Und Sie können inzwischen Ihr B-bild fertig malen. Ich hab Sie bestimmt soeben in der Arbeit unterbrochen.«

»Kochen Sie gern?«

»Und wie.«

»Wenn's Ihnen wirklich nichts ausmacht…« sagte ich und zog triumphierend die Küchentür zu.

Die Fliege zappelte im Netz.

Trotz allem, was seitdem geschah, treibt mir die Erinnerung an diesen Abend immer noch Tränen in die Augen. Dabei passierte gar nicht viel. Kein Wort wurde gesprochen, das außergewöhnlich gewesen wäre.

Wir verhielten uns wie Kinder, die Haushalt spielen. Mit vertauschten Rollen. Der beschürzte Ned hantierte im Dreieck zwischen Vitrine, Spüle und Kühlschrank herum, leise singend und (selbst für meine unkritischen Ohren) schief. Ich schaltete den Strahler auf meinem Arbeitstisch an und unterhielt mich mit ihm durch die offene Tür.

»Es klappt wieder, oder?« fragte Ned, als ich in die Küche kam, um mein Glas zu füllen. »Die B-blockade – oder was es auch war – ist wohl überwunden.«

»Wollen Sie mal sehen?«

»Wenn ich darf.«

Ich gab mich völlig unbekümmert und trat achselzuckend zur Seite, um ihn ins Wohnzimmer vorzulassen.

Natürlich wollte ich, daß er das Bild sah, fürchtete aber, er würde es womöglich mißverstehen oder – wie so viele treuherzige Menschen, die einem Künstler zu schmeicheln versuchen – einen flüchtigen Blick aufs Blatt werfen und sogleich in Superlativen schwelgen. Ein solches Verhalten löst mitunter eine absurde und unkontrollierbare Kettenreaktion aus. Als Künstler fühlt man sich in verzweifelter Aufrichtigkeit bemüßigt, den einen oder anderen Makel hervorzuheben. Der Betrachter hudelt dann um so mehr mit seinem Lob, das so erstickend und unaufhaltsam aus ihm hervorquillt wie der Schaum aus einem Feuerlöscher. Wer dem zu widersprechen wagt, gerät in Gefahr, dem anderen in ehrverletzender Weise zu unterstellen, zu keiner ernsthaften Kritik fähig zu sein.

Als Ned also mein Bild betrachtete, wagte ich es kaum, die Schwelle zu verlassen. Ich sah ihm von der Tür aus zu und dachte zähneknirschend an all die gängigen Formeln, die ich von ihm am wenigsten zu hören wünschte. Zum Beispiel: *Soll ich das sein? Der Himmel ist aber schön. Sie haben ja richtig was drauf.* Und: *Ist das an einem Tag gemalt?* Oder alternativ: *Und was haben Sie am Vormittag gemacht?*

»Erstaunlich«, meinte Ned schließlich. »So stell ich mir den O-oktober vor. Einen herbstlichen Nachmittag. Strahlende Wärme, aber dahinter ahnt man schon den Frost. Die L-landschaft herrscht vor mit all den Bäumen und so weiter, und doch scheint der B-brennpunkt auf die kleine Figur gerichtet zu sein, die im Fluß steht und angelt und der ich natürlich...«, er lächelte verlegen, »...als Vorlage gedient habe. Das ganze Bild scheint sich somit ums Angeln zu drehen. 'sch-schuldigung, ich rede Unsinn.«

»O nein, das tun Sie nicht«, murmelte ich.

»Es scheint all das zusammenzufassen, was u-unbeschreiblich schön ist am Angeln.«

Dann wurde er wieder still.

»Sie finden also... daß es ganz gut so ist?« Ned hatte viel Gespür bewiesen. Jetzt wollte ich auch ein paar Komplimente hören.

»G-ganz gut so? Für das B-bild lohnt es sich, Haus und Hof zu verkaufen.«

»Soviel verlange ich nicht dafür.«

»Sie sagten doch, und zwar nicht nur einmal, daß Sie enorm t-teuer wären.«

»Ich schenke es Ihnen.«

Ned wurde rot. »Nein«, antwortete er leicht entsetzt. »G-glauben Sie mir, ich würde es kaufen, wenn ich's mir leisten könnte. Aber...«

»Bitte, nehmen Sie es an«, sagte ich. »Vielleicht kommt es mit in die Ausstellung. Dann werden Sie es lange Zeit nicht sehen können. Aber Christopher muß sich damit abfinden, daß eins der Exponate unverkäuflich ist. Nein, darauf bestehe ich. Ich habe beobachtet, wie Ihre Smarties ins Wasser gefallen sind, und das war irgendwie der Ausgangspunkt. Jetzt weiß ich, was ich malen muß. Warum ich nicht längst darauf gekommen bin, ist mir schleierhaft.«

»Und was werden Sie malen?«

»Menschen in ihrer natürlichen Umgebung. Das ist wahrscheinlich nichts Besonderes und selbst für mich nicht neu, denn das habe ich schon früher getan. Sebastian Ford, ein alter Freund von mir, hat mich daran erinnert. Das war mir eine große Hilfe«, fügte ich aufrichtig hinzu. »Ich werde mich mit einer Postkarte bei ihm bedanken.«

»Ah, Sebastian«, sagte Ned und schmunzelte rätselhaft. »Aber jetzt muß ich mich um die Forelle kümmern.«

»Wir haben uns mal ein Atelier geteilt«, erwähnte ich. »Vor vielen Jahren.«

Ich folgte Ned in die Küche. Er war in die Hocke gegangen, um den aluverpackten Fisch aus dem Ofen zu holen. Obwohl er mir den Rücken zugekehrt hatte, spürte ich, daß ihn die Erwähnung Sebastians fuchste. Was mich angenehm berührte, aber zugleich auch irritierte. Ned hatte bislang noch keinen einzigen beherzten Annäherungsversuch gewagt, abgesehen davon, daß er mir einmal für kurze Zeit die Hand gehalten hatte. Und das reichte als Grund kaum hin, sich über einen Ex-Liebhaber von mir zu ärgern. Nun ja, so ganz »Ex« war Sebastian auch wieder nicht.

Der Küchentisch war hübsch gedeckt mit einer bunt gemischten Sammlung von Geschirr und Besteck und (liebevoll) dekoriert mit einer Geranienblüte, die in einem Sherryglas steckte. Der Schmuck wirkte dennoch allzu spärlich in der ansonsten zweckmäßig kargen und viel zu hell beleuchteten Küche. Einem Impuls folgend, nahm ich eine große Apfelsine zur Hand, suchte mir ein scharfes Küchenmesser aus der Schublade und fing zu schnitzen an. Ned werkelte stumm vor sich hin.

»Sie können mir helfen bei der Suche nach geeigneten Sujets«, sagte ich nach einer Weile.

»W-wie bitte?« fragte Ned und stellte eine Salatschüssel auf den Tisch, aus der es verlockend nach Knoblauch duftete.

»Was spielt sich hier so ab? Im tiefsten Winter.«

»Das gleiche wie sonstwo, würde ich meinen. Es wird gejagt, geschossen.«

»Im Ernst jetzt.«

Ned sah mich fragend an.

»Das ist mir zu klischeehaft«, erklärte ich. »Jagen, Schießen, Fischen. Ich dachte, so was gibt's nur in Krimis und auf feudalen Landgütern. Aber nicht im wirklichen Leben eines Dorfes wie Thornbeck.«

»Das gehört hier zum Geschäft«, antwortete Ned. »Damit wird Geld gemacht.«

»Wie das?«

»Haben Sie eine Ahnung, w-wieviel heutzutage für den Abschuß von Fasanen ausgegeben wird? Oder eine Treibjagd im Moor? Ein teurer Sport.«

Ich schüttelte den Kopf.

»Bis zu tausend Pfund und darüber. Für ein einziges Moorhuhn.«

»Wär's auf dem Geflügelmarkt nicht billiger?«

»Was man im Laden dafür bezahlt, ist ein B-bruchteil dessen, was der Landbesitzer aufwenden muß, um die Vögel aufzuziehen. Das macht die Sache zum Geschäft. Harry G-godley aus dem Nachbartal mästet auf seiner Farm Fasane. Roger kauft sie auf und kassiert gesalzene P-preise für jeden Abschuß. Sue und Albert Brough vom Wirtshaus Wheatsheaf veranstalten Partys, füttern die Jagdgesellschaften durch und füllen sie mit Rotwein ab. Und dann ist da noch die Angelei natürlich, die...«

»Gehen Sie etwa auch auf die Jagd?« fragte ich. »Und schießen auf Vögel?«

»N-nein« antwortete er. »Das liegt mir nicht. Klingt vielleicht merkwürdig, denn schließlich bin ich Angler. Und ein Lachs ist bestimmt ein ebenso großartiges G-geschöpf wie jeder Vogel oder Fuchs.« Seine Stimme verriet, daß ich einen wunden Punkt angesprochen hatte.

»Ich mache Ihnen keinen Vorwurf«, erwiderte ich.

»M-mir wird ständig nachgesagt, ich würde mich inkonsequent verhalten«, sagte er und kehrte mir wieder den Rücken zu, um den Fisch aus der Folie zu nehmen. »Wie dem auch sei, so sieht's bei uns im Winter aus. ›Rotes Blut herrscht in des Winters Blässe...‹«

»Shakespeare?« Ich legte die Apfelsine ab und kramte im Verschlag unter der Treppe herum. Ich war mir sicher, einen Karton mit weißen Kerzenstummeln darin gesehen zu haben.

»Ich will Ihnen nicht weismachen, besonders b-belesen zu sein«, entgegnete Ned und plazierte den kompletten Fisch geschickt auf einen großen Servierteller. »Alle meine Zitate stammen aus ein und demselben Stück. Aus dem *Wintermärchen*, wie Sie wissen. Ich hab mal... ehm, bei einer Aufführung hier im Dorf m-m-mitgewirkt. Als Mitglied der Langton-Truppe. Und Sie wissen, wie das ist: Die Zeilen spuken einem wie Ohrwürmer noch monatelang im Kopf herum.«

»Shakespeare? Auf der Laienbühne?«

»N-niveauvoll, nicht wahr?« sagte Ned grinsend und schüttete das Kartoffelwasser ab. »Das Programm des vergangenen Jahres stand unter dem Motto *Leibchen oder Latzhose*. Viele der Teenager aus dem Dorf nahmen das Stück gerade im Unterricht durch. Der Vorschlag kam von ihnen.«

»Und Sie haben mitgespielt? Den verkappten Thespisjünger habe ich bislang nicht in Ihnen vermutet.«

»Ach... es war bloß 'ne ganz kleine Rolle. Was tun Sie denn da?«

Ich hatte aus der Apfelsinenschale ein schmuckes Laternchen geschnitzt und eine Kerze hineingestellt.

»Eine Halloween-Laterne.«

»Allerheiligen.«

»Wenn Sie so wollen.« Ich schaltete die Hundertwatt-Lampe unter der Decke aus, und die Küche verwandelte sich in eine schummrige Höhle voller Schatten. Es brannten nur noch die flackernde Kerze und das kleine Licht über dem Herd. »Reicht die Beleuchtung?«, und bevor Ned nein sagen konnte, beeilte ich mich zu sagen: »Der Fisch sieht fabelhaft aus. Welchen Part hatten Sie?«

»Was?«

»In dem Schauspiel?«

»Ach so.« Ned zerlegte die Forelle und verteilte die rosafarbenen Filets auf zwei Teller. »Im Wintermärchen gibt's, wie Sie vielleicht wissen, eine b-bemerkenswerte Bühnenanweisung. Shakespeare wollte eine Figur loswerden, wußte aber nicht wie. Also zog er irgendeinen Vorwand aus dem Hut und forderte: ›Er geht ab, auf der Flucht vor einem Bären.‹« Ned schmunzelte verlegen im flackernden Kerzenlicht.

Ich prustete vor Lachen. »Das nenne ich eine gelungene Besetzung.«

Mir war nicht entfallen, daß Ned gesagt hatte, nur bis maximal zehn Uhr bleiben zu können. Was für eine Verabredung mochte er um diese Zeit noch haben? Und in dieser verschlafenen Gegend? Soufflierte mir meine Arroganz als Städter diese Fragen? Ich hoffte, daß er sich überreden ließ.

Doch unser Diner sollte früher als erwartet enden – Hals über Kopf.

Ich fühlte mich den ganzen Abend über so sorglos und beschwingt wie eine Seifenblase. Auf dem Tisch nebenan lag mein erstes Bild seit zwei Jahren; hier in der Küche saß mir Ned gegenüber. Doch sooft ich aufschaute, mußte ich feststellen, daß er mich auf eine Weise musterte, aus der ich kaum schlau wurde. Eine so simple und willkommene Regung wie Verlangen lag nicht in seinem Blick. Vielleicht war es Angst oder Befangenheit. Fast schien es, als würde ihm eine wichtige Frage auf der Zunge brennen. Zu Anfang lächelte ich ihm herausfordernd zu, worauf er jedoch sofort wegschaute und über das Essen sprach oder ähnlich unverfängliche Dinge. Er war übrigens ein sehr guter Koch. Ich aß eine Menge, so viel wie seit Monaten nicht mehr. Trotzdem begluckte er mich wie meine Großmutter.

»Sie essen anscheinend nicht genug«, sagte er.

»Mögen Sie keine dünnen Frauen?« fragte ich und warf ihm einen lasziven Schlafzimmerblick zu. Doch solche Signale ließen ihn nur rot werden und noch heftiger zu stammeln anfangen: Natürlich sei er nicht unempfänglich für... er habe aber nicht vor... Keinen dieser Sätze brachte er zu Ende. Als wir schließlich beim Käse angelangt waren, steuerte er die Unterhaltung zurück in sichereres Fahrwasser. Shakespeare.

»Vielleicht«, sinnierte ich, »sollte ich meine Ausstellung ›Ein Wintermärchen‹ nennen.«

»Brauchen Sie einen Namen dafür? Ist das so Usus?«

Ich schüttelte den Kopf. »Nein. Ausstellungen sind genausowenig auf Titel angewiesen wie ein Bild. Aber manchmal hilft der Gedanke an ein mögliches Motto, Vorstellungen und Ideen zu bündeln. Auch wenn es am Ende nicht im Katalog erwähnt wird.«

»Der T-titel des Stückes heißt, um genau zu sein: *Das* Wintermärchen«, korrigierte er.

Ich verzog das Gesicht. »Ach was, ich finde, der unbestimmte Artikel paßt viel besser.«

»Z-zu dumm, daß Shakespeare nicht G-gelegenheit hatte, Ihren Rat zu hören«, brummte er. Und dann, nach langem Nachdenken: »Im Stück heißt es an einer Stelle: ›Dem Winter bestens eignet eine triste Mär...‹«

»O nein«, protestierte ich mit sanftem, lüsternem Nachdruck. Der andauernde Rollentausch amüsierte mich aufs neue – obwohl mir im Grunde todernst zumute war. Ich spielte die betörende Verführerin vor einem Mann, der das Doppelte meines Gewichts auf die Waage brachte und wie eine Jungfrau errötete. »Ich finde, der kommende Winter könnte zu einer wundervollen, glücklichen Geschichte werden. Für mich und...«

»Auf jeden F-f-fall ist's ein k-komisches Stück«, unterbrach er hastig. »Ich werde Ihnen das B-buch bei Gelegenheit mitbringen. Vielleicht...«

»Hören Sie mal«, sagte ich, als draußen auf dem Feldweg wie in der Nacht zuvor ein Auto vorbeibrummte und mich von meinen Annäherungsversuchen ablenkte. Ich packte Ned beim Arm und zerrte ihn ans Fenster. Die Lichter des Wagens verschwanden heute in der entgegengesetzten Richtung zum Dorf hin. »Sind das Wilderer?« fragte ich aufgeregt, ohne auch nur im geringsten besorgt zu sein. Allerdings schien sich ein günstiger Vorwand anzubieten, mich ihm in einem Anfall weiblicher Panik an den Hals zu werfen.

»Nein«, antwortete Ned und starrte hinaus in die Dunkelheit. »Bei diesem Wetter würde niemand, der sich aufs Wildern versteht, seine Netze auswerfen. Ich glaube, wir haben soeben den einzigen Fisch gegessen, der in der Wrag zu finden war.« Dann wandte er sich mir zu und sagte: »Ich muß jetzt gehen.«

»Schon?« schmollte ich. »Es steht doch noch der Käse auf dem Tisch.«

»F-frankie«, sagte er nervös und legte mir federsanft eine Hand auf die Schulter. »Der Abend war wunderbar.«

»Nicht wahr?« stimmte ich munter zu.

»W-will nur sagen, daß... ich noch lange daran denken werde.«

»Vielleicht kommt's zur Wiederholung?«

Er stieg in seine grotesk dimensionierten Stiefel und tat so, als ob er mich nicht hörte. Draußen war es merklich kälter geworden.

Ohne ein weiteres Wort zu verlieren, verschwand er in der klaren Halloween-Nacht.

7

Ich fand eine Postkarte für Sebastian. Darauf war das atomare Frühwarnsystem von Fylingdales abgebildet. Die science-fictionhafte Monstrosität dieser weißen Radarkugeln im Moor würden ihm, wie ich wußte, sehr viel besser gefallen als eine hübsche Ansicht von Wrag Valley.

Besten Dank, schrieb ich. *Alles Liebe, Fanny Adams.*

Postalische Grüße fallen bei mir normalerweise wortreicher aus. Weitschweifigkeit war jedoch im Fall von Sebastian unangemessen. Er selber hatte nur äußerst selten lyrische Anwandlungen. Ich kann mich nur an zwei Beispiele erinnern: Das eine Mal bemerkte er, daß ich wie ein junges Hündchen röche; das andere Mal bescheinigte er mir, daß ich seine Arbeit weniger stören würde als irgendeine andere Frau. Ein Liebesgeständnis war von ihm nie zu hören gewesen, und doch hatte ich geglaubt, daß er mich liebte – auf seine Art und auf jeden Fall mehr als Gerald. Gerald liebte nicht. Gerald sammelte bloß interpersonelle Erfahrungen.

Spontan hängte ich ein Postskriptum an: *Der Wasserfleck nimmt, wie mir scheint, langsam Gestalt an...*

Zu Studentenzeiten, als wir uns noch an billigen Weinen gütlich getan und bis tief in die Nacht hinein gewisse Substanzen geraucht hatten, waren Sebastian und ich (sowie Rosie und Lawrence und wer damals sonst noch in den Limberton Gardens wohnte) kaum zu bremsen gewesen, wenn es darum ging, die jeweils eigene Kreativität herauszustellen. Noch heute werde ich rot im Gesicht, wenn ich mich an das hochtrabende, narzißtische Gewäsch von damals erinnere. Jugendliche Einfalt und Trunkenheit mögen es im nachhinein entschuldigen.

Über eine unserer eitlen Ansichten ließen wir uns besonders gern und ausführlich aus, nämlich über die sogenannte Wasserfleck-Theorie. Eine ihrer hanebüchenen Prämissen lautete: Jeder schöpferische Akt, sei er nun musikalisch, literarisch oder bildnerisch, ist ganz und gar unintellektuell. Er entstammt nicht dem Bewußtsein des Künstlers, sondern strömt aus einer mysteriösen Quelle, die (je nach Sichtweise) als das Unbewußte, das Reservoir universaler Erfahrungen oder sogar als das Göttliche schlechthin identifiziert werden könnte. Wie dem auch sei, der Künstler tritt nicht als der eigentliche Schöpfer in Aktion, sondern hat lediglich eine kanalisierende Funktion. Beispiel: Mozart. Er komponierte unbewußt und konnte seine Symphonien darum schneller aus dem Ärmel schütteln, als die Kopisten die Noten zu Papier bringen. Na ja...

Der Begriff »Wasserfleck« geht zurück auf gewisse Malhefte für Kinder. Erinnern Sie sich an die sogenannten Zauberhefte, deren Seiten auf den ersten Blick völlig leer waren? Das Kind brauchte nur klares Wasser darüberzuspritzen und ließ so auf magische Weise ein buntes Bild in Erscheinung treten. Dies entsprach unserer Vorstellung von der kanalisierenden Funktion des Künstlers. Er war nicht mehr als ein naiver Wasserspritzer, der ein schon vorhandenes Bild sichtbar machte.

Das ist natürlich Unsinn. Das Geniale sei dahingestellt (obwohl wir als Studenten dem eigenen Genie eifrig auf der Spur waren). Der schöpferische Akt besteht zu neunzig Prozent aus Transpiration. Mindestens. Und dennoch, die Metapher der magischen Malhefte war und ist auf besondere Weise attraktiv, denn manchmal, wenn auch nur sehr, sehr selten, entstehen Bilder, deren Zustandekommen dem Künstler schleierhaft bleibt. So schien auch an dem Tag, als mir Ned zum ersten Mal begegnet war, meine Hand wie aus eigenem Antrieb jene Skizze gezeichnet zu haben.

Von dieser Art sind auch zwei, drei Bilder aus meiner Sammelmappe, von denen ich mich nicht trennen kann, und zwar einzig und allein aus dem Grund, weil ich nicht weiß, wie sie zustande gekommen sind.

In den Tagen nach dem gemeinsamen Abendessen mit Ned malte ich schnell und hektisch. Ohne eine konkrete Idee vor Augen zu haben, begab ich mich gleich nach dem Aufstehen an die Arbeit. Um mich herum wucherte der Wust von Skizzen, Notizen und vergammelnden Collagen. Die Ergebnisse meiner Versuche wunderten mich von Tag zu Tag aufs neue. Ich fing viele Bilder an, malte aber keins zu Ende. Dazu war später Zeit. In London, wenn's sein mußte. Hier wähnte ich mich wie ein Surfer beim waghalsigen Ritt auf einer Welle von Ideen.

Fischer, Bauern und Schäferhunde, Waldarbeiter mit tükkischer Kettensäge. Sogar Mr. Danby – lässig auf seinem Milchwagen. Zu dieser Zeit hatte er, der philosophierende Milchmann, wieder seine Runde aufgenommen. Allerdings war einer seiner Neffen abkommandiert worden, dem Onkel unter die Arme zu greifen, der, wie er mir anvertraute, noch nicht soweit genesen war, einen vollen Tag zu Hause mit den sieben Kindern aushalten zu können. Sein schüchterner Neffe fuhr den Wagen, trug die Milch und zählte das Geld ab. Mr. Danby kam nur noch seinen »gesellschaftlichen« Aufgaben nach. Leider störte die Anwesenheit seines Neffen. Um die Informationen zu erhalten, auf die ich aus war, mußte ich einen Umweg einschlagen.

»Bald treffen sich wohl wieder die Jagdgesellschaften im Gutshof«, bemerkte ich.

»O ja«, antwortete Mr. Danby. »Nächste Woche wird's hier rundgehen wie bei der Schlacht an der Somme.«

»Muß ich mich zur Deckung auf den Boden legen?« fragte ich lächelnd, doch Mr. Danby nahm mich beim Wort und meinte beruhigend: »Mr. Vaisey legt viel Wert auf Sicherheit. Das muß er auch, oder? Bei all den Städtern, die wie mit Erbsenpistolen in der Gegend rumballern. Der alte Squire würde sich im Grab umdrehen. Mein Wort drauf, der wußte zu schießen. War schon zu Lebzeiten eine Legende zwischen Hull und Newcastle.«

»Sie sprechen von Ned Cowpers Schwiegervater?« fragte ich mutig, denn der geduldige Neffe stand mit leeren Flaschen unterm Arm am Terrassenrand und beobachtete uns.

Mr. Danby musterte mich auf merkwürdige Weise.

»Ja und nein«, antwortete er schließlich. »Der Alte lag schon unter der Erde, als die beiden geheiratet haben. Früher ging's nicht, oder? Hat der Fisch geschmeckt?«

Die Frage, so unbekümmert sie auch vorgetragen war, verschlug mir fast die Sprache.

»Die Forelle? Ja, sehr gut. Woher ... wissen Sie davon?«

»Der einzige Fang, der in der letzten Woche gemeldet wurde.« Er grinste, und seine Augen waren so klar wie frisches Wasser. »Mr. Cowper hat unserer Beverley gesagt, daß er den Fisch mit Ihnen geteilt hat. Für ihn allein wär die Portion ja wohl zu groß gewesen.«

Für ihn allein. Für ihn allein.

»Kann sein«, entgegnete ich zaghaft.

»Okay, mein Junge, ich komme sofort. Morgen wie gehabt, Frankie?«

An manchen Tagen war ich so sehr in meine Arbeit vertieft, daß Mr. Danby seine Milch ablieferte, ohne daß ich davon etwas mitbekam. Schlimmer noch, einmal entging mir sogar Neds Besuch.

Erst am folgenden Morgen stellte ich fest, daß er dagewesen sein mußte. Zwischen den Briefen und der Zeitung, die mir vom Postboten täglich durch den Schlitz in der Haustür geschoben wurden, fand ich einen dünnen, gelb eingeschlagenen Band des *Wintermärchens*. Darin steckte ein Zettel mit der Aufschrift »Notizen«, der offenbar aus einem Taschenkalender herausgerissen war. Im Gegensatz zu seiner Statur war Neds Handschrift auffallend winzig und eckig.

Sie haben einen so beschäftigten Eindruck gemacht, daß ich Sie nicht stören wollte. Hier das versprochene Buch. Nochmal, vielen Dank. *Ned*

Ich murmelte ein paar Kraftausdrücke und ging zurück an die Arbeit.

An diesem Abend machte ich es mir auf der Couch bequem und versuchte, mich in das Stück einzulesen, nicht ohne Schwierigkeiten, zumal ich seit der Schulzeit nie wieder mit Shakespeare-Texten zu tun gehabt hatte, und wie schon damals litt ich auch heute noch unter leichten Lesestörungen. Wenn ich in Panik gerate, fangen die Buchstaben auf der Seite plötzlich wie Ameisen zu krabbeln an. Für Minderbemittelte wie mich war dem Text zum Glück eine Zusammenfassung vorangestellt, die den Leser unter anderem auf einige unplausible Stellen im Stück aufmerksam machte, so zum Beispiel auch auf die bedauerlicherweise völlig unvermittelte Einführung des Bären.

Der gleichfalls unvermittelte Auftritt eines Bären in meinem Leben war, wie ich mir glücklich vor Augen führte, ganz und gar nicht bedauerlich. Auf dem Vorsatzblatt des Buches stand in einem Gekrakel, das etwas großzügiger und weniger regelmäßig war als Neds Handschrift von heute: *Edward Charles Seymour Cowper, Charterhouse School, November 1967.*

Ich hätte kaum mehr als einen flüchtigen Blick auf das Stück geworfen, wenn die Seitenränder nicht über und über mit Bleistiftnotizen vollgeschmiert gewesen wären. Mir war bald klar, daß diese Anmerkungen nicht aus Neds Schultagen, sondern aus der Zeit der Theateraufführung stammten. Außerdem fiel auf, daß sich hier nicht bloß ein Bärenstatist Gedanken gemacht hatte. Zum größten Teil waren die Notizen als Bühnenanweisungen oder persönliche Eselsbrükken zu verstehen. Manches war nicht zu entziffern ... *Camillo hilft Leontes die Stufen von der Sakristei runter*, stand an einer Stelle zu lesen. *Harry als zweite Besetzung wenn möglich ... zuviel Talkum! ... Klavier wie im Cottage, eventuell auch Vitrine. Mrs. M. über Perditas Dekolleté zu Rate ziehen ...*

Aus den Aufzeichnungen ließ sich das Bild einer total verunglückten Produktion rekonstruieren, die aber den Teilnehmern bestimmt viel Spaß gemacht hatte. Womöglich sogar dem Publikum. Perditas Eltern waren wahrscheinlich ganz aus dem Häuschen gewesen vor Entzücken, angesichts ihrer hübschen Tochter und deren gewagten Ausschnitts (falls denn Mrs. M. kein Veto eingelegt hatte).

Die Anmerkungen offenbarten, daß kein anderer als Ned Regie geführt hatte. Schmunzelnd fragte ich mich, was ihn bewogen haben mochte, sich mit einer derartig schwierigen Aufgabe zu belasten. Erst im Rückblick ist mir klar, daß ich ausgesprochen wenig von ihm wußte.

Es wurde empfindlich kalt, und das Licht nahm weiter ab. Ned hatte sich schon seit zehn Tagen nicht mehr bei mir gemeldet.

Zu dieser Zeit wurde auf einem Feld jenseits der Brücke von Thornbeck Brennmaterial für ein riesiges Freudenfeuer aufgeschichtet. Am Abend des 5. November, wenn nach altem Brauch die Strohpuppe von Guy Fawkes verbrannt wird, machte ich mich auf den Weg ins Dorf, um dem Spektakel beizuwohnen. Natürlich hoffte ich auch, Ned anzutreffen, doch der zeigte sich nicht, obwohl, wie ich feststellte, sein Haus hell erleuchtet war. Mr. Danby stellte mir voller Stolz seine »mißratenen« Kinder vor, die mit Wunderkerzen herumsprangen. Ihre pausbackigen Gesichter glühten bruegelesque im heißen Schein des Feuers. Ich aß zwei Hot dogs, machte etliche Fotos, las ein paar ausgebrannte Feuerwerkskörper vom Boden auf und nahm sie mit nach Hause. Mein Ausflug an diesem Abend war weiß Gott nicht vergeblich gewesen. Er inspirierte mich zu einem neuen Bild. Leider gelang es mir nicht, das glitzernde Lichtspiel des Feuerwerks farblich angemessen wiederzugeben.

Gegen Mitternacht setzte heftiger Regen ein, der tagelang anhielt. Am 12. November – einem Samstag, wenn ich mich recht entsinne – taten mir die Augen vom vielen Malen weh. Ned hatte sich immer noch nicht blicken lassen.

Kurz nach Mittag ließ der Regen nach, und ich hatte mich mit meiner Arbeit endgültig in eine Sackgasse verrannt. Als mir klar wurde, daß an dem Versuch nichts mehr zu retten war, packte ich den Kram zusammen und wusch die Pinsel aus. Schon beim Aufwachen am Morgen hatte ich gewußt, was es nun für mich zu tun galt. Da der Berg nicht zu mir kam…

Ich zog den Regenumhang über, stieg in die Gummistiefel und setzte den rot glänzenden Südwester auf, den ich in der South Molton Street zum Schutz vor den Stürmen Yorkshires gekauft hatte. Hier vor Ort kam mir diese Kopfbedeckung so passend vor wie ein Ballkleid in der Imbißstube. Trotzdem, was anderes hatte ich nicht, um die Haare trocken zu halten. Ein Liedchen trällernd, steckte ich das *Wintermärchen* in die Tasche und stampfte die Lamp Lane entlang.

Der aufgeweichte Boden hatte die Konsistenz und das Aussehen von Schokoladenpudding, und durch die Furt, die ich bislang nur in ausgetrocknetem Zustand kannte, rauschte ein Strom aus öligem, braunem Wasser. Der Regen hatte wieder stetig zugenommen und schüttete nun wie aus Kübeln herab.

Den Südwester tief in die Stirn gezogen, stieg ich die schmalen Stufen zum Dower House empor und klopfte mit dem polierten Messingknauf energisch an die Tür. Zaghaftigkeit ließ ich gar nicht erst aufkommen. Schließlich war ich eine neunundzwanzigjährige Frau, die einem Bekannten ein entliehenes Buch zurückbrachte, und kein liebeskranker Backfisch, der sich unter fadenscheinigem Vorwand dem Angehimmelten zu nähern versuchte.

Die Tür ging auf.

»Hallo«, grüßte Ned, ohne zu wissen, wer vor ihm stand. »K-kann ich Ihnen helfen?«

Ich hob die Hutkrempe, damit er mir ins Gesicht sehen konnte.

»Um Himmels w-willen, Frankie!« Seine Überraschung wirkte nicht besonders freudig. Trotzdem trat er zur Seite und hielt mir die Tür offen. »Sie sind ja ganz durchnäßt, Sie Ärmste. Treten Sie ein.«

»Ich wollte nur das Buch zurückbringen und hatte nicht vor, Ihre Teppiche vollzutropfen.«

»Unsinn«, antwortete er. »Lassen Sie das Regenzeug hier draußen im Flur.«

Hinter der geöffneten Tür sah ich einen großen Schreibtisch aus Walnußholz, auf dem sich zahllose Bücher stapelten. Der gelbliche Lichtkreis einer Leselampe fiel auf einen Papierbogen nebst abgelegten Füllfederhalter. Ned hatte anscheinend geschrieben. Er führte mich jedoch nicht in diesen Raum, sondern stieß eine elegante Doppeltür zur Rechten auf.

Das Wohnzimmer, in das wir traten, war perfekt proportioniert, geschmackvoll möbliert – und entsprach ganz und gar nicht meiner Vorstellung von Neds Wohnkultur.

Die Beine des Hepplewhite-Sofas und der dazu passenden Sessel wirkten viel zu spillrig für seine so wuchtige Gestalt. Auf zierlichen Gestellen, die an Gebäcketageren erinnerten (wozu sie wohl auch mal verwendet worden waren), war jede Menge Nippes arrangiert. Kristallene Riechsalzfläschchen auf der einen, Fingerhüte auf der anderen Schale. In einem Korkball steckte eine Sammlung von juwelenbesetzten Hutnadeln wie Stacheln in einem Igel. Dann fiel mein kritischer Blick auf ein Trio blasser Aquarelle, die allenfalls unter die Rubrik »gediegenes Kunsthandwerk« einzuordnen waren. Über der Feuerstelle hing jedoch ein schönes Porträt à la Gainsborough aus dem achtzehnten Jahrhundert. Im großen und ganzen gab es an der Einrichtung des Zimmers nichts auszusetzen. Im Gegenteil. Alle Details, jede Farbe, jeder Stoff, vom verschossenen Teppich über die extravaganten Vorhänge, von der Polsterung bis hin zu einem neckischen Sortiment an Kissen – alles war genaustens aufeinander abgestimmt und verriet den sicheren Geschmack des Hausherrn. Oder wohl eher der Hausherrin. Denn eher würde ich Bauarbeiter mit seidenen Hemdhosen in Verbindung bringen als Ned mit der Einrichtung dieses Zimmers.

»Tut mir leid, daß kein F-feuer brennt«, sagte Ned verlegen.

»Macht doch nichts. Ich bleibe sowieso nicht lange.«

Er setzte sich nicht; also blieb auch ich stehen. Und plötzlich sah ich sie.

Das Foto steckte in einem kostbaren Silberrahmen und stand auf der Vitrine. Es war eines jener altmodischen Debütantinnen-Porträts, mit bloßen Schultern, raffinierter Ausleuchtung und einer schlichten Perlenkette. Sie hatte dunkles, wenn nicht sogar schwarzes Haar, das hoch über der Stirn herzförmig ansetzte und streng zurückgekämmt war. Mit ihren Grübchen und den enorm großen Augen machte sie einen noch exquisiteren Eindruck als das Zimmer.

»D-darf ich Ihnen eine Tasse Tee anbieten? Sie hätten w-wirklich nicht bei diesem scheußlichen Wetter einen so w-weiten Weg kommen müssen, um...«

»Ich wollte Sie sehen«, platzte es aus mir heraus. Aber dann verließ mich der Mut wieder. »Will sagen...« Mehr brachte ich nicht heraus. Ich hoffte, Ned würde mir aus der Verlegenheit helfen. Doch er starrte durchs Fenster nach draußen und schien noch sprachloser als ich zu sein.

Die Uhr auf dem Kaminsims brach das peinliche Schweigen mit ihrem harmonischen Glockenklang. Drei Uhr.

»F-frankie, ich hätte Ihnen...« fing er zaghaft an. Aus seiner Stimme war Bestürzung herauszuhören. Und ein schlechtes Gewissen.

»Ich mach' mich gleich wieder auf den Weg.« Mir gelang sogar ein sprödes Lächeln, als ich mich der Tür zuwandte.

»Nein...« dröhnte er, sich im Tonfall vergreifend.

»Was ist denn los?« meldete sich eine tiefe, sonore Stimme von draußen, und plötzlich schwang dicht vor mir die Tür auf. Ein gedrungener, schwarzhaariger Mann richtete den Blick von Ned auf mich, zog fragend die Brauen in die Stirn und schaute zurück auf Ned.

»Ich habe Frankie gerade gesagt, daß sie noch hierbleiben soll. Bei dem S-sauwetter den ganzen Weg zum Cottage zurückzugehen, ist ihr nicht zuzumuten«, antwortete Ned geistesgegenwärtig.

»Cottage?« hakte der Fremde ein und zeigte sich verwundert. »Sind Sie etwa meine Mieterin?«

»F-frankie, ich glaube, Sie haben meinen Schwager Roger Vaisey noch nicht kennengelernt. Roger, das ist Frances Cleverdon. Wir sind uns begegnet, als ich am L-lodge Pool geangelt habe.«

»Das weiß ich doch schon. Du hättest aber ruhig ein bißchen expliziter sein können«, meinte Roger Vaisey. »Ich dachte, Miss Cleverdon wäre ein fünfzigjähriges Schreckgespenst in Tweedklamotten und würde den Sonnenuntergang über der Heide mit Wasserfarben nachzupinseln versuchen.«

»Den Eindruck hab ich aber b-bestimmt nicht erweckt«, entschuldigte sich Ned. »Kommst du gerade aus der K-kneipe?«

»Klar«, antwortete Roger Vaisey ungezwungen. »Was soll man an so einem Tag sonst machen?« Er sah mich wieder an und langte nach meiner Hand. »Aber Frankie läßt die Sonne scheinen.«

Auf den ersten Blick machte Roger Vaisey den Eindruck eines Schmierenkomödianten in der überzogen dargestellten Rolle des amourösen Mylords, jenes jovialen Einfaltspinsels, der sich auf Frauen – oder eher noch auf *Mädels* – zu verstehen glaubt und sich mit lächerlicher Galanterie in Szene setzt. Ich mußte über ihn die Nase rümpfen, war aber bereit, sein Spiel mitzuspielen. Also setzte ich mein süßlichstes Lächeln auf und sagte, daß ich entzückt sei, nun endlich seine Bekanntschaft gemacht zu haben.

»Warum haben wir uns nicht schon vorher getroffen?« fragte er. »Sind Sie mir aus dem Weg gegangen?« Er rückte mir so dicht auf die Pelle, daß ich seine Whiskyfahne riechen konnte. »Hat Edward Sie vor mir gewarnt?«

»Warum? Sind Sie gefährlich?«

»Und wie!« antwortete er mit wölfischem Grinsen, wobei

er mir reichlich Gelegenheit bot, seine Zähne zu bewundern, die so weiß, ebenmäßig und zahlreich waren wie die eines Hollywoodstars. Bei genauerem Hinsehen war festzustellen, daß Roger Vaisey durchaus nicht unattraktiv war – zumindest für all diejenigen, die auf sinistre Schauergestalten geeicht sind. Er hatte ein schmales Gesicht und dunkle Augen, überschattet von struppigen schwarzen Brauen. Die Nase war von edlem Schwung und ebenso markant wie das Kinn. Der bläuliche Schatten um Kinn und Wangen, den anscheinend auch die gründlichste Rasur nicht zu lichten vermochte, komplettierte das Abbild des düsteren Bösewichts.

Das Haar wurde vorzeitig schütter. Ich sage vorzeitig, weil er, wie ich wußte, nicht älter war als Ned. Von einer Glatze war er jedoch noch weit entfernt. Die schmissigen Geheimratsecken akzentuierten die Wohlform seiner Stirn und waren allem Anschein nach ein Erbmal der Vaiseys, wie ich nüchtern konstatierte. Der zurückweichende Haaransatz und die glattgekämmten schwarzen Strähnen rückten ihn zusätzlich in eine äußerliche Verwandtschaft zu Drakula.

Nein, ich fand ihn überhaupt nicht attraktiv. Roger Vaisey war mir zu klein. Verstehen Sie mich nicht falsch, ich habe an kleinen Männern nichts auszusetzen (abgesehen von ihrer Neigung zu napoleonischen Komplexen). Sebastian war mit seinen knappen einssiebzig auch nicht viel größer, dafür aber perfekt proportioniert und knabenschlank, während Roger Vaisey einen viel zu großen Kopf hatte und der Mangel an Länge, wenn ich mich so ausdrücken darf, vor allem auf Kosten der Beine ging, denn Brust und Schultern waren gewaltig. Die langen Arme und der faßförmige Rumpf verliehen ihm eine nicht geringe Ähnlichkeit mit einem Gorilla.

»Sind Sie da draußen nicht viel zu einsam?« fragte er. Ich warf einen Blick auf Ned, der intensiv den Teppich zu mustern schien.

»Ich bin sehr beschäftigt«, gab ich zur Antwort.

»Aber wie ist Ihnen während der kalten, langen Nächte zumute?« Roger schmunzelte. Er war wie ein Terrier: sobald das Kaninchen ausgemacht war, begann die wilde Jagd. Der Instinkt war für ihn zwingender als ein besonderes Interesse an der Beute. Jedes noch so alte Kaninchen mußte sich vor ihm sputen. Ich fühlte mich ein wenig pikiert. Im weiteren

Verlauf der Unterhaltung stellte er mir ein paar artige Fragen über den Komfort des Cottages, worauf ich ebenso artig antwortete.

»Ned, willst du uns nicht endlich mal eine Tasse Tee anbieten?« beschwerte er sich.

Ned und ich antworteten gleichzeitig, aber während er zögernd zu stottern anfing, entgegnete ich schnippisch, daß ich bloß gekommen sei, um ein Buch zurückzubringen, und gleich wieder gehen wollte, um meine Malerei fortzusetzen. Außerdem sei Ned durch mich in seiner Schreibarbeit unterbrochen worden, wovon ich ihn nicht länger abhalten wollte.

»Ihr seid so fleißig, daß ich mir wie eine Drohne vorkommen muß«, meinte Roger. »Bei dem Wetter kann man doch nicht malen, Frankie. Der Regen wäscht Ihnen ja die Farbe vom Pinsel.«

»Ach was, ich habe nicht vor, im Freien zu arbeiten.«

»Malen Sie etwa nicht diese geschmackvollen Sonnenuntergänge über der Heide?«

»Nein.«

»Was suchen Sie denn dann im Norden Yorkshires? Wildblumen?«

»Wohl kaum.«

Zum ersten Mal wirkte Rogers Lächeln echt. »Womöglich arrangieren Sie Berge von Windeln«, fuhr er fort und beäugte mich rätselnd. »Haben Sie einen dieser verrückten Mäzene aus der linken Szene?«

»Sie malt w-wunderschöne Bilder«, schaltete sich Ned ein und rührte mich, als er mit stolzer Miene hinzufügte: »Ich habe für eins der Bilder sogar M-modell gestanden. Daß ich in einem von F-frances Cleverdons Meisterwerken vorkomme, sichert mir bestimmt einen Platz in der Nachwelt.«

Roger sah mich wieder an. »Frances Cleverdon«, wiederholte er langsam, als würde er meinen Namen zum ersten Mal bewußt hören. »Haben Sie nicht das Kinderzimmer bei Margery Feverley gestaltet? Rotkäppchen und der böse Wolf... in Gestalt des alten George, der hinter einem Baum lauert? Ich habe Margie gesagt, daß die kleinen Rotzbengel, verschreckt vom Anblick ihres Vaters, womöglich einen Schaden fürs Leben davontragen. Das waren Sie?«

Ich nickte.

Roger lachte. »George ist so stolz darauf, ehrlich. Er tut zwar tödlich beleidigt, will aber partout jedem Gast die Wand im Kinderzimmer zeigen. Nach dem dritten Besuch ist der Reiz des Neuen verblaßt.«

»Wahrscheinlich«, antwortete ich von Herzen. »Aber jetzt muß ich wirklich gehen.«

»Es regnet«, bemerkte Roger unnötigerweise. »Porträtieren Sie oft Personen in tierischer Gestalt?«

»Nur unter Einfluß von Alkohol.«

Oder wenn sie – wie im Fall von Georgie-Porkie Feverley – ins Kinderzimmer gekrochen kommen, wenn Margie außer Haus ist, um mir Zigarrenrauch und allzu kesse Anträge ins Ohr hauchen.

»Wie macht man aus der menschlichen Vorlage ein Tier?«

»Meistens stelle ich mir das Modell als Tier vor. Gleich bei der ersten Begegnung.«

Sein Cousin war für mich von Anfang an ein Bär. Sebastian war ein magerer, verschlagener und einsam herumstreunender Straßenkater. Gerald, der arme Gerald, hatte was von einem Schwein an sich. Rosafarben, tadellos ausstaffiert und parfümiert, aber nichtsdestotrotz ein Schwein. Offen gestanden, ich habe ein Faible für Schweine, glaube aber nicht, daß sich Gerald damit schmeicheln ließe.

»Und was sehen Sie in mir?« wollte Roger wissen.

»Einen Gorilla.«

Ich fand ihn nicht nur von Gestalt affenartig. Wahrscheinlich war er auch, wie so viele Männer mit beginnender Glatze, bis auf den Kopf überall dicht behaart. Dicke, schwarze Borsten quollen ihm unter den Hemdsärmeln hervor. Er hatte sogar, wie mir auffiel, die langen, gebogenen und sonderbar feingliedrigen Hände eines Affen.

»Gorilla?« rief Roger und kniff die schwarzen Brauen zusammen.

Ich hatte spontan und ehrlich geantwortet – entgegen dem Rat meiner Großmutter, die zwischen Ehrlichkeit und guten Manieren sehr genau zu unterscheiden wußte. Was soll's? Er stichelte ja auch.

Tatsächlich fing Roger gleich darauf zu grinsen an. Dann platzte er mit dem Lachen heraus. »Ungezogenes Mädchen«, prustete er sichtlich amüsiert. »So gar nicht damenhaft. Was meinst du, Ned?« Ich fürchtete schon, er würde sich wie Tarzan auf die Brust trommeln. Was für ein Mannsbild! Gebauchpinselt, wenn als feige streunender Wolf oder hirnloser, äffischer Muskelprotz abgebildet. Aber male ihn als freundlich zivilisiertes Hausschwein, und er wird nie wieder ein Wort mit dir wechseln.

»Ich bringe Sie nach Hause«, sagte er. »Darauf bestehe ich. Ned kann weiter seine weisen Sentenzen zu Papier bringen. Wir machen uns aus dem Staub. Wie finden Sie das, he?« Und wieder ließ er sein anzügliches Lachen tönen. »Kommst du später noch auf einen Gutenachttrunk rüber, Ned?« Auch ich hatte den Blick auf Ned gerichtet und hoffte, daß er protestierte, irgendein Zeichen der Eifersucht von sich gab. Vergeblich. Er lächelte so erhaben und verzeihend wie der Papst über dem Petersplatz.

»Sie müssen mich auch mal besuchen, Frankie«, sagte Roger und half mir in den Regenmantel, wobei er die Hände länger als nötig auf meinen Schultern ruhen ließ. »Wie wär's mit einem kleinen Umtrunk am Samstag? Ich bin mit Freunden zum Essen im Wirtshaus verabredet. Sie sind herzlich eingeladen. Vielleicht läßt sich Freund Ned überreden mitzukommen.«

»Vielen Dank«, entgegnete Ned. »Jagdgesellschaften sind nicht mein D-ding.« Dann sah er mich an. »Wiedersehen, Frankie. Tut mir leid... daß wir keine G-gelegenheit hatten, miteinander zu reden. Über das Stück zu sprechen, meine ich.«

Roger schleifte mich fort, bevor ich antworten konnte. Sein Sportwagen war noch länger, flacher und schnittiger als meiner, und während der ersten Hälfte der Fahrt sprachen wir über Autos.

»Im Winter taugt der Karren nicht viel«, sagte er. »Ich werde wohl bald wieder auf den Allradwagen umsteigen müssen. Fantastisches Gefährt. Fast wie ein Panzer. Schluckt jedenfalls genausoviel Sprit. Übrigens«, meinte er unvermittelt, »daß man mit Ihnen über Einspritzer und elektronische Zündung reden kann, wundert mich sehr.«

»Ich verstehe nicht viel davon, habe aber zufällig auch ein Auto.«

»Sie kommen am Samstag, oder?« Der Themenwechsel

überraschte mich weniger als der ernsthafte Tonfall, den er plötzlich anschlug. Anscheinend lag ihm viel daran, daß ich die Einladung annehmen würde.

»Mal sehen.«

»Bei mir zu Hause ist es oft ziemlich einsam«, fuhr er fort. »Meine Frau hat mich verlassen, wie Sie vielleicht wissen.«

In Anbetracht von Neds Reserviertheit war die Zutraulichkeit des Cousins geradezu schockierend. Mit haarsträubendem Tempo raste Roger die kurvenreiche Straße hinunter.

»Nein, das wußte ich nicht.«

»Sie werden wahrscheinlich hören, daß ich nicht treu war«, sagte er und sah mich an, während er in einen anderen Gang schaltete. Ich wünschte, er würde die Straße im Auge behalten. »Die Vaiseys haben keinen guten Ruf. Nie gehabt. Von Sir Roger de Vaisey, dem ersten meiner Vorfahren, wurde behauptet, daß er der Favorit von Königin Elisabeth der Ersten war... und nicht etwa, weil er so schön Madrigale singen konnte. Wie dem auch sei, mein Fall ist völlig harmlos. Zugegeben, ich war verrückt auf Caro, und kein Mensch ist vollkommen. Irgendwann schlägt jeder Mann mal über die Stränge. Aber jetzt steh ich da, verlassen und allein.«

Wir hatten das Cottage erreicht. Ich war fassungslos über Rogers Enthüllungen, nutzte aber die Gelegenheit und bemerkte listig: »Wie Ned. Offenbar haben Sie viel miteinander gemein.«

»Oh, lassen wir meine Schwester lieber aus dem Spiel«, sagte er, und seine Stimme klang eher verächtlich als betrübt. Er ignorierte meine Proteste, kletterte nach draußen und ging um den Wagen herum, um mir die Tür zu öffnen. Ich war darauf gefaßt, von ihm zum Abschied umarmt zu werden, aber statt dessen schüttelte er mir mit seinen langen, dünnen Fingern nur die Hand. »Bis Samstag«, sagte er und raste mit heulendem Motor den Hang hinauf.

8

Thornbeck Manor frappierte mich. Ich glaube, ich hatte ein so stilvolles und schönes Gebäude wie Dower House erwartet, doch der Kontrast hätte kaum größer sein können.

Vorsichtig fuhr ich über den gewundenen Kiesweg, auf den gespenstisches Licht fiel, und zwar aus schmiedeeisernen Laternen, wie sie in Sherlock-Holmes-Filmen aus Londoner Nebelschwaden auftauchen. Auch jetzt, an diesem kalten Novemberabend zog Dunst auf und trug zu meiner Illusion bei. Schließlich hatte ich die Rhododendronbüsche hinter mir gelassen und hielt vor der Hausfront an. Da waren drei Türen. Ich wählte die mittlere.

Der Gutshof war ein verschachteltes Etwas aus efeuumrankten Teilen, von denen keins zum anderen paßte. Obwohl es schon zu dunkel war, um architektonische Details erkennen zu können, ließ sich aus den hier und da erleuchteten Fenstern schließen, das sie ihrer Form und Größe nach aus jeweils unterschiedlichen Stilepochen stammen mußten. Die Fenster zur Rechten waren schlicht georgianisch, die auf der linken Seite erkerförmig vorgebaut wie zu viktorianischen Zeiten und die im Mittelbau des Anwesens, unmittelbar vor mir, hoch und schmal wie in einer gotischen Kirche.

Ich stand zweifellos vor dem ältesten Teil des Gutshofes. Auch das schwere hölzerne Doppeltor hätte gut zu einer kleinen Kathedrale gepaßt. Im Raum dahinter brannte Licht. Ich rückte zögernd näher und suchte nach der Türglocke. Doch plötzlich tauchte Roger Vaisey aus dem viktorianischen Seitenflügel auf und eilte auf mich zu.

Ich war ihm bereits am frühen Morgen über den Weg gelaufen. Er kam gerade aus dem Büro der Grundstücksverwaltung, als ich eintrat, um meine Miete zu bezahlen. Er schien mich allerdings kaum wiederzuerkennen. Als er das dann doch tat, murmelte er einen Gruß und ging so hastig weiter, daß ich von seiner Einladung für den Abend am liebsten Abstand genommen hätte. Nur die hoffnungsvolle Aussicht darauf, Ned antreffen zu können, gab mir den Anstoß, mein Cottage zu verlassen. Doch der sture Roger von heute morgen und der Mann, der mich jetzt begrüßte, waren wahrhaftig nicht miteinander zu vergleichen.

»Ah, meine liebste Arteuse«, tönte er aus vollem Hals und packte meine Hand. »Verschwenden Sie keine Zeit vor dieser Tür. Die ist nur in Todesfällen und bei Heirat geöffnet, also hauptsächlich zur erstgenannten Gelegenheit, da unsereins eher stirbt, als daß er ein gutbürgerliches Familienleben führt. Kommen Sie rein, da wird's Ihnen noch kälter. Die alten Mauern warm zu halten ist schlichtweg unmöglich. Wissen Sie, was Bess mal gesagt hat? ›Die Zentralheizung macht hier ebensoviel Sinn wie ein Haarfön in einem Flugzeughangar.‹« Lauthals lachend zog er mich durch eine Reihe von Räumen hinter sich her, die, wie mir schien, allesamt zum Küchenkomplex gehörten. Um unsere Beine tollte keuchend ein glänzend schwarzer Hund. »Das einzige Mädchen, das mich wirklich liebt«, sagte Roger. »Juno. Sie hält mir nachts das Bett warm. Und falls Ihnen jemand auf die Nase binden will, daß ich mich nur selten darin aufhalte, dann schenken Sie ihm keine Beachtung. Üble Nachrede. Hast du gehört, Harry? Ich bin treu wie Gold, und Juno ist mein ein und alles. Aber für eine reizende Frau wie Sie würde ich auch mal eine Ausnahme machen. Frankie Cleverdon, Harry Pouncett. Darf ich Ihnen aus dem Mantel helfen? Wenn's Ihnen kalt werden sollte, rufen Sie mich, und ich bin zur Stelle. Was möchten Sie trinken?«

Wir hatten eine große Halle erreicht, die von einer herrlich geschwungenen Balkendecke überspannt wurde. Seitlich befand sich eine Treppengalerie, die zu den Räumen der oberen Etage führte, und in der Stirnwand war das mächtige Doppeltor eingelassen, vor dem ich wenige Minuten zuvor gestanden hatte. Daß es nur selten geöffnet wurde, war verständlich. Allerdings schienen die Flügel nicht dicht zu schließen, denn der Wind pfiff hörbar durch die Ritzen und brachte die Röcke der beiden Frauen zum Wehen, die einige Schritte von mir entfernt an ihren Drinks nippten. Harry Pouncett, ein großer Mann mit roter Nase und dickem Backenbart, führte mich dankenswerterweise zum Kamin.

Auf dem mit Steinplatten ausgelegten Boden verteilten sich

an die zehn bis fünfzehn Gäste, unter denen ich nur drei Frauen zählte. Sie trugen, wie es sich hier empfahl, hochgeschlossene und bis zu den Knöcheln reichende Kleider mit langen Ärmeln – sehr feminine Kleider von jener vornehmen Art, die mich wie einen schlampigen Jungen aussehen läßt. Daß sie jedoch offensichtlich einen Sinn fürs Praktische hatten, beruhigte mich. Der provokative Schulterausschnitt meines Angorapullovers offenbarte bibbernde Gänsehaut. Ich nestelte daran herum und zog den Hals ein. Mir wurde nicht wärmer, trotz des Feuers, das in dem badezimmergroßen Kamin wie in einem Hochofen fauchte.

»Eine erstaunliche Feuerstelle«, bemerkte ich höflich. »Darin lassen sich ganze Sofas verheizen.«

»Darauf werden wir zurückgreifen müssen, wenn die Börsenkurse weiter fallen«, antwortete Roger munter und reichte mir ein großes Glas mit Whisky. »Der bringt Ihnen wieder Farbe ins Gesicht.«

»Was meinte Ihr Vater immer, Vaisey? Wie viele Bäume waren's noch gleich, die pro Jahr gefällt werden müssen, um das fauchende Biest zu füttern?«

»Hab ich vergessen«, antwortete Roger. »Sie wissen doch, daß ich mich auf Zahlen nicht verstehe, alter Knabe.«

»Tja, früher...« meinte Harry Pouncett und erzählte weitschweifig von den forstwirtschaftlichen Methoden vergangener Zeiten. Aus einer anderen Welt. Alter Knabe... Ich hörte nur mit einem Ohr zu und fragte mich, wie Roger wohl die Glühbirnen in dem Leuchter aus schwarzem Holz und Eisen auswechselte, der wie eine Requisite aus Macbeth bedrohlich über den Köpfen schwebte. Um daranzukommen, war ein Gerüst nötig.

Mit verstohlenen Blicken sah ich mich unter den Gästen um. Ned fehlte. Ich war mir nicht sicher, ob er nur die Einladung zum Umtrunk oder auch die zum anschließenden Diner abgelehnt hatte. Sein Kommen oder Fernbleiben galt mir als Zeichen seiner Gefühle für mich. Falls er etwas für mich empfand, würde er nicht widerstehen können und aufkreuzen. Er war nicht aufgekreuzt. Die Unterhaltung um mich herum wechselte vom Holzfach zur aktuellen Geschäftssituation.

»Das gehörte natürlich früher zu den Pflichten des Wildhüters. Den Einkauf von Vögeln gab's damals noch nicht, oder?« meinte Harry Pouncett und schien eine Antwort zu erwarten. Roger aber stierte in die Flammen. Mir fiel nichts Passendes ein. Wenn man auf Dinge angesprochen wird, die einem völlig fremd sind, bieten sich, wie ich finde, nur zwei Möglichkeiten an: freundlich mit dem Kopf nicken und Einverständnis vortäuschen oder zugeben, keine Ahnung zu haben. Ich hatte das Gespräch an mir vorbeiziehen lassen, hie und da gelächelt, wenn es mir passend erschien, und derweil darüber gerätselt, wo Ned stecken mochte. Jetzt war ich zur Rede gestellt und mußte mich für eine der beiden Möglichkeiten entscheiden. Offenheit.

»Tut mir leid«, sagte ich entschuldigend. »Ich kann nicht einmal Fasane von Truthähnen unterscheiden. Ich bin in der Stadt geboren und groß geworden.«

»Ein bißchen mehr von Ihrem städtischen Raffinement täte uns ganz gut«, hauchte Roger dicht an meinem Ohr. Er roch nach Whisky.

Harry Pouncett, zu dem sich nun drei andere Gäste gesellten, war eifrig darauf bedacht, mich von meiner Unwissenheit zu befreien. Alle waren freundlich und flirteten auf gediegen onkelhafte Weise. Die Schmeicheleien und das warme Kaminfeuer machten mich beschwingt, und ich merkte gar nicht, daß mein Glas immer wieder gefüllt wurde, sobald es leer war.

Eins fiel mir jedoch auf, und zwar die Häufigkeit, mit der Rogers Vater zitiert wurde: zur Unterstützung eines Arguments, als Fallbeispiel oder in Form von Anekdoten. Manches davon interessierte mich sehr.

»Wenn meine Mutter als Hausgast hier war, sperrte sie immer die Schlafzimmertür ab«, verriet eine Frau, die lebhafter zu sein schien als alle anderen Gäste zusammengenommen. Trotz Pferdegebiß und dünner Nase war sie durchaus attraktiv und überraschte mich mit dem Hinweis, daß einer ihrer Söhne die Universität besuchte. Ihre Haut wirkte nämlich so frisch wie die eines Teenagers. »Wenn den alten John die Gattenstarre quälte, schlich er die Treppe hoch und fiel über die Frau her.«

»Unsinn, Suzy.« Ihr Ehemann, der zwanzig Jahre älter aussah als sie, lachte gekünstelt und winkte ab.

»John war wirklich ein alter... na, Sie wissen schon«, bestätigte ein anderer Mann. »Aber was für ein Reiter...«

Die Frau mit der dünnen Nase kicherte. Sie wurde mir immer sympathischer. »Ich hab gehört, daß er mit beiden auf ein und dieselbe Weise umgesprungen ist«, sagte sie. »Mit Frauen und Pferden, meine ich. Er soll besonders häufig von der Peitsche Gebrauch gemacht haben.«

»Sieh dich vor, Suzanna«, mahnte ihr Ehemann. »Roger steht da drüben...«

»Du weißt doch gar nicht, wovon die Rede ist«, erwiderte sie und warf ihrem Gatten einen trotzigen Blick zu. Rogers Drinks hatten es in sich. Ich mischte mich ein, bevor der Ehemann zur Retourkutsche kam, die er, wie ich sehen konnte, im stillen bereits vorformulierte.

»Mir scheint, der alte Squire stammt aus längst vergangener Zeit«, bemerkte ich. »Der trink- und sattelfeste Schürzenjäger. Wie eine Figur aus Schelmenromanen.«

Suzanna – mit Nachnamen Worrell – zwinkerte mir zu.

»In der Tat«, bestätigte Harry Pouncett. »Sie haben völlig recht, meine Liebe. Der alte John gehörte eigentlich nicht in unser Jahrhundert. Allerdings fuhr er seine Autos wie ein Verrückter, das können Sie mir glauben. Mit Lord Grosmont ist er die berühmte Wette eingegangen, in nur vier Stunden bis nach London fahren zu können. Das war lange bevor die Autobahn gebaut war...« Und so weiter und so fort.

Als Roger das nächste Mal vorbeischaute, um mir neu einzuschenken, flüsterte ich ihm zu: »Steht Ihnen Ihr Vater nicht manchmal bis hier?«

»Was?« In seiner Überraschung verschüttete er ein paar Tropfen Whisky auf meiner Hand. Eilfertig zauberte er ein großes, seidenes Taschentuch hervor und machte seinen Fauxpas in galanter Pantomime wieder gut, zum Vergnügen der Gäste, die Ganz-wie-der-Alte-Kommentare zum besten gaben.

Als meine Hand wieder trocken war, zog mich Roger zur Seite und fragte irritiert: »Was soll das heißen? Ob mir der Vater bis hier steht?«

»Ich hatte nicht die Absicht, ihn zu beleidigen«, sagte ich. »Aber wenn ich zu einem Familientreffen nach Manchester fahre, bringt es mich immer auf die Palme, wenn mir die ältere Verwandtschaft vorschwärmt, wie wunderschön meine Großtante Evelyn (die früh verstorben ist) gezeichnet und gemalt hat. Ihr, so heißt es dann ständig, verdanke ich mein Talent. Gemeint ist natürlich, daß ich nie auch nur halb so gut sein werde wie sie. Was mich allerdings kaum verletzen kann, denn die erhaltenen Werke der Großtante sind die scheußlichsten, kitschigsten Kleckserein von Blumen, Kätzchen und lockigen Kindern, die es je gegeben hat.«

Roger prustete vor Lachen. »Ich mag Sie, Frankie«, gestand er. »Ned hatte recht.«

Inwiefern, wollte ich fragen.

»Tja, es heißt, daß ich dem Alten sehr ähnlich bin«, fuhr er fort. »Mögen sich die Würmer an ihm gütlich tun. Ich kann nicht behaupten, seine guten Eigenschaften geerbt zu haben, denn er hatte keine. Da drüben hängt übrigens ein Porträt von ihm. Kommen Sie, ich zeig's Ihnen. Sagen Sie mir Ihre professionelle Meinung dazu.«

Solche Aufforderungen behagen mir überhaupt nicht. Aus Höflichkeit zu lügen, ist nicht mein Problem, aber wenn ich schlechte Malerei zu beurteilen habe, kleben mir die Worte im Mund wie trockenes Brot. Ich folgte ihm durch die Halle und legte mir ein paar unverfängliche Attribute zurecht. Darauf brauchte ich jedoch nicht zurückzugreifen.

»Ich sehe nur schwarz«, protestierte ich. Die Halle war nur schwach beleuchtet, und auf den ersten Blick enthielt der schwere, vergoldete Rahmen nicht mehr als eine blanke, schwarze Fläche.

»Die Farbe seiner Seele«, kommentierte Roger. »Das Bild ist angekokelt worden, als er einmal fast den gesamten Nordflügel abgefackelt hat. Sturzbetrunken natürlich, aber der Schaden war zu beheben. Unsere viktorianischen Vorfahren haben für die Ewigkeit gebaut. Das Gemälde ist allerdings ziemlich verhunzt. Ich habe es nie restaurieren lassen, weil ich finde, daß der Ruß wie die Patina alter Meisterwerke aussieht. Was meinen Sie? Hier...« Er nahm eine schwere Messinglampe von einem Tisch in der Nähe und richtete den Lichtschein auf das Bild.

Aus der Düsternis tauchte ein langes Gesicht mit markanten Kieferknochen auf, das mehr als nur eine flüchtige Ähnlichkeit zu Roger aufwies. Details waren nicht mehr zu erkennen, abgesehen von der aufgemalten Schriftrolle am unteren Rand, auf der eine lateinische Inschrift in gotischen Lettern zu lesen war.

»Was steht da?« wollte ich wissen, nicht zuletzt um einem Urteil über das Gemälde auszuweichen.

»Eine Art Familienmotto, antwortete Roger und stellte die Lampe zurück auf den Tisch. »Grob übersetzt heißt es: Auch wer in der Gosse liegt, kann sehr wohl die Sterne sehen. Sehr passend...«

»Du f-flunkerst«, meldete sich eine vertraute Stimme von hinten.

»Neddy, mein Bester«, rief Roger. »Ich wollte gerade sagen, daß ich dich für die Übersetzung bräuchte...«

»›*Vide meliora proboque, d-deteriora sequor*‹«, sagte Ned. »W-wortwörtlich: Ich sehe den besseren Weg und weiß ihn zu schätzen, folge aber dem schlechteren.«

»Der Mann hat Bildung. Nun, auch der Spruch paßt gut zur Familie. Fürwahr, er beschreibt die Geschichte unseres Lebens.«

»Ich w-würde sagen, er trifft auf den Menschen im allgemeinen zu«, bemerkte Ned leise.

»Tja, aber wer weiß schon, was richtig wäre? Du vielleicht, mein lieber Schwager. Einige von uns sind jedoch, wie du selbst behauptest, unfähig, den rechten Weg zu erkennen. Deshalb kann man ihnen auch keinen Vorwurf machen, wenn sie den falschen einschlagen.«

Ned starrte ihn schweigend an und krauste die Stirn, obwohl der Einwand des Schwagers, wie ich fand, durchaus gutmütig geklungen hatte. Offenbar war ein Thema angeschnitten, über das die beiden nicht zum ersten Mal miteinander stritten. Ich wunderte mich über Rogers klare Artikulation angesichts der Whiskymengen, die er bereits intus hatte.

»Allerdings bin ich der Ansicht«, fuhr Roger fort, »daß den Vaiseys ein durchaus moralischer, sprich: konsequenter Zug eigen ist. Wenn wir vom geraden Weg abbiegen – und das tun die meisten von uns früher oder später –, so geschieht das aus freiem Willen und verschlagener Absicht. Moralische Blindheit kann man uns nicht vorwerfen.«

»S-sollten wir jetzt nicht lieber von anderen Dingen reden?«

»In der Tat«, sagte Roger, der plötzlich ein strahlendes Lächeln zeigte und Ned die Schulter tätschelte. »Ich werde dir gleich was zu trinken holen, alter Freund. Frankie hat sich bloß für das Familienmotto interessiert. Führ sie zum Feuer, bevor ihr kalt wird...«

Zu meinem Leidwesen mußten wir wieder an der allgemeinen Konversation teilnehmen, und während Ned von Harry Pouncett und einem dritten Gast in Beschlag genommen wurde, sah ich mich plötzlich in Gesellschaft von Suzanna Worrall, die mir über den Rand ihres Glases verschwörerisch zugrinste. Ich grinste zurück.

»In letzter Zeit ist es hier immer so einsam«, sagte Roger und kehrte zu uns zurück. Armer Kerl. Er gab sich Mühe, seinem Casanova-Image gerecht zu werden. Dabei erinnerten seine Stummelbeine und die riesige Zigarre zwischen den Zähnen eher an Groucho Marx. »Suzy weiß noch, wie's zu Caros Zeiten hier rundging. Nicht wahr, Suzy?«

»Du hättest dich besser benehmen sollen, Roger«, antwortete sie und sah ihn über ihre schmale Nase hinweg an. »Hoffe nicht auf mein Mitleid.«

»Habe ich Ihnen Suzanna schon vorgestellt? Eigentlich muß man vor ihr warnen. Sie hat die spitzeste Zunge in ganz Yorkshire.«

»Du schmeichelst, mein Süßer.«

»Sehen Sie sich um, Frankie«, sagte er und schwenkte den Arm in melodramatischer Geste. »Ein Mann schafft es nicht, sein Haus behaglich einzurichten. Dazu ist eine Frau nötig.«

»Quatsch«, entgegnete Suzy und kicherte schrill. »Die besten Innenausstatter sind Männer, wenn du mich fragst. Philip Rowlant, der mir im letzten Jahr das Wohnzimmer eingerichtet hat, ist absolut Spitze. Schwul wie die Nacht, aber...«

»Was ist denn an der Nacht so schwul?« fragte Roger nach. »Bei Vergleichen sollte man sich ruhig ein bißchen mehr Mühe geben.«

»Ach, verzieh dich«, sagte Suzy. »Der ist total daneben«, fügte sie hinzu, als Roger weggegangen war. »Ich komme mir hier vor wie im Mausoleum. Was denken Sie? 'schuldigung...« Sie hatte einen Schluckauf. »Bin 'n bißchen beschwipst.«

»Warum auch nicht?« antwortete ich.

»Ich hätte besser aufpassen sollen. Auf das Thema reagiert man hier zur Zeit empfindlich.«

»Welches Thema?«

»Das mit dem Schwulsein natürlich. Nachdem dieser Spinner von St. Catherine mit runtergelassener Hose erwischt worden ist...«

»Was hat Roger damit zu tun? Was im Dorf...«

»Auch das gehört zum Gutshof, müssen Sie wissen. Der größte Teil von Langton-le-Moor ist in Rogers Besitz. Bevor sich der Staub nicht gelegt hat und die Affäre nicht aus der Welt ist, muß Ned, der Ärmste, doppelten Dienst leisten, in Langton wie auch in...«

»Ned?« hakte ich ein. »Was für ein Dienst?«

»Gottesdienst und was sonst noch dazugehört«, antwortete Suzy und zwinkerte mir wie eine verschlafene Eule zu. »Haben Sie Rogers Schwager noch nicht kennengelernt? Ned Cowper? Ein echter Schatz ist das. Pfarrer von St. Peter.«

9

Jetzt, nach Suzys Hinweis, war mir natürlich alles sonnenklar.

Wieso, um alles in der Welt, hätte er sonst mit einer Amateurschauspielgruppe das Drama einstudieren sollen? Hatte er nicht gemurmelt, daß dies mit zu seinem Job gehörte? Damals war ich noch der Meinung gewesen, daß es sich um allgemeine Dorfpflichten handelte. Kein Wunder, daß er so schwerfällig über die Bedeutung von Liebe sprach. Wahrscheinlich hatte er noch nicht die lustigen Seiten eines Vikars auf Irrwegen erlebt. Lieber Gott, dachte ich (und fühlte mich gleich schuldig im Sinne des zweiten Gebotes), was hatte ich ihm sonst noch so alles zugemutet?

Ich warf einen Blick durch die Halle. Ned beugte sich über eine winzige Frau in Rot und hörte ihr lachend zu. Mir war, als betrachtete ich einen Fremden. Warum trug er eigentlich keinen weißen Stehkragen?

Und warum, dachte ich mit wachsendem Unmut, hatte er mir nichts von seinem Amt erzählt? Im Gegenteil, er war in der Beziehung merklich ausweichend gewesen. Ich erinnerte mich ganz genau, ihn gefragt zu haben, wie er seinen Unterhalt bestreiten würde, doch er hatte mich abgewimmelt mit irgendeinem Hinweis über Lämmerzucht.

Ich spürte, wie mir die Wangen glühten unter dem kombinierten Einfluß von Whisky und Wut. Ich hatte mich an der Nase herumführen lassen.

»Sie kommen doch mit ins Wheatsheaf zum Essen, oder?« rief Roger und kam wieder auf uns zu. Ich bemerkte, daß die Gäste hastig ihre Gläser leertranken.

»Ich bin nicht sicher, ob ich überhaupt noch ans Steuer darf«, antwortete ich fahrig und starrte immer noch in Neds Richtung. »Von Rechts wegen bestimmt nicht. Vielleicht könnten Sie mich nach Hause bringen?«

»Unsinn«, empörte sich Roger. »Lassen Sie das Auto hier stehen. Wir haben zwei nüchterne Chauffeure, und Sie können sich zwischen die anderen Mädchen quetschen. Ich steige in den Kofferraum. Macht mir überhaupt nichts aus. Später kann Sie dann jemand nach Hause fahren.«

»Kommen Sie mit uns«, sagte Suzy. »Sonst halt ich's nicht aus. Ohne meine Freundin Elizabeth bin ich verloren.«

Ich sah, wie Ned den Kopf schüttelte und der rotgewandeten Zwergenfrau höflich zulächelte. Mir aber blieb keine Ausrede mehr. Außerdem hatte ich bereits so viel getrunken, daß es ratsam war, in Begleitung zu bleiben – in welcher Begleitung auch immer –, anstatt in ein leeres, ungeheiztes Cottage zurückzukehren. Ich ließ mich von Roger zur Garderobe führen, wo er mir seinen erstaunlich kräftigen Arm um die Taille legte und einen feuchten Kuß unters Ohr pflanzte. Der war zwar auf den Mund gezielt, doch ich hatte rechtzeitig den Kopf zur Seite drehen können.

»Lassen Sie mich los«, sagte ich und versuchte mich loszureißen, wütend vor allem deshalb, weil ich Neds massige Silhouette im Türrahmen auftauchen sah.

»Finger weg, Roger«, tönte Suzy, die uns dicht auf den Fersen gefolgt war. »An Ihrer Stelle würde ich ihm einen Tritt versetzen, Süße, und zwar dahin, wo's besonders weh tut. Sie fahren mit uns, Frankie. Roger, diesen Schuft, überlassen wir der Gnade von Costley-Bannerman und Anhang.«

Schwankend näherte sie sich der Tür. Unter dem Vorwand, etwas liegengelassen zu haben, kehrte ich um und traf mit Ned im Korridor zusammen.

»Es tut mir so leid, Herr Pfarrer«, sagte ich mit schmallippigem Nachdruck.

»O Gott«, stöhnte Ned. »K-kommen Sie her«, fügte er hinzu und zog mich in eine dunkle Kammer, die voller Regenzeug war und wie Umkleideräume in Schulen nach Gummi roch. Die kühle Luft fern der heißen Kaminflammen machte mich bedrohlich schwindelig. »Sie haben mich hinters Licht geführt«, schimpfte ich. »Mit Absicht, darauf wette ich. Sie haben mich annehmen lassen, daß Sie eine Art Freizeitfarmer sind. Statt dessen …«

»B-bin ich Pfarrer«, sagte Ned. »Zugegeben.« Er ließ den Kopf hängen wie ein Schuljunge, der beim Marmeladenaschen erwischt wurde. Er wirkte komisch, doch mir war nicht zum Lachen zumute.

»F-farmer war ich auch. Eine Zeitlang«, fügte er hastig hinzu. »Die K-kirchenführung rät, nach dem Studium was anderes zu machen, um A-alltagserfahrungen zu sammeln.«

»Sei's drum. Wenn ich Sie mit irgendeiner gotteslästerlichen Bemerkung beleidigt habe, tragen Sie die Schuld daran«, sagte ich brüsk. »Verdammt, ich... o Gott, tut mir leid... oh...«

»Nichts für ungut. Entschuldigen muß ich mich.«

»Ich fürchte, daß ich mich im Umgang mit Pfarrern nicht sonderlich gut auskenne«, meinte ich. »Mit Ihresgleichen habe ich kaum mehr Kontakt gehabt, seit ich von der Sonntagsschule geflogen bin.«

»W-wie bitte? Sie sind von der *Sonntagsschule* geflogen?«

»Weil ich obszöne Bilder gemalt habe – von Miss Drinkwater.«

Ned lachte kurz, aber heftig auf. »Deswegen habe ich dichtgehalten.« Und dann, reumütig: »Oh, Frankie, Sie glauben gar nicht, wie gut es mir getan hat, m-mal nicht als Pfaffe angesehen zu werden. Und ich dachte, wenn Sie wüßten, was ich mache, dann würden Sie w-womöglich...«

»Eins will ich Ihnen gleich verraten: Ich glaube nicht an Gott.«

Ich war ziemlich betrunken und fühlte ein Bedürfnis nach Offenheit. Alkohol wirkt bei mir immer wie eine Wahrheitsdroge. Ich sah ihn trotzig an.

»Darauf gibt's eine Standardantwort: G-gott wird sich nicht davon abhalten lassen, an Sie zu glauben.«

»Wie dem auch sei, ich bin nicht mehr in die Kirche gegangen, seit mir aufgefallen ist, daß im Kricket-Club hübschere Jungs sind als in der Jungschar.«

»In Glaubensfragen verfolgt jeder seinen eigenen Weg«, erwiderte Ned mit flüchtigem Lächeln. »Frankie, Sie b-brauchen nicht so verlegen dreinzublicken.«

»Ich bin nicht... mehr ganz nüchtern. Aber Sie hätten mir reinen Wein einschenken sollen. Ich wäre bestimmt höflicher gewesen.«

»Tut mir leid. Wenn Sie mich direkt gefragt hätten, w-wär ich natürlich mit der Antwort rausgerückt. Glauben Sie mir.«

Plötzlich war es still geworden. Die Gäste, die sich vorhin noch lauthals zu einigen versucht hatten, wer mit wem fahren sollte, waren bereits draußen auf dem Hof. Ned und ich standen allein zwischen den muffigen Regenmänteln.

»Na schön«, antwortete ich zögernd. »Ich glaube Ihnen.«

In der Stille hörte ich mein Herz schlagen und fragte mich, ob es auch für Ned zu hören war. Er legte mir die Hände auf die Schultern und rückte näher. Bevor ich wie automatisch die Augen schloß, dachte ich noch, daß er in Aussicht auf den Kuß ruhig eine glücklichere Miene aufsetzen könnte. Ich war glücklich. Verlor vor Glück fast die Besinnung. So berauscht hatte ich mich schon lange nicht mehr gefühlt – seit ich vierzehn war, in der Jungschar, als das Küssen noch zu den aufregendsten und kostbarsten Dingen gehörte, die ich mir vorstellen konnte. Ich spürte schon seinen Atem auf den Lippen, als plötzlich eine Tür aufgerissen wurde und eine schrille Stimme durch den Flur tönte.

»Wo zum Teufel stecken Sie, Frankie? Die Costley-Bannermans sind schon weg.«

»Sie ist hier, Suzy«, antwortete Ned und zog so abrupt die Hände von meinen Schultern zurück, als gälte es, einer zuschnappenden Falle zu entwischen. »Sie s-s-sucht ihre... ihre...«

»...Handtasche«, half ich ihm aus der Klemme und lächelte ihm zu, enttäuscht, aber nichtsdestotrotz verschwörerisch. Dann lief ich nach draußen und zwängte mich auf die Rückbank eines überfüllten Range Rover.

In meinem lasterhaften Leben habe ich schon heftigeres Kopfbrummen erlebt als an dem tristen, grauen Morgen des nächsten Tages. Aber wie selten zuvor quälten mich während der ersten Tasse Tee Erinnerungsbruchstücke an peinliche Ausrutscher, die ich mir am Vorabend geleistet hatte.

Immerhin war ich im Wheatsheaf vernünftig genug gewesen, nicht mehr soviel zu trinken. Rogers verheerend scharfe Whiskys hatten mir jedoch schon dermaßen zugesetzt, daß ich fürchtete, mich schrecklich danebenbenommen zu haben. Wahrscheinlich war mir meine sexuelle Erregung deutlich anzumerken gewesen.

Roger jedenfalls witterte, was mit mir los war, und bestand darauf, daß ich neben ihm Platz nahm. Ich war blau genug, um seine unverhohlenen Avancen unterhaltsam zu finden.

»Und heute morgen haben Sie noch so getan, als würden Sie mich nicht kennen«, lallte ich zu vorgerückter Stunde und wackelte mit dem Zeigefinger.

»War ich da nüchtern?«

»Ich hoffe doch. Um Viertel nach neun.«

»Na bitte«, antwortete Roger. »Im nüchternen Zustand bin ich nichts wert. Aber jetzt halten Sie mich sicher für unwiderstehlich.«

Mir kam die ganze Szene wie eine Clownnummer zum Zweck der allgemeinen Erheiterung vor. Daß er mich ernsthaft zu verführen versuchte, darauf kam ich nicht. Unglaublich, was der Mann an Whisky schluckte. Doch wenn ihm Wein angeboten wurde, winkte er in puritanischer Strenge ab. (»Was die Leber versaut, ist das Durcheinander«, vertraute er mir an. »Bleiben Sie entweder bei Traube oder Korn, und alles ist gut.«) In Gedanken war ich permanent bei den letzten zehn Sekunden in der Kleiderkammer. Trotzdem gelang es mir, mit Roger herumzualbern oder Suzy aufmunternd zuzuzwinkern, die am langweiligeren Ende des Tisches saß und Grimassen schnitt. Offenbar schien das Gespräch in ihrer Ecke wieder um den Zustand des Börsenmarktes zu kreisen.

Roger drängte mich zu einer Sondervorstellung: Ich zeichnete tierische Karikaturen der Gäste auf die Speisekarte – was hinreichend unter Beweis stellt, daß ich ziemlich betrunken gewesen sein mußte. Ich amüsierte mich trotzdem; alle anderen anscheinend auch. Selbst der Mann, den ich als Warzenschwein dargestellt hatte.

Als ich um zehn Uhr am nächsten Morgen auf den Hof von Thornbeck Manor spazierte, um mein Auto abzuholen, überraschte es mich zu sehen, daß alle Range Rovers verschwunden waren. Die Jäger schienen auf der Pirsch zu sein. Wo sie jagten, erfuhr ich bald darauf, als ich den Wagen im baufälligen Schuppen abstellte, der dem Cottage als Garage diente. Ringsumher platzten kurz und trocken Schüsse.

Den ganzen Nachmittag über hallten irreführende Echos durchs Tal. Geschossen wurde rund eine Meile südlich meines Cottages, Richtung Langton.

Am Tag darauf spielte sich die Jagd in meiner unmittelbaren Umgebung ab. Ein Konvoi aus lehmbespritzten Geländewagen fuhr, aus der Richtung des Gutshofes kommend, die Lamp Lane hinauf und blieb wenige hundert Meter hinter meiner Bleibe stehen. Männer mit Tweedhüten stiegen aus und marschierten aufs Feld hinaus. Einige von ihnen erkannte ich wieder. Neufundländer und Apportierhunde wieselten schwanzwedelnd um deren Beine herum. Roger sah in seiner gegürteten Tweedjacke und den weiten Knickerbokkern reichlich komisch aus. Er winkte mir aus der Ferne zu und stieg den Hang hinauf, zielstrebig und entschlossen, wie an jedem seiner Schritte zu erkennen war. Soweit ich sehen konnte, waren nur zwei Frauen mit von der Partie. Suzy machte in ihrem flaschengrünen Mantel eine gute Figur. Auch sie winkte mir zu, zeigte mit eindeutiger Geste auf ihren Kopf, dann auf den der Begleiterin und verzog das Gesicht. Offenbar hatten sie schon wieder einen Kater. Ich winkte zurück.

Spontan langte ich zum Fotoapparat und nahm die Jagdgesellschaft auf, die sich nun auf dem Hang verteilte. Es waren die Farben, die mich beeindruckten. Der Ausschnitt glich einer Palette aus unterschiedlichsten Grün- und Brauntönen, und zwar in einer Anzahl, die ich kaum für möglich gehalten hätte. Die Wachsmäntel und Tweedjacken, Gummistiefel und Socken zeigten sich in tausend Schattierungen von olivgrün bis beige, khaki bis grasgrün, senffarben bis kupferrot, reh- bis schokoladenbraun. Mir fiel auf, daß sich die Leute, mit denen ich gegessen hatte, durch besonders schäbige Kleider abhoben, und fragte mich, ob die anderen in ihrer eleganten Gediegenheit jene reichen Städter repräsentierten, von denen Mr. Danby so abfällig gesprochen hatte. Ich zeichnete ein paar Skizzen, zog mich dann aus der Kälte nach drinnen zurück und malte einen Hund, der zugegebenermaßen weniger nach einem Neufundländer aussah, sondern vielmehr einem Kalb glich. Hunde haben mir noch nie gelegen. Katzen ja, aber keine Hunde.

Immer wieder krachte es. Verärgert ließ ich schließlich den Bleistift fallen. Ich wage zu behaupten, daß mich das Gewehrfeuer in meiner Konzentration weniger gestört hätte, wenn meine Gedanken nicht ständig wie ein Hamster im Laufrad um meinen rätselhaften Freund Ned Cowper rotiert wären.

Ich war über mich selbst verärgert, kam mir in meiner Vernarrtheit vor wie eine Idiotin. Gestern hatte ich mir einen besonders schicken Pullover angezogen, weil ich sicher gewesen war, daß er aufkreuzen würde. Wahrscheinlich, so entschuldigte ich sein Fernbleiben, war er von dringenden Pfarrgeschäften abgehalten worden. Immerhin mußte er zwei Gemeinden betreuen. Aber heute? Der frustrierende Ausgang unserer letzten Begegnung hatte Spannungen ungelöst, Fragen unbeantwortet gelassen. Er konnte nicht umhin zu kommen.

Klopf, klopf, klopf. Auf Holz.

Daß er sich als Kirchenmann entpuppt hatte, nun, das war, wie ich fand, sein Problem, nicht meins. Ihn aufgrund seines Berufs in einem anderen Licht zu sehen wäre nicht richtig gewesen. Konnte in seinem Fall wirklich von einem Beruf die Rede sein, oder folgte er vielmehr einer Berufung? Sowohl als auch, womöglich. Um ehrlich zu sein, muß ich zugeben, daß mich an Ned vor allem sein sanfter Ernst beeindruckt hatte sowie die Tatsache, daß er sich von den meisten Männern, die ich kannte, deutlich unterschied. Vielleicht, so spekulierte ich hoffnungsvoll, trug nur sein Amt die Schuld daran, daß er sich mir gegenüber so zögerlich verhielt.

Klopf, klopf, klopf.

Gab es seitens der englischen Kirche womöglich irgendwelche Einwände gegen sexuelle Handlungen zwischen zwei unverheirateten, aber bereitwilligen Erwachsenen? War hier der sündige Tatbestand des außerehelichen Geschlechtsverkehrs erfüllt? Oder galten nur ehebrecherische Affären als verboten? Der Dekalog prangerte, wie ich mich vage erinnerte, nur den Ehebruch an.

Nach der x-ten Salve von Flintenschüssen ging ich in die Küche, um Kaffee zu kochen.

»Ned, nun komm doch endlich«, flüsterte ich ungeduldig.

Die augenblickliche Situation war so nicht länger hinzunehmen. Ich zählte nicht zu jenen zaghaften, weinerlichen Frauen, die lieber Verzicht als Initiative übten. Die traditionell passive Rolle meiner Geschlechtsgenossinnen lag mir nicht. Ich wollte mich nicht zu den Gänsen rechnen, die ruhig übers Wasser gleiten und Untätigkeit vortäuschen, auch wenn die kleinen Beine wie wild unter der Oberfläche herumstrampeln. Ich konnte nicht nur das wimmernde Opfer, sondern, wenn es sein mußte, auch den forschen Jäger spielen.

Wenn Ned nicht aufkreuzte, würde ich ihn anrufen. Und zwar gleich.

Dann sah ich den Fasan. Er hockte reglos auf dem Mäuerchen zwischen den beiden Geranien, schillernd sein herrlich buntes Federkleid, wie es nur die Männchen tragen. Auch ich blieb stocksteif stehen. Der Kopf und das Nackengefieder glänzten dunkelgrün wie Weinflaschen. Das kleine, argwöhnische Auge lag wie eine schwarze Perle in einer Fassung aus knalligem Rot. Ich sah zu, wie er einen der dürren Krallenfüße vorsichtig hob und sich unter seinem schildpattfarbenen Flügel kratzte.

Zum ersten Mal wurde mir zähneknirschend bewußt, auf welch wunderschöne Geschöpfe die schießwütige Bande auf dem Hügel Jagd machte. »Bleib, wo du bist«, hauchte ich und langte hinter mich, um die Kamera zur Hand zu nehmen. »Die Luft ist hier gesünder als da draußen auf dem Hang.«

Doch der Vogel sah, wie ich mich bewegte, und hüpfte mit träger Eleganz von der Mauer hinunter in den abschüssigen Garten. Unten auf dem Rasen pickten zwei seiner Freunde. Was für ein schönes Bild! Aber das Klicken meiner Kamera schreckte sie auf, und mit erstaunlichem Tempo und zitternden Schwanzfedern stoben sie davon. Am anderen Ende des Gartens verharrten sie wieder. Ich versuchte ihnen nachzusetzen – und sah mich plötzlich, als ich um die Hausecke schlich, Ned gegenüber.

Sein überraschter Ausruf ließ die Vögel endgültig Reißaus nehmen. Sie flohen zum Flußufer hinunter und waren bald außer Reichweite meiner Linse. Zum Glück konnten ihnen auch die Jäger dort nichts anhaben.

»Ned«, grüßte ich. »Schön, Sie zu sehen. Kommen Sie rein. Mir scheint, wir haben einiges zu bereden, oder?«

»Ja«, antwortete er zögernd. »Aber können wir das nicht auch hier draußen? Und dabei sehen, was da oben vor sich geht?« Die Jäger in ihren tarnfarbenen Kleidern hatten eine lange Kette gebildet und streiften den Hang entlang. Entfernte Rufe und Pfiffe drangen zu uns herunter.

»Barbarisch«, bemerkte ich. »Ich konnte mir das, worauf sie Jagd machen, gerade eben genauer ansehen.«

»W-wunderschöne Vögel, nicht wahr?« meinte auch Ned. »L-leider muß ich zugeben, daß ich sie auch g-gerne auf dem

Teller sehe. Aber vielleicht geht's denen, die hier in freier W-wildbahn aufgezogen werden, immer noch besser als den armen M-masthähnchen aus dem Supermarkt. Oder läßt sich das nicht vergleichen...?«

»Ned, vorgestern abend haben Sie mich küssen wollen. Auf Thornbeck Manor...«

»Ja«, antwortete er ruhig. »Tut mir schrecklich leid. Ich hab die K-kontrolle über mich verloren. Für kurze Zeit.«

»Aber ich wollte, daß Sie mich küssen.«

Neds Gesicht wurde dunkelrot.

»Danke«, sagte er. »Das hatte ich erhofft.«

Ich wandte mich ab, blickte auf den Fluß hinunter und klemmte die rechte Hand unter den linken Ellbogen, weil ich merkte, wie sie zu zittern anfing. »Eigentlich wollte ich noch mehr.«

Die Stille war unerträglich. Dann, als Ned endlich das Wort ergriff, krachten Schüsse los, die mich vor Schreck zusammenzucken ließen.

»Aber Sie können sich wohl denken, daß ich gebunden bin. Nun, vielleicht wissen Sie's noch nicht, aber...«

»Nein, das weiß ich nicht«, antwortete ich geradeheraus. »Ist Kirchenleuten Sex etwa verboten?«

Auf eine Antwort mußte ich verzichten, denn in diesem Moment zersprang das Garagenfenster neben uns in tausend Splitter.

»Himmel!« rief ich und fuhr entsetzt herum. »Was zum Teufel...«

»Sind Sie verletzt?« wollte Ned wissen.

Ich tastete mir über den Kopf, doch die Befürchtung, in Glassplitter zu greifen, bestätigte sich nicht. Das Fenster war gut einen Meter entfernt. Rund um das zackige Einschußloch hatte sich ein feines Netz aus Rissen in der Scheibe gebildet. Ned ging vorsichtig daran, die Scherben zu entfernen, was aber zur Folge hatte, daß die noch im Rahmen verbliebenen Bruchstücke laut klirrend nach innen in die Garage fielen.

»Mein Auto...« rief ich besorgt.

Ned beugte sich durch das scharfkantige Fensterloch. »Nichts passiert«, sagte er, als sein Kopf wieder zum Vorschein kam. »Ich v-verstehe nicht, wie...« Er stockte, und ich sah, wie er plötzlich blaß wurde. Er schaute zum Hügel hinauf.

Zwei Gestalten in grünen Röcken trippelten vor uns den Hang hinunter, gefolgt von einem Mann in Tweed, der an seinen kurzen Beinen eindeutig als Roger auszumachen war. Von überall her hallten streitende und verärgerte Rufe herbei.

Suzanna Worrall erreichte uns als erste.

»Alles in Ordnung?« keuchte sie ganz außer Atem. »Damit war zu rechnen. Elizabeth ist völlig übergeschnappt. Habe ich Ihnen das nicht gleich gesagt, Frankie?«

Jetzt kam auch die kleine Person angerannt, deren beneidenswert gute Figur dank der maßgeschneiderten Lodenjacke voll zur Geltung kam. Schräg auf der Stirn saß ihr ein neckischer Hut mit Federn, die aufgeregt hin und her wippten, als sie den Kopf hob und zu Ned aufblickte.

»Verdammt«, stöhnte sie. »Hätte ich doch glattweg fast meinen Mann abgeschossen.«

10

Sie war nicht ganz so schön wie auf dem Foto.

Um den Mund und zwischen den Brauen zeigten sich Furchen. Doch mehr ließ sich nicht an ihr aussetzen. Die Augen waren so groß wie die eines Rehs, die fein geformte Nase schien wie von einem italienischen Meister aus Marmor gehauen zu sein, und die Figur glich einer Sanduhr. Perfekt. Tatsächlich erinnerte sie mich an meine Lieblingspuppe, ein viktorianisch eingeschnürtes Mädchen, das ich Jemima getauft hatte. Elizabeth Cowper war das Porzellangeschöpf, das in die Puppenstube von Dower House paßte.

Roger folgte ihr auf den Fersen. Sein gerötetes Gesicht zuckte vor Aufregung. Noch nie hatte ich einen Mann so sehr in Rage erlebt. Daß ihm die Wut dermaßen kraß im Gesicht geschrieben stand, kam mir noch obszöner vor als die Ausdrücke, die er in den Mund nahm – und die hatten es in sich.

»Ist ja gut«, sagte Elizabeth und wirkte dabei völlig gelassen. Ohne auf Roger zu reagieren, wandte sie sich an ihren Mann. »Bist du mir böse, Edward?«

Roger murmelte ein paar Worte, die sich einer Wiederholung verbieten, und sagte zu Ned: »An deiner Stelle würde ich ihr eine gehörige Tracht Prügel verabreichen.« Dann marschierte er zu den anderen zurück, die sich vor der Hecke versammelt hatten.

»Dem kann ich nur beipflichten«, lachte Elizabeth ausgelassen. »Aber das tut er nicht. Oder doch, Herzchen?«

Ich schaffte es nicht, Ned in die Augen zu sehen. Sein Gesicht war starr und wächsern.

»Du hast dich ziemlich töricht benommen«, sagte er leise.

»Was zum Teufel ist eigentlich in dich gefahren, Bess?« wollte Suzy von der Freundin wissen, sah aber mich dabei an und hob die Brauen zu einem Ausdruck hilflosen Staunens.

»Aber ich hab einen Vogel gesehen«, antwortete Elizabeth arglos und mit weit aufgesperrten Augen. »Du willst mir doch keine Szene machen. Ehrlich, Ned, glaub mir. Da war eine kleine Henne, die bloß darauf zu warten schien, von mir erlegt zu werden.«

Elizabeth hakte sich bei Ned unter und führte ihn weg. Erst als ich damit anfing, die Scherben wegzufegen, fragte ich mich, ohne selber daran glauben zu können, ob womöglich ich mit der kleinen Henne gemeint war.

Suzy ließ die Jagdgesellschaft im Stich, um mir beim Aufräumen zu helfen. Im Unterschied zu Elizabeth war sie unbewaffnet und hatte sich damit begnügt, den Männern beim Schießen zuzusehen.

»Bess ist verrückt. Schon immer gewesen. Charmant, aber nicht ganz bei Trost. Deshalb wechselt sie schon seit Monaten von einer Klinik in die andere. Was ein Vermögen kostet, aber leisten kann sie sich's ja. Wenn man ein paar Wochen trocken bleiben und dabei auch noch ein bißchen Gewicht verlieren will, empfiehlt sich ihrer Meinung nach eine entsprechende Klinik weit mehr als jede Schönheitsfarm. Sie steht auf dem Standpunkt: lieber schicke Psychiater als feiste Masseure.«

Arme Mrs. Cowper.

»Wollen Sie einen Scotch?« lud ich Suzy ein. »Ich könnte einen vertragen.«

»Verständlich. Immerhin wäre Ihnen um ein Haar der Kopf weggepustet worden. Eigentlich ist Bess eine Meisterschützin. Merkwürdig, daß sie den Vogel nicht erwischt hat.«

Viel hätte nicht gefehlt, dachte ich.

Ich schenkte uns beiden ein mehr als gestrichenes Maß ein und leerte die Hälfte meines Glases auf einen Zug.

»Die Jagd ist doch ziemlich gefährlich, oder?« fragte ich, als ich mein Gleichgewicht halbwegs zurückgewonnen hatte. »Für unbeteiligte Zuschauer wie für die Teilnehmer selbst.«

»Überhaupt nicht«, entgegnete Suzy sichtlich irritiert. »Es gelten jede Menge Sicherheitsregeln. Deshalb war Roger auch so wütend, als Bess aus der Reihe tanzte. Daß er ihr nicht an die Gurgel gesprungen ist, wundert mich.«

»Dem Anschein nach war er drauf und dran.«

»O Mann, Roger ist weiß Gott cholerisch. Das sind sie alle, auch Bess, obwohl sie eher von der Sorte ist, die Rache lieber kalt genießt. Und über den Alten kursieren die übelsten Geschichten. Einmal soll er ein Pferd so brutal verdroschen haben, daß es geschlachtet werden mußte. Ob das stimmt, weiß ich nicht. John Vaisey gehörte für mich eher zur Generation der Großeltern. Seine Frau war um etliche Jahre jünger als er.«

»Was ist aus ihr geworden?«

»Sie ist mit einem hübschen Kerl nach Griechenland durchgebrannt, als ihre Kinder noch zur Schule gingen. Aber das Glück dauerte nicht lange. Wenig später hat sie sich in einem Auto zu Tode gefahren – oder war's auf einem Motorrad? Wie dem auch sei, ihr Fall beweist wieder einmal, daß kleine Sünden sofort bestraft werden. Sie war nicht so hübsch wie Elizabeth, hatte aber einen steinreichen Paps. Das hilft über äußere Nachteile hinweg.«

Da nun der erste Schock überwunden war, wollte ich alles über Neds Frau erfahren, und mochten die Informationen noch so quälend sein. Suzy liebte es zu tratschen und brauchte nicht lange überredet zu werden. Sie nahm eine Zigarette aus einem goldenen Etui, steckte sie an und machte es sich im Sessel bequem. Auf dem Hügel waren wieder Schüsse zu hören.

»Wann die beiden geheiratet haben? Da muß ich nachdenken. Benedict hatte gerade die Vorschule hinter sich, es muß also ungefähr vor sieben Jahren gewesen sein. Natürlich kannten sie sich schon ewig. Ned ist irgendein entfernter Vetter, und ich weiß noch, daß die Cowpers, also Mutter und Vater, um diese Jahreszeit oft hierhergekommen sind. Die eigentliche Romanze zwischen Ned und Bess fing aber erst an...« sie tippte die Asche von der Zigarette und kicherte, »...als der Alte unter die Erde gebracht wurde. Ned steckte damals noch in der Ausbildung. Als Diakon oder weiß der Henker, wie sich junge Pfaffen nennen. Roger wollte unbedingt seinen alten Schulfreund bei der Beerdigung bei sich haben.«

»Woran ist der Alte gestorben?« fragte ich, als Suzy eine Pause einlegte, um einen Schluck Whisky zu trinken.

»Herzanfall, draußen im Moor«, sagte sie und lachte herzhaft. »Er war schon weit über siebzig. Warum ich so lache? Er konnte Ned nicht ausstehen. Das war nicht immer so. Früher kamen die beiden gut miteinander klar. Roger mußte sich immer ein Beispiel an Ned nehmen, denn Ned konnte ausgezeichnet Kricket und Fußball spielen, während Roger immer bloß über seine kurzen Beinchen stolperte. Doch als Ned in seine fromme Phase eintrat, war es mit seinem Ansehen beim Alten vorbei. Kann aber auch sein, daß es schon früher zwischen ihnen gekracht hat. Wenn ich mich nicht irre, gab's eine Reihe von... Nun ja, der alte John hatte mit Kirchenleuten nichts am Hut. Auf jeden Fall wollte er keinen davon in der Familie haben. Ich weiß noch: Als Bess mit der Sprache rausrückte, wär's fast zu Handgreiflichkeiten gekommen. Ned hat sich kaum mehr blicken lassen. Sie können sich also vorstellen, daß seine Grabrede für den Alten ein Meisterstück diplomatischer Zurückhaltung war.«

»Das glaub ich gern«, antwortete ich versonnen. »Und damit fing alles an? Ned und... Elizabeth?«

»Sechs Wochen später waren sie verheiratet. Turbulente Romanze und mittendrin Roger, der ansonsten ja ziemlich wenig von einem Cupido an sich hat. Jedes Wochenende hat er Ned nach Thornbeck eingeladen. Die beiden hatte es total erwischt, waren kaum mehr auseinanderzukriegen. Ich vermute, Ned konnte von Berufs wegen keine halben Sachen machen, also sind sie den Bund fürs Leben eingegangen. Sie war die schönste Braut, die ich je im Leben gesehen habe, und damals bin ich an die fünf Mal in der Woche auf Hochzeiten gewesen. Ihr Kleid bestand aus elfenbeinfarbener Wildseide, und der Schleier hätte ganz Twickenham verhängen können. Bei ihrem Anblick verschlug's einem den Atem.«

Das konnte ich mir vorstellen. Ich nickte lächelnd und knirschte mit den Zähnen.

»Dann sind sie für eine Weile verreist. Wohin, ist mir doch glattweg entfallen. Ned war zu der Zeit Vikar. In der Nähe von Birmingham, glaube ich. In einer scheußlichen Gegend jedenfalls, und Sie können sich denken, daß Bess überhaupt nicht damit einverstanden war. Als zufällig die Stelle hier frei wurde, ist sie ihm von seinem Schwager zugeschustert worden.«

»Kann Roger denn eigenmächtig einen Pfarrer bestallen?« fragte ich verwundert. »Ich hätte nicht gedacht, daß Kirchenangelegenheiten immer noch so feudalistisch geregelt werden. Ist das nicht, zusammen mit der Leibeigenschaft, längst abgeschafft worden?«

»Roger wird wohl den hiesigen Kirchenvorstand tüchtig bearbeitet haben«, antwortete Suzy grinsend. »Aber wie dem auch sei, er hat's – womöglich mit göttlicher Hilfe – geschafft, Ned in die Gemeinde von St. Peter zu holen, die sonst einem anderen Pfarrkreis einverleibt worden wäre. Der hiesige Präses hat sechs Kirchen unter seinen Fittichen. Nun ja, Ned wurde Pfarrer von Thornbeck. Ins Pfarrhaus zu ziehen kam aber für die Cowpers nicht in Frage. Das ist nämlich ein zugiges Loch gleich hinter dem Friedhof. Bess hatte von ihrem Vater das Dower House geerbt. Aber seltsamerweise kein Geld. Und das kann eigentlich nur eine Erklärung haben: In Yorkshire glauben die meisten Männer – und John Vaisey bildete da keine Ausnahme –, daß Frauen nicht mit Geld umgehen können. Dabei war Elizabeth dem Alten sehr viel näher als Roger. Trotzdem überließ er ihr bloß das Dower House und erwartete, daß sie darin leben würde. Sind Sie schon dagewesen? Herrlich, nicht wahr?«

Ich nickte. »Wie aus einer Hochglanzillustrierten.«

»Oh, ich versichere Ihnen, daß es schon in einigen Zeitschriften abgelichtet war. Die Renovierungsarbeiten haben zwei bis drei Jahre gedauert. Durchgedreht ist sie erst danach. Traurig, nicht wahr? Dabei hatte sie alles, was man sich wünschen kann: tolles Aussehen, ein wunderschönes Haus... und einen Mann, der ganz verrückt auf sie war. Ist er nicht ein Schatz? Wie ein knuffiger Bernhardiner. Also wenn mir ein solcher Mustergatte das Bett warm hielte, würde ich mir bestimmt nicht wie Bess wochenlang in Kliniken die Laune verderben lassen.«

»Ich auch nicht«, sagte ich bitter.

»Nicht einmal nach sieben Ehejahren. Die beiden geben ein Bild ab, daß einem richtig mulmig dabei wird. Er kann kaum die Augen von ihr lassen.« Susy gab ein spitzes Lachen von sich. »Zugegeben, auch mein Süßer behält mich ständig im Auge, zählt aber immer nur die Drinks, die ich mir gönne. Vielleicht sollte ich auch mal eine von Bess' Kliniken ausprobieren. Allerdings würde Alex bestimmt nicht das nötige Kleingeld dafür springen lassen. Er kommt ganz auf den alten Vaisey raus, mein Mann.«

»Wie finanziert denn Elizabeth ihre Kuren? Sie hat doch kein Geld geerbt, und Neds Gehalt wird wohl nicht reichen.«

»Er ist so arm wie die sprichwörtliche Kirchenmaus. Nein, ich glaube, Roger greift ihr unter die Arme. Und Elizabeths Schicki-Micki-Therapeuten sind weiß Gott nicht billig. Ein Glück hat das Mädchen...«

»Großzügig von Roger.«

»Roger ist in Ordnung. Verdammt langweilig, wenn er nüchtern ist, ansonsten aber ein Wolf, wie er im Buche steht. Sie kennen ihn ja bereits...«

Eine Bewegung vor dem Küchenfenster ließ mich aufmerken, und ich sah einen gelben Hund am Zaun entlang rennen.

»Sie kommen runter«, sagte Suzy und drückte hastig ihre Zigarette aus. »Offiziell hab ich's Rauchen drangegeben. Sie verpfeifen mich doch nicht, oder? Auf bald, Schätzchen.«

Ich mußte Ned unbedingt sehen. Ich fühlte mich schwer verletzt und war – vorläufig jedenfalls – ziemlich wütend auf ihn. Daß er mir seinen Beruf verheimlicht hatte, war ein Witz, verglichen mit der Unverzeihlichkeit, seine wunderschöne Frau vorsätzlich vergessen zu haben, nur weil sie für ein paar Wochen auf Kur war.

Und doch – hatte er mich wirklich zu täuschen versucht? Die ganze Nacht über und bis weit in den folgenden Tag hinein zermarterte ich mir den Kopf und versuchte, alle Gespräche, die ich mit ihm geführt hatte, genaustens zu rekapitulieren. Je länger und eifriger ich damit beschäftigt war, desto schwerer fiel es mir, den Zauber der gemeinsam verbrachten sonnigen Nachmittage zu bewerten, und um so irriger erschien mir die gehätschelte Hoffnung darauf, Ned habe in dieser Zeit womöglich mehr gesucht und gefunden als Gesellschaft und Zerstreuung. Meine Erinnerungen waren jetzt, da ich sie neu einzuschätzen versuchte, tot und verblichen wie aufgespießte Schmetterlinge.

Am Morgen darauf kamen ein Schreiner und ein Glaser, um das zerschossene Fenster zu reparieren. Und noch etwas kam an: ein Armvoll knospender, langstieliger roter Rosen in raschelnder Zellophanverpackung. Einen schwindelnden Augenblick lang glaubte ich, daß sie von Ned geschickt waren. Doch sie hatten denselben Absender wie die Handwerker, nämlich Roger. Mit der innigen Bitte um Entschuldigung.

Ich zweifelte nun ernsthaft an meinem Verdacht, von Ned hinters Licht geführt worden zu sein. Immerhin war mir die ganze Zeit über nie entgangen, daß er mit keinem Wort erwähnt hatte, seine Frau sei verstorben oder untreu geworden. Sobald er auch nur annähernd indiskret zu werden drohte, hatte er sich stets wieder zu distanzieren gewußt. Je mehr ich darüber nachdachte, desto weniger erschien mir Ned als zynischer Täuscher. Statt dessen kam er mir eher wie ein tolpatschiger Unschuldsengel vor.

Erinnern konnte ich mich nur an einen einzigen Hinweis, der tiefer schließen ließ: Er hatte mir verraten, daß ihm seine Frau hin und wieder eine Kiste Wein mitgebracht hatte. Daß er dabei die Vergangenheitsform gebrauchte, war, wie ich im nachhinein einsehen mußte, auch so zu verstehen, daß ihm Elizabeth inzwischen keinen Elsässer mehr einschenkte.

Die Schwierigkeiten, auf die Mr. Danby hingewiesen hatte, bezogen sich wahrscheinlich nur auf den Umstand, daß die Frau in psychotherapeutischer Behandlung war. Kein Wunder, daß Ned darüber nicht sprechen wollte. Psychische Krankheiten sind für viele Menschen immer noch ein Tabuthema und (mindestens) ebenso stigmatisierend, wie es bei Krebs früher der Fall gewesen war. Ich fragte mich, welcher Art wohl ihr Leiden war. Sie sah so gut aus, so lebenslustig und gesund.

Ich fragte mich auch, ob sie durch ihre Krankheit zu Gewalttätigkeiten neigte.

Mir wurde heiß und kalt vor Scham, wenn ich daran dachte, wie unverhohlen ich mich an Ned herangemacht hatte. Sich mit emanzipierter Initiative einem Mann zu nähern, der selber ein wenig zu passiv zu sein scheint, geht wohl in Ordnung. Etwas anderes ist es aber, einen glücklich verheirateten Mann, der stets taktvolle Zurückhaltung walten läßt und weder durch Worte noch Gesten Lust auf Abwechslung zu erkennen gibt, in fremde Betten locken zu wollen. Und genau das hatte ich versucht, so daß ich mir jetzt wie ein loses Mädchen vorkommen mußte.

Das mag verlogen klingen, zumal aus dem Mund einer Frau, die zugegebenermaßen viel Spaß hatte an einer langen Affäre mit einem verheirateten Mann. Aber Gerald war schon vor mir mit etlichen anderen Frauen fremdgegangen und beileibe nicht durch mich verführt worden. Im Gegenteil. Außerdem hatte ich ihm mehr als einmal (sooft ich seiner überdrüssig war) geraten, zu seiner Frau zurückzukehren. Ned einen ähnlichen Rat zu geben, fiel mir jedoch nicht im entferntesten ein. Lieber hätte ich mich vom Blitz erschlagen lassen.

Ich wollte Ned wiedersehen, nicht um mich in seine zögernden Arme zu werfen, sondern um Klarheit zu schaffen. Ich wollte ihm deutlich machen, daß ich mich anders verhalten hätte, wenn mir sein Familienstand bekannt gewesen wäre. Es war mir schrecklich wichtig, daß Ned nicht schlecht von mir dachte. Doch wie sollte ich ein Treffen einfädeln? Ich konnte ihn doch nicht einfach zu Hause anrufen.

Mr. Danby gab mir, ohne es zu ahnen, den entscheidenden Tip.

Er kam an diesem Tag allein. Ich hörte seinen markigen Baß schon von weit her, mit dem er fröhlich schmetterte »Oh, What a Beautiful Morning«. Ich beglückwünschte ihn zu seiner konzertanten Stimme, fand das Lied aber reichlich unpassend, da ein bitterkalter Ostwind wehte und der Himmel zugezogen war.

»Der Rücken ist wieder heil«, strahlte er. »Ich bin heute morgen wie gewöhnlich um vier Uhr aufgestanden und dachte noch: ›He, irgendwas ist anders.‹ Und dann hab ich's gespürt. Die Schmerzen waren weg. Frankie, Sie können sich kaum vorstellen, wie ich mich fühle. Wie neu geboren. Aber gesungen hab ich schon immer gern. Heute keinen Yoghurt? Mr. Cowper sagt immer, ich hätte mit der richtigen Ausbildung Opernsänger werden können ...«

»Ned ... Cowper?«

»Der versteht wirklich was von Musik. Natürlich nehme ich ihn nicht beim Wort. Wir Danbys sind nie in der anglikanischen Kirche gewesen. Es ehrt mich aber, wenn ich bei Kirchenkonzerten aushelfen kann. Mögen Sie den *Messias*? ›And I will sha-a-a-a-a-ake ...‹« Und er röhrte so laut, daß die Milchflaschen zu klirren anfingen.

Nach einem fulminanten Fortissimo sah ich eine passende Gelegenheit, Beifall zu klatschen.

»Ich weiß, daß Mr. Cowper Klavier spielt«, sagte ich.

Noch während ich das sagte, schämte ich mich dafür, wieder einmal der Versuchung nachgegeben zu haben, den erstbesten Vorwand zu nutzen, um die Rede auf ihn zu lenken. Ich fürchtete schon, Mr. Danby würde Verdacht schöpfen und mein trauriges Geheimnis lüften. Doch das tat er nicht.

»Wenn er dazu kommt«, antwortete er bedeutungsvoll. »Schade, sehr schade... die Sache mit seinem Instrument.«

In der Hoffnung, daß er mehr erzählen würde, machte ich mich daran, eine bereits saubere Flasche noch einmal auszuwaschen. Mir war längst klargeworden, daß er ständig in Konflikt geriet mit den zwei Seelen, die in seiner Brust wohnten: einer nonkonformistischen Grundüberzeugung und der natürlichen Veranlagung, Klatschgeschichten zu verbreiten.

»Verstehen kann ich's ja«, sagte er schließlich. »Bei uns war's ähnlich. Meine Audrey hatte schon vor Zeiten klipp und klar erklärt, daß der alte Klimperkasten aus dem Haus muß, sobald Tante Ethel das Zeitliche gesegnet hat. Als Möbel war ihr das Ding einfach viel zu wuchtig. Ich dagegen fand es immer schön, zu Weihnachten am Klavier zu stehen und alte Lieder zu trällern. Streiten wollte ich mich darum aber nicht. Das Wohnzimmer ist heute tatsächlich viel gemütlicher.«

»Und Mrs. Cowper dachte ähnlich über das Klavier im Dower House? Sie hat viel Geschmack, wie ich an der Einrichtung sehen konnte.«

»Soweit ich weiß, hat sie sich nicht so sehr am Aussehen gestört«, sagte Mr. Danby. »In das Haus würde sogar 'ne Kirchenorgel reinpassen. Nein, der Lärm ging ihr auf die Nerven. Armes Mädchen. Aber sie hätte ihm Bescheid sagen sollen und nicht ohne sein Wissen das Klavier rauswerfen dürfen.«

Armes Mädchen... Ich fühlte stellvertretend für Ned heiße Wut in mir aufflammen.

»Aber er hat ja seine Orgel. Vor zwei Jahren haben wir tausend Pfund zusammenbekommen, um sie anständig restaurieren zu lassen. Ein richtiges Schmuckstück ist sie jetzt. Jede Woche können Sie ihn im Anschluß an die Chorproben stundenlang spielen hören. Phantom der Oper, so nennt ihn meine Audrey.« Und Mr. Danby lachte herzhaft.

II

In der Kirche roch es wie überall in ländlichen Gebetsscheunen: nach muffigen Gesangbüchern, Kerzenwachs, Möbelpolitur und feuchten Mauersteinen. Es brannte nur ein Licht, und zwar über den Orgelmanualen. In dem seitlich angebrachten Spiegel konnte ich die hellen Locken von Ned erkennen, der sich gerade durch die verschlungenen Läufe einer Bach-Fuge wühlte. Außer uns war sonst niemand in der Kirche.

Ich hatte mir den Plan sorgfältig zurechtgelegt.

In Erfahrung zu bringen, daß die Chorproben Dienstag abends bis halb neun dauerten, war denkbar einfach gewesen. Am Morgen hatte ich mit Roger telefoniert und gefragt, ob ich auf sein Angebot zurückkommen und das Buch mit den Jagdbildern ausleihen könnte.

»Ich komm auch vorbei, um's mir abzuholen«, hatte ich wie beiläufig vorgeschlagen. »Vielleicht heute abend?«

»Kann sein, daß ich nicht zu Hause bin«, sagte Roger irritiert. »Aber dann lege ich es in den Wintergarten vor der Küche. Einverstanden?«

»Sicher.«

Nach Londoner Maßstäben zeigten die Leute im Ort eine kaum zu glaubende Lässigkeit, was die Sicherung ihres Eigentums anging. Sie ließen die Haustüren meist unverschlossen.

»Bis dann.«

Wie ich erfahren hatte, war Roger in nüchternem Zustand äußerst kurz angebunden, ja, geradezu unhöflich. Allerdings konnte ich verstehen, daß ihn mein plötzliches Bedürfnis, das Buch auszuleihen, ziemlich überraschte. Als er mir davon vorgeschwärmt hatte, war mein Interesse eher gering gewesen.

Jetzt aber hatte ich einen Vorwand, mein auffälliges Auto vor dem Gutshof abzustellen. Falls ich jemanden treffen würde, konnte ich behaupten, das Buch abgeholt zu haben und vom Licht in der Kirche angelockt worden zu sein.

Nichts als Neugier hätte mich dazu angestiftet, den schweren Eisenriegel zu heben und einzutreten. Das Dorf aber war in der Dunkelheit wie ausgestorben, und zwischen Auto und Kirchentür begegnete mir bloß eine Katze, die mich argwöhnisch anfauchte. Ich mußte einsehen, daß meine Vorsichtsmaßnahmen auf lächerliche Art überzogen waren.

Kirchen haben mich schon immer nervös gemacht. Ich wage zu behaupten, daß sie die meisten Menschen einschüchtern. Nur diejenigen, die mit dem Göttlichen ständig zu tun haben (Priester und dergleichen), sowie die völlig Ungerührten (Touristen etwa, deren Götter andere Bauten bewohnen) – nur die wagen es, in diesen hallenden Höhlen der Heiligkeit ihre Stimme laut werden zu lassen. Sobald ich mehr als einen Schritt in den Mittelgang gesetzt habe, bin ich mir meiner Sündhaftigkeit jammervoll bewußt. Ich komme mir dann vor wie eine Ziege in einem Stall, der nur für Schafe reserviert ist.

Ich schlich über den ausgetretenen Teppich nach vorn. Die St.-Peter-Kirche stammte aus der anmutig schlichten Epoche gotischer Architektur. Aus alter Zeit erhalten waren noch die geschnitzten Verschläge der Sitzbänke, die wie Viehboxen aussahen, und über dem Altar, der steinernen Kanzel und dem Lesepult hingen Stickereien, die das trübe Licht von der Orgel zum Schimmern brachte. Wie die Kniekissen und der Teppich waren diese Deckchen hübsch fadenscheinig geworden. In neuem Zustand hatten sie bestimmt scheußlich ausgesehen. Die Orgel war in einer Ecke untergebracht; die großen Pfeifen ragten wie Fabrikschlote auf und verschwanden in dunkler Höhe. Ned war ganz vertieft in sein Spiel und ahnte nichts von meiner Anwesenheit, als ich auf Zehenspitzen um das Chorgestühl herumtippelte und direkt hinter ihm zu stehen kam. Im schwarzen Talar und weißen Kragen wirkte er entrückt und unerreichbar, ganz und gar nicht wie mein Meister Petz im Wollpullover. Zögernd flüsterte ich seinen Namen. Keine Reaktion. Ich räusperte mich und versuchte es noch einmal. »Ned?... *Ned!*«

Seine Hände fielen auf die Tastatur und ließen ein dissonantes Tongemisch aufjaulen. Fast hätte ich kehrtgemacht und das Weite gesucht, aber er fuhr herum, schwang die Beine über die polierte Bank und hielt mich – zu meiner Überraschung – bei den Händen fest.

»Frankie, Gott sei Dank«, sagte er eindringlich. »Ich muß unbedingt mit Ihnen reden.« Seine Stimme klang nicht nach Liebe, geschweige denn nach Lust. Nein, sie schien einem Mann zu gehören, der nicht mehr ein noch aus wußte und von schrecklichen Ängsten gequält wurde.

»W-was passiert ist, tut mir so leid«, sagte er. »Wie sich m-meine Frau verhalten hat...«

M-meine Frau... Daß mir diese Worte einen stechenden Schmerz verpaßten, war wirklich zu albern. Immerhin hatte ich es mit einem verheirateten Mann zu tun. *Seine Frau...* dieses Flintenweib. Ich unterbrach, bevor er mir noch mehr über sie erzählte. »Nicht der Rede wert«, sagte ich. »Das Fenster ist repariert und wie neu. Besser noch: Der Handwerker hat bei der Gelegenheit sogar den Riegel vom Garagentor gängig gemacht.«

Ned zeigte ein flüchtiges Schmunzeln und ließ meine Hände los.

»Ich möchte mich entschuldigen für das, was ich getan habe«, sagte ich mit fester Stimme, denn diese noble kleine Rede klingelte mir wie ein Kindervers schon seit vierundzwanzig Stunden im Ohr. »Naiverweise wußte ich nicht, daß Sie glücklich verheiratet sind.«

Ruckartig hob Ned den Kopf und starrte mich an. In diesem Moment wurde mein letzter glimmender Hoffnungsschimmer ausgepustet. Ich hatte meine Worte mit Vorsatz gewählt und darauf spekuliert, daß er (wie Gerald seinerzeit) seufzend murmeln würde: »Tja, so glücklich nun auch wieder nicht...«

Nicht so Ned. Er konnte vor Erregung kaum sprechen. »Aber ich habe Ihnen doch gesagt, daß ich verheiratet bin«, entgegnete er. »Oh, Frankie, g-glauben Sie mir, in diesem Punkt habe ich Ihnen nie etwas vorzumachen versucht. Was meine Arbeit angeht, ja, vielleicht. Das war dumm von mir. Aber über meine Ehe...«

»Vielleicht habe ich einfach glauben wollen, daß Sie ledig sind«, unterbrach ich. »Sei's drum. Aber das möchte ich ausdrücklich feststellen: Wenn ich Bescheid gewußt hätte, wäre ich nicht so über Sie hergefallen wie eine...« Ich brachte es nicht über mich, in dieser geweihten Stätte das Wort »Hure« auszusprechen. »...eine Metze.«

»Eine *was?*«

»Metze«, antwortete ich entschieden. »Nutte, Flittchen.«

»Ach ja. Wie bei Shakespeare«, entgegnete er mit dem Lächeln eines Gespenstes. »›Die Metze überm Talgrund...‹«

»Genau«, sagte ich bitter. Die Metze vom Moor, das lose Mädchen aus dem Cottage. »Auch wenn's nicht danach aussieht: Es gehört nicht zu meinen Gewohnheiten, mich in die Ehen anderer einzumischen.«

»Daran habe ich nie gezweifelt.«

»Glückliche Ehen, sollte ich hinzufügen. Die Sache mit Gerald... stand auf einem anderen Blatt. Dafür entschuldige ich mich nicht.«

»Warum sollten Sie auch? Und ausgerechnet bei m-mir? Oh, Frankie...«

Tat ich ihm jetzt leid? Ich kann es nicht ertragen, bemitleidet zu werden. Alles, nur kein Mitleid. Aus dem Schutzwinkel häuslichen Glücks schaut der zufriedene Gemahl oder die Gemahlin hinaus auf die einsamen Flüchtlinge draußen vor den Toren.

»Kein Grund, melodramatisch zu werden«, winkte ich brüsk ab. »Wer will denn aus 'ner Fliege einen Elefanten machen? Einen albernen Sturm im Wasserglas aufwühlen.« Ich mußte mich winden. Wie viele Sprichwörter brauchte ich eigentlich noch zur Unterstützung. Kleinlaut endete ich: »Ist doch nichts passiert...«

»N-nein«, sagte er mit unnötigem Nachdruck. »Überhaupt nichts. Nein.«

Seine Worte hallten durch die Kirche. Ich hörte, wie es dutzendmal »nein« von der Decke zu mir herabwisperte. Dann wurde es unbehaglich still.

»Ich wollte Sie nicht beim Spielen stören. Ich... wollte mich bloß entschuldigen.«

»Entschuldigen? Sie haben sich für n-nichts zu entschuldigen.«

»Na schön. Dann eben nicht. Ich hoffe, wir bleiben Freunde«, beeilte ich mich zu sagen und streckte ihm dann, unverhältnismäßig förmlich, die Hand entgegen. Er sah so perplex aus, daß ich vor Verlangen darauf brannte, mich ihm in die Arme zu werfen, ihm zuzusichern, daß alles in Ordnung sei, daß ich ihm keinen Vorwurf machen und ihn auch nicht mehr durch mein Nachstellen in Verlegenheit bringen würde. Fast abwehrend hatte ich ihm meine Hand entgegengestreckt.

Ned nahm sie gar nicht zur Kenntnis. »Wo ist Ihr Wagen?« fragte er. »Sie sind doch mit dem Wagen gekommen, oder?«

»Ich habe mir ein Buch von Roger ausgeliehen. Der Wagen steht vorm Gutshof.«

»Ich bring Sie hin. Es ist ungemütlich draußen.« Er machte sich über Schalter und Register her, und aus den Innereien des Instruments war ein keuchendes Seufzen zu hören. »Ich würde Sie gern auf einen Drink einladen, w-weiß aber nicht...«

Ich lehnte entschieden ab. War er verrückt oder war ich es? Allein die Vorstellung, in diesem allzu perfekt eingerichteten Wohnzimmer mit Ned und seiner Frau zu sitzen, war mir unerträglich. *Zu Besuch bei den Cowpers*. Adam und Eva hatten die Schlange schließlich auch nicht auf einen Gin-Tonic eingeladen. »Wirklich, Sie brauchen mich auch nicht zu bringen...«

Aber er bestand darauf. Schweigend überquerten wir den Vorplatz der Kirche und gingen die Straße entlang. In dem fliegenden Talar sah er aus wie eine flügellahme Krähe. Ich wollte nur eins: mich aus dieser quälenden Verstrickung losreißen und die ganze Sache vergessen. Ich legte einen Schritt zu, als hoffte ich, auf diese Weise fliehen zu können.

Die Laternen an der Auffahrt zum Gutshof waren verloschen. Die Rhododendren raschelten und knarrten im kalten Wind, und das Haus – es brannte nur ein einziges Licht im oberen Stockwerk – wirkte düster und unwirtlich. Daß ich nicht allein war, freute mich schließlich doch.

»Roger wollte das Buch hier deponieren«, sagte ich, öffnete die Tür zum Wintergarten und tastete nach dem Lichtschalter. »Ich... sehe nichts.«

»Rechterhand«, sagte Ned und trat dich hinter mich. »Frankie, w-wir können nicht...«

Warum w-wir nicht konnten, wurde mir selber plötzlich klar, denn aus der Dunkelheit löste sich ein schwarzer Schatten und sprang mir an die Beine. Mit rudernden Armen stolperte ich zurück und prallte gegen Ned, der mich fest an sich drückte.

»Was zum Teufel...«

»Juno«, sagte Ned, und in diesem Moment öffnete sich die Küchentür. Auf der Schwelle stand Roger, umflutet von Licht.

»Hallo Frankie, hab ich doch richtig gehört«, grüßte er, und dann, in überraschtem und deutlich mißbilligendem Tonfall: »Ned?«

Hastig löste ich mich aus Neds Umklammerung.

»Ihre Juno scheint vor der Tür gelegen zu haben«, sagte ich. »Sie ist auf mich losgesprungen. Zum Glück stand Ned hinter mir, sonst hätte sie mich umgeworfen.«

»Ned steht immer richtig«, sagte Roger, und seine Stimme klang alles andere als freundlich. »Und an ihm bleibt alles hängen. Er hat Hände wie Fliegenpapier. Wo ist Juno? Ich sehe sie nicht.«

Ich zitterte vor Wut. Ausnahmsweise hatte ich mich einmal völlig tadellos verhalten und war trotzdem in eine kompromittierende Lage geraten. Angesichts der drohenden Verurteilung wäre es mir lieber gewesen, ein Verbrechen ausgekostet zu haben, denn dann hätte ich als befriedigtes Schaf und nicht als frustriertes Lamm an den Pranger gemußt. Ich rang mir ein Lachen ab. »Sie hat mich ganz schön erschreckt...«

Juno kam nun endlich zurückgetrottet; hechelnd hing ihr die rosarote Zunge aus der Schnauze.

Rogers gerunzelte Stirn glättete sich wieder. »Schade, daß ich nicht selber zur Stelle war, um Sie aufzufangen«, sagte er leutselig, wie man ihn kannte. »Ich muß das dumme Vieh darauf abrichten, seine Attacken besser zu timen. Kommen Sie rein. Du auch, Ned.«

Ich schlug die Einladung energisch aus. Ein einziges Glas von Rogers Drinks reichte aus, um auch trinkfestere Personen als mich fahruntauglich zu machen. Außerdem war ich mir sicher, daß Ned ablehnen würde. Ich brachte es einfach nicht fertig, unter diesen ärgerlichen Umständen von ihm Abschied zu nehmen. Ich hasse lose Enden. Mir stand an diesem Abend der Sinn danach, die ganze Episode zu einem ordentlichen Abschluß zu bringen. Ein paar edelmütige letzte Worte unter vier Augen – dann würde ich in mein Auto steigen und davonfahren.

Ich schüttelte schon den Kopf und mußte zu meiner Bestürzung registrieren, daß Ned das Angebot annahm. Vielleicht brauchte er, der außereheliche Dramen offenbar nicht kannte, einen scharfen Drink. Es war jedoch zu spät, meine Meinung zu ändern, und so geleitete mich Roger zum Wagen.

»Sie müssen sich bald wieder sehen lassen«, sagte er. »Ich schlage vor: ein stilles, friedliches Abendessen zu viert, jetzt, da Bess wieder zu Hause ist.«

»Prima«, trällerte ich oberflächlich, wohlwissend, daß die Einladung nur einer unverbindlichen Höflichkeit entsprach und dem gegenseitigen, stillschweigenden Einverständnis entsprang, daß dieses Essen wohl nie zustandekommen würde. Mit zähneknirschender Entschlossenheit stand für mich fest, einen solchen Abend unter keinen Umständen mitzumachen.

Ich hatte in den kommenden Wochen Besseres zu tun, als einen ganzen Abend lang mitansehen zu müssen, wie Ned sein exquisites Weibchen umschmeichelte.

Sebastian hatte immer gesagt, daß Arbeit letztlich anästhetisch sei. Wer hart genug zu arbeiten verstünde, wäre gegen Schmerz und Kummer unempfindlich.

Ich gab mir Mühe und war bis zu einem gewissen Grad auch erfolgreich. Es gelang mir mitunter stundenlang, meine sinnlosen Spekulationen über Ned in einem verborgenen Gehirnfach verstaut zu halten. Aber sobald ich die Pinsel aus der Hand legte, befiel mich wieder der Kummer, der durch die Ruhe neu zu Kräften gekommen zu sein schien.

Sebastians Theorie ging womöglich deshalb nicht auf, weil er sich sowieso durch nichts bekümmern ließ, was außerhalb seiner Arbeit lag.

Trotzdem war ich enorm produktiv. An einem einzigen Tag brachte ich fünf bis sechs Bilder zu verschiedenen Stufen der Vollendung, und das Klavier versank unter einem Berg aus vergammelnden Collagen. Ich lege Wert darauf, möglichst viel auf einmal zu tun zu haben. Wenn ich mit einem Bild nicht weiterkomme, gibt es immer noch ein anderes, mit dem ich mich beschäftigen kann. Ich brauche mir nicht die Haare zu raufen aus Sorge um ein einziges kostbares Projekt. Die meisten Malprobleme lösen sich am besten, wenn man sie ignoriert. Darauf herumzureiten hilft, wie ich finde, überhaupt nicht. Ein gesundes Maß an Nichtbeachtung wirkt oft Wunder. Ein Jammer, daß emotionale Probleme nicht auf ähnliche Weise zu beheben sind.

Mein Schlaf war entsprechend unruhig. Eines Nachts wachte ich auf, geweckt von der absurden Gewißheit, daß jemand draußen vor der Tür stand. Die grün schimmernden Zeiger meines altmodischen Weckers standen auf Viertel vor zwei.

Ich hatte inzwischen schon öfters des Nachts Autos vorbeifahren hören, mich aber nie weiter darum gekümmert. Für allradgetriebene Fahrzeuge war die Lehmpiste, wie ich spätestens seit der Treibjagd wußte, durchaus passierbar, und wer da am Steuer saß, ging mich nichts an. Doch in dieser Nacht spürte ich deutlich, daß da jemand zu Fuß den Weg heraufgekommen war.

Natürlich konnte ich mir nicht sicher sein, denn eigentlich hatte ich nur einen Laut gehört, der mir wie ein unterdrücktes Husten vorgekommen war. Ich blieb still liegen und lauschte. Ein altes Cottage knarrt und quietscht wie ein morsches Segelschiff. Ich war geneigt, die Decke über den Kopf zu ziehen, wollte aber nicht feige sein.

Also schlich ich in den Nebenraum ans Fenster, das dem Weg zugewandt war. Daß ich nichts sehen konnte, überraschte mich kaum. Trotzdem blieb ich am Fenster stehen und schaute, vor Kälte zitternd, zum Mond empor, durch den ein seidener Wolkenfetzen zog. Und dann, linkerhand und in einiger Entfernung, flackerte ein winziger Lichtpunkt auf. Kein Scheinwerfer, auch keine Fahrradleuchte (denn wie sollte ein Fahrrad durch den Matsch kommen?). Das Licht konnte nur von einer Taschenlampe stammen. Es zielte nicht auf mein Haus, sondern schlenkerte über den Weg in Richtung Dorf.

Warum auch nicht? Was sollte gegen einen nächtlichen Spaziergang einzuwenden sein? Vielleicht trainierte jemand seinen Hund. Ich hätte keinen zweiten Gedanken darauf verschwendet, wäre ich nicht überzeugt gewesen, daß jemand vorm Haus gestanden hatte. Dafür fehlten mir zwar Beweise, aber daß die Taschenlampe erst in weiter Entfernung eingeschaltet worden war, kam mir doch sehr verdächtig vor. Da hatte mich jemand offenbar nicht stören wollen.

Nach dieser Nacht prüfte ich abends immer sehr genau, ob alle Türen und Fenster sicher verschlossen waren. Ich schob sogar den schweren, alten Riegel vor die Stiegentür.

12

Der Blick aufs Tal war völlig verändert. Das weiche, grüne Polster war abgezogen und entblößte das kahle Gerippe der Landschaft. An späten Nachmittagen sahen die Ulmen am westlichen Horizont so aus, als wären sie mit Tinte ins kalte Himmelsspülicht gezeichnet worden. Hier und da hatte der Künstler aus Unachtsamkeit gekleckst: So nahmen sich die Krähennester aus.

Für winterliche Landschaften habe ich ein Faible. Sie sind klar und offen wie ein markantes Gesicht, nicht so zuversichtlich wie die pausbäckige Jugend, aber um so erhabener, weil betagt und verwittert. Eine schöne Landschaft gewinnt, wenn ihre Strukturen deutlich hervortreten.

Gelegentlich schaute ich jedoch auch zurück auf mein erstes Aquarell, auf dem der Herbst in voller Reife glühte. Die goldenen Farben der letzten Oktoberwoche hatten für mich nun fast symbolische Bedeutung. Die Wärme dieser Zeit war trügerisch gewesen und dazu bestimmt, von frostigem Wetter abgelöst zu werden.

Mir war es nicht mehr möglich, das Bild mit objektiven Augen zu betrachten. Der kräftige Angler war eben nicht nur ein Farbtupfer auf Papier, eine Figur in einer Landschaft. Ich fragte mich, ob ich mein Versprechen einlösen und Ned das Bild tatsächlich schenken sollte. Dazu bereit war ich nach wie vor. Wenn ich es schaffte, so weiterzuarbeiten wie bisher und auch noch in London ähnlich produktiv wäre, würde Christopher mehr Bilder bekommen, als er ausstellen konnte. Doch dieses eine Bild gehörte Ned; das fühlte ich von Herzen. Meine Sorge war allerdings, daß ihn dieses Geschenk nicht freuen, sondern in Verlegenheit bringen würde, nämlich als vermeintliches Indiz einer Affäre, die nie stattgefunden hatte.

Für mich und für ihn wäre es wohl einfacher, wenn ich ihn vollständig aus meinem Leben würde verbannen können, so dachte ich. Was in London durchaus praktikabel gewesen wäre, erwies sich jedoch in der kleinen Gemeinde von Thornbeck als uneinlösbar. Ned – oder auch Elizabeth Cowper – aus dem Weg zu gehen, war hier schlichtweg unmöglich. Auf der Post traf ich sie das erste, oder genauer gesagt: zweite Mal. Sie trug eins jener teuren, aber betont unauffälligen Kleider, die Gerald »Katzenpyjamas« zu nennen pflegt. Also genau das, was ich auf den Tod nicht ausstehen kann. Ich mag Leute, die mit ihrer Garderobe ein deutliches Statement abgeben mit dem Ziel, sich im Unterschied zu anderen zu definieren und nicht in uniformierten Reihen unterzutauchen. Doch Elizabeth Cowper mit ihrer spießigen Strickjacke, dem schlichten Rock und der weißen Bluse sowie dem Seidentuch (in den Farben Ihrer Majestät), das sie um den Hals geknotet hatte – Elizabeth Cowper zeigte sich in jenem einwandfreien Schick, den ich bislang nur bei Französinnen gesehen hatte. Mehr noch, jedes Detail an ihr entsprach dem, was für die Frau eines Landpfarrers schicklich war. Dagegen fühlte ich mich in meinen ausgebeulten Jeans und dem farbverkleckstenPullover unter dem Gummimantel schäbig und plump.

Sie schien Len hinterm Schalter amüsiert zu haben. Er prustete vor Lachen, als ich, bis zu den Knien mit dem Lehm der Lamp Lane beschmiert, eintrat und den Regen vom Mantel schüttelte.

»Ah, Sie sind Frankie, nicht wahr?« rief sie mit gedämpfter Heiterkeit. »Ich bin Elizabeth Cowper. Wir hatten bisher noch keine Gelegenheit, uns miteinander bekannt zu machen. Ist leider immer was dazwischen gekommen...«

Schüsse aus dem Hinterhalt zum Beispiel?

»...dabei hätte ich Sie gerne längst schon kennengelernt. Von Suzy weiß ich, wie sympathisch Sie sind. Bitte verzeihen Sie mir, daß ich Ihnen damals einen so großen Schrecken eingejagt habe. Sie verzeihen mir doch, oder? Ich konnte mir's einfach nicht verkneifen, meinen schrecklich respektablen Gatten ins Bockshorn zu jagen. Das war albern von mir, ich weiß, versichere Ihnen aber, ehrlich...« und sie legte zwei tadellos manikürte Finger wie zum Schwur an die frech wippende Brust, »...daß für Sie keinerlei Gefahr bestand. Ich kann nämlich sehr gut schießen.« Zum Schalter gewandt, fragte sie mit lauter Stimme: »Stimmt's, Len?«

»Sie sollten nicht einfach so in der Gegend rumschießen, Mrs. Cowper«, antwortete er knurrig. »Zeigen Sie ein bißchen mehr von dem Verstand, mit dem Sie zur Welt gekommen sind.«

»Zur Welt bin ich völlig ohne gekommen«, entgegnete sie grinsend. »Das sollten Sie wissen, Len.« Dann richtete sie den Blick wieder auf mich und senkte die Stimme. »Natürlich hätte ich das nicht tun dürfen. Hat mein Bruder Ihnen Angst gemacht? Ich habe ihm Vorwürfe gemacht und gesagt, daß sein Affentanz bedrohlicher gewesen ist als ein Dutzend Irrläufer. Was der für eine komische Farbe im Gesicht angenommen hat, finden Sie nicht auch? Im ersten Augenblick dachte ich, er würde über mich herfallen. Auch Ned war *schrecklich* unwirsch.« Sie verdrehte die Augen. »Wie schon seit Jahren nicht mehr. Dabei ist er sehr viel zurückhaltender als unsereins.« Sie lächelte unschuldig und fügte hinzu: »Wir Vaiseys können uns einfach nicht beherrschen.«

»Das scheint in den Genen zu liegen, nicht wahr?« entgegnete ich, krampfhaft bemüht, lustig zu sein. Kleinen, quirligen Frauen gegenüber komme ich mir immer besonders grobschlächtig vor.

»Du lieber Himmel«, flötete sie munter. »Der Satz hätte von Ned stammen können. Und Roger sagt immer...« – sie schlug einen komisch knurrigen Tonfall an – »Die Gemeinheit steckt in den Knochen; zwecklos, sich was anderes vorzumachen. Hohoho...«

Ich lächelte zaghaft. Auf weitere Familienanekdoten hatte ich nur wenig Lust, und ich fürchtete schon, mir anhören zu müssen, wie sehr Ned seinen Morgentee liebte. Hilfesuchend sah ich mich nach Len um, doch der studierte mit dem Ausdruck totaler Verblüffung seine Tabellen.

»Roger, dieser Schuft, hat mich für den Rest der Saison ausgeschlossen. Das hätte Vater nie getan. Er wär mir zwar quer gekommen, aber...« Sie seufzte, und die wunderschönen Augen wurden plötzlich melancholisch feucht.

Was erwartete sie von mir? Daß ich mich nach ihrem Vater erkundigte, der seit sieben Jahren tot war?

»Wie dem auch sei«, meinte sie spontan. »Roger hat mich ausgeschlossen, und ich weiß nicht, was ich mit mir anfangen soll. Im Winder ist es hier bei uns un-glaub-lich langweilig. Finden Sie nicht auch?«

»Nun... ich arbeite.«

»Natürlich. Sie sind ja Malerin. Ach, ich wünschte, mir würde auch sowas Ähnliches liegen. Aber in der Schule hat man mir nichts anderes beigebracht als Französisch und Literatur. Diese verdammte Jane Eyre war zum Kotzen.«

Unwillkürlich mußte ich lachen. Solche harschen Worte aus dem Mund dieses Engelgesichts zu hören, überraschte mich doch sehr. Len zeigte sich weniger amüsiert, ging nach nebenan – in die Küche, wie's schien – und fuhrwerkte lärmend herum. Bald darauf war das Pfeifen eines Wasserkessels zu hören. Elizabeth Cowper plapperte ungestört weiter. »Ich kann nicht mal kochen. Viele meiner Freundinnen backen hübsche Cremetörtchen, wenn ihre Männer wichtige Geschäftskollegen zu einer Cocktailparty einladen, aber mir ist nicht einmal beigebracht worden, wie man Eier kocht. Ich finde, dafür müßte eine Mutter sorgen, aber meine Mama ist mit einem braungebrannten Gigolo stiften gegangen, als ich zwölf war. Wußten Sie das?«

»Suzy erwähnte...«

»Suzy hat Ihnen also schon unsere elende Familiengeschichte unter die Nase gerieben. Wie kann's auch anders sein? Suzanna Worrall hätte Klatschreporterin werden sollen. Aber davon, daß ihr Mann seine Sekretärin dreimal in der Woche vögelt, hat sie wohl nichts erwähnt. Ein Saukerl ist das. Suzy ist ein Schatz. Ich wünschte, sie käme öfters zu Besuch. Sieht für ihr Alter noch toll aus, oder? Zweiundvierzig ist sie, müssen Sie wissen. Aber ich rede zu viel, wie gewöhnlich. Jetzt sind Sie an der Reihe. Bekennen Sie, bekennen Sie!« rief Mrs. Cowper und richtete anklagend den Zeigefinger auf mich.

Wußte sie Bescheid? *Was* wußte sie? Sie konnte doch nicht ernsthaft von mir erwarten, daß ich zugeben würde, auf ihren Mann scharf zu sein. Ausgerechnet hier im Postamt?

Sie brach in schallendes Gelächter aus, so hell und melodisch wie die Schellen eines Windspiels.

»Haben Sie das nicht früher auch in der Schule gespielt? Das Offenbarungsspiel? Jemand zeigt auf einen anderen und ruft: ›Bekenne!‹ Und dann mußte man was Interessantes oder Skandalöses erzählen. Und zwar sofort. Die Sache durfte auch frei erfunden sein...«

»Nein, das haben wir nicht gespielt.«

»Ich bin auf diese Weise aufgeklärt worden.« Sie rückte verschwörerisch näher. »Zuerst dachte ich natürlich, daß man mir einen Bären aufzubinden versucht. Was ich da hörte, war einfach abscheulich!«

Ich lachte und warf einen nervösen Blick in Richtung Nebenraum, wo Len, wie durch die Tür zu sehen war, einen Löffel Zucker in einem großen, blauen Becher verrührte.

»Der ist schwerhörig«, sagte sie. »Was malen Sie eigentlich?«

Ich hasse diese Frage und neige immer zu der trotzigen Antwort: Bilder. Statt dessen aber gab ich murmelnd ein paar belanglose Hinweise zur Auskunft.

»Mich würden Sie wohl nicht malen wollen, oder?«

»Ich porträtiere nur selten, und außerdem...«

»Sollte bloß ein Scherz sein. Sie glauben gar nicht, wie viele Maler mir schon angeboten haben, mich zu porträtieren«, sagte sie und ließ wieder ein trillerndes Lachen hören.

»Keine Bange«, antwortete ich. »Ich werde Sie nicht darum bitten.«

Dreiviertel aller Modelle erwarten vom Maler ein raffiniert vertuschtes Abweichen von der Wirklichkeit, um auf der Leinwand eine Spur schöner zu erscheinen. Im Fall von Elizabeth Cowper stünde der Maler vor dem Problem, die Betrachter ihres Porträts davon zu überzeugen, daß er sein Modell wirklichkeitsgetreu abgebildet und nicht bloß Schokoladenseiten entworfen hat.

»Ich frage mich allerdings ernsthaft, ob ich nicht doch ein Porträt in Auftrag geben soll«, fuhr sie fort. »In der Nähe von Harrogate soll ein wahnsinnig guter Maler sein. Für eine Wand in Edwards Schlafzimmer. Als Geburtstagsgeschenk vielleicht...«

Der besitzergreifende Gebrauch von Neds vollem Namen versetzte mir einen Stich (aber sollte sie ihren Mann nicht so nennen?). Doch mein Groll darüber wurde abgeschwächt durch eine beschämend heiße Neugier im Hinblick auf die Schlafgewohnheiten der Cowpers. Offenbar schliefen sie in getrennten Zimmern. Ich gab mich sogleich lüsternen Spekulationen hin und wollte die Post schon fast verlassen, als mir einfiel, daß ich eigentlich gekommen war, um Briefmarken zu kaufen.

»Fünf Stück à...« Len war auf seinen Posten zurückgekehrt und riß vorsichtig die Marken aus dem perforierten Bogen.

»Sie müssen demnächst mal auf einen Besuch vorbeikommen«, sagte Elizabeth so sorglos, daß sich mir die Haare sträubten. »Wenn Sie nicht so beschäftigt sind. Ich würde mich freuen. Sie glauben gar nicht, wie sehr ich mich langweile, allein, wie ich bin.«

»Danke«, antwortete ich, »sehr schmeichelhaft.« Und wieder fing sie lachend wie ein Windspiel zu klingeln an.

»Sie verstehen mich falsch. Selbst wenn mein Terminkalender so voll wäre wie ein Telefonverzeichnis, würde ich Sie überaus gerne wiedersehen. Sie jagen nicht zufällig?«

Ich schüttelte den Kopf. »Ich kann nicht einmal reiten.«

»Na, immerhin etwas. Denn wenn Sie nicht nur so enorm sexy wären (wie mein schuftiger Bruder behauptet), nicht nur so charmant (laut Freundin Suzy) und nicht nur eine so brillante Künstlerin (das sagt mein Mann), sondern bei all diesen Vorzügen auch noch reiten könnten, müßte ich mich wirklich vorsehen. Und dann kann ich schrecklich unangenehm werden.«

Mit diesen Worten flog sie davon und ließ eine Wolke edelsten Parfüms zurück.

»Danke«, sagte Len und nahm das Geld entgegen. »Machen Sie sich nichts aus unserer Bess. Alles nur heiße Luft.«

Gegen Elizabeth Cowper auf dem ersten Blick Abneigung zu empfinden, läge auf der Hand. Ich aber reagierte anders. Sie strahlte Charme aus, Frohsinn und Verletzlichkeit, und dieser Mischung konnte ich nicht widerstehen.

Sie erinnerte – wenn auch nicht dem Aussehen, sondern allein ihrem Verhalten nach – an eine Schauspielerin, die ich einmal gemalt hatte. Diese Frau gab sich ebenfalls als kleines, niedliches Dummerchen aus. Sobald sie sich jedoch der wohlwollenden Meinung einer neuen Bekanntschaft sicher sein konnte, verzichtete sie darauf, dem anderen gefallen zu wollen, und kehrte ein ganz anderes Wesen hervor. Deborah war im Grunde eine liebenswerte Frau, aber sehr viel bestimmender und selbstsicherer, als es zunächst den Anschein hatte. Das Flatterhafte an ihr war nur der äußere Anstrich einer sehr viel markanteren Persönlichkeit, die zwanghaft Verehrer sammelte so wie andere Briefmarken. War ein weiteres Exemplar im Album verstaut, verlor sie das Interesse daran, und ihr eigentümlicher Charme zielte auf das nächste Opfer.

Elizabeth Cowper einen ähnlich rücksichtslosen Hang zu unterstellen, wäre nicht fair gewesen, aber ich konnte nicht glauben, daß sie tatsächlich jenes kichernde, naive Mädchen war, das sie zu sein schien. Ich fragte mich wieder einmal, was hinter ihrer sogenannten Nervengeschichte eigentlich steckte. Ihr fahriges Geplapper ließ vermuten, daß sie ziemlich überspannt war, aber diese Diagnose traf auch auf die Hälfte meiner Freunde zu, von denen – bislang jedenfalls – nur die wenigsten einen Psychiater nötig hatten.

Ihrer Einladung, sie im Dower House zu besuchen, kam ich natürlich nicht nach. Masochismus zählt nicht zu meinen lasterhafen Veranlagungen. Auch schlug ich mehrere Einladungen von Roger aus mit der Entschuldigung, unter allzugroßem Arbeitsdruck zu stehen.

»Schnappen Sie nicht langsam über, so mutterseelenallein?« fragte er mich am Telefon. »Mich hätte man unter diesen Umständen schon vor Wochen in die Geschlossene einweisen müssen.«

Gerald stellte mir immer dieselbe Frage, sooft er anrief – und das war sehr unregelmäßig, aber stets morgens um halb neun oder abends um Viertel nach sechs. Ansonsten berichtete er wie ein Reiseprospekt von Sonne und weiter Ferne: den Vereinigten Staaten, Barbados, Bangkok. Ich kam mir dann jedesmal wie ein kleines graues Tier im Winterschlaf vor – und genauso sah er mich wohl auch.

»Ich fühle mich durchaus wohl, so allein«, versicherte ich ihm wiederholt. »Auf Dauer wär das zwar nichts für mich, aber solange ich für die Ausstellung arbeite, ist es genau das Richtige. Hier kann ich mich tausendmal besser konzentrieren als zu Hause. Wirklich, mir ist zur Zeit gar nicht danach, unter Leuten zu sein.« Abgesehen von einer bestimmten Person, aber die war für mich tabu.

»Wie du meinst«, antwortete Gerald und klang beleidigt. »Ich habe mir für die letzte Januarwoche eine Fahrt in den Norden vorgenommen. In Newcastle wird ein Werbespot gedreht. Ich freu mich schon darauf, dich zu sehen.«

»Ich auch«, gab ich lustlos zu verstehen. Warum nicht? Gerald würde bei seinen Terminen sowieso nur eine knappe Nacht bleiben können. Höchstens. Warum sollte ich nicht einen Mann bei mir übernachten lassen? fragte ich mich trotzig. Ned hätte bestimmt nichts dagegen – es sei denn, er würde als Pfaffe über mein ehebrecherisches Treiben die Nase rümpfen.

»Für mich käm der Dienstag oder der Freitag in Frage. Entweder auf dem Hin- oder Rückweg.«

»Ganz wie's dir paßt. Ich bin immer zu Hause.«

»Du klingst nicht besonders begeistert.«

»Nein? Tut mir leid. Es ist noch lange hin.«

»Viel, viel zu lange, Babe«, antwortete Gerald glühend. Offenbar hatte er mich mißverstanden, denn was ich sagen wollte, war, daß es noch viel zu früh sei, um präzise Absprachen zu treffen. Aber für ihn konnte kein Plan früh genug entschieden werden. »Sag mir Bescheid, wenn ich dir was mitbringen soll. Bücher, Zeitschriften...«

»Buchhandlungen gibt's auch im Norden Englands. Glaubst du, wir sind hier auf Missionare angewiesen?«

»War bloß 'ne Frage.«

»Ich werde auch extra für dich die Briketts aus der Badewanne nehmen.«

»Das vermisse ich so, Frances. Deinen Sinn für Humor. Und in Korea wirst du mir auch fehlen.«

»Danke«, sagte ich schnippisch. »Du solltest jetzt zurück an die Arbeit gehen.« Gerald hätte, wie ich wußte, allzugern von mir gehört, was ich an ihm vermisse, doch diese Antwort wäre mir nur mit der Brechstange zu entlocken gewesen. Denn zu sagen, daß mir vor allem seine Champagnerlieferungen fehlten, gehörte sich einfach nicht, und ein anderes Kompliment fiel mir nicht ein.

Ich kehrte an den Arbeitstisch zurück und suchte planlos nach meinem Kalender, der irgendwo unter dem Haufen aus gemalter Makulatur verborgen sein mußte. Als ich ihn schließlich fand, hatte ich Geralds vorgeschlagene Ankunftstermine vergessen. Egal, dachte ich; ich frage nochmal nach, wenn er wieder anruft.

13

An einem lausig kalten Dezembermorgen stieg ich den Hügel zum Wheatsheaf hoch. Der Wirt des Gasthofes hatte mich eingeladen. Gerald mochte zwar den Eindruck haben, daß ich keine Menschenseele zu Gesicht bekäme, tatsächlich aber wurde ich mit freundlichen Einladungen überhäuft.

Ich kenne Berichte von jenen erstaunlich unerschrockenen Abenteuerinnen, die von Afghanistan nach China radeln, nur mit einem Rucksack auf dem Rücken und einer Handvoll Zwieback. Wie mir aufgefallen ist, behaupten alle, daß gerade die Stämme, denen die schlimmsten Greueltaten angedichtet werden, alleinreisenden Frauen gegenüber ausgesprochen gastfreundlich seien, denn in den Augen der Einheimischen – so die Erklärung – würden solche Rucksack-Amazonen als total meschugge gelten. Darum böte man den armen, geistesgestörten Kreaturen überall nicht nur Speisen und Geschenke, sondern auch Rat und Hilfe bei platten Reifen an.

Ob dies in Afghanistan der Fall ist, weiß ich nicht, kann aber bestätigen, daß mir Ähnliches im Norden Yorkshires widerfuhr. Ich will nicht behaupten, daß diese Gegend von furchterregenden Stämmen bewohnt wird. Trotzdem glauben viele der Ansässigen, daß es für eine (relativ) junge Frau reichlich exzentrisch ist, sich aus freien Stücken in die Isolation eines einsamen Cottages zu begeben, und dann noch während der Winterzeit. Je verrückter ich ihrer Meinung nach war, desto großzügiger waren ihre Angebote in bezug auf Gesellschaft und Verpflegung. Wäre es nach ihnen gegangen, hätte ich keinen Abend alleine zu verbringen brauchen.

Ebenso empfing ich jede Menge Ratschläge und Hinweise darauf, welche Motive zum Malen geeignet seien und welche nicht. Ich solle mal zur Kneipe kommen, um die Wragdaler Fuchsjagd mitzuerleben, hatte Albert Brough vorgeschlagen; das dürfte ich mir nicht entgehen lassen.

Im Schatten hinter der Hecke lag immer noch Rauhreif, obwohl die Sonne längst aufgegangen war, als ich die Hügelkuppe erreicht hatte. Entlang der Straße stand ein Pferdetransporter nach dem anderen. Von den Leuten, die zu sehen waren, zeigten sich nur wenige in eleganter Reitertracht; die meisten trugen schäbige, grüne Anoraks. Ich war einigermaßen enttäuscht. Doch auf dem Parkplatz vor dem Wirtshaus fand ich sie: die Reiter in den knallroten, maßgeschneiderten Röcken, die nur, wie ich später erfuhr, von der Jägerelite getragen werden durften. Die pittoreske Szene ließ vergessen, welchen abscheulichen Zweck dieser Aufzug verfolgte. Ich stand auf der niedrigen Gartenmauer und machte Fotos. Pferde schüttelten die hübsch geflochtenen Mähnen, schnaubten dampfend aus den Nüstern und scharrten geräuschvoll über den Kies. Mir wurde angst und bange beim Anblick der glänzenden Pferdemassen, die mir bedrohlich nahe kamen. Ich hatte ganz vergessen, wie groß diese Tiere waren.

»Morgen, Frankie!« rief mir jemand zu. Erst jetzt erkannte ich Roger in einem der schmucken, rotberockten Reiter. Er hockte kerzengerade auf einem tänzelnden Rappen, dessen Fell glänzte wie ein gut polierter Konzertflügel.

»Gut sehen Sie aus«, sagte ich, als er sich herabbeugte und mir einen Kuß auf die Stirn drückte. »Sie sollten immer zu Pferde auftreten.«

»Ist das also der Schlüssel zu Ihrem steinernen Herzen?« Er lachte so laut, daß sich mehrere seiner Jagdgefährten umdrehten. »Muß ich Sie über den Sattelknauf werfen und mit Ihnen davonpreschen? Nur schade, daß ich dann die schöne Jagd verpassen würde...«

Er wurde unterbrochen, als sich ein anderer Reiter mit seinem Pferd zwischen uns drängte.

»Wo bleiben denn heute unsere Busenfreunde?« fragte der Jäger und zerrte heftig am Zügel.

»Die Tierschützer«, klärte mich Roger auf. »Nirgends zu sehen. Schade. Ohne sie wird's nur halb so lustig. Dabei haben sie immer genausoviel Spaß gehabt wie wir.«

»Was soll das heißen?« fragte ich argwöhnisch.

»Oh, sie legen zum Beispiel falsche Spuren«, sagte Roger. »Um die Hunde zu verwirren, was natürlich nicht funktioniert. Ruhig, ruhig...« Die letzten Worte waren an sein Pferd adressiert, das von Rogers lautem Lachen nervös geworden war.

Hoch zu Roß machte Roger einen für mich ganz neuen Eindruck. Die erhabene Position und das Geschick, mit dem er das Tier zu kontrollieren verstand, flößten ihm offenbar viel Selbstvertrauen ein. Er strahlte nun eine Autorität aus, die ihm am Boden abging. Man sollte meinen, daß er dadurch an Attraktivität gewonnen hätte – sah er doch tatsächlich sehr stattlich aus; aber mir kam er nicht geheuer vor. Ich ahnte, was für ein Typ Roger hätte sein können, und war froh, daß er dem in Wahrheit nicht entsprach. Mir war ein lüsterner Zwerg lieber als ein sattelfester Aristokrat.

»Bleiben Sie über Weihnachten hier?« wollte er wissen.

Leider fehlt mir die Gabe, unverbindliche, höfliche Lügen aus dem Ärmel zu schütteln. Statt dessen verplappere ich mich viel zu schnell.

»Ja«, antwortete ich und fügte verspätet hinzu: »Wahrscheinlich.«

»Es sind nur noch zehn Tage bis dahin«, entgegnete Roger. »Und Sie haben sich noch nicht entschieden?«

Meine Familie traf sich in diesem Jahr bei Tante Dorothy, die ich genausowenig ausstehen konnte wie sie mich. Als Kind hatte ich mir ihre Küsse gefallen lassen müssen, meine Abneigung aber durchaus deutlich gemacht und gegen ihren kratzigen Damenbart protestiert. Für mich stand fest, daß ich nicht über Weihnachten nach Hause fahren würde. Allerdings galt es noch, in Erfahrung zu bringen, was Sebastian in dieser Zeit vorhatte.

»Eine Einladung werde ich Ihnen nicht schicken«, erklärte Roger herrisch. Er setzte sich in Szene, nicht nur für mich, sondern auch für die Reiter ringsum, die die Augenbrauen hoben, Grimassen schnitten oder lachten. »Ich werde dem Beispiel des Königshauses folgen und einen Befehl erteilen. Wenn Sie sich dem zu widersetzen versuchen, komme ich und entführe Sie... danke, Albert.«

Der Wirt hatte sich an peitschenden Pferdeschwänzen und stampfenden Hufen vorbeigewagt und bot Portwein oder Whisky von einem Tablett an. Ich nahm ein Glas Port, der so früh am Morgen wie Hustensaft schmeckte.

»Denken Sie daran...«, rief mir Roger über die Schulter zu, während sein Pferd nach vorn preschte.

»Ganz wie der Vater. Manchmal jedenfalls«, sagte Albert

so trocken und beiläufig wie immer, wenn er den Mund aufmachte. Ich konnte ihn gut leiden. Auf lebensweise Tröstungen verstand er sich besser als jeder Therapeut.

»Wie war der alte Squire eigentlich?« fragte ich. »In Wirklichkeit.«

»In Wirklichkeit?« antwortete Albert und sah sich flüchtig um. »Tja... Sie werden von den Leuten hier wahrscheinlich oft hören, daß er bloß ein einziges Problem hatte, nämlich Margaret, seine Frau. Ein junges Ding, verheiratet mit einem Mann, der ihr Vater hätte sein können. Ja, sie wollte hoch hinaus und soll dem Alten ganz schön die Hölle heiß gemacht haben. Man sagt, daß er deshalb so jähzornig war. In der Tat, das war er auch manchmal...«

Albert legte eine Pause ein, um einem der Reiter ein leeres Glas abzunehmen. »Margarets Vater war ein vermögender Geschäftsmann. Er besaß eine Fabrik oben in Middlesbrough. Der Landadel und alles, was sich dazurechnete, war schon immer voller Dünkel, besonders damals. Heutzutage kommt man mit Geld überall hin, aber vor vierzig Jahren sind die Neureichen, die sich hier niederlassen wollten, ganz schön aufgezogen worden. Vor allem von den Leuten aus dem Dorf. Über schnell gemachtes Geld rümpft keiner so schnell die Nase wie diejenigen, die keins haben, weder ererbtes noch verdientes.«

Hinter uns fing plötzlich eine Hundemeute zu kläffen an. Noch lauter dröhnte das Gebrüll der Reiter, die sich letzte Instruktionen zuriefen.

»Wie dem auch sei, Margaret Vaisey paßte nicht ins Bild. Die Leute aus dem Dorf stellten sich unter der Frau des Gutsherrn was anderes vor«, fuhr Albert fort, ohne sich von dem Lärm stören zu lassen. »Zu flatterhaft, hieß es. Zuviel Schminke im Gesicht. Zu freche Kleider. Leisten konnte sie sich das Zeug, weil ihr Vater jede Menge Geld zubutterte. Vom alten John bekam sie längst nicht so viel. Er gehörte zu dem Schlag von Männern, denen die Leute von Yorkshire ihren schlechten Ruf verdanken...«

Noch mehr Pferde trabten in den Hof, und ich wartete ungeduldig auf die Fortsetzung der Geschichte, während Albert die Neuankömmlinge bewirtete.

»Kurz und gut«, sagte Albert schließlich. »Ich hab mir vor

Vergnügen auf die Schenkel geklopft, als ich hörte, daß sie durchgebrannt ist.«

»Im Ernst?« fragte ich verblüfft. Albert offenbarte eine Seite, die mir bislang unbekannt war. Normalerweise zeigte er sich immer sehr zurückhaltend und spielte seine Rolle als neutraler Zuhörer, dem andere ihre Sorgen anvertrauen. Daß er auch eine eigene Meinung vertrat, kam äußerst selten vor.

»Ich glaube, sie war weit besser als ihr Ruf. Und wenn sie ab und zu die Kriegsbemalung ein bißchen stark auftrug«, sagte er und verteilte die letzten beiden Gläser, »dann wohl aus dem Grund, weil sie darunter einiges zu verbergen versuchte. Ich komme, Caroline...«

»Blaue Flecken etwa?«

Albert grinste geheimnisvoll und verzog sich, um neue Drinks zu besorgen.

Ich kletterte wieder auf die Gartenmauer und wollte gerade die Kamera zücken, als Ned auftauchte. Zwischen uns war ein halbes Dutzend berittener Pferde, und ich bezweifelte, daß er mich gesehen hatte. Er schien wie ich nur Zaungast des Spektakels zu sein, doch Elizabeth an seiner Seite war in voller Reitmontur und führte ein schönes, braunes Pferd am Zügel.

Unter hundert schreienden Säuglingen kann eine Mutter das leise Jammern ihres geliebten Kindes heraushören, sagt man. Wie dem auch sei, ich jedenfalls versuchte wegzuhören, konnte aber dennoch – über den ganzen Hof hinweg – Neds mahnende Stimme ausmachen, mit der er seiner Frau einschärfte, vorsichtig und nur ja vernünftig zu sein. Er war sichtlich besorgt.

Der mustergültige Ehemann.

Elizabeths Antwort bekam ich nicht mit. Ich sah, wie sie lachte und ihn aufforderte, ihr in den Sattel zu helfen. Er warf sie hoch, leicht wie ein Federkissen. Heulend und kläffend rannten die Hunde nun auf die Wiese hinaus. Die Reiter lenkten ihre Pferde zur Straße hin. Ned folgte seiner Frau zu Fuß.

»B-bitte«, sagte er, »wenn nicht mir, dann tu wenigstens dir den Gefallen...«

Elizabeth grinste und ließ wie zum Spaß die Gerte auf ihn niedersausen. Als sie davongeritten war, sah ich, daß sich Ned mit schmerzverzerrtem Gesicht die Finger rieb. Der kleine Vorfall schien auch Roger nicht entgangen zu sein, denn er trat seinem Pferd in die Flanken, schloß, heftig an den Zügeln zerrend, zu Elizabeth auf und bedachte sie mit harschen Flüchen.

»Sieh dich bloß vor, Roger«, hörte ich sie deutlich sagen. »Ich beobachte dich und weiß genau, was du im Schilde führst. Ein dreckiges Spielchen nämlich.«

Rogers Gesicht verfärbte sich, und die Anstrengung, mit der er eine passende Antwort zurückhielt, war unverkennbar. Er drehte sich im Sattel um und richtete sich mit wütender Stimme an Ned. »Du läßt ihr zuviel durchgehen. Das würde ich mir nicht bieten lassen. Windelweich würde ich sie...« Männer, die Frauen schlagen, sind mir zuwider. Trotzdem mußte ich ihm zustimmen. Elizabeth Cowper führte sich auf wie eine verwöhnte Göre.

Ned starrte zu ihm hoch. »Nein, das würdest du nicht«, sagte er ruhig. »Oder, Roger?«

Roger hielt dem festen Blick des Schwagers einen Moment lang stand, schaute dann weg und murmelte irgend etwas, bevor er den anderen Reitern hinterhertrabte.

Ned blickte ihm nach. Er war noch nicht auf mich aufmerksam geworden, obwohl ich ihm grüßend zuwinkte. Ich ließ die Hand wieder sinken.

»Eine treue Seele«, sagte ich mißgestimmt zu Albert. »Sie schlägt ihn mit der Gerte – und er hat nur die eine Sorge, daß sie vom Pferd fallen und sich den Hals brechen könnte.«

»Das Wetter scheint umzuschlagen«, bemerkte Albert und lächelte mild. »Ich wette, dieses Jahr gibt's eine weiße Weihnacht.«

Mit diesem meteorologischen Hinweis wollte er wohl zu verstehen geben, daß er nicht geneigt war, über die gegenwärtige Generation von Thornbeck Manor zu reden. Ich fühlte mich gerüffelt. Nach kurzem Nachdenken fügte er jedoch leise hinzu: »Er ist ein guter Mann, dieser Ned Cowper.« Und dann, noch rätselhafter: »Bess Vaisey war immer Papas Liebling.«

Vielleicht war das die Antwort: Verwöhnt vom Vater, während die Mutter das Weite suchte, hatte das hübsche kleine Mädchen Geschmack daran gefunden, ohne Rücksicht auf andere den eigenen Willen durchzusetzen. Armer Ned.

Die grünen Anoraks, ausgerüstet mit schweren Feldstechern und Thermosflaschen, bestiegen ihre Fahrzeuge und folgten den Reitern. Das Jagdgeschehen aus der Wärme und Bequemlichkeit eines Autos zu beobachten, schien noch beliebter zu sein als in der Gruppe mitzureiten. Meine Neugier an diesem Schauspiel war erschöpft. Also gab ich Albert mein Glas dankend zurück und machte mich auf den Heimweg.

Ich war schon ein paar hundert Meter gegangen, als ich, überrascht und dankbar zugleich, Ned meinen Namen rufen hörte.

»D-darf ich Sie den Hügel hinab begleiten? Ich könnte dann über die Lamp Lane ins Dorf zurück...«

Ich wartete auf ihn. Als er zu mir aufschloß, riskierte ich einen Blick auf die geschlagene Hand. Er sah, worauf meine Augen gerichtet waren, und errötete.

»Ein dummer Streich«, sagte er und steckte die Hand in die Tasche.

»Wie geht's Ihnen?« fragten wir gleichzeitig und lachten, was die Spannung zwischen uns löste.

»Viel zu tun«, antwortete ich. »Sie wahrscheinlich auch.«

Er nickte. »Ich m-muß mich zur Zeit um zwei Gemeinden kümmern, das heißt, eigentlich sind's vier. Zu St. Catherine und Langton-le-Moor gehören heutzutage noch zwei kleine Pfarrbezirke weiter oben im Tal, und da St. Catherine vor kurzem den Vikar... nun, verloren hat...«

»Oh ja, ich weiß. Tut mir leid. Eigentlich wollte ich nicht darauf zu sprechen kommen.«

Ned zuckte mit den Achseln. »Warum nicht? F-für Außenstehende sind der Affäre doch durchaus k-komische Aspekte abzugewinnen. Uns ist sie jedoch sehr an die Nieren gegangen.«

»Wird er von der Kirche ausgestoßen?« fragte ich. »Oder nur seines Amtes enthoben?«

Ned schüttelte den Kopf. »Weder noch«, antwortete er. »Aber hierher kann er nicht zurück. Ich habe gestern den K-kirchenvorstand getroffen, und im Vergleich zum Gemeinderat ist Granit weich und nachgiebig. Er hat seine Meinung dem B-bischof klargemacht, und der ist eigentlich ein netter Kerl. Hat aber keine andere Wahl. Michael hält sich im Augenblick in York auf, wo man ihm – wie es diplomatisch so schön heißt – ›mit R-rat und Tat zur Seite steht‹. Vor allem werden ihm Psychopharmaka verabreicht. Nein, die Kirche ist nicht das Problem. Es ist die Gemeinde vor Ort.«

»Und das heute, in unserer Zeit?«

»G-gestern kam jemand zu mir und fragte, ob ich sein Kind taufen würde, obwohl es schon längst getauft ist. Von M-michael. Aber die Eltern erkennen seine Handlung nicht mehr an. Andere wollten schon von mir wissen, ob sie über den Abendmahlswein womöglich mit dem AIDS-Virus infiziert sein könnten.« Er lachte bitter. »Vergeben wird nicht. Das ist in den meisten Gemeinden der Fall. Wenn sich der beste und beliebteste Pfarrer auch nur einen F-fehltritt erlaubt, nach Jahren eiserner Selbstkontrolle ein einziges Mal schwach wird... Wissen Sie, manchmal scheint die Zeit der H-hexenverfolgung gar nicht so weit entfernt zu liegen.«

»Was hat Sie bewogen, Pfarrer zu werden?« fragte ich.

»Ich w-wünschte, ich könnte sagen, von einer inneren Stimme dazu berufen worden zu sein. Vielleicht wollte ich einfach nur irgendwie n-nützlich sein. Sie könnten fragen, warum ich nicht Sozialarbeiter geworden bin. Aber die müssen sich spezialisieren. Ich dagegen bin ein Mädchen für alles. In keiner Hinsicht b-besonders gut. Immerhin kann ich mit Leuten reden, ein bißchen helfen und die Chorproben übernehmen, damit Martha Berry – das ist unsere Organistin – abends zu Hause bleiben kann.«

»Und Sic inszenieren Theaterspiele.«

Er nickte lächelnd. »Spendensammeln, k-kleine Kinder auf den Arm nehmen, bei den Ratssitzungen den Schwarzen Peter spielen. Außerdem bin ich in x-verschiedenen Ausschüssen und muß manchmal auch zu erklären versuchen, warum uns G-gott so viel Ärger aufgehalst hat. Dabei bin ich in keinem Fach wirklich gut.«

Seine Stimme klang tatsächlich unglücklich. War Elizabeth schuld daran? War sie öfters so gemein zu ihrem lieben, weichherzigen Ehemann?

»Aber ich l-langweile Sie bloß mit meinen kleinen Sorgen«, sagte er, und seine Heiterkeit wirkte deutlich gezwungen. »Erzählen Sie mir doch v-von...«

»Ach was«, unterbrach ich impulsiv. »Sie brauchen mir nichts vorzumachen. Ich weiß nicht, was Sie so unglücklich macht. Geht mich auch nichts an. Aber eine gute Miene zu markieren, ist nicht nötig.«

»Wirklich?« entgegnete er und fügte unmittelbar darauf hinzu: »Werden Sie am ersten Weihnachtstag ins Manor kommen? Roger sagt, daß er Sie eingeladen hat.«

»Wozu?«

»Zum Essen, wie gewöhnlich. Er lädt alle Freunde ein, die keine K-kinder haben und nicht mit der eigenen Familie feiern wollen. Manchmal ist es fürchterlich. Aber es kann auch ganz lustig werden. Wir sind natürlich mit von der Partie. Ich hoffe, Sie nehmen die Einladung an.«

»Ja dann«, entgegnete ich und versuchte mit aller Strenge, meine Hoffnungen zu drosseln, die wie ein Schwarm aufgeschreckter Tauben zu flattern anfingen. »Wenn ich eine Einladung bekomme, werde ich mich einfinden.«

»Nehmen Sie Roger b-bitte nicht so ernst«, sagte er plötzlich. »Er ist ein g-guter Kerl, aber... ich will nicht, daß er Sie v-verletzt.«

Er verblüffte mich nicht schlecht. Glaubte er wirklich, daß ich auf Rogers absurde Tollheiten hereinfiel?

»Keine Bange«, erwiderte ich. »Ich nehme ihn kein bißchen ernst.«

14

Ein Bild vom Jagdaufzug ging mir leicht von der Hand.

Im Mittelpunkt stand die runde Gestalt von Albert mit Tablett, zwergenklein zwischen den Bergen glänzender Pferdeleiber ringsum. Die Köpfe der Tiere waren nicht zu sehen, so wenig wie die der Reiter. Nur die blanken Stiefel und gebieterisch ausgestreckten Arme.

Das Bild paßte, wie mir erst im nachhinein auffiel, gut in die Jahreszeit, denn Albert wirkte so geschäftig wie der Weihnachtsmann. Wie dem auch sei, einem Impuls folgend, zog ich die Konturen einer der Skizzen mit Tusche aus, ließ es aus der Tippex-Flasche weihnachtlich darüber schneien und fuhr nach York, um das Blatt fünfzigmal zu kopieren mit dem Ergebnis, daß die Kleckser und Flecken ineinander verschmolzen und eine verkleinerte, kontrastreiche Schwarz-Weiß-Zeichnung zum Vorschein kam. Ich faltete die nach Kopierer duftenden Seiten in Umschläge und schickte sie als (verspätete) Weihnachtsgrüße an Freunde und Bekannte.

Geralds Karte an mich war wie immer die Standardausgabe seiner Firma, grell und dem aktuellen Design weit voraus: Rückstände eines Schneesturms auf Fensterscheiben. Gerald hatte nur seine Unterschrift daruntergesetzt sowie meinen Namen, wie immer sorgfältig kursiv. (Früher kippten seine Buchstaben nach links ab, aber dann erfuhr er, was für den Charakter daraus zu schließen war.) Die Adresse war maschinengeschrieben. Tüchtig, wie er war, hatte Gerald – der sich wahrscheinlich gerade irgendwo an fernen Stränden in der Sonne aalte – einen Stapel Karten im Büro zurückgelassen und seiner Sekretärin den Auftrag gegeben, rechtzeitig zur Post zu gehen. Als Dekorateurin der Firmenkantine stand mir dieser Gruß wohl zu. Unpersönlicher ging's kaum, aber immerhin hatte er vor »Glückliches Neues Jahr« das Wörtchen »sehr« gequetscht und unterstrichen.

Manche Karten erreichten mich direkt, andere wurden mir von meiner Londoner Wohnung nachgeschickt. Insgesamt ein stattliches Päckchen. Ich hasse es, Karten zu schreiben, freue mich aber, wenn möglichst viele bei mir ankommen. Ich schmückte mein Wohnzimmer damit. Ein paar wurden jedoch sofort zu Collagen verarbeitet, denn manche Weihnachtskarten sind so ausgefallen, frisch und bunt, daß sie geradezu nach einer Schere verlangen, besonders dann, wenn man ein Bild plant, das einen gewissen weihnachtlichen Touch haben soll. Es gab allerdings eine Karte, die ich nie und nimmer zerschnippelt hätte. Sie bestand aus einem schönen, silbernen Stern und stammte aus dem Dower House. Die Unterschrift – »Edward und Elizabeth« – war kaum lesbar, was aber nichts machte, da die Karte einen eingedruckten Absender trug.

Mit der Post kam auch Rogers Einladung, die der Form nach alles andere als ein Befehl war. Rogers Überheblichkeit schrumpfte, wenn er vom Pferd stieg, wieder auf normale Maße zurück. Er hatte einen sehr formellen Brief geschrieben, in einer Handschrift, die mir überraschend fein und weiblich vorkam mit ihren altmodischen Schleifen auf hochstelzigen Buchstaben. *Ziehen Sie sich was für den Abend an, aber kommen Sie schon zu Mittag*, hatte er geschrieben und hinzugefügt: *zwischen 3.30 und 7.00 Uhr*. Dahinter standen mehrere Ausrufungszeichen. Ich nahm die Einladung an.

Am 24. Dezember war, wie ich mit Schmerzen zur Kenntnis nehmen mußte, immer noch kein Gruß von Sebastian eingetroffen. Kein Geschenk, keine Karte. Nicht einmal ein billiger Telefonanruf. Mehrfach hatte ich ihn an diesem Tag anzurufen versucht, allerdings ohne Erfolg. Er hatte schon des längeren vorgehabt, das Gemeinschaftshaus in Limberton Gardens zu verlassen. Vielleicht war er inzwischen ausgezogen.

Heiligabend allein zu verbringen, fiel mir tatsächlich schwerer als gedacht, obwohl sich dieser Tag doch – logisch betrachtet – von anderen kaum unterscheidet; vor allem auf dem Land, wo im Unterschied zur Stadt von der Verkaufshektik und dem vorweihnachtlichen Kitsch nichts zu spüren ist. Im Garten pickten die Vögel an meinen Brotresten und verhielten sich wie immer. Die Bäume waren ohne Lametta, und die Sonne ging, wenn auch farbenreich, nicht gerade festlich unter.

Ich schätze, daß jeder alleinstehenden Person zu Weihnachten (wie einem Teenager, der Samstagabend zu Hause bleibt) die Decke auf den Kopf fällt. Man kommt sich fast zwangsläufig vor wie das einsamste, ungeliebteste Wesen auf der Erde. Sogar der naßforsche Sender von Radio Four jubeltrubelte den ganzen Tag über und berichtete von fröhlichen Menschen, die vorm Kamin Walnüsse knackten, Bäume schmückten und Geschenke verpackten. Ich wollte mich schon schmollend im Bett verkriechen, als mir eine bessere Idee kam: ein Besuch der Christmette in St. Peter. Auch wer sich sonst nie in der Kirche blicken läßt, darf zu Weihnachten mal am Gottesdienst teilnehmen, ohne daß der Herr im Himmel oder seine irdischen Diener Anstoß nehmen.

Die Aussicht darauf, Ned bei der Arbeit beobachten zu können, machte mich ganz kribbelig. Mir war, als führte ich was Verbotenes im Schilde. Außerdem kam ich mir ganz wagemutig vor, weil ich die Absicht hatte, zu Fuß über die Lamp Lane ins Dorf zu gehen.

Vor einigen Nächten war ich, wie schon einmal, mit der dumpfen Ahnung aufgewacht, daß jemand draußen vor dem Cottage stünde. Doch diesmal hatte ich keinen Lampenstrahl entdecken können. Die Erklärung ist wahrscheinlich ganz simpel: Wer allein ist in einem dunklen, stillen Haus, neigt leicht zu Halluzinationen.

Zur Beruhigung hatte ich mir außerdem klarzumachen versucht, daß, falls tatsächlich jemand in der Nähe umherschlich, noch lange nicht gesagt war, daß es dieser Jemand auf mich abgesehen hatte. Allerdings war ich froh, einen schweren Riegel vor der Tür zu wissen.

Trotzdem bewaffnete ich mich an diesem Weihnachtsabend mit einer Taschenlampe und machte mich beherzt auf den Weg durch die Kälte. Ich genoß den Marsch über den gefrorenen Boden. Der Mond schien hell und machte die Lampe fast überflüssig. Heilige Nacht – wer könnte da fürchten, daß ihm etwas zustößt? Daß Diebe, Meuchler und Vergewaltiger (sowie Typen, die nachts um einsame Cottages streunen) an diesem Feiertag friedlich sind, ist bestimmt bloß ein frommer Wunsch, aber ein tröstlicher.

Merkwürdig: Ned begann seine Predigt mit genau diesem

Gedanken. Oder lag dieses Thema anläßlich der Jahreszeit womöglich auf der Hand?

Ich hatte befürchtet, daß es mich peinlich berühren würde, Ned von der Kanzel reden zu hören. Meine Sonntagsschulerinnerungen an schwülstige, mit Sinnbildern überfrachtete Wichtigtuereien waren nicht die besten. (*Ich vermute, Kinder, ihr fragt euch, warum ich dieses lange, schmale Blatt hochhalte.* – Weil heute Palmsonntag ist, du Esel.) Außerdem machte ich mir Sorgen, daß er stottern oder sich sonstwie vor der versammelten Gemeinde blamieren würde. Die Kirche war überfüllt. Einige Besucher kannte ich inzwischen, die meisten natürlich nicht. Aus voller Brust wurden Choräle geschmettert, begleitet von dezenten Sherryfahnen und in einer Lautstärke, wie sie sonst nur aufbraust, wenn die *Songs of Praise* auf Band mitgeschnitten werden. Die diesjährige Weihnachtsgemeinde war noch zahlreicher als gewöhnlich, da nun auch die Kirchgänger von St. Catherine und Langton-le-Moor vertreten waren, die zur Zeit leider Gottes ohne eigenen Pastor auskommen mußten.

Roger saß mit mehreren Leuten, die ich von hinten nicht identifizieren konnte, in der ersten Reihe. Ich war, um nicht aufzufallen, auf die letzte Bank gerutscht.

»Weihnachten übt auf die meisten von uns eine ganz erstaunliche W-wirkung aus«, fing Ned zu predigen an. »Selbst auf diejenigen, die nie oder selten eine Kirche betreten.«

Ich war sicher, daß er mich nicht bemerkt hatte, zog aber dennoch den Kopf ein und studierte das Gesangbuch.

»Ein Bild verfolgt mich seit j-jeher, und zwar von den Schützengräben des Ersten Weltkrieges.« Ned legte eine Pause ein und ließ seinen Blick über die Gemeinde schweifen. Er besaß offenbar mehr schauspielerisches Talent, als ich ihm zugebilligt hatte. »Von zwei Männern, die unter uns sitzen, weiß ich, daß sie während der viereinhalb Jahre jener schrecklichen Metzelei selber zur Waffe greifen mußten. Einer der beiden hat mir berichtet, daß er damals der Meinung war, nie wieder an Gott glauben zu können. Nicht nach dem, was er an der Somme erlebt hatte.

Tausende steckten in Schlammlöchern fest, verwahrlost, verdreckt und umgeben von den faulenden Leichen ihrer Kameraden, für die kein Grab geschaufelt werden konnte. In wenigen Wochen wurden aus achtzehnjährigen Soldaten greise Männer. Manche Familien aus unserer Gegend haben Angehörige auf den Schlachtfeldern von Ypres und Passchendaele verloren. Fast jeder Name, der auf der Gedenktafel vor der Kirche steht, ist in unseren Dörfern immer noch geläufig.«

Er zählte Namen auf, die wie ein Echo aus alter Zeit durch den stillen Raum hallten, über Generationen von Weihnachtsfeiern hinweg.

»Und dann, inmitten dieses Wahnsinns und entsetzlichen Blutvergießens, ist Weihnachten, ein Tag, an dem – aufgrund eines unausgesprochenen Abkommens zwischen den kriegsführenden Lagern – das grausame Todeskarussell für v-vierundzwanzig Stunden zum Stillstand kommt. Die Waffen schweigen.«

Ned zeigte ein verwundertes Lächeln.

»P-plötzlich reckt ein Soldat, Tommy oder Bosch, den Kopf aus dem Graben und ruft ›Happy Christmas!‹ – ›Fröhliche Weihnachten‹ über das gefrorene Niemandsland. Minuten später klettern auf beiden Seiten Männer aus ihren Unterständen, k-kriechen unter Stacheldrahtzäunen hindurch und kommen aufeinander zu. Nicht mit aufgepflanzten Bajonetten, sondern mit Zigaretten, die sie miteinander teilen wollen. Sie lassen Familienfotos rundgehen. Tauschen ein paar W-worte, die sie aus der jeweils anderen Sprache kennen.«

Ned schwieg für eine Weile – was er sich erlauben konnte, da ihm die Zuhörer an den Lippen hingen. Er musterte seine Hände, legte sie dann fest um den Rand der Kanzel und schaute auf.

»Manche behaupten, das sei ein Mythos. Diese Verbrüderung habe es damals nie gegeben. Schlimmer noch: Mir sind sogar Stimmen zu Ohren gekommen, die die Ansicht äußerten, daß ein solches Verhalten vors Kriegsgericht gehört hätte. Der Ansicht bin ich ganz und gar nicht. Und ich bin überzeugt, daß die soeben beschriebene Szene tatsächlich stattgefunden hat.«

Er sprach ernst und leidenschaftlich. Ich war beeindruckt. Auch alle anderen schienen zutiefst angerührt zu sein.

»Ich finde, ein wunderbareres, erstaunlicheres Bild kann

man sich von Weihnachten kaum machen. Menschen, die ein unsägliches Maß an Not und Leid haben ertragen müssen, waren in der Lage, davon abzusehen, wozu es uns alle aus niederen Instinkten drängt, nämlich dem anderen, dem vermeintlichen Feind die Schuld am eigenen Elend zuzuschieben. Diese Männer in den Gräben, so könnte man doch sagen, hatten allen Grund zu hassen. Aber am W-weihnachtstag konnten sie dem anderen vergeben. Sich an ihr Menschsein erinnern.«

Ned senkte die Stimme; er klang jetzt nachdenklich und ein bißchen wehmütig. »Weihnachten ist vor allem eine Zeit der Liebe. Ich meine nicht das behagliche Zutraulichsein am warmen Kaminfeuer. Wahre Liebe, die Liebe Christi, die wirklich wichtige Art von Liebe ist alles andere als leicht. Diese Liebe zu zeigen, heißt den Stacheldraht überwinden.« Ned sah sich mit ernstem Blick unter den Zuhörern um. Er wählte seine Worte mit Bedacht: »Es heißt, die Person umarmen, die mir noch vor fünf Minuten als Feind, als Außenseiter verhaßt war.«

Vom melodischen Klang seiner Stimme abgelenkt, merkte ich nicht gleich, daß Ned auf eine Sache ansprach, die konkreter war als der allgemeine weihnachtliche Friedens- und Liebesappell.

»N-niemand von uns ist vollkommen. Wie können wir da so arrogant und selbstsüchtig sein, vom anderen Unfehlbarkeit zu verlangen?«

Nervöses Scharren und unruhiges Getuschel ließen mich aufmerken.

»Ich hoffe, wir, das heißt jeder einzelne von uns, wird an diesem Weihnachtsfest in seinem Herzen Verständnis für den anderen finden, und mit Verständnis kommt Vergebung. Und mit Vergebung L-liebe.«

Neds Worte waren zweifellos direkt auf seine Gemeinde gemünzt, die ihren auf Abwege geratenen Pfarrer abgekanzelt hatte. Gespannt lauschte ich dem mehr oder weniger verhohlenen Protest, dem murrenden Unbehagen ringsum.

»Immerhin«, sagte Ned, und seine Stimme war schlagartig freundlicher geworden, »immerhin ist diese Kirche voll von Menschen, die zu lieben verstehen. Ich war dieses Jahr Gast bei zwei diamantenen Hochzeiten, drei goldenen und bei wer weiß nicht wievielen silbernen. Wer mit ein und derselben P-person über ein Vierteljahrhundert zusammenbleibt, wird wohl, was die Liebe betrifft, zumindest das eine oder andere begriffen haben...«

Erleichtertes Lachen wurde laut. Ich war beeindruckt. Prediger Ned erwies sich als sehr viel geschickter, als ich angenommen hatte.

»Der wird zum Beispiel wissen, daß Liebe – wahre Liebe – nichts mit Feuerwerk zu tun hat oder mit dem ersten Hochgefühl im siebten Himmel...«

Ich kam aus dem Staunen nicht mehr heraus. Ned zitierte *mich*. Diese Worte hatte ich gebraucht – vor, ach, so langer Zeit (wie mir schien), als wir auf der Terrasse hinterm Haus in der Sonne gesessen hatten. Und nun fragte ich mich, ob dieser zweite Teil der Predigt ausschließlich vom Unglück des Amtskollegen inspiriert war.

»Was sich oft so nennt, muß noch längst nicht Liebe sein. Es ist w-womöglich bloß Schw-wärmerei und b-blinder Überschw-w-wang, für eine so träge Zunge wie die meine fast unaussprechlich.«

Mehr Gelächter.

»Wahre Liebe jedoch ist eine sehr viel ernstere Sache, oder? Daran muß man arbeiten, wenn die geliebte Person nicht besonders glücklich zu sein scheint, wenn man sie momentan vielleicht gar nicht so lieb zu haben glaubt...«

Ich sah die Altarkerzen im Luftzug flackern. Ob die Gemeinde wohl auch die verzweifelten Töne in Neds Stimme heraushörte? Vielleicht glaubten die meisten, daß er seinen Kollegen bedauerte.

»Wenn man ganz auf sich zurückgeworfen ist und solche Gefühle in einem hochkommen, kann es manchmal sein, daß man diese Person am liebsten nie mehr wiedersehen will. Wer dann aber dennoch am anderen festhält, bis sich wieder bessere Tage einstellen... und daß sie sich einstellen, ist gewiß, kann gar nicht anderes sein...«

Daß er so insistierte, ließ im Grunde auf ein ängstliches Zweifeln seinerseits schließen.

»...wer sich so verhält, wird erfahren, was Liebe ist und was Christus darunter verstanden hat.«

Als die Gemeinde »Herbei, o ihr Gläubigen« anstimmte,

sang ich mit, aber meine Gedanken kreisten um Neds Ansprache.

Ich sah ihn nun in einem anderen Licht, und zwar nicht mehr als blind verliebten Pantoffelhelden. Wenn ich seine Worte richtig deutete, war er ein unglücklicher Mann, der in verzweifelter Anstrengung seine Frau zu lieben versuchte.

15

Ich war mir sicher, daß mich Ned in der überfüllten Kirche nicht gesehen hatte, und eilte vor der drängenden Menge nach draußen, um ihm nicht zu begegnen. Ich hätte ihm viel zu sagen gehabt, doch nichts von alldem eignete sich für den Austausch zwischen Tür und Angel über die Dauer eines förmlichen Händedrucks.

Dröhnender Glockenklang läutete die Weihnacht ein, als ich über den Kirchenvorplatz hastete. Eine Choralmelodie summend, bog ich in die Lamp Lane ein. Mein Kopf arbeitete auf Hochtouren. Unter den zahlreichen Gemeindemitgliedern hatte ich eine Person nicht ausmachen können, und die wäre trotz ihrer kleinen Statur kaum zu übersehen gewesen: Elizabeth Cowper. Wieder einmal fragte ich mich, ob sie sich für die Rolle der Pfarrersfrau tatsächlich eignete? Oder ob sie ihr überhaupt paßte? Am Postschalter mochte ihr loses Mundwerk noch amüsant erscheinen. In Kirchenkreisen fiel sie damit aber bestimmt unangenehm auf. Vielleicht genoß sie jedoch als kranke Schwester des Gutsherrn eine Art Narrenfreiheit.

Ich fragte mich auch, ob Ned womöglich die Krankheit seiner Frau vor Augen hatte, als er so eindringlich davon sprach, daß sich mit Gewißheit bessere Tage einstellen würden. Der flehentliche Tonfall in seiner Stimme war sicher persönlich motiviert gewesen. Es schien, als habe er die Hoffnung äußern wollen, daß die Bürde, einen anderen lieben zu müssen, mit der Zeit weniger schwer lasten werde. Meinte er damit, es könnte ihm womöglich leichter fallen, Elizabeth zu lieben, wenn sie wieder genesen wäre? Wovon eigentlich? Nun ja, es fiel auf, daß sie launisch und unberechenbar war – ein verwöhntes Kind eben. Irritierend für andere, aber gewiß nicht krankhaft und in dem Sinne auch nicht heilbar. Armer Ned.

Als ich die Menge hinter mir gelassen hatte, trieb es mich nicht mehr so sehr voran. Die Kälte konnte mir nichts anhaben; ich war warm angezogen. Das Mondlicht glitzerte auf überreiften Zweigen und in den silbern vereisten Spurrillen des Weges. Das Glockengeläut tönte von weit her. Die Lamp Lane lag unwirklich wie aus einer anderen Welt vor mir. Noch nie war es mir in meinen Bildern geglückt, das Mondlicht einzufangen. Ich lehnte mich an eine Steinmauer, schaltete die Taschenlampe aus, betrachtete die frostige Landschaft und überlegte, was ich wohl bislang falsch gemacht hatte.

Meine Träumereien wurden gestört von Motorenlärm, als ein Auto, aus dem Dorf kommend, in meinen Weg einbog. Schnell richtete ich mich wieder auf und schaltete die Lampe ein. Vom Scheinwerferlicht geblendet, wich ich bis zur Hecke zurück, um den Wagen passieren zu lassen. Dann erkannte ich Rogers Range Rover und hob grüßend die Hand. Quietschend blieb der Wagen stehen, die Innenbeleuchtung ging an, und Roger beugte sich herüber, um die Beifahrertür zu öffnen.

»Frankie...?«

»Was machen Sie denn hier um diese Zeit, Roger?«

»Sie suchen, was sonst«, antwortete er, klang dabei aber längst nicht so überzeugend wie gewöhnlich.

»Haben Sie mich in der Kirche entdeckt? Und ich dachte, so unauffällig wie ein Gespenst hinein- und wieder rausgeschlichen zu sein.«

»Meinem Auge entgeht nichts«, sagte Roger und lachte künstlich. »Ich... wollte Sie nach Hause chauffieren. Kann doch nicht zulassen, daß eine junge Frau unbeschützt durch die Nacht spaziert.«

»Sehr freundlich. Aber ich genieße es, zu Fuß zu gehen. Ehrlich.«

»Ich würde Sie gerne begleiten, bin aber viel zu faul. Also, steigen Sie ein, Sie betörendes Wesen. Und wenn ich einen Weihnachtskuß bekomme, fahre ich Sie nach Hause.«

Zögernd und argwöhnisch kletterte ich auf den Beifahrersitz, doch der Kuß, den er mir auf die Wange drückte, war keusch und saftlos. Es war behaglich warm im Wagen. Ich wackelte mit den Zehen, die in den Gummistiefeln eiskalt geworden waren, und fühlte, wie das Blut zurückströmte.

»Es hat sich kaum gelohnt«, sagte ich, als Roger wenig später vorm Gatter anhielt.

»Unsinn. Hat Ihnen der Weihnachtsgottesdienst gefallen?«

»Als waschechter Heidin… durchaus.«

Roger lachte, und ich fügte kleinlaut hinzu. »Ich fand Ned enorm gut.«

»Oh ja, er ist ein erstklassiger Pfarrer«, meinte Roger erstaunlich eifrig. »Der beste.«

»Und ziemlich couragiert, finde ich. Wie er die Gemeinde vorgeführt hat…«

»Wie? Vorgeführt?«

»Er hat sie doch an ihre Christenpflicht erinnert, im Hinblick auf den Pfarrer von St. Catherine, oder etwa nicht?«

»Jesus!« schnaubte Roger. »Das hab ich zum Glück nicht mitgekriegt. Tut mir leid, von der Sauerei will ich auch nichts hören.«

»Roger, das kann doch wohl nicht Ihr Ernst sein? Das sagen ausgerechnet Sie?«

»Was soll das heißen?«

»Das Predigen überlaß ich Ihrem Schwager. Aber eins will ich Ihnen sagen: Jemand, der wie Sie damit prahlt, seine Ehe verpfuscht zu haben, weil er die Finger nicht von anderen Frauen lassen konnte, sollte sich hüten, über anderer Leute Vorlieben die Nase zu rümpfen.«

»Seien Sie doch ehrlich, Frankie. Der Fall, von dem wir sprechen, ist doch ziemlich widerlich.«

»Zugegeben, ich bin anders gepolt. Mir gefällt's auch nicht, harmlose Vögel abzuknallen und Füchse in Stücke zu zerreißen. Trotzdem machte ich Ihnen keinen Vorwurf daraus. Ich find's allerdings bedauerlich, daß ein Mann seine sexuellen Bedürfnisse derart heimlich ausleben muß…«

Roger ließ eine zotige Bemerkung fallen, die ich ignorierte. »…und das in unserer aufgeklärten Zeit. Dazu nötigen ihn offenbar bigotte Spießer wie Sie.« Mein Eifer überraschte mich selbst. Anscheinend hatte ich mich von Neds Predigt anstecken lassen. Aber so ist es halt: Was ich nicht tolerieren kann, ist Intoleranz.

»Ja, ja«, erwiderte Roger mild. »Wahrscheinlich stehen Sie auch auf Müsli, marschieren für die Abrüstung und verbrennen Ihre BHs.«

»Ich trage sündhaft teure Spitzenwäsche und konsumiere schamlos Fleisch. Ansonsten bin ich mit Ihrer Zuordnung durchaus einverstanden.«

»Eine Champagnersozialistin«, feixte Roger.

»Das Zeug würde ich sogar zum Frühstück schlürfen, und warum auch nicht?«

»Oh, Frankie«, seufzte Roger und verblüffte mich damit, daß er meine Hand nahm und küßte. »Wären wir uns doch schon vor Jahren begegnet. Ich hätte Ihnen die Badewanne voll Champagner laufen lassen.«

Nachdem er mir so galant den Wind aus den Segeln genommen hatte, brachte er mich zur Tür, erinnerte daran, daß ich morgen nur ja nicht zu spät kommen sollte, und brauste den Hügel hoch.

Zu Weihnachten kommt ein Haus wie Thornbeck Manor erst richtig zur Geltung.

Als ich in die Auffahrt einbog, glühte die düstere Front malerisch im letzten, dunkelroten Abendlicht. Das historistische Stilgemisch störte mich nun nicht mehr; statt dessen sah ich das Bauwerk als konkreten Ausdruck der exzentrischen Geschichte jener Familie, die seit Jahrhunderten darin lebte.

Die hohe Eingangshalle war mit knallbunten Schleifen und dicken, weißen Kerzen geschmückt. Ilexzweige und Beeren hingen büschelweise um sämtliche Gemälde. Dem ausgestopften Hirschkopf überm Kamin steckte Rauschgold im Geweih, und von den Lauschern hingen ihm glänzende Silberkugeln wie überdimensional große Ohrringe herab. Ich mußte lachen.

»Das hat Bess gemacht. Die komplette Dekoration«, erklärte ein stämmiger Mann, der diskret die Frackschöße lüftete und sein Hinterteil am prasselnden Kaminfeuer wärmte. »Gute Arbeit, nicht wahr?«

Den hohen, holzverkleideten Raum beherrschte ein riesig großer Baum, mit Rauschgold und künstlichem Schnee verziert. Die ganze Szene wirkte wie das magisch animierte Bild einer viktorianischen Weihnachtskarte. Was noch fehlte, um die Illusion perfekt zu machen, waren reifberockte Damen und Männer mit Gehrock und Zylinder, also Gestalten, wie sie auf den Schachteln von Quality Street zu sehen sind.

Fast alle weiblichen Gäste trugen bauschige Kleider aus Taft. Ich tanzte mit meinem Samtfummel wieder einmal trotzig aus der Reihe. Mein Kleines Schwarzes war nicht nur auffallend eng, sondern auch kurz. Sei's drum. Ich liebte es wie einen alten zuverlässigen Freund, und einen solchen hatte ich nötig, um das Festessen mit Mr. und Mrs. Cowper überstehen zu können. Ich hatte mein Haar hochgesteckt und war todesmutig in meine hochhackigsten Schuhe geschlüpft. Wie ich aussah? Wie eine sich mausernde Schwarzdrossel in einer Voliere zusammen mit hübschen Wellensittichen.

»Schönheit«, hauchte Roger, der von hinten angepirscht war und seine Arme um mich schlang. »Wie kann ich da widerstehen?«

»Ruhig Blut«, antwortete ich und pellte mich aus seiner Umarmung. »Hallo, Ned. Elizabeth.«

Rogers Schmeicheleien bedeuteten mir nicht viel. Doch als mich Ned mit verschämt bewunderndem Blick ansah, fühlte ich mich begehrt wie Kleopatra.

»Ziemlich anstößig. Was meinst du, Ned?« fragte Roger. »Abgöttisch schön wie Isebel. Frauen sollte verboten werden, sich so rauszuputzen und uns, das schwache Geschlecht, in Versuchung zu führen...«

»An Hölle und V-verderben zu mahnen, ist nicht mein Stil, Roger.« Ned hielt meine Hand länger als für einen förmlichen Gruß nötig.

Nicht ohne Befriedigung fiel mir auf, daß Elizabeth mich mit kühlem Blick musterte. Ihre Hand fühlte sich steif und leblos an.

»Auch du siehst wunderschön aus, Schwesterherz«, beeilte sich Roger schlau zu sagen. »Wie ein Engelchen, vom Weihnachtsbaum herabgeflattert.«

Elizabeth, in ihren dunkelgrünen Rüschen einer Scarlet O'Hara gleich, war wirklich umwerfend schön. Roger ignorierte ihren giftigen Blick und schleifte mich fort.

»Also, wen kennen Sie noch nicht?«

Insgesamt saßen sechzehn Personen am Tisch. Vier davon erkannte ich wieder als Teilnehmer der Fasanenjagd, darunter auch Suzanna und Alex Worrall. Ich war froh, sie zu sehen. Suzy zumindest. Sie erzählte mir, daß ihr Sohn zum Skilaufen nach Italien gereist sei und sie deshalb Weihnachten hier bei Roger feiern wollten.

»Dummerweise hatte ich gehofft, mich dieses Jahr zur Abwechslung mal nicht mit einem Truthahn rumschlagen zu müssen. Pustekuchen! Beverley hat den Braten vorbereitet, aber jetzt muß meine Wenigkeit an die Arbeit.«

»Ich kann helfen…«

»Darauf bin ich aus. Roger scheint zu glauben, daß Bess alleine in der Küche zurechtkommt. Ich hab ihm zu erklären versucht, daß sie allenfalls versteht, wie ein Dosenöffner zu bedienen ist. Aber er kapiert ja nichts. Armes Herzchen. Er braucht wirklich mal eine Frau, die ihn auf Vordermann bringt…« Und dann musterte sie mich mit kritischer Miene, ganz unverhohlen.

»Was ist los?« fragte ich.

»Hübsches Haus, und es könnte bestimmt noch hübscher werden…« feixte sie, »…wenn Sie's abreißen und neu aufbauen würden.«

»Ich habe nicht die Absicht, hier einzuziehen. Mein Ehrenwort darauf. In Millionen Jahren nicht.«

»Schade. Roger surrt um Sie rum wie eine Wespe ums Marmeladenglas.«

»Ich denke, er hat bloß noch nicht gelernt, daß man mit Frauen auch reden kann und ihnen nicht immer nur heiße Luft in den Nackenausschnitt hauchen muß. Aber jede Wette: Wenn ich ihm geradeheraus anböte, sein Mütchen an mir zu kühlen, würde er panikartig Reißaus nehmen.«

Suzy kicherte ungeniert und stellte mich dann einem rothaarigen Mann vor, der übel aus dem Mund roch und einen Schottenkilt samt Zubehör trug, obwohl er dem Akzent nach ein waschechter Londoner war. Es enttäuschte ihn sichtlich, erfahren zu müssen, daß ich (trotz Rogers gegenteiliger Beteuerungen) keine Porträtistin bin. Er suchte jemanden, der seinen Hund malte.

Auf der anderen Seite des Raums redeten zwei Frauen auf Ned ein. Daß sie ihn anhimmelten, war unverkennbar. Er sah, wie ich ihm zulächelte, machte aber keine Anstalten, sich von den beiden zu trennen. Überall hatten sich kleine Gruppen gebildet. Leider war ich nicht gewandt genug, mich von einer langweiligen Runde zu verabschieden und in interessantere Gespräche einzuklinken. Elizabeth Cowper schien allerdings genau in diesem Punkt eine Expertin zu sein. Am Rand des Blickfeldes konnte ich wahrnehmen, wie sie wie ein Kolibri von Gruppe zu Gruppe schwirrte.

Suzy erbarmte sich meiner und befreite mich aus den Klauen des Schotten. »Übrigens, Ihr Aufzug ist 'ne Wucht«, sagte sie. »Ich verzeihe Ihnen nur, weil die gute Bess endlich mal das Nachsehen hat. Alex hätte fast einen Infarkt gekriegt, als Sie reingekommen sind. Erwarten Sie aber kein Mitleid von mir, wenn Sie im Verlauf des Abends vor Kälte blau anlaufen und Gefahr laufen, erdrückt zu werden unter dem Andrang der Retter, die Ihnen wieder Leben einzuhauchen versuchen.«

»Suzy«, sagte ich und sah, wie sich Elizabeth mit charmantem Lächeln von dem schottischen Langweiler entfernte, »worunter leidet Rogers Schwester eigentlich genau?«

»Da fragen Sie mich zuviel. Von medizinischen Fachbegriffen hab ich keine Ahnung. Ich wüßte nicht mal zu unterscheiden zwischen einer Psychose und einer Neurose. Ich schätze, ihr Problem sind die extremen Gemütsschwankungen. Verbringen Sie mal ein paar Stunden mit ihr, dann wissen Sie, was ich meine.«

»Als ich ankam, hatte ich den Eindruck, daß sie ziemlich down war.«

Suzy schüttelte sich dramatisch. »Dabei bleibt's nicht lange. Das ist das Gute daran: Die Stimmungstiefs verziehen bei ihr genauso schnell wie die Hochs. Ich weiß wirklich nicht, was mit ihr los ist. Vielleicht hat alles damals in der Schule angefangen. Es gab da einen Skandal. Aus den Schließfächern der Mädchen waren Wertsachen verschwunden. Oder verwechsle ich da jetzt was? Ach, ich erinnere mich wieder. Es war Roger, der hatte Probleme als Pennäler. Es ging dabei um irgendeinen Brief...«

»Sie scheinen wohl alles zu wissen, Suzy. Das kann einem richtig angst machen.«

»Zum Glück bin ich die Nachsicht in Person. Aber vergessen Sie lieber, was ich soeben gesagt habe. Es kann sein, daß ich mich irre. Wieso hätte Bess auch klauen sollen. Ihr Paps hat sie nach Strich und Faden verwöhnt. Was sie wollte, das bekam sie auch.«

»Tatsächlich? Albert, der Wirt vom Wheatsheaf, sagte, der Alte sei ein Geizkragen gewesen.«

»Das war er auch, Schätzchen. Schauen Sie sich ihn doch bloß mal an...«

Wir standen vor dem verrußten Porträt, das Roger mir bei meinem letzten Besuch gezeigt hatte. Der Glanz der Christbaumkerzen ließ das Gesicht des Alten ein bißchen hervortreten. Die Ähnlichkeit mit Roger war unverkennbar, trotz der sehr viel schärferen Konturen und der grimmig wirkenden Kerbe zwischen Nase und Mund.

»Freiwillig rückte Vater John nicht mal mit der Uhrzeit raus. Wenn er Gäste im Haus hatte, markierte er den Pegel der Scotch-Flasche. Das Töchterchen aber schien ihn um den kleinen Finger wickeln zu können. Roger hatte es da schon schwerer bei ihm.«

»Kam er mit seinem Vater nicht gut aus? Bisher hatte ich ein ganz anderes Bild.«

»Roger hat ständig versucht, seinem Paps zu gefallen. Vergeblich. Der Kleine war Primus in der Klasse, aber sein Vater verlangte immer nur, daß er wie Ned in der Schulmannschaft mitspielte. Vielleicht fing damit der Streit...«

»Na, ihr Hübschen«, tönte Roger und stellte sich mit einer Flasche Whisky zwischen uns. »Worüber wird denn heute getratscht?«

»Wir wühlen nur gerade ein bißchen in eurer skandalösen Familiengeschichte herum, Liebling«, antwortete Suzy glatt. »Ich versuche mich daran zu erinnern, was wohl der entscheidende Knackpunkt zwischen Ned und deinem verblichenen Erzeuger war.«

»Du meinst wohl, Neds Fürsprache für seinen kleinen Vetter?« entgegnete Roger lachend. »Hat mir enorm viel eingebracht: 'ne Ohrfeige extra, weil ich mich nicht allein verteidigen konnte.«

Suzy kniff die Brauen zusammen. »Barbarische Zeiten. Aber weniger kompliziert. Mit unserem geliebten Sohnemann muß Alex jedes Jahr einen neuen Taschengeldtarif aushandeln. Hier, füll mir das Glas, und dann werde ich mich mal in der Küche umsehen.«

»Ich helfe«, sagte ich und wischte Rogers Hand weg, die sich mir aufs Hinterteil gelegt hatte.

Elizabeth Cowper warf uns von der gegenüberliegenden Seite einen scharfen Blick zu. »Ich komm mit«, rief sie. »Hier ist's mir einfach zu langweilig.«

16

»Frankie sagt, daß sie nicht daran interessiert ist, deinen Bruder zu heiraten«, tönte Suzy, als sie uns in die Küche führte. »Schade, oder? Wer könnte ihr wohl statt dessen gefallen?«

Elizabeth ging, eine volle Flasche Champagner unterm Arm, vor mir her. Der Blick, den sie mir über die Schulter zuwarf, sprach Bände. War ich so leicht zu durchschauen? fragte ich mich verunsichert.

Die riesige Küche war in einem häßlichen Sumpfdotterblumengelb angestrichen. Blau und weiß gepunktet ragten die zwei klobigen Küchenschränke auf.

»Könnte schlimmer sein«, stellte Suzy fest, nachdem sie sich eine Schürze umgebunden und mit gerümpfter Nase die Topfdeckel gelüftet hatte. »Immerhin hat Beverley alles soweit vorbereitet.«

Elizabeth füllte unsere Gläser, trat sich die Schuhe von den Füßen und nahm in dem großen, hölzernen Schaukelstuhl in der Ecke Platz. »Entschuldigt, aber ich wäre euch eh keine Hilfe«, erklärte sie faul. »Warum heiraten Sie nicht, Frankie? Wie alt sind Sie jetzt... neunundzwanzig? Wird höchste Zeit, finden Sie nicht? Um Kinder zu kriegen...?«

»Damit läßt du dir offenbar selber viel Zeit, Bess«, bemerkte Suzy, doch Elizabeth hörte ihr gar nicht zu.

»Haben Sie kein Gefallen an der Ehe?«

»Zuerst stellt sich doch wohl die Frage, welcher Mann mir gefallen könnte.«

»Andersrum ist es weniger riskant«, entgegnete Elizabeth mit ironischem Schmunzeln. »Machen Sie sich zuerst die möglichen Vorteile einer Ehe klar: Haus, finanzielle Sicherheit, gesellschaftliche Stellung... Die Attraktivität des Ehemanns ist bloß einer dieser aufgelisteten Punkte.«

»Hat Ihnen bisher noch kein Mann gefallen, Frankie?« wollte Suzy wissen.

»Nicht so richtig«, antwortete ich unsicher.

»Haben Sie einen festen Freund?«

»Ja«, sagte ich, und zwar mit soviel Eifer, daß die beiden zu lachen anfingen. Das Verhör ging mir gegen den Strich.

»Aha«, grinste Elizabeth. »Erzählen Sie mehr davon.«

»Das muntert dich wohl auf«, bemerkte Suzy. »Hast du mal Feuer?«

Kichernd steckten sich die beiden eine Zigarette an.

»Wie zur Schulzeit hinter der Hockeyhalle«, meinte Elizabeth.

»Ach, war's bei euch die Hockeyhalle? Wir hatten dafür den Musikraum.«

»Die ganze Mädchenbande. Da wurden Lullen und Geheimnisse ausgetauscht. Wie langweilig, schon so lange verheiratet zu sein. Aber Frankie verrät uns jetzt bestimmt alles über ihren Liebsten«, sagte Elizabeth. »Ob wir ihn kennen?«

Auf den Arm nehmen lassen wollte ich mich nun wirklich nicht.

»Er heißt Sebastian Ford«, erklärte ich gefaßt und hatte nicht die Absicht, auch noch Gerald mit ins Spiel zu bringen – mir wäre womöglich eine Vorliebe für verheiratete Männer unterstellt worden. Sebastian sei ein enorm talentierter Bildhauer, der mit mir studiert habe, fuhr ich unbekümmert fort. »Wir leben allerdings nicht zusammen. Für seine kolossalen Konstruktionen braucht er jede Menge Schrott, vor allem aber Zeit. Mitunter Wochen ohne Pause.« Daß ich an dieser Stelle ein wenig Bitterkeit verriet, machte meine Geschichte noch glaubwürdiger.

»Soll das heißen, Sie bekommen ihn wochenlang nicht zu Gesicht?« wunderte sich Elizabeth. Auf Einzelheiten schien sie begieriger zu sein als ein Kind auf Märchen. »Das muß doch schrecklich frustrieren. Ich meine...«, sie sah Suzy an, »...sexuell.«

Erstaunlich, was eine harmlose Flunkerei an Halbwahrheiten nach sich zieht. Ich mußte nun daran festhalten, daß Sebastian meine eine große Liebe war.

»Kaum«, antwortete ich unsicher. »Das heißt...«

»Mögen Sie keinen Sex?« fragte Elizabeth.

»Doch«, erwiderte ich gereizt, »natürlich. Suzy, ist es recht, wenn ich den Rosenkohl in diese Schüssel hier gebe?«

»Anscheinend geht jeder von Ihnen seine eigenen Wege«, spekulierte Elizabeth und musterte mich mit scharfem Blick.

»In der Tat. So ist es.«

Plötzlich ging ein lüsternes Lächeln über ihr Gesicht. »Wenn's endlich zum Wiedersehen kommt, wird wohl ordentlich nachgeholt, oder? Fesselt er Sie dann an eine seiner kolossalen Skulpturen und macht's Ihnen? Immer noch ganz dreckig von der monatelangen Arbeit im Atelier?«

»Die Phantasie brennt wieder mit dir durch, Bess«, maßregelte Suzy. »Als du zur Uni gegangen bist, muß wohl D. H. Lawrence in Mode gewesen sein. Wir dagegen hatten ausschließlich mit Jane Austen zu tun. Gibst du solche Kommentare auch bei Teepartys in der Pfarrei zum besten?«

»Ach, komm mir nicht damit«, stöhnte Elizabeth. »Davon hatte ich schon nach sechs Wochen die Nase voll.«

»Du trinkst zu schnell.«

»Klar«, antwortete Elizabeth. »Wozu ist Weihnachten sonst gut? Los jetzt. Ich will mehr über diesen flotten Sebastian hören.«

»Du nervst, Schätzchen«, sagte Suzy. »Und fang jetzt nicht an zu schmollen. Steck dir noch eine Zigarette an und besorg mir ein paar saubere Abtrockentücher. Das wär lieb von dir... Die Vaiseys sind durch die Bank Schluckspechte sondergleichen«, erklärte sie mir, als Elizabeth hinausgegangen war. »Das Sieb ist da unten. Und keiner verträgt's. Das war auch das eigentliche Problem in Rogers Ehe.« Sie mimte ein Glas in zitternder Hand. »Caro konnte von Glück reden, wenn er's ihr einmal im Monat besorgte. Ich habe sie zu trösten versucht und gesagt, daß ihr der Mangel in ein paar Jahren ein Segen wäre, aber...«

»Einmal im Monat?« lachte Elizabeth, die unbemerkt wieder in die Küche gekommen war. »Liebste Suzanna, ich bin seit einem vollen Jahr nicht mehr flachgelegt worden. Ach, was sag ich? Seit über einem Jahr nicht mehr.«

Ich fühlte mich plötzlich fehl am Platz. Diese lieblosen, intimen Bekenntnisse mitanhören zu müssen, kam mir vor wie ein Verrat an Ned.

Suzy wies sie zurecht. »Du bist betrunken, Bess.«

»Natürlich. Aber trotzdem stimmt, was ich sage.«

»Und das wäre?«

Elizabeth zuckte mit den grün gerüschten Schultern. »Ich vermute, der liebe Gott schüchtert ihn ein«, flüsterte sie im vertraulichen Ton. »Er kommt einfach nicht in Fahrt. Aber wen kümmert's schon?«

Suzy strich sich die Haare aus den Augen. Sie sah mit einem Male ziemlich alt und verhärmt aus. »Oh, Bess, ich finde, du redest zuviel. Hinterher bereust du das bloß. Aber keine Bange, Frankie wird bestimmt genausowenig wie ich krummnehmen, daß...«

»Unsinn!« Elizabeth schmunzelte süffisant. »Mein Psychoberater meint, daß es gut ist, wenn ich darüber rede. Raus damit. He, ihr seid ja schon fertig. Tüchtig, tüchtig. Dann können wir wohl jetzt die hungrige Horde zusammentrommeln.«

Das Speisezimmer war in dunkler Eiche getäfelt. Durch die bleiverglasten Fenster schimmerte das düstere Rhododendrondickicht. Es stand so dicht am Haus, daß die wächsernen Blätter an den Scheiben kratzten. Trotz der bunten Weihnachtsdekoration hatte ich den Eindruck, im Salon eines Bestattungsunternehmens dinieren zu müssen.

»Wer mit der Sitzordnung, wie ich sie vorgesehen habe, nicht einverstanden ist, kann seinen Platz wechseln, sobald er mit dem Pudding fertig ist«, erklärte Roger. »Nicht vorher. Und bis dahin wird auch nicht geraucht. Wer sich trotzdem eine anstecken muß, kann rausgehen.« Er hatte mich rechts neben seinen baronesquen Thron plaziert, der am Kopf des Tisches stand. Zu meiner Freude nahm Ned links davon Platz, mir gegenüber. Elizabeth saß als nominelle Gastgeberin weit abgeschlagen am anderen Tischende. Die Gäste reagierten auf Rogers Arrangement mit Gelächter oder Murren. »Ganz wie der Alte«, zischte Suzy und ließ die Zigarettenschachtel zurück in ihre Handtasche fallen.

Roger und ich zogen an einem Knallbonbon, aus dem ein giftig grüner Ring purzelte.

»Das Schicksal meint es gut mit mir«, rief er und langte nach meiner linken Hand. »Heiraten Sie mich, Angebetete.«

»Ihr Antrag ehrt mich, Sir«, antwortete ich mit klimpernden Lidern und streckte meinen Ringfinger aus. »Und da wir günstigerweise einen Geistlichen in unserer Mitte haben...«

Aber Ned hörte mich nicht. Roger dagegen drückte meine Hand und fragte: »Im Ernst, Frankie?«

»Was?«

»Daß Sie mich heiraten wollen?«

»Roger! Wir haben doch bloß mit dem Knallbonbon rumgealbert.«

»Ich schenke Ihnen den schönsten Ring. Diamant, Smaragd, was Sie nur wollen.«

Ich sah mich um. Ned zog gerade ein Knallbonbon mit der hysterisch kichernden Blondine, die neben ihm saß. Keiner hatte Roger und mich gehört. Ich hatte ihn zum Lachen bringen wollen, doch er wirkte beinahe verzweifelt. »Aber, aber. Wir kennen uns doch kaum«, flüsterte ich und lächelte gekünstelt wie die Heldin eines schlechten Films.

Aber Roger ließ sich nicht aufheitern. »Gerade deshalb drängt es mich, Ihre Zusage zu bekommen.« Zu meiner Erleichterung fing er zu schmunzeln an. Trotzdem wirkte seine Miene alles andere als entspannt. »Wenn Sie mich besser kennen würden, dürfte ich mir nicht die geringsten Hoffnungen auf Sie machen.«

»Ihnen scheint verblüffend viel an einer rechtlich legitimierten Ehe gelegen zu sein. Das paßt gar nicht zu Ihrer Art als Lebemann.«

»Die ist bloß aufgesetzt, Frankie.«

»Roger, Liebling«, kreischte die Blondine neben Ned. »Gerade warst du deinem Vater wie aus dem Gesicht geschnitten.«

Roger lächelte ihr zu. »Hübscher, Rusty; sag mir wenigstens, daß ich hübscher bin.« Dann stand er, eine Entschuldigung murmelnd, auf und öffnete die Klappe einer selten häßlichen Mahagonivitrine, in der, wie sich herausstellte, nicht etwa eine Leiche, sondern der Weißwein aufbewahrt war. Er zog eine schlanke, braune Flasche heraus, ging um den Tisch herum, füllte die Gläser und zog Knallbonbons mit seinen Gästen.

»Haben Sie John Vaisey noch kennengelernt?« fragte mich die Blonde. Sie war um die Vierzig und hatte dreieckige Schatten auf den Augenlidern, die genauso türkisblau leuchteten wie ihr Kleid. »Ein wunderbarer Mann. Wenn Sie mal einen Blick auf die Vertäfelung da drüben werfen, werden Sie die Einschußlöcher sehen, die er verursacht hat, als er Weihnachten vor einigen Jahren versuchte, eine Kerze auszuschießen.

Voll wie eine Haubitze, natürlich. Und das Schönste war: die Kerze brannte munter weiter.«

Ich lachte höflich und sagte: »Alles, was ich über Rogers Vater höre, führt mich zu der Annahme, daß er ein kapitaler Idiot gewesen sein muß.«

Ich hörte, wie Ned gluckste vor Lachen.

»Ha, er ist Ihnen also nie begegnet«, sagte Rusty und richtete einen plumpen Finger auf mich. »Denn wenn er es wäre, würden Sie anders von ihm reden. Er war selbst über sechzig noch wahnsinnig attraktiv. Großgewachsen, distinguiert, ein Frauentyp durch und durch.« Ihr Blick huschte zu Roger hinüber, der am anderen Tischende Wein ausschenkte. »Der Sohn ist ihm gewiß in vielerlei Hinsicht ähnlich, aber, leider Gottes, längst nicht vom selben Kali...«

»R-roger hat das zehnfache Format seines Vaters«, fuhr Ned so heftig dazwischen, daß es Rusty die Sprache verschlug. Es dauerte, bis sie sich wieder gefangen hatte und den Mann zu ihrer Linken anredete.

»Ständig ist von Rogers Vater die Rede«, sagte ich. »Aber eine einhellige Meinung scheint's über ihn nicht zu geben. Wie würden Sie ihn beschreiben?«

Ich erwartete wohl eine Antwort, die das Bild bestätigte, das ich mir von dem alten Vaisey gemacht hatte: ein komisch anachronistischer Kauz, ein Autokrat, Flegel und Busengrapscher, vernarrt in seine Tochter und manisch aufgedreht, wenn er zuviel getrunken hatte. Roger hoch drei. Über Neds Antwort war ich folglich baß erstaunt.

»Der Mann war ein M-monstrum«, sagte er in vollem Ernst. »Ein wahres Ungeheuer. Was ich über sonst keinen anderen M-menschen sagen würde, ist im Fall von John Vaisey durchaus angebracht: Er war... b-bösartig.«

»Was ist los, alter Freund. Du siehst so verdrossen aus«, sagte Roger, der sich nun wieder auf seinen Platz setzte. »Du mußt zügiger trinken und deinen Räucherlachs verdrükken.«

Da der Küchentrakt weit entfernt vom Speisezimmer lag, war das Hauptgericht nur noch lauwarm, als es schließlich serviert wurde. Das geräumige Terrain aus Küchen und Vorratskammern hatte jedoch unübersehbare Vorzüge. In durchschnittlichen Haushalten herrscht nach dem Festessen immer nervöse Hektik. Bei uns zum Beispiel klapperte Mutter mit den Teelöffeln herum, während Opa nach seinen Tabletten gegen Sodbrennen suchte und die Tanten die Ärmel aufkrempelten, um sich über die dreckigen Geschirrberge herzumachen. Hier ging alles sehr viel gelassener zu. Nach jedem Gang setzte Suzy eine Armee aus männlichen Dienstboten in Trab, die Bestecke und Geschirr irgendwo in einem der Nebenräume abstellten, die Türen schlossen und an ihren Platz zurückkehrten.

Mit jedem Gang wurde die Party ausgelassener. Luftschlangen wurden über die Kronleuchter geblasen, und jedes Knallbonbon inspirierte zu neuen Witzchen. Ich traute meinen Augen kaum, als Alexander Worrall, betrunken wie er war, vom Tisch aufsprang, ein Schwert von der Wand riß und einen der Gäste zum Duell herausforderte. Dazu kam es dann doch nicht, was dem glücklichen Umstand zu verdanken war, daß sich das zweite Schwert nicht von seiner Halterung entfernen ließ.

Ich hätte mich eigentlich köstlich amüsieren müssen. Tatsächlich prustete ich auch immer wieder vor Lachen, warf mit Luftschlangen um mich und gab mein Bestes, um in der allgemeinen Ausgelassenheit nicht außenvor zu stehen. Trotzdem dachte ich ständig an Ned, der mir gegenübersaß. Ned, der nicht mit seiner Frau schlief. Weil er nicht konnte? Oder wollte?

Ich stocherte auf meinem Teller herum und täuschte Appetit vor. Nicht, daß das Essen schlecht gewesen wäre, aber trockener Truthahn und feuchtes Gemüse sind nun mal nicht meine Leidenschaft. Ned rührte, wie ich verstohlen beobachten konnte, seine Portion ebenfalls kaum an.

Die dicke Blonde plapperte unentwegt auf ihn ein. Ich trank zu hastig und flirtete ungeniert mit Roger. Wir waren inzwischen per du miteinander. Ab und zu streifte mich ein Fuß, und ich wußte, daß es Neds war. Sooft ich mir einen Blick auf ihn gestattete, schien er mich anzustarren. Dann schaute er errötend weg.

Den anderen mußte eigentlich aufgefallen sein, was sich zwischen uns abspielte. Wir liefen Gefahr, uns vor allen zum Narren zu machen. Aber die Party ging lärmend weiter, und wir starrten einander an wie zwei Backfische, denen ein Kloß im Hals steckte.

Zum Kuckuck nochmal, dachte ich. Und als Roger wieder einmal außer Hörweite war, raffte ich allen Mut zusammen und schob den Pudding beiseite, ohne einen Löffel davon genommen zu haben.

»Ihre Predigt gestern hat mir gut gefallen«, bemerkte ich. »Oder sollte ich sagen: zu denken gegeben? Nun, das hat sie auch. Sehr sogar.«

»Sie waren in der K-kirche?« fragte Ned überrascht. »Das ist m-mir nicht aufgefallen.«

»Sie haben mich zitiert.«

»Wogegen Sie hoffentlich nichts einzuwenden hatten. Ihre W-worte haben sich mir eingeprägt. Ich fand die Formulierung so treffend. Auf den Punkt gebracht...«

Und dann starrte er mich wieder stumm an.

17

»Hast du die Sprache verloren?« sagte Roger, der mit einer gefüllten Karaffe zurückkehrte. »Frankie, Darling, du mußt unbedingt diesen köstlichen Portwein probieren.«

Und dann sah ich Elizabeth, die ihrem Bruder dichtauf gefolgt war. Sie hatte schon eine Menge getrunken und stand entsprechend wacklig auf den Beinen, doch während anderen in diesem Zustand die Lider zuklappen und der Putz abbröckelt, strahlten ihre Augen immer noch, und das zerzauste Haar stand ihr ausgesprochen gut.

»Ich setz mich jetzt zu euch«, erklärte sie, schwenkte ihr Glas in die Runde und tönte mit verblüffend greller Stimme: »Wer sich so langweilt wie ich, sucht sich jetzt einen anderen Platz.«

»Juchu!« rief Suzy und nahm ihr Glas zur Hand. »Mal sehen, ob sich Simon verführen läßt, und vielleicht…« Sie ließ ihren Blick von Elizabeth zu Roger wandern und legte bedeutungsvoll zwei Finger an die Lippen.

»Gott segne die Königin!« brüllte Elizabeth; und dann, in gelungener Nachahmung eines Kampfrichters: »Meine Damen un' Herrn, es darf geraucht wer'n.« Unter anderen Umständen hätte ich sie durchaus amüsant gefunden.

»Da muß ich wohl gehen«, muffelte die Blonde, langte nach ihrer Handtasche und stand auf.

»Sehr aufmerksam«, entgegnete Elizabeth, nahm auf dem freigewordenen Stuhl Platz und hakte sich besitzergreifend bei Ned unter. »Na, Herzchen, hat's dir geschmeckt? Hast du die gefährliche Frau da vorn im Auge behalten? Ich wette, sie hat mit Roger unterm Tisch fleißig gefüßelt.«

Ned grinste, ohne seine Frau anzusehen.

»Wieder mal blau, Bess?« fragte Roger freundlich. »Hier, Frankie, laß mich einschenken.«

Ich aber legte die Hand aufs Glas und sagte: »Ich muß noch fahren.« Dabei war die Promillegrenze schon jetzt weit überschritten. Ich schaute mich suchend nach der Kaffeekanne um und sah, wie Suzy dem jungen Simon auf die Pelle rückte, einem hübschen, blonden Mann, der kaum älter sein konnte als ihr verreister Sohn. Simon grinste so beschwipst wie verlegen.

»Unsinn«, protestierte Roger. Er hatte sich wieder in Hochform getrunken. »Sei keine Spielverderberin. Du kannst doch hierbleiben. Wir haben mehr Betten, als ich zählen kann. Meins ist allerdings das wärmste und bequemste...« Er lachte anzüglich. »Wenn du mir und zwölf Anstandsdamen aber nicht trauen willst, wird dir Bess bestimmt auch im Dower House ein Lager herrichten. Hab ich recht, Bess?«

»Ich glaube kaum, daß Frankie damit einverstanden wäre«, antwortete seine Schwester.

»Frankie, bitte.« Roger ließ nicht locker. »Nein sagen gilt nicht. Der Port stammt noch aus dem Bestand des Alten. Ein Taylor von 1963. Der beste Tropfen, den wir im Keller haben. Flüssiger Samt. Frag Ned.«

»Ich würde ihn ja wirklich gerne probieren«, erwiderte ich. »Aber im Ernst, noch ein Glas haut mich um.«

»Ich hab noch nicht so viel getrunken und k-könnte Sie nach Hause fahren, wenn Sie wünschen«, sagte Ned derart forsch, daß mir der Atem stockte. »In Ihrem Auto. Ich geh dann zu Fuß zurück. Die frische Luft tut mir bestimmt gut.«

Und niemand würde sich wundern, wenn er dann verspätet zurückkäme, dachte ich noch.

»Das wäre geregelt«, sagte Roger und füllte prompt mein Glas bis zum Rand. »Aber das hat noch Zeit, und mein Angebot bleibt natürlich bestehen: Ich könnte es dir hier viel bequemer machen.«

Elizabeth hatte die Stirn gekraust und beugte sich über den Tisch, um ihre Zigarette an einer Kerze anzuzünden. »Mein lieber, nüchterner Gatte«, sagte sie. »Macht sich immer so nützlich.«

Ob sie ihm gegenüber eigentlich nur unfreundlich sein konnte? Daß sich Ned niemals gegen sie zur Wehr setzte, fing an, mich zu ärgern. Er schien hilflos zu sein wie ein Karrengaul gegen den Angriff einer bösartigen Wespe.

»Sei still, Bess«, zischte Roger und sprang auf. »Frohe Weihnachten!« röhrte er, worauf alle ihre Gläser erhoben und einander lallend zuprosteten.

»Auf abwesende Freunde«, sagte Elizabeth und schmunzelte mir zu. »Auf Sebastian.«

»Sebastian?« fragte Roger und nahm wieder Platz, was aber kaum ins Auge fiel, weil er sitzend fast genauso groß war wie im Stehen.

»Frankies große Liebe. Wußtest du das nicht?«

Ned beschäftigte sich mit dem Aufknacken einer Paranuß.

»Sag mir, daß das nicht wahr ist«, flehte Roger theatralisch und preßte meine Hand an seine Brust.

»Es ist nicht wahr«, antwortete ich gehorsam und schaute lachend in die Runde. Ned starrte auf den Nußknacker und drückte mit der kräftigen Pranke zu.

»In der Küche haben Sie aber was anderes gesagt. Stimmt's Suzy? Wo ist Suzy?« Elisabeth sah sich ungeduldig um. »Himmel, sie hat sich über Simon hergemacht. Kinderschänderin. Nein, Frankie hat uns ihr interessantes Liebesleben ausgebreitet. Ich muß euch sagen...«, sie rückte näher und schlug einen vertraulichen Flüsterton an, »...längere Verzichtphasen machen ihr nichts aus...« Sie kicherte übermütig. »Beneidenswert. Aber seid gewarnt: Sie ist durchaus scharf auf Sex.« Und sie warf den Kopf laut lachend zurück.

»Jesus!« Dieser blasphemische Ausruf stammte tatsächlich von Ned. »Hab mir den D-daumen gequetscht«, fügte er erklärend hinzu und hielt den Nußknacker in die Höhe.

Roger starrte Elizabeth an. »Raus!« wütete er. »Verschwinde. Das Maß ist wieder mal voll.« Er hielt mit beiden Händen die Tischkante gepackt und zitterte am ganzen Leib.

»Schon gut, Roger«, sagte ich und rang mir ein unbekümmertes Lächeln ab. »Elizabeth hat nur einen Witz gemacht.«

»Hab ich nicht«, entgegnete sie trotzig. »Und verderben Sie nicht den Spaß. Denn Roger führt gleich einen Veitstanz auf.«

»Bin ich hier im Irrenhaus?« sagte ich verzweifelt.

»Natürlich«, stimmte Elizabeth zu. »Nein, Roger, setz ein anderes Gesicht auf. Du siehst aus wie eine schielende Bulldogge. Ich geh ja schon, keine Bange...« Und mit diesen Worten schwebte sie nach draußen, anmutig wie eine Ballerina, trotz erhöhten Alkoholpegels.

»Sie müssen meiner Frau verzeihen«, sagte Ned steif und förmlich. »Die N-nerven gehen manchmal mit ihr durch.«

»Komm mir nicht wieder damit«, knurrte Roger. »Du würdest doch sogar einen Killer entschuldigen mit dem Hinweis, daß ihm das Kindermädchen keine Gutenachtgeschichten vorgelesen hat.«

»Ich glaube in der Tat, daß die meisten Killer nie in den Genuß eines Kindermädchens gekommen sind«, entgegnete ich, zaghaft bestrebt, Roger abzulenken, der immer noch vor Wut kochte. Ned warf mir ein dankbares Lächeln zu. Doch davon nahm Roger keine Notiz.

»Mein lieber, frommer Ned, du mußt endlich mal akzeptieren, daß manche Menschen einfach schlecht sind. Die Gemeinheit steckt in den Knochen. Der ganze liberale Zimt um Erziehung und Umwelt besagt überhaupt nichts. Nimm zum Beispiel einen Hund... Jock«, brüllte er, um den Schotten ins Gespräch miteinzubeziehen, »wie kommt man an einen anständigen Jagdhund? Durch Training? Wohl kaum. Man sucht sich einen Rüden und ein Weibchen mit geeigneten Anlagen. Was gut ist, wird eingekreuzt. Es kommt bloß auf die Züchtung an. Das beste Training der Welt macht aus einem schlechten Welpen keinen guten Hund.« Der Schotte kam erst gar nicht dazu, seine Meinung kundzutun, und gaffte Roger benebelt an.

»Ist so auch deine v-verrückte Juno entstanden?« fragte Ned ruhig.

»Wir sind alle aus einem Stall. Sieh dir den Alten an... und dieses Miststück von Schwester. Was kann man da groß erwarten? Immerhin versuche ich nicht, mich rauszureden. Ich weiß, was von mir zu halten ist. Und wenn ihr mich fragt, braucht Bess auch keinen Therapeuten, der ihr dumme Flausen in den Kopf setzt und ansonsten bloß abkassiert. Sie braucht vielmehr...«

»Verzeih, Roger, aber ich will nicht, daß du so über meine Frau sprichst. Nein...« Er hob die Hand, um Rogers Protest abzuwehren. »Es ist mir ernst, Roger. Und außerdem bringst du deine Gäste in Verlegenheit.«

»Roger, alter Junge«, sagte Simon, der sich kurzfristig aus Suzys Umklammerung hatte befreien können. »Hast du uns nicht Havanna-Zigarren versprochen? Meine Freundin« – und er schenkte Suzy ein lüsternes Lächeln – »möchte unbedingt mal eine probieren.«

»Klar doch«, antwortete Roger irritiert und stand auf. »Augenblick...«

»Und für mich wird's Zeit«, sagte ich.

»Wie? Ach was. Du darfst dich nicht rühren, bis ich wieder zurück bin. Versprich mir das. Es hat noch nicht mal Kaffee gegeben.«

»Es tut mir so leid«, sagte Ned zu mir, als Roger davongeeilt war. »Ich w-weiß nicht, was heute in Elizabeth gefahren ist.«

»Das wissen Sie nicht?« Ich war es jetzt leid, gute Miene zum garstigen Spiel zu machen, und vergewisserte mich, daß uns die anderen nicht hörten. »Glauben Sie nicht, daß es ihr womöglich auf die Nerven gegangen ist, mit ansehen zu müssen, wie ihr Mann während der letzten drei Stunden eine andere Frau begafft?«

»Hab ich das?« Ned wurde rot. »Tut mir leid...«

Er sah so verwirrt aus, so perplex. Ich tastete nach seiner Hand, die auf dem Tisch lag, zog aber sogleich den Arm wieder zurück, als jemand in unsere Richtung schaute. »Sollten wir nicht endlich damit aufhören, uns ständig abwechselnd zu entschuldigen?« flüsterte ich. »Ich bin damals abends in die Kirche gekommen, um mich zu entschuldigen, weil ich mir Vorstellungen gemacht hatte, die einfach nicht zutrafen. Vorstellungen, die Sie und mich betreffen. Nein, lassen Sie mich ausreden. Und heute sitzen wir hier... Oh, natürlich. Bitte, nehmen Sie den Aschenbecher.« Ich wartete, bis sich die Frau wieder entfernt hatte.

»Frankie, Sie müssen mir glauben. Egal, was Roger sagt... meine Frau hat w-wirklich ernste Probleme.«

»Sie scheinen auch nicht ohne zu sein.«

Ned verzog den Mund. »Das arme M-mädchen hätte keinen Pfarrer heiraten sollen. Als Frau eines Normalbürgers würde man sie nicht so schnell verurteilen.«

»Ich verurteile sie nicht, Ned. Immerhin weiß ich kaum, was eigentlich Sache ist. Und was soll nun werden?» Ich mußte mir wieder ein Lächeln abmühen, weil jemand ein Foto von der Tischrunde machen wollte. »Wir können hier nicht reden«, flüsterte ich drängend.

Spontan stand Ned auf.

»Ich b-bringe Sie nach Hause.«

»Ich such nur meine Sachen zusammen.«

Die Eingangshalle war verlassen. Im Kamin glühte der Rest heruntergebrannter Holzscheite. Ich fand meine Handtasche und machte mich zitternd auf die Suche nach dem Mantel. Als ich ins Speisezimmer zurückkam, hatten sich die Gäste vom Tisch erhoben. Aus dem Nebenraum tönte Musik, und irgend jemand fragte verärgert nach der Rundfunkzeitung.

Ned stand am Kopfende des Tisches, wo Roger und Elizabeth erneut und heftig aufeinander einredeten.

»Seltsam«, sagte ich und stellte die Handtasche auf den Tisch, um ihren Inhalt gründlicher durchsuchen zu können. »Ich kann meine Autoschlüssel nicht finden.«

»Du lieber Himmel.« Elizabeth sperrte die Augen weit auf. »Dann kann Ned Sie womöglich nicht nach Hause bringen. Sie müssen bleiben und noch was trinken. Was für eine Überraschung.« Und ihre Stimme klang tatsächlich überrascht.

»Großartig«, jubelte Roger und kehrte seiner Schwester demonstrativ den Rücken zu. »Wo ist dein Glas?«

»Ich hab sie wirklich nicht mehr«, sagte ich und kramte vergeblich in den Ecken herum. »Ich muß sie irgendwo verloren haben.« Oder jemand war an meine Tasche gegangen. Aber das konnte ich nicht glauben.

»Die finden sich schon wieder, da bin ich sicher«, tröstete Roger und winkte mir mit der Karaffe zu.

»Aber nicht so bald, da bin ich sicher«, äffte Elizabeth den Tonfall ihres Bruders nach.

»Verdammt...«, knurrte Roger.

»Ich seh mich noch mal um«, sagte ich, um dem drohenden Gezänk auszuweichen. Die Halle war nun nicht mehr leer. Der Schotte machte sich nützlich, indem er frische Scheite in den Kamin legte, während Suzy, auf einer Zigarre herumkauend, zu einem verwegenen Tango ansetzte, zusammen mit ihrem hübschen Begleiter, der mit rauchigem Tenor die Musik dazu lieferte. Auf einem der Sofas schnarchte Alex.

»Ein Irrenhaus, in der Tat«, flüsterte mir Ned über die Schulter zu. Ich hatte nicht bemerkt, daß er mir gefolgt war.

Ich wandte mich ihm zu und sagte: »Ich will jetzt wirklich nach Hause. Es wird doch wohl niemand was dagegen haben, wenn ich mir ein Paar Gummistiefel ausleihe, oder? In der Garderobe stehen genug davon herum.«

»Sie w-wollen doch nicht etwa zu Fuß gehen? Ich bringe Sie in meinem Auto oder in einem von Roger.«

»Ich würde lieber gehen. Das habe ich auch vergangene Nacht getan.« Ich schaute zu ihm hoch. »Keine Sorge. Mir ist klar, daß Sie hier nicht wegkommen. Ich sage nur noch Roger und den anderen auf Wiedersehen...«

»Nein«, flüsterte er hastig. »Sagen Sie nichts. Wir stehlen uns einfach davon. Keiner wird was merken. Dazu sind alle viel zu blau.«

Suzy tanzte mit ihrem Partner an uns vorbei. Ihre Augen waren schwelgerisch geschlossen.

»Sind Sie sicher?« fragte ich.

Ned nahm mich bei der Hand und führte mich eilends nach draußen.

18

Am nächsten Morgen wachte ich früh auf, wand mich vorsichtig unter dem Arm hinweg, der schwer auf meinen Schultern lag, und flankte die Beine über den Bettrand. Ohne den Schläfer aufzuwecken, der, mitten im Bett ausgestreckt, seltsam synkopische Schnarchlaute von sich gab, die den ganzen Leib erschütterten, legte ich die Federdecke zurück an ihren Platz. Ich zog den Morgenmantel an, legte mir, weil es lausig kalt war, noch einen Pullover um und schlich die Treppe hinunter. Die Tür war die Nacht über unversperrt geblieben.

Im östlichen Talausschnitt zeigte sich erst ein fahles Rosa, und ich mußte die Tischlampe einschalten. Ich schnatterte vor Kälte, hatte aber keine Zeit, den Ofen anzumachen, und breitete kurzentschlossen ein frisches Zeichenblatt vor mir aus. Diesmal würde es mir gelingen, das Mondlicht einzufangen. Dessen war ich mir sicher. Sein Geheimnis, sein Wesen lag nämlich darin, daß es kalt war.

Bislang war meine Vorstellung zu romantisch gewesen. Ich hatte den Nachthimmel immer violett vor Augen gehabt, durchzogen von aufgeplusterten Wölkchen und mit weichen Rottönen vermischt. Und was kam dabei heraus? Eine Art Bühnenkulisse. Kitschig, Walt-Disney-like. In Wirklichkeit zeigte sich das Mondlicht monochrom, hart und kalt wie Stahl. Ich zeichnete das Cottage so, wie es mir letzte Nacht erschienen war. Dazu brauchte ich weder Skizze noch Fotovorlage. Jedes Detail hatte sich, wie man so schön sagt, in meine Erinnerung eingebrannt. Wie mit Schwefelsäure.

Erst als wir Thornbeck Manor weit hinter uns gelassen hatten, wagten wir, miteinander zu reden. Auf meine Trittsicherheit vertrauend, hüpfte ich wie ein Frosch über die Steine der Furt. Ned riskierte weniger und watete durch das schlammige Wasser, das ihm um die Stiefel spülte. Ich war drauf und dran, ihm zu raten, nicht so viel Lärm zu machen, da zu fürchten stand, daß jemand Ausschau nach uns hielt. Doch nach der ersten Wegbiegung waren die Lichter vom Haus verschwunden. Ich konnte meinen Überschwang kaum im Zaum halten, schaute zu der stämmigen Gestalt auf, die neben mir herging, und lachte vor Aufregung.

»Ich k-kann natürlich nicht lange wegbleiben«, sagte Ned, als wollte er all meine Hoffnungen im Keim ersticken.

»Natürlich«, gab ich als Echo zurück. »Aber daß wir uns verdrückt haben, weiß keiner. Vorläufig. Ist Elizabeth... sehr eifersüchtig?«

»Ich v-vermute, sie nimmt mich für gewöhnlich kaum zur Kenntnis«, antwortete Ned in flachem Tonfall.

Dann schwieg er sich wieder aus, und mit eiligen Schritten gingen wir den Pfad entlang. Das ist das eigentliche Problem mit verheirateten Männern oder womöglich sogar mit allen Liebhabern, ob Mann oder Frau, verheiratet oder nicht; wenn sie gebunden sind, lauert der jeweilige Partner im Rükken wie ein Gespenst. Und so bleibt ungewiß, welche Fragen statthaft sind, was an Offenheit erwartet werden kann – und wann die Schwelle der Indiskretion überschritten ist.

»Soll das heißen, Ihre Frau liebt Sie nicht?« fragte ich schließlich.

»Ich... nein, das meine ich nicht. Sie liebt mich wie alle anderen auch. M-mehr oder weniger.«

»Reicht Ihnen das denn?«

Ned ließ ein Geräusch vernehmen, das ich nicht zu deuten wußte. Mir war, als zuckte er mit den Achseln, was ich aber nicht genau erkennen konnte. Merkwürdig. Ich erinnere mich nämlich, daß der Mond ungewöhnlich hell schien.

In der Stadt ist solch ein Glanz nur selten zu genießen. Meist zeigt sich dort der Mond wie ein weißer Papierkreis am Himmel. Die verschmutzte Luft verschmiert die feinen Strahlen zu einem rötlichen Gelb. Hier hätte man Zeitung lesen können, so hell war das Licht.

Ich war entschlossen, alle Mißverständnisse zwischen uns ein für allemal zu klären und sagte: »Ich dachte, daß Sie... überhaupt nicht an mir interessiert sind.« Ned schnaufte spöttisch. Ich fühlte mich durch diese Reaktion ermutigt und fuhr unbekümmert fort: »Vielleicht habe ich mir überhaupt zu viele Gedanken gemacht. Nachdem mir Elizabeth begegnete, bin ich der Meinung gewesen, daß Sie sich in meiner

Gesellschaft einfach nur wohl fühlen. Auf ganz unschuldige Weise...«

»Das habe ich m-mir auch eingeredet«, sagte Ned. »Erstaunlich, was man sich so alles vormachen kann.«

Vor uns war jetzt das Licht zu erkennen, das ich im Wohnzimmer hatte brennen lassen. Zu dumm, daß mir nicht auch eingefallen war, den Ofen ordentlich aufzufüllen. Ich wollte Ned diesmal nicht wieder verlieren und dachte mit Sorge an den Augenblick, da ich die Hintertür aufschließen und mit Ned das kalte, dunkle Haus betreten würde. Ihn gleich ins warme Bett nach oben zu locken, erschien mir viel zu dreist. Aber noch weniger gefiel mir die Aussicht darauf, ihn im eiskalten Wohnzimmer behutsam verführen zu müssen.

Mir blieb keine Wahl, ich mußte mit der Sprache rausrücken. Und als wir die Tür erreicht hatten, drängte es mich fiebernd, Ned die Treppe hinaufzuschieben. Die Dunkelheit sowie der Umstand, daß ich sein Gesicht nicht sehen konnte, machten mich mutig.

»Dann habe ich mich also doch nicht zum Narren gemacht, als ich davon sprach, mit dir schlafen zu wollen?«

Die dunkle Gestalt neben mir schien zu erstarren.

»Frankie, Liebste«, flüsterte Ned. »Du weißt doch genau, wie sehr ich dich begehre. M-mehr als alles andere in der Welt.«

Eigentlich ließe sich ein Nachtbild besser gleich auf dunklen Untergrund malen, dachte ich und zeichnete mit dünnen Strichen frostige Zweige in den Himmel; man könnte weiß auf schwarz arbeiten, statt umgekehrt. Ich gab mir viel Mühe mit den tiefen Radspuren des lehmigen Wegs, den gefrorenen Pfützen und dem unter Neds schweren Schritten zersprungenen Eis. Das Ergebnis stellte mich einigermaßen zufrieden. Am Tor glitzerten winzige Eiszapfen. Einer war abgefallen, als ich den Riegel aufgeklappt hatte.

Draußen war es inzwischen taghell geworden. Oben im Schlafzimmer rief eine verschlafene Stimme meinen Namen.

»Hier unten«, rief ich. »Bleib ruhig liegen. Ich komme gleich mit dem Tee...«

»Ich bin in d-deiner Hand«, hatte Ned gestanden. »Spätestens seit dem Augenblick in Rogers Kleiderkammer. Wenn Suzanna nicht gestört hätte, wenn's zum K-k-kuß gekommen wäre... also, ich hätte mich nicht mehr bremsen können. Nicht, daß ich zwischen all den Stiefeln und Mänteln über dich hergefallen wäre...«

»Aber du hättest mich weggeschleppt und woanders vernascht?« flüsterte ich begeistert.

Ich hörte es zwar nicht, glaubte aber Neds Lachen spüren zu können. Es war so still. Und auch so traurig.

»Wer weiß?« Seine Stimme klang bekümmert. »Aber eins ist sicher: Wenn ich dich jetzt berührte, wär's aus mit m-meiner Zurückhaltung.«

»Gut«, triumphierte ich und nahm seine Hand. Seine Finger schlossen sich fest um meine.

»Das soll gut sein?«

»Oh, Ned, natürlich. Ich bin ganz schwindlig vor Lust. Bitte, komm mit rein. Komm ins Bett mit mir...«

»Ich kann nicht nein sagen.«

Ich ließ seine Hand los.

»Aber lieber wär's dir? Nein zu sagen?«

»Frankie, ich bin Pfarrer.«

»Himmel.«

»Ich darf Ehebruch nicht auf die leichte Schulter nehmen...«

»Ehebruch?« wiederholte ich. »Wußte ich doch, daß es irgendwann einmal zwischen uns zu diesem Thema kommt. Das war wohl kaum zu vermeiden. Steht anscheinend ziemlich weit oben im Sündenkatalog: Ehebruch.«

»Wenn's nur das wär«, antwortete Ned. »V-verstehst du denn nicht? Wenn ich jetzt mit dir ins Bett gehen würde... wie könnte ich jemals zu Elizabeth zurück? Ein kleiner S-seitensprung und dann alles wieder vergessen ist für m-mich nicht mehr drin. Ich liebe dich. Ist dir das nicht klar, Frankie? Ich liebe dich.«

Er hatte Tränen im Gesicht. Eine sah ich kurz im Mondlicht schimmern und tippte mit dem Zeigefinger drauf.

»Ich... ich... dich auch«, stammelte ich verwundert.

Er stand immer noch vor dem Tor, versteinert wie ein Standbild.

Zärtlich schlang ich ihm den Arm um den Nacken und zog seinen Kopf zu mir herab.

Im groben stand die Zeichnung fast. Ein fertiges Bild daraus entstehen zu lassen, würde nicht mehr viel Arbeit kosten – wenn ich mich tatsächlich jemals daranmachen würde. Ein wichtiges Element fehlte allerdings noch. Das wichtigste überhaupt, und zwar jene große, stämmige Gestalt, die, in einem dicken Schaffellmantel verpackt, noch massiger wirkte als sonst. Und dann der Schal – aber der brauchte nicht ausgemalt zu werden, denn die Gestalt hatte sich abgewendet und steuerte davon.

»Fanny?« rief die verschlafene Stimme vom oberen Treppenabsatz. »Was ist mit dem Tee?«

Ich legte den Stift ab. »Kommt sofort, Liebster«, antwortete ich. »Geh zurück ins Bett, bevor du dir eine Lungenentzündung holst. Ach, und mach doch bitte den Boiler an, ja? Der Schalter ist neben der Schlafzimmertür.« Ich lehnte mich im Stuhl zurück und fragte lautstark nach: »Hast du gehört, Sebastian?«

Der Kuß war so ungestüm wie wunderbar. Ich verkroch mich fast in Neds dickem Mantel. Er weinte. Ich konnte seine Tränen schmecken, aber es war mir gleich.

»Liebling, Liebling«, murmelte er und drückte mir weiche, hungrige Küsse aufs ganze Gesicht. Trotzdem schien er alles andere als glücklich zu sein. Er klang verzweifelt. Doch davor verschloß ich die Ohren.

»Laß uns reingehen«, sagte ich, nahm ihn bei der Hand und zerrte ihn zur Tür. Dann hörte ich es – ein Schnarchen.

»Da ist jemand«, flüsterte ich.

Ned war zwei Schritte hinter mir. »Wußtest du, daß ein Wagen in der Garage steht?«

Ich blieb wie angewurzelt stehen und schloß die Augen. »Was für ein Wagen?«

»Eine Art B-bus, sieht aus wie...«

»Weiß? Kennzeichen sowieso, sowieso, N-A-B?«

»Dir gehört er nicht, oder?«

Ich ballte die Fäuste vor Wut. Jetzt war es deutlich zu hören, das vertraute, kehlige Schnarchen...

»Der gehört einem Freund von mir«, antwortete ich. »Einem Freund, der's nicht einmal geschafft hat, mir eine Weihnachtskarte zu schicken, und nun offenbar gekommen ist, um mir persönlich ein frohes Fest zu wünschen.«

»Aha«, sagte Ned.

»Sebastian Ford.«

In der Stille war nur das alberne Schnarchen aus der Garage zu hören.

»Ich s-sollte jetzt lieber gehen«, meinte Ned.

»Das war ja ohnehin deine Absicht. Oder?«

Schweigen.

»Oder?« wiederholte ich.

»Frankie, ich w-wäre so gerne geblieben. Mit dir ins B-bett zu gehen, wünsch ich mir m-mehr...«

»...als alles andere auf der Welt«, ergänzte ich. »Ja, ja, schon verstanden. Aber dann gehst du wie ein braver Bub nach Hause zurück. Gottes Wege sind in der Tat unerforschlich, und heute abend hat er unter den Seinen offenbar persönlich nach dem Rechten gesehen. Allerdings hätte ich es kaum für möglich gehalten, daß Sebastian eines Tages als Agent des Allmächtigen auftritt.«

»Es tut m-mir so leid. Ich...«

»Keine Entschuldigungen, bitte«, entgegnete ich schroff. »Darauf haben wir uns doch geeinigt. Beeil dich lieber. Sonst kommen andere noch auf dumme Gedanken.«

»Du w-weinst ja, Frankie...«

»Na klar. Was hast du erwartet? Geh schon. Ich muß jetzt das Dornröschen wecken.«

Ned ging langsam zum Tor zurück. Als er sich nach mir umdrehte, verschmähte ich den Augenblick mit bitteren Flüchen. Natürlich war mein Stolz verletzt, und so kurz vorm Ziel zurückgerissen worden zu sein, hatte mir die Nerven blankgelegt.

»Immerhin brauche ich jetzt nicht in ein kaltes Bett zu steigen«, sagte ich.

Ned hatte keine Antwort gegeben. Er war mit hängenden Schultern einfach weitergegangen. Und dieses Bild brachte ich nun zu Papier.

»Das Bett gefällt mir«, sagte Sebastian, der sich wie üblich ordentlich breitgemacht hatte. Mit geringschätziger Miene warf er meine Romanlektüre zur Seite. »Ein Jammer, daß es nicht richtig genutzt wird«, sagte er und schlug einladend die Decke zur Seite.

Aber ich schüttelte den Kopf, reichte ihm eine Tasse Tee und machte es mir auf den Eiderdaunen bequem.

»Tut mir leid«, sagte ich. »Ich verstehe, daß es nicht gerade lustig ist, zweihundert Meilen gefahren zu sein ...«

»Zweihundertsechsundfünfzig.«

»... um anschließend einen Korb zu kriegen. Aber mir ist jetzt nicht danach, Sebastian. Ich kann nicht.«

»Und darüber reden willst du wohl auch nicht.«

Sebastian war Heiligabend allein zu Hause gewesen. Aus Langeweile hatte er sich am nächsten Morgen auf den Weg zu mir gemacht, zumal er für das lange Wochenende und über Silvester mit einer Freundin in Glasgow verabredet war. Ein Abstecher nach Yorkshire bot sich geradezu an.

Nachdem ich ihn in seinem Bus aufgeweckt hatte, waren jedoch noch ganz andere Töne von ihm zu hören gewesen: Es habe ihn gedauert, mich während der Feiertage so mutterseelenallein in der Wildnis zu wähnen, und deshalb sei er spontan aufgebrochen, eigens um mich zu besuchen. Als ich mit krauser Stirn auf seine noble, selbstlose Geschichte reagierte, hatte er grinsend (und für mich überraschend) hinzugefügt: »Du fehlst mir, Fanny.«

»Schon lange nicht mehr so gut geschlafen«, sagte er jetzt gähnend und kratzte sich so unbefangen wie ein Affe die dicht behaarte Achselbeuge.

»Erstaunlich, daß du überhaupt schlafen konntest. Du mußt doch schon ziemlich lange vorher im Bus gepennt haben.«

»Stunden«, antwortete er, korrigierte sich aber, als ich ihn ungläubig anschaute. »Eine knappe Stunde. Um warm zu werden, mußte ich allerdings den Scotch anbrechen, der eigentlich als Geschenk an dich gedacht war.«

»Ich bedanke mich für die übriggebliebene Hälfte. Du kannst von Glück reden, daß ich überhaupt nach Hause gekommen bin. Man hat mich nämlich eingeladen, im Manor zu übernachten.«

»Ojemine...«, sagte Sebastian und lachte spöttisch. »Wie schade. Hab ich dich jetzt womöglich daran gehindert, gebratene Nierchen von silbernen Tabletts zu löffeln? Danke, Carmichael, Seiner Lordschaft und mir kommt der Kaffee ja sooo gelegen...«

»Ich glaube, das Geschirr von gestern abend wird Neujahr noch nicht abgewaschen sein«, sagte ich und nippte am Tee. »Ein Irrenhaus ist das. Und obendrein noch ohne Zentralheizung.«

»So lebt der Adel.«

»Ich könnte bald selber dazugehören«, erklärte ich. »Der Gutsherr hat um meine Hand angehalten.«

»Du hast ihn doch wohl abblitzen lassen, oder?«

Ich war gerührt, denn seine Stimme verriet deutlich Irritation.

»Wir haben uns jedenfalls gut amüsiert, und vielleicht war auch von seiner Seite aus ein bißchen Ernst mit im Spiel.«

»Ist er dein Kummer?«

»Wer?«

»Fanny Cleverdon, ich kenne dich nun schon seit elf Jahren und weiß genau, daß dir irgendein Kerl im Magen liegt.«

»Roger, der Gutsherr, bestimmt nicht.«

»Dieses gebügelte Hemd von Hobsons etwa?«

»Gerald?« Ich schüttelte ungeduldig den Kopf. »Er hat schon seit Wochen nicht mehr angerufen.«

»Dann muß ein anderer dahinterstecken. Und du willst mir nicht sagen wer?«

»So ist es.«

»Ich könnte dir über ihn hinweghelfen...«

Wenn er so nett war wie jetzt und tatsächlich Interesse an mir zeigte – statt große Töne zu spucken und mich mit seinen neuesten Theorien zu langweilen –, hatte Sebastian die besten Chancen bei mir. Mit seinen dichten, dunklen Locken, zerzaust vom Schlaf, sah er inmitten des riesigen Betts aus wie ein einsamer kleiner Junge. Es hätte nicht viel gefehlt, und ich wäre zu ihm unter die Decke geschlüpft.

Aber ich schüttelte den Kopf. Wir hatten die ganze Nacht über beieinandergelegen, keusch wie Tristan und Isolde.

»Armes Mädchen. Treue war schon immer das entscheidende Hindernis für dich. Stimmt's? Wann wirst du endlich einsehen, daß sich wahre Treue ausschließlich hier oben abspielt?« Dabei tippte er sich mit einem seiner ungepflegten Finger an die Stirn. Sebastians Nägel waren immer dreckig und von Metallsplittern zerkratzt. »Das Gehampel in fremden Betten hat damit nichts zu tun. Ich bin nach wie vor treu...«

»In hundert fremden Betten.«

»Übertreib nicht. Ich will dir bloß beibringen, daß Untreue kein körperlicher, sondern ein rein geistiger Akt ist.«

In dem Fall, so dachte ich, hätte sich Ned umsonst geängstigt. Der Ehebruch wäre längst vollzogen.

»Vater Ignatius hat immer gesagt, daß es kurzsichtig ist, sich nur auf Taten zu beziehen«, führte Sebastian grinsend aus. »Das Gefährliche sind vielmehr die Absichten. Folglich wäre ein Quickie, sofern das Herz nicht mit im Spiel ist, eine Tat ohne Absicht.«

»Ich glaube kaum, daß Vater Ignatius dieser Auslegung zustimmen würde.«

»Woher will ein Freigeist wie du das wissen?«

»Ein Sünder wie du sollte ganz still sein.«

»Ja«, sagte Sebastian. »Aber als Katholik...«

Ich lächelte traurig und entgegnete kopfschüttelnd: »Ich werde mich erkundigen, welchen Standpunkt die anglikanische Kirche in dieser Frage einnimmt.«

19

Außerdem erlaubte ich es Sebastian nicht, meine Bilder zu begutachten.

Er war immer mein wichtigster Kritiker gewesen, aber trotzdem – oder gerade deshalb – wollte ich nicht, daß er meine halbfertigen Werke zu Gesicht bekam. Selbst dann, wenn ihm ein Bild gefiel, ließ er sich bestenfalls zu einem widerwilligen Kopfnicken hinreißen oder jenem knappen Standardsatz, mit dem er meine Technik zu loben pflegte. Andererseits tat er sich keinen Zwang an, wenn er an meinen Bildern etwas auszusetzen hatte.

Nach vier Tagen, an denen er ausgiebig geschlafen, gegessen und die Hügellandschaft erkundet hatte, setzte er, erklärtermaßen gut erholt, die Fahrt nach Schottland fort. Auf dem Land zu wohnen sei ja ganz nett, meinte er; für begrenzte Zeit aber nur. Mit anderen Worten: Er riet mir, bald nach London zurückzukehren. Offenbar vermißte er mich tatsächlich. Rührend. Ich erinnerte ihn daran, daß mein Mietvertrag Ende Februar auslaufen würde. Zufrieden zog er ab.

Zum Glück war er spazieren gewesen, als Roger mir am zweiten Weihnachtstag das Auto zurückgebracht hatte. Ich sage »zum Glück«, weil mir klar war, daß Roger und Sebastian wohl kaum Sympathie füreinander empfunden hätten und bei näherem Kennenlernen womöglich in Streit geraten wären.

Suzy war mit Rogers Range Rover vorausgefahren.

»Der Sadist hat mich überredet, ihn wieder nach Hause zu chauffieren«, sagte sie, und ihre Stimme lag eine Oktave tiefer als gewöhnlich. Sie hatte ein Kopftuch umgewickelt und die Augen hinter untertellergroßen, dunklen Brillengläsern versteckt. »Bei jedem Schlagloch dieser vermaledeiten Piste droht mir der gepeinigte Schädel zu zerspringen. Roger wird gleich hier sein. Er hat natürlich den bequemen Weg obenrum genommen. Ist Ihr Kater auch so schlimm wie meiner?«

»Ich bin schon seit sieben auf den Beinen. Es geht mir ganz gut, hab sogar arbeiten können.«

»Widerlich.« Suzy schwankte auf einen Küchenstuhl zu und stopfte ihre Handschuhe in die Tasche. »Wie zum Henker haben Sie's geschafft, unsere holde Gloriana zu brüskieren?«

Unwillkürlich zuckte ich zusammen. »Elizabeth? Keine Ahnung. Wüßte nicht, was ich ihr getan haben sollte. Kaffee?«

Suzy winselte. »Nur ja nicht. Haben Sie kein Bier?«

Ich schenkte ihr aus einer gekühlten Dose ein. Dankbar machte sie sich darüber her.

»Ist sie... nicht gut auf mich zu sprechen?« fragte ich vorsichtig. »Sie werden doch sicher wissen, warum?«

»Ich kann mir's denken...«, fing Suzy an, stockte aber sogleich wieder, um in ihrer Handtasche nach Zigaretten zu suchen. Ich wünschte, ich hätte ihre Augen hinter den dunklen Gläsern erkennen können, denn mir schwante, daß sie eventuell Katz und Maus mit mir zu spielen versuchte und darauf wartete, eine schockierende Enthüllung möglichst wirkungsvoll plazieren zu können. Aber als sie die Zigarette angezündet und keuchend den ersten Lungenzug hervorgestoßen hatte, sagte sie bloß: »Ich dachte, Elizabeth würde es vielleicht gar nicht ungern sehen, wenn Sie Roger heirateten. Sie klagt nämlich immer darüber, so einsam zu sein. Mit Caro ist sie nie richtig klargekommen.«

»Aber eine Ehe mit Roger kommt für mich überhaupt nicht in Frage«, entgegnete ich. »Das war nur ein Witz, und der kommt mir mittlerweile nicht einmal besonders komisch vor. Ich weiß gar nicht mehr, wie es dazu gekommen ist.«

»Roger hat angefangen damit, und Bess ist voll drauf eingestiegen«, sagte Suzy. »Warum hätte sie sonst so düster daherfaseln sollen? Intrigante Weiber würden sich in ihre Familie einzuschleichen versuchen und ihr alle Hoffnung auf Glück nehmen. Das hat sie gesagt. Gestern nacht in der Küche. Sturzbetrunken natürlich. Wieso Sie, Frankie, oder irgendeine andere Schwägerin... ja, ja, ich weiß, Roger kommt für Sie nie und nimmer in die Tüte; seien Sie bitte nicht so laut, mein Engel... was Bess daran stören könnte, läßt sich nur ahnen.«

Wußte Suzy Bescheid? Schlich sie bloß um den heißen Brei herum? Aber die Sonnenbrillengläser blitzten unbeteiligt.

»Klingt verrückt«, murrte ich.

»Vielleicht ist bloß wieder mal 'ne Sicherung bei ihr durchgebrannt«, sagte Suzy und zeigte sich mit einem sauber gefeilten Fingernagel an die Stirn. »Verfolgungswahn oder so was. Egal. Darüber kommt sie bestimmt wieder weg. Letzten Frühling hatte sie mich auf dem Kieker. Aber so was hält nicht lange vor bei ihr.«

»Wo waren übrigens meine Autoschlüssel?« fragte ich. »Offenbar hat sie jemand wiedergefunden.«

»Wieso waren die denn weg? Ich hab Roger und Bess darüber streiten hören.«

»Sie sind gestern aus meiner Handtasche verschwunden. Zugegeben, es klingt unwahrscheinlich, aber so war's.« Ich ordnete die Becher im Regal und fuhr fort: »Könnte es sein, daß Elizabeth sie an sich genommen hat? Suzy, Sie sagten doch, daß Bess als Schülerin Ärger hatte, weil sie beim Klauen erwischt wurde.«

»Kaum anzunehmen«, antwortete Suzy. »Was für einen Nutzen hätte sie von Ihren Autoschlüsseln. Nun ja, wenn's um Ihren hübschen, kleinen Flitzer ginge, würde ich mich selber gerne dran vergreifen wollen.«

»Im Ernst, Suzy. Jemand hat mir die Autoschlüssel weggenommen, so wahr ich hier stehe.«

»Aus welchem Grund?«

Ich setzte den Wasserkessel auf und schielte aus den Augenwinkeln zu Suzanna hinüber. »Vielleicht«, sagte ich mit einstudierter Beiläufigkeit, »wollte sie nicht, daß ihr Mann mich nach Hause fährt. Ned hatte mir's angeboten, müssen Sie wissen.«

Suzy schüttelte entschieden den Kopf, was ihr wohl heftige Schmerzen bereitete, denn sie stöhnte und preßte die Hände an die Schläfen. »Ned? Ich kann mich nicht erinnern, Bess jemals auch nur annähernd eifersüchtig erlebt zu haben.«

»Vielleicht... hat er ihr nie Grund dazu gegeben.«

»Sicher nicht. Der gute Ned ist so wenig untreu wie... mir fällt spontan kein passender Vergleich ein. Wie dem auch sei, er ist ein Mustergatte. Ich habe sie schon tausendmal zu ihm beglückwünscht.«

»Aber sie sieht das wohl anders, oder?« murmelte ich und vergaß, beiläufig zu klingen. Suzy hob die Sonnenbrille an und fixierte mich mit unbehaglich scharfem Interesse. Glücklicherweise klopfte in diesem Moment Roger ans Fenster. Ich machte ihm die Tür auf.

»Das vergeß ich dir nicht so leicht, einfach abzuhauen, wortlos, wie ein Dieb in der Nacht. Gib mir einen Kuß, du undankbares Luder, dafür, daß wir dir dein Auto heil zurückgebracht haben.«

»Wie hältst du's bloß aus, zu dieser Morgenstunde so viel Krach zu schlagen?« stöhnte Suzy.

»Ich bin halt immer noch betrunken«, antwortete Roger prompt und wandte sich mir zu. »Die Schlüssel, Madam.«

»Wo hat man sie gefunden, Roger?« wollte Suzy mit unverhohlener Neugier wissen. »Mir ist aufgefallen, daß du mit Bess darüber gestritten hast.«

»Och, auf der Auffahrt. Bess... hat sie aufgehoben«, druckste er merklich verlegen. Suzy warf mir einen Blick zu, kniff die Brauen zusammen und wandte sich wieder Roger zu. »Tja«, fuhr er fort. »Wir waren wohl alle nicht mehr ganz klar im Kopf. Aber was soll's. Ist ja nichts passiert, oder?«

»Du sagst es«, pflichtete ihm Suzy bei. »Und außerdem: Über exzentrisches Verhalten darf ich am allerwenigsten die Nase rümpfen.« Dann, mit Blick auf mich: »Oder über unmoralische Absichten. Leider habe ich mit meinen nicht landen können. Aber davon abgesehen, möchte ich lieber nicht daran erinnert werden, was ich nach dem Pudding so alles angestellt habe.«

»Als ich gegangen bin, haben Sie einen umwerfenden Tango aufs Parkett gelegt...«

Sie schüttelte sich theatralisch und schaute weg. »Danke. Ich will kein Wort mehr hören...« Ihr Blick war auf den Küchenstuhl gestoßen, über dessen Lehne eine schwere, mit Nieten beschlagene schwarze Lederjacke hing, die unverkennbar einem Mann gehörte. »Haben wir Besuch, Frankie?« fragte sie und sah sich um. Es schien fast, als wähnte sie jemanden im Küchenschrank versteckt.

»Sebastian«, antwortete ich offen heraus.

»*Der* Sebastian?« rief Suzy. »Hier? Zur Zeit?«

»Soweit ich weiß, stiefelt er gerade übers Moor. Er trägt meinen Pullover.«

»Ja, ja. Und Bess war überzeugt, daß was faul ist an diesem Sebastian. Sie wollte Ihrer Geschichte nicht so recht glauben und hat deshalb auch so viele Fragen gestellt.«

Verständlich.

»Doch, es gibt ihn«, sagte ich. »Er ist unangemeldeterweise aufgekreuzt, während ich mit euch gefeiert habe.«

»Wie süß«, flötete Suzy.

»Wie schrecklich«, meinte Roger. »Was für ein herzloser Schuft.«

»Bleibt er länger?«

Ich schüttelte den Kopf. »Drei, vielleicht vier Tage. Er ist auf dem Weg nach Schottland zu seiner... zu Freunden.«

»Ah«, tönte Suzy affektiert. »Natürlich, Sie sagten ja, wie frei und unabhängig Sie voneinander sind.«

»Tatsache?« fragte Roger nach. »Schone mich nicht. Wirst du ihn heiraten?«

Jetzt hätte sich eine kleine Lüge angeboten, um Suzy von ihrer Spur abzubringen. Daß sie mir auf die Schliche zu kommen versuchte, war allzu deutlich. Trotzdem, ich brachte es nicht über mich, die Unwahrheit zu sagen, und schüttelte den Kopf.

»Warum nicht?« fragte Roger. »Liebst du ihn überhaupt?«

Darauf zu flunkern, fiel mir leichter. »Doch«, sagte ich. »Eigentlich schon.« Immerhin konnte ich mich damit herausreden, eine ganze Reihe von Leuten zu lieben: meine Eltern, meine Schwester, verschiedene Freunde mehr oder weniger und eben auch Sebastian... Auweia, dachte ich plötzlich; womöglich würde die ganze Geschichte brühwarm an Ned weitergetragen. Armer Ned. Er hatte, als er gestern nacht abgezogen war, glauben müssen, ich sei Hals über Kopf mit einem anderen Mann ins Bett gestiegen.

»Sebastian und ich unterhalten, was man so schön eine offene Zweierbeziehung nennt«, erklärte ich nicht weniger trotzig als ehrlich. Mochte Suzy doch ruhig Lunte riechen. Na und? Zwischen Ned und mir war nichts vorgefallen. Ein einziger, beschwipster Kuß. »Wir gehen zumeist getrennte Wege.«

»Auch in sexueller Hinsicht?« fragte Roger.
»Soll das ein Verhör sein?«
»Wir sind doch Freunde, oder? Du kannst mich fragen, was du willst. Mit wem ich letzte Nacht geschlafen habe? Meine Antwort: mit Juno. Was mir das kostbarste Wesen auf der Welt ist? Juno. Wer...«
»Wohin schleichst du immer nächtens?« fragte Suzy und fixierte Roger inquisitorisch. »Über den dunklen Pfad, wie's mir ein Vögelchen vom Dache zupfeift, raus aus dem Dorf, nach Mitternacht?«
Steckte Roger dahinter? Hatte ich sein Auto gehört? Ich sah ihn an und stellte verwundert fest, daß er rot anlief und Suzy mit wütenden Blicken bedachte.
Doch Suzy hackte unverfroren weiter auf ihm herum: »Bist du womöglich aus auf jene fuchsjagende Frau mit langen Haaren, deren Gatte in Saudi Arabien weilt? Ich will ihren Namen lieber nicht aussprechen, aber die Initialen lauten...«
»Ein Gentleman genießt und schweigt, liebe Suzy«, unterbrach Roger. Er lächelte. »Außerdem ist John Hardinge – wenn er denn mal zu Hause ist – einen Kopf größer als ich und schrecklich jähzornig.«
»Du geiler Lümmel«, schmeichelte Suzy. »Ich hoffe, Caro hat dir für ihre Gefälligkeiten im Bett viel Geld abgeknöpft.«
»Das hat sie, liebste Freundin, das hat sie in der Tat.«
»Und daß Frankie und ihr Lederjackenbildhauer äußerst getrennte Wege gehen«, fuhr Suzy fort, »davon bin ich auch überzeugt.« Sie lächelte mich auf alarmierend wissende Weise an. »Moderne Beziehungen sind so herrlich zivilisiert. Ich wünschte, Alex ließe sich zu einem ähnlichen Arrangement überreden.«
»Wenn ich richtig informiert bin, ist Alex längst auf dieser Linie«, sagte Roger und musterte seine Fingernägel.
Suzy lachte verächtlich. »Das kann dir nur Bess gesteckt haben«, schimpfte sie. »In einem schwachen und verzweifelten Moment habe ich ihr mein Herz ausgeschüttet und von Alexanders schäbigen kleinen Seitensprüngen erzählt. Streng vertraulich. Deine Schwester ist wirklich eine blöde Kuh, Roger.«
»Hab ich je was anderes behauptet? Man hätte sie gleich nach der Geburt erwürgen sollen.«

»Es geschähe ihr nur recht, wenn sich mal eine Frau an ihren makellosen Gatten heranmachen würde«, sagte Suzy – und grinste mich an. »Komm jetzt, Roger. Geläster am frühen Morgen schlägt auf die Verdauung. Du kannst mich nach Hause fahren.«

»Ab heute wieder nur eine Flasche?« fragte Mr. Danby. »Ihr Freund aus London ist wohl wieder weg.«

»Ja. Seit gestern nachmittag.«

»Über Weihnachten ist es gut, in Gesellschaft zu sein. Sie sind ein bißchen blaß um die Nase, Frankie. Was passiert? Nichts Schlimmes, hoffe ich.«

Ich hielt einen Briefumschlag und ein Blatt Papier in der Hand. Vor zehn Minuten war die Post gekommen.

»Nein«, antwortete ich und schob den Brief unter die Zeitung, die hinter mir auf dem Tisch lag. »Verzeihung, ich bin noch ganz in Gedanken. Eine Flasche, bitte. Und eine kleine Dose Sahne.«

»Im Gutshof ist es wieder still geworden. Seit gestern nur noch zwei Flaschen. Beverley sagt, daß es bei der Weihnachtsparty hoch hergegangen ist.«

Ich nickte versonnen.

»Arbeiten Sie nicht so viel«, riet mir der Milchmann und nahm die zwei leeren Flaschen vom Tisch. »Sie müssen raus an die frische Luft, um wieder Farbe ins Gesicht zu kriegen«, sagte er.

Kaum daß er gegangen war, zog ich den Brief unter der Zeitung hervor, einen billigen, blaßblauen Umschlag, abgestempelt in York. Das hatte nichts zu bedeuten. York lag vierzig Meilen entfernt, und soweit ich wußte, trugen alle Postsachen, die zwischen hier und dort aufgegeben wurden, den Stempel von York. Im Umschlag steckte ein einziger dünner Briefbogen, ebenfalls blaßblau. Darauf standen Worte in Großbuchstaben geschrieben.

Was mich mit am meisten schockierte, war die Akkuratesse der Handschrift. Ich dachte immer, daß Drohbriefe in giftgrüner Farbe hingeschmiert oder aus Zeitungsschnipseln zusammengeklebt würden. Nicht so der Brief, den ich nun in den Händen hielt. Mr. oder Mrs. Anonymus hatte offenbar eine Schablone zu Hilfe genommen.

ICH WEISS, WORAUF DU AUS BIST. LASS DEINE HURENFINGER VOM PFARRER. ODER WILLST DU IHN RUINIEREN? ER WILL SOWIESO NICHTS VON DIR WISSEN.

HAST DU NICHT MANCHMAL ANGST – NACHTS SO GANZ ALLEIN DA DRAUSSEN? AN DEINER STELLE WÄR ICH VORSICHTIG.

Ich zweifelte keinen Augenblick daran, daß der Absender eigentlich nur Elizabeth Cowper sein konnte. Also hielt ich es für völlig unangebracht, mich durch diesen kindischen Wisch einschüchtern zu lassen. Sie tat mir einfach bloß leid, krank wie sie war. Von ihr war schlimmstenfalls zu befürchten, in aller Öffentlichkeit bloßgestellt zu werden. Daß sie mich bei Nacht und Nebel heimsuchen würde, traute ich ihr nicht zu. Wenn allerdings eine andere Person hinter dem Brief steckte, ein Mann womöglich, tja, dann...

Wenn ich mir nicht so sicher gewesen wäre, daß sie es war, die mir zu drohen versuchte, hätte ich ohne zu zögern die Polizei eingeschaltet. Unter den gegebenen Umständen jedoch wollte ich die Sache lieber nicht an die große Glocke hängen.

In der Folgezeit machte ich es mir abends zur Gewohnheit, durch das Haus zu gehen und sämtliche Türen und Fenster zu schließen. Der Londoner Tower wurde wohl kaum gewissenhafter gesichert.

Ich fragte mich, ob ich Ned einweihen sollte – falls sich mir überhaupt noch einmal die Gelegenheit bot, mit ihm zu reden.

20

Die Nächte wurden mir lang und länger. Daß mein Cottage derart weit vom Dorf entfernt lag, war mir nun nicht mehr ganz so lieb wie früher. Während der vergangenen zwei Monate hatte ich mich um Geselligkeiten erfolgreich herumgedrückt; jetzt, da sie mir willkommen gewesen wären, blieben die entsprechenden Einladungen ironischerweise aus. Nach Weihnachten machen anscheinend die meisten Leute ihre Luken dicht und erholen sich vorm Bildschirm. Die freundlichen Seelen, die mir zuvor wärmstens ihre Gesellschaft angeboten hatten, schienen mittlerweile meine vermeintlichen Schrullen akzeptiert zu haben.

Natürlich hätte ich ins Wheatsheaf gehen können, wo mir bestimmt bekannte Gesichter begegnet wären. Um die Mittagszeit zog es mich auch manchmal dorthin. Doch abends traute ich mich nicht aus dem Haus. Was mich ängstigte, war nicht so sehr das Weggehen, sondern vielmehr die Aussicht darauf, in ein leeres Gebäude zurück zu müssen. Also begrüßte ich das neue Jahr in einsamer Grandeur, ausgestreckt auf meinem breiten Mahagonibett liegend und mit einer Tasse warmer Schokolade auf der Nachtkommode.

Damit, daß sich Ned meldete, rechnete ich nicht mehr. Allerdings hatte ich gehofft, von Roger zu hören. Ich machte mir Sorgen, daß Suzy ihm ihren Verdacht mir gegenüber mitgeteilt hatte und daß er wütend war auf mich und meine angebliche Einmischung in die Ehe seiner Schwester. Obwohl zwischen den beiden kaum geschwisterliche Zuneigung auszumachen war – in meiner Gegenwart hatten sie immer nur aufeinander herumgehackt –, vermutete ich, daß wohl auch in ihrem Fall Blut dicker war als Wasser. Roger schien mir durchaus zu jenem Schlag von Männern zu gehören, denen die Familienehre heilig ist. Da er mir so offenkundig nachgestiegen war, stand außerdem zu befürchten, daß er sich womöglich in seiner Eitelkeit gekränkt fühlen könnte. Und all das wegen nichts und wieder nichts.

HAST DU NICHT MANCHMAL ANGST – NACHTS SO GANZ ALLEIN DA DRAUSSEN?

Doch, das hatte ich.

Und so malte ich, und zwar dermaßen verbissen, daß ich alles Zeitgefühl verlor und den Pinsel in der Hand hielt, solange Radio Four sein Programm ausstrahlte und über die Einsamkeit hinwegtröstete. Die Musiksender gefielen mir nicht, und Kassetten spielen zu lassen, wirkte auf mich noch bedrückender. Ich mußte menschliche Stimmen hören, um mich in Gesellschaft wähnen zu können. Selbst für die langweiligsten Diskussionssendungen war ich dankbar. Mit dem Wetterbericht für Seefahrer ging ich dann meist zu Bett, verfluchte meine neurotischen Sorgen oder ärgerte mich darüber, nicht gleich zur Polizei gegangen zu sein.

Als ich eines Abends schließlich das Gartentor knarren hörte – das unverkennbare Geräusch beim Öffnen –, reagierte ich fast mit Erleichterung. Es bestätigte mir, daß ich mich nicht umsonst geängstigt hatte, daß es durchaus vernünftig gewesen war, Türen und Fenster verriegelt und auf einen Ausflug ins Wirtshaus verzichtet zu haben.

Mir war angst und bange. Das Blut rauschte mir in den Ohren, und im ersten Moment war ich wie gelähmt. Die Uhr zeigte erst kurz vor neun. Ich war immer noch bei der Arbeit und hatte nicht einmal die Vorhänge vorgezogen.

Ich wartete. Schritte waren keine zu hören. Ein harmloser Besucher würde doch anklopfen, oder? Oder irgendein Rundschreiben in den Briefkasten werfen.

Aber es klopfte weder an der Tür, noch fiel ein Rundschreiben in den Briefkasten. Ich hatte meinen Kopf zwar nicht bewegt, war aber felsenfest überzeugt davon, daß am Fenster hinter mir eine Gestalt vorbeihuschte. Das Fenster wies nach Norden zur Straße hin. Ich saß am Tisch; vor mir lag ein fast fertiges Bild von Mr. Harrison und seinen Schweinen.

Und dann, ganz langsam – um den, der mir womöglich auf der Lauer lag, nicht in Panik zu versetzen und dazu hinzureißen, das Fenster einzuwerfen – ganz langsam also langte ich zum Telefon und wählte die Nummer, auf die mein Blick als erstes fiel – die von Roger. Ich hatte sie auf den Umschlag des Telefonbuchs gekritzelt. Roger würde, wenn er die Abkürzung nähme, in wenigen Minuten dasein können. Auch wenn er tatsächlich noch irgendeinen Groll gegen mich hegen sollte, würde er sich die Chance bestimmt nicht nehmen lassen, den hilfreichen Ritter in der Not zu spielen.

Draußen herrschte immer noch tiefste Stille, während es am anderen Ende der Telefonleitung unablässig klingelte. Keiner meldete sich.

Ich zwang mich, das Fenster ins Visier zu nehmen. Ein schwarzes Viereck, weiter nichts. Ich ging hin und zog den Vorhang zu. Dann sah ich im Verzeichnis unter »C« nach. Wenn *sie* abheben würde, konnte ich sicher sein, daß von ihr nichts zu befürchten war. In dem Fall wäre jemand anders da draußen – *o mein Gott*. Immerhin würde sie wohl kaum etwas gegen meinen Hilferuf einzuwenden haben.

Die Antwort kam gleich nach dem ersten Klingelzeichen. »Edward Cowper. Hallo?«

»Ned? Oh, Ned...«, flüsterte ich heiser.

»F-frankie! Um Himmels willen, was ist denn? Bist du... verletzt? W-was ist los?«

»Mir geht's gut. Nein, ganz und gar nicht. Ned, du wirst mich für übergeschnappt halten... ist Elizabeth zu Hause?«

»Sie ist drüben bei R-roger, glaube ich. Warum?«

Nein, da war sie bestimmt nicht. Im Manor meldete sich niemand.

»Ich hab Angst... Hör zu, seit ich hier wohne, ist es mir ein- oder zweimal so vorgekommen, als würde jemand draußen ums Haus herumschleichen. Mitten in der Nacht. Wer das sein könnte und in welcher Absicht, weiß ich selber nicht. Gesehen habe ich nie jemanden. Dann ist mir vor kurzem ein anonymer Brief geschickt worden. Und... ich fürchte, daß mir aufgelauert wird. Jetzt, von draußen.«

»Oh, Gott«, antwortete Ned. Aber verwundert klang er nicht. Im Gegenteil, seiner Stimme war anzuhören, als wüßte er, womit ich nun zu rechnen hatte. »Keine Sorge, Frankie. B-bitte, verlier nicht die Nerven. Du b-brauchst dich wirklich nicht zu ängstigen. Du bist sicher, daß da j-jemand vorm Haus ist?«

»Ich glaube, ich hab ein Gesicht gesehen. Vorm Fenster.«

»W-wenn möglich, stell fest, wer es ist. Aber bitte, L-liebste, ich bitte dich, tu nichts Unüberlegtes. Und keine Sorge. Ich k-komme sofort.«

Nachdem ich den Hörer aufgelegt hatte, schlich ich über die Treppe nach oben ins kleine Schlafzimmer, dessen Fenster zur Straße hinauswies. Meine Augen brauchten sich nicht lange an die Dunkelheit zu gewöhnen. Der Mond schien hell, und sofort fiel mein Blick auf den Schatten neben der Hecke. Wie konnte ich da noch ruhig bleiben? Da stand ein Mann, unverkennbar. Er trug eine Kappe. Ich wich vom Fenster zurück und spürte das Herz wie wild in der Brust schlagen. Ich hätte den Brief der Polizei vorlegen sollen. Wie dumm von mir, so stur davon ausgegangen zu sein, daß er von Elizabeth Cowper stammte.

Als ich die Scheinwerfer über den Hügelrand flackern sah, rannte ich sofort nach unten. Daß es sich auch um ein anderes als Neds Auto handeln konnte, kam mir gar nicht erst in den Sinn. Die dunkle Gestalt stand immer noch auf dem Weg. Sie war männlich – kein Zweifel – und rauchte. Ich hatte einen roten Glutpunkt schimmern sehen.

Das Motorengeräusch wurde lauter. Ich griff nach der Taschenlampe, schloß die Hintertür auf und tastete mich vorsichtig auf die Terrasse hinaus. Ned mußte jeden Moment aufkreuzen, und ich hoffte, dann endlich einen Blick von dem Mann erhaschen zu können. Er stand auf der anderen Hausseite, jenseits der Gartenmauer. Riskieren wollte ich nichts, doch ebensowenig war ich bereit, zitternd hinter verschlossener Tür auszuharren und darauf zu warten, daß sich die Gefahr verziehen würde. Mir war daran gelegen, bis zum Ende der vereinbarten Mietdauer hier wohnen zu können. Deshalb mußte ich wissen, wer da draußen herumspukte. Eine dunkle, gesichtslose Gestalt schreckt weitaus mehr als eine erkannte Person – mit Namen, Gesicht, einem Pullover von Marks and Spencer und dicken Brillengläsern. Den Finger auf dem Schalter der Taschenlampe, bog ich um die Hausecke und wartete darauf, daß das Auto vorfahren würde, um dann unverzüglich zur Offensive überzugehen ...

Plötzlich schlangen sich mir zwei Arme um den Leib.

Ich schrie auf und schaltete die Lampe ein.

»Still!« zischte eine Frauenstimme. »Verdammt, Sie haben

alles vermasselt. Was zum Teufel treiben Sie sich auch hier rum?«

Elizabeth Cowper.

In diesem Moment flog unten auf dem Weg die Autotür auf, und ich hörte Ned rufen.

»Das fragen Sie *mich*?« Ich war außer mir. »Was treiben Sie sich hier rum? Ned! Ich bin hier... und nicht allein.«

»Ned?« staunte Elizabeth. »*Ned*?« Und kopfschüttelnd rief sie zum Auto hinunter: »Komm her, Schatz, wir feiern 'ne Party. Hat mal jemand Feuer für mich?«

Doch es war nicht Ned, der zuerst am Gartentor auftauchte, sondern Roger – ausgerechnet. Er kam auf uns zu und blieb wie angewurzelt stehen, als er seine Schwester erkannte.

»Elizabeth?« sagte er. »Was in Gottes Namen machst du denn hier?«

»Das möchte im Augenblick wohl jeder vom jeweils anderen wissen«, antwortete sie. »Du hast doch Feuer, oder? Danke. Hab ich also richtig gesehen, daß du dir eine Zigarre angesteckt hast.«

»Gesehen? Du hast mich beobachtet?«

»Allerdings ist mir noch nicht ganz klar, was mein Mann hier sucht...«

Ned hatte sich inzwischen zu Roger gesellt.

»F-frankie hat mich angerufen«, erklärte er. »Sie hörte jemanden ums Haus schleichen und war, w-wen wundert's, in Sorge.«

»Tut mir leid«, sagte ich. »Offenbar hab ich uns alle in eine ziemlich lächerliche Situation gebracht. Also wirklich. Wollt ihr nicht reinkommen?«

»Hast du tatsächlich Angst gehabt?« fragte Roger. »Armes Mädchen...« Er wirkte ernstlich bekümmert. »Ich bin ein Rindvieh und sollte erschossen werden.«

»Los jetzt«, nörgelte Elizabeth ungeduldig. »Ich frier mir hier langsam den Ast ab.«

Bruder und Schwester fauchten aufeinander ein, kaum daß wir das Wohnzimmer erreicht hatten. Ich suchte nach Whisky und Gläsern und wußte nicht mehr, wo die Flasche zu finden war. Vor Erleichterung konnte ich mich kaum richtig auf die Suche konzentrieren.

Ned folgte mir mit gerunzelter Stirn in die Küche. »Es ist mir u-unerträglich, dich hier so allein und verängstigt zu wissen«, flüsterte er, während Roger und Elizabeth ihr Gezänk fortsetzten. »Aber ehrlich, du brauchst keine Angst zu haben. Als du vor Weihnachten d-draußen was gehört hast... tja, das w-war wahrscheinlich ich.«

»Du?« Ich starrte ihn mit großen Augen an. Mir war, als hätte ich den letzten Zerrspiegel eines Spiegelkabinetts erreicht, wenn sich nach allem Gelächter über grotesk entstellte Abbilder die Frage aufdrängt, ob das, was man sieht, wirklich nur komisch ist oder womöglich der Wahrheit entspricht. »Du, Ned?«

»Psst«, warnte er. Roger beobachtete uns durch die offene Tür.

Ich reichte Ned sein Glas und eilte mit der Whisky-Flasche zu den anderen zurück.

»Du hast mich also auf dem Weg entdeckt und Ned um Hilfe gerufen«, sagte Roger im Plauderton.

»Ich habe zuerst im Manor angerufen«, entgegnete ich. »Aber du warst nicht zu Hause.«

»Weil er schon hier war«, griente Elizabeth. »Weshalb wohl, fragt man sich da.«

»Um Frankie zu besuchen, wenn du's genau wissen willst«, erwiderte Roger. »Beim Blick durchs Fenster mußte ich feststellen, daß sie fleißig malte, und sie dabei zu stören konnte ich einfach nicht übers Herz bringen.«

Und deshalb war er rauchend draußen auf und ab gegangen? Ihn jetzt einem Kreuzverhör auszusetzen, war allerdings nicht meine Absicht. Über einen Besuch von Roger wäre ich nicht sonderlich überrascht gewesen. Ich hätte mich darüber sogar gefreut. Aber Elizabeth?

Ihr Bruder kam mir mit der Frage zuvor. »Und was ist mit dir, Schwesterherz?« stichelte er. »Wolltest du unserer Freundin ebenfalls einen Besuch abstatten?«

»Ja, mein Schatz«, schaltete sich auch Ned ein, und seine schmeichelnde Stimme fuchste mich. »Sag, w-was hast du hier gewollt? Ich dachte, du wärst nebenan im Manor. So gern gehst du doch auch nicht spazieren. J-jedenfalls nicht um diese Uhrzeit.«

»Trotzdem«, antwortete Elizabeth. »Genau das hab ich

getan. Ich wollte frische Luft schnappen. Dann sah ich Roger. Ich wollte ihm den Schreck seines Lebens verpassen, als mir Frankie plötzlich in die Arme lief. So einfach ist das. Komisch, nicht? Tut mir leid, Frankie. Verzeiht mir, Edward, Roger.«

»Du hast doch noch was von einem B-brief erwähnt, Frankie«, fuhr Ned mit ernster Stimme fort.

»Ja, ein anonymer Brief«, erklärte ich widerwillig.

»Tatsächlich? Und was stand drin?« wollte Elizabeth wissen. »Hat jemand gedroht, Sie heimzusuchen und aufzuschlitzen?«

»Nein. Es...« Mir fiel auf die schnelle keine gescheite Antwort ein, zumal es sich nicht empfahl, mit der Wahrheit herauszurücken. Davon konnte auch Elizabeth ausgehen, falls sie wirklich dahintersteckte, und wenn ja, war sie eine verflixt gute Schauspielerin. Sie heuchelte weder Anteilnahme noch Besorgnis – das wäre zu vordergründig gewesen. Nein, sie zeigte sich voll gespannter Neugier.

»Dürfen wir den Brief mal sehen?«

»Ich... habe ihn verbrannt«, stammelte ich. Er lag in der oberen Schublade der häßlichen Kommode. Ich hätte mich kaum gewundert, wenn Elizabeth zielstrebig darauf zugegangen und fündig geworden wäre.

»Hat man d-dir tatsächlich gedroht?« fragte Ned und warf seiner Frau einen argwöhnischen Seitenblick zu.

Ich schüttelte den Kopf. »Halb so wild. Mir wurde lediglich empfohlen, nach London zurückzukehren. Da scheint irgend jemand an meinen vermeintlichen Moralvorstellungen Anstoß zu nehmen.« Mein Lachen klang wohl reichlich gekünstelt. »Aber das kennt man ja. Wie dem auch sei, ich habe den Wisch ins Feuer geworfen.« Ich drehte mich um, öffnete die Ofenklappe und stopfte Holz und Kohle hinein.

»Richtig so«, meinte Roger. »Da war irgendein Schmutzfink am Werk. Darauf etwas zu geben, lohnt sich nicht. Wer so was schreibt, ist kaum zu fürchten. Ein Feigling.«

»Und verrätst du uns auch, was dich so sicher macht, lieber Bruder?«

»Sei still, Elizabeth«, sagte Ned. »Ich f-finde, wir sollten jetzt lieber gehen. Frankie, können wir dich alleinlassen, oder würdest du lieber mit uns kommen?«

»Ach was, ich hab mich längst wieder beruhigt«, antwortete ich. »Meine Sorge war ja völlig unbegründet. Tja, mehr ist dazu eigentlich nicht zu sagen.«

»Wenn du w-willst, geh ich gern alle Zimmer mit dir durch, um nach dem R-rechten zu sehen«, sagte Ned. »Nein, R-roger, das mach ich. Du kannst schon mal Elizabeth zum Wagen bringen. Und es w-wäre wohl angebracht, wenn du dich bei Frankie entschuldigst, oder?«

Neds schroffer Befehlston verblüffte mich genauso wie die zaghafte Reaktion von Roger, dem ich eher zugetraut hätte, daß er dem Schwager in die Parade gefahren wäre. Statt dessen nahm er meine Hand und drückte ihr einen sanften Kuß auf – ganz ohne sein übliches Getue.

»Ich bitte vielmals um Entschuldigung, Frankie. Ich war unbesonnen und nicht ganz bei Trost. Hab keine Angst. Gute Nacht.«

Dann scheuchte er die Schwester durch die Hintertür nach draußen, drehte sich noch einmal um und rief: »Beeil dich, Ned. Sonst bring ich deine Frau um.«

Die Tür war zu. Ned und ich starrten einander an. Wir lauschten den Schritten, die über den Weg schlurften.

»Ich bin mit Sebastian nicht ins Bett gegangen«, sagte ich unvermittelt. »Genaugenommen haben wir zwar zusammen in einem Bett gelegen, aber... ach, verzeih. Es war schrecklich gemein von mir, dich...«

Aber Ned legte mir einen Finger auf die Lippen. »W-wir haben doch abgemacht, uns nicht immer für alles gegenseitig zu entschuldigen.«

»Hab ich eben eigentlich richtig gehört? *Du* bist auch schon mal ums Haus geschlichen?«

Neds kantiges Gesicht verfärbte sich. »Ich bin ein N-narr, ich weiß«, sagte er. »N-nächtelang hab ich nicht schlafen können. Vor Sehnsucht nach dir. Dann bin ich oft aufgestanden und spazierengegangen, und m-manchmal hat's mich auch hierher verschlagen. Um in deiner Nähe zu sein. Verrückt, nicht wahr? Weil ich dich nicht stören wollte, hab ich sogar die T-taschenlampe ausgeschaltet, dir aber offenbar trotzdem Angst eingejagt. Mehr ist bei meinen Exkursionen nicht herausgesprungen.« Er lachte bitter.

»Oh, Ned«, antwortete ich. Wie gern hätte ich mich in

seine Arme geworfen. Doch er hatte die Hände auf dem Rükken verschränkt und wich zurück, als scheute er vor mir. »Es ist einfach lächerlich«, sagte ich. »So ist's mir noch nie ergangen. Ich bin wie unter Strom, sobald du mir näherkommst.«

Ned nickte und lächelte niedergeschlagen.

»W-willst du, daß ich das Haus abgehe?«

Ich schüttelte den Kopf. »Das hat sich doch wohl erübrigt, oder?«

»Du brauchst dir w-wirklich keine Gedanken zu machen«, wiederholte er. »Roger hat recht; der Brief ist nicht ernst zu nehmen. D-dummes Geschmiere.«

»Es geht dabei um uns«, gab ich zu bedenken.

Ned nickte. »Dachte ich mir doch. Um so weniger brauchst du dich zu fürchten. Am besten, du verschwendest keinen w-weiteren Gedanken darauf.«

Wollte er damit sagen, daß seine Frau die Verfasserin war?

»Soviel Wirbel um eine Affäre, die es gar nicht gegeben hat«, murmelte ich traurig.

»Doch, das hat es«, antwortete Ned leidenschaftlich. »Und sie ist noch längst nicht aus. M-macht es denn noch einen Unterschied, ob wir miteinander geschlafen haben oder nicht?«

»Und ob«, antwortete ich mit Nachdruck.

»Aber der Ehebruch ist l-längst vollzogen.«

»Was Ähnliches habe ich vor kurzem schon mal gehört. Ist das wirklich deine Meinung?«

»Daß der emotionale Seitensprung b-bedeutsamer, entscheidender ist als der tatsächliche Akt? Ja, davon bin ich überzeugt. Ich kann mich davon abhalten, dich zu b-berühren, dich zu sehen, bin aber machtlos meinen G-gefühlen gegenüber. Daran läßt sich nichts ändern. Ich hab's versucht. Deshalb frage ich m-mich, ob Enthaltsamkeit überhaupt noch einen Zweck hat. Aber es m-muß so sein...«

»Ich wünschte, du würdest bleiben«, sagte ich leise, bereute es aber sogleich, als ich den Schmerz in seinem Gesicht sah.

»Geh«, forderte ich ihn nun auf und berührte seinen Arm. »Mein Pech, daß ich mich in einen Heiligen verguckt habe. Bitte deinen Herrn, er möge mir demnächst einen verkommenen, kleinen Sünder über den Weg schicken, ja?«

21

Der Schneefall hatte sich schon seit mehreren Tagen angekündigt. Der Himmel war düster und grau, und aus dem Osten wehte ein eisiger Wind durchs Tal, der in den Kamin drückte und am Garagentor rüttelte.

Zweimal fuhr ich in die nahegelegene Stadt, um mich mit Proviant einzudecken. Das erste Mal war ich beim Anblick der bedrohlichen Wolken in Panik geraten und losgerast, um tiefgefrorenes Fleisch, Brot und (obwohl ich das Zeug gar nicht mag) Dosensuppen einzukaufen. Zum Glück blieb der Schnee noch aus. Dafür aber blies der Wind immer heftiger, und drei Tage später startete ich einen weiteren Versuch. Diesmal kaufte ich vernünftiger ein: Ofenanzünder, Streichhölzer, Kerzen, getrocknete Milch, Whisky und mehrere Tüten voller Früchte und Gemüse. Aber noch fiel keine einzige Schneeflocke.

Es gibt, abgesehen vielleicht von der Mittagsglast in südlichen Ländern, kaum etwas Schöneres als das brillante Licht, das vom Schnee reflektiert wird. Ich finde es so aufregend wie Champagner. Wie deprimierend war dagegen der bleigraue Himmel über der windzerzausten Landschaft. Der Fluß glich einem verdreckten Kanal; an seinen Rändern hatte sich Eis gebildet. Da nun meine Vorratskammer zum Bersten gefüllt war, sehnte ich mich nach dem ersten Schnee und kam mir jedesmal wie betrogen vor, wenn ich morgens aufwachte und das Tal immer noch grün – oder grau – vorfand.

Trotzdem überraschte mich der Schnee im ungünstigsten Moment. Wie hätte es anders sein können? Zugegeben, das klingt reichlich trivial, aber so vollzieht sich nun einmal mein Leben in seinen kritischsten Momenten. Ich wiederhole mich.

Die weiße Acrylfarbe war mir ausgegangen. Unter meinen Malutensilien fand sich alles mögliche, nur keine zweite Tube. Und das ausgerechnet jetzt, da ich so sehr darauf brannte, Schneelandschaften zu malen. Um mich nicht schwarz ärgern zu müssen, schlüpfte ich in die wärmste

Jacke, band den Schal um, stieg in die Stiefel und machte mich mit dem Auto auf die Fahrt nach York. Unter normalen Umständen brauchte ich für den Hin- und Rückweg zwei Stunden, aber als ich den Stadtrand erreichte, fing es zu schneien an.

Zu Anfang stäubten, wie aus der Spraydose gepustet, winzig kleine Eiskristalle durch die Luft und wehten an den Straßenrändern zusammen. Aber schon bald darauf fielen dicht an dicht große wattige Flocken herab, gegen die der Scheibenwischer kaum mehr ankam. Als ich später auf dem Weg nach Hause die Lichter vom Wheatsheaf ausmachte, faßte ich den Entschluß, den Wagen in Alberts Hof abzustellen und zu Fuß den Hügel hinabzusteigen. Bei dem Wetter wollte ich auf der kurvig abfallenden Straße nichts riskieren; dafür war mir mein Gefährt zu teuer. Hier oben schien es noch heftiger zu schneien als in der Stadt.

Hinter den Wirtshausfenstern sah ich den verlockenden Schein flackernden Feuers. Doch ich widerstand und band mir den Schal fester um den Kopf. Ich fürchtete, das Cottage nicht mehr erreichen zu können, wenn ich mich nicht sofort auf den Weg machte. Also stieg ich den Hügel hinunter. Die Hände tief in die Taschen vergraben, fühlte ich mit der einen die Papiertüte, in der die Farbtuben steckten.

Ich war erst wenige Schritte gegangen, als Rogers Range Rover laut hupend herbeigefahren kam und neben mir anhielt. Die kräftigen Wischblätter schoben den Schnee von einer Seite zur anderen. In tief empfundener Dankbarkeit öffnete ich die Beifahrertür und wuchtete mich auf den Sitz.

»Fährst du runter?« fragte ich. »Das kommt mir sehr gele...«

Es verschlug mir die Sprache, denn hinterm Steuer saß nicht etwa Roger, sondern Ned. Er lächelte mich so offen und liebevoll an, daß ich am liebsten losgeheult hätte.

»Mein Auto steht drüben im Hof«, sagte ich.

»Roger hat mir seinen P-panzer ausgeliehen«, erklärte er, legte den Gang ein und starrte mit krauser Stirn ins Schneegestöber vor der Scheibe. »Ich wollte eigentlich nach York, bin aber unterwegs bei M-mrs. Wilkinson vorbei, die Tee und Kuchen serviert und mich stundenlang aufgehalten hat. Sei's drum. B-bei dem Wetter ist es eh nicht ratsam, weite Strecken zu fahren. Schade, daß ich M-michael absagen mußte. Er war sehr enttäuscht.«

Vorsichtig rollten wir den verschneiten Hügel hinab.

»Michael?«

»Michael Porrit, mein Kollege von St. C-catherine.«

»Ah«, sagte ich. »Der in Schwierigkeiten geraten ist.«

»Ich wollte den Ärmsten b-besuchen. Es geht ihm ziemlich dreckig. V-vollgepumpt mit Psychopharmaka. Ich hab ihn von Betty Wilkinson aus angerufen und auf nächste Woche vertröstet. Er hat bestimmt V-Verständnis. Bei ihm schneit's auch.«

»Ich komme gerade aus York«, sagte ich. »Da ist es nicht so schlimm wie hier.«

Mir stockte der Atem, als der Wagen in einer Kurve mit dem Heck zur Seite ausbrach, doch Ned hatte ihn schnell wieder unter Kontrolle und flüsterte: »Jetzt m-müssen wir auf Gott vertrauen.«

Lachend antwortete ich: »Gut, daß du am Steuer sitzt.«

Nach wie vor wirbelte uns der Schnee in dicken Flocken entgegen.

»Ich bin froh, da nicht durch zu müssen«, sagte ich. »Es tut mir aber leid, daß ich dich vom Weg abbringe.«

»Ich w-wollte sowieso den Hügel runter. Die Hauptstraße über Thornbeck Bank ist immer schneller zugeschneit als der Weg hier. Da b-bläst der Wind viel schärfer. Ich fahr über die Lamp Lane zurück zum Manor, wenn's m-möglich ist.«

Ohne weitere Zwischenfälle langten wir beim Cottage an, doch inzwischen hatte sich ein dicker weißer Teppich über Spurrinnen und Schlaglöcher der Lamp Lane gelegt, und der Schnee wehte vor der Hecke zu wunderschön geschwungenen Wächten zusammen.

»Ich laß den Wagen lieber stehen«, sagte Ned. »W-wegen einer Meile will ich nichts riskieren. Wenn du nichts dagegen hast, würde ich ihn gern in die G-garage stellen.«

»Klar.« Schneidende Flocken flogen uns in Augen und Mund, als wir das Tor zuwuchteten und verriegelten.

»Ich läute mal eben bei R-roger an, wenn ich darf«, sagte Ned. »Damit er sich keine Sorgen macht.«

»Tee?« bot ich ihm an, als wir die Küche betraten, den Schnee von den Stiefeln stampften und das nasse Haar ausschüttelten. »Aber vielleicht hat dich damit schon die Gemeindeschwester abgefüllt und du möchtest lieber was Kräftigeres?« Ich langte nach der Whisky-Flasche, und Ned grinste. Ich war natürlich überglücklich, Ned hier bei mir zu haben, ganz für mich allein und so lange, wie es sich bei diesem Wetter rechtfertigen ließ. Ich hoffte, daß er bleiben würde, bis sich der Schneesturm verzogen hatte. Vielleicht bis zum späten Nachmittag.

Ich schüttete die Gläser maßlos voll und vertraute darauf, daß sie nicht so schnell zu leeren waren, schürte das Feuer im Kamin und ließ es wohlig warm werden, um Ned den Abschied schwerzumachen. Mit Bedacht hängte ich seinen Mantel samt Schal an einer kalten Stelle der Küche auf und spekulierte darauf, noch ein paar Minuten herausschinden zu können, wenn er schließlich würde aufbrechen wollen, die Sachen aber noch nicht trocken wären. Doch was nun geschah, übertraf noch all meine Hoffnungen und machte alle listigen Maßnahmen überflüssig. Nie hätte ich eine derart wundersame Konspiration der Ereignisse erfinden, geschweige denn aus eigener Kraft herbeiführen können.

Selbst heute, ein Jahr später, kann ich mich an jedes noch so winzige Detail erinnern, in so hellen Farben und klaren Konturen wie auf Gemälden der Präraffaeliten.

Unsere nassen Mäntel und Stiefel tropfen in einem kalten, dunklen Küchenwinkel vor sich hin. Ned hat sich in einen Sessel fallen lassen und streckt die blauen Socken den Flammen entgegen. Mit müden Bewegungen greift er zum Telefonhörer und wählt die Nummer vom Gutshof. Unter dem Halsausschnitt des weichen, puscheligen Wollpullovers ragt der weiße Pfarrerskragen hervor. In seinen Locken zittern Wassertropfen, und das Gesicht ist immer noch gerötet von der Kälte.

»Roger, hallo, hier ist N-ned«, sagt er, legt dann eine seiner Pranken auf die Sprechmuschel und bedankt sich flüsternd bei mir für den Whisky, den ich ihm reiche.

»Ned, schön, daß du anrufst«, höre ich Rogers Stimme deutlich durch die Leitung schnarren. »Ich hoffe, du kannst irgendwo gut unterkommen. Bei dem Wetter zurückzufahren, wäre Unsinn. Es schneit hier wie verrückt. Wie sieht's aus, wo du jetzt steckst?«

»G-genauso...« antwortet Ned kleinlaut.

Ich stehe wie eine Statue neben ihm. Ich wage kaum, ein Wort zu sagen oder auch nur zu atmen aus Angst, den Zauber zu brechen.

»Ned, ist mit dir alles in Ordnung?«

Ich bringe es nicht über mich, Ned anzusehen, kann die Spannung kaum ertragen, mit der ich auf seine Antwort warte.

»Mit m-mir?« sagt er und antwortet plötzlich: »Aber ja. Mir g-geht's wunderbar. K-keine Sorge, ich werd mich hier irgendwo einnisten. Ich muß sowieso noch in die Uni-Bibliothek, um ein, zwei Sachen nachzuschlagen. B-bis morgen dann...«

»Wer weiß«, antwortet Roger. »Würde mich nicht wundern, wenn das Schneetreiben noch länger anhält. Ich werde Bess Bescheid sagen. Wenn sie nicht allein im Haus bleiben will, kann sie zu mir rüberkommen und hier schlafen. Paß auf dich auf, alter Junge.«

Die Verbindung bricht ab.

Ich halte meinen Whisky in der Hand, wage immer noch keinen Blick auf Ned zu werfen, schaffe es aber, mir ein gepreßtes Flüstern abzuringen: »Nur wenn du willst. Ich meine, fühl dich durch mich nicht zu irgendwas gedrängt. Nicht, daß du anschließend Reue empfindest...« *Nimm mich, nimm mich sofort*, würde ich am liebsten schreien, bleibe aber stumm und steif mitten auf dem Läufer vor dem Kamin stehen.

»Nein!« ruft Ned heftig, und mein Herz droht auszusetzen. »Ich hab mich b-bislang schrecklich feige verhalten. Das ist mir längst klar. Ich habe immer so getan, als läge die Verantwortung bei dir, als w-würde ich nicht widerstehen können, wenn du den ersten Schritt auf m-mich zugehst. W-wollte dir die Schuld zuschieben. So ein Quatsch.« Er redet immer schneller und hastiger. »Ich weiß g-genau, was ich tue, und dafür bin allein ich verantwortlich, und wenn's falsch ist... dann begehe ich eben eine S-sünde. Auf jeden Fall wird's die schönste sein, die ich je begangen habe.«

Und mit einem Male steht er vor mir, nimmt mir das Glas aus der kraftlosen Hand, stellt es auf den Kaminsims und schlingt fest die Arme um mich.

Er küßt mich und flüstert dabei: »Oh, meine Liebste«, und diesmal klingt er ganz und gar nicht traurig, sondern auf wundervoll ekstatische Weise glücklich.

Wir liebten uns vor dem Feuer.

Den Lehrbüchern nach soll es das erste Mal nie besonders gut sein. Vielleicht haben die Autoren dieser Bücher nie ein so ungestümes, verzehrendes Verlangen gespürt wie Ned und ich in diesem Augenblick. Aber das behaupten wohl alle Verliebten von sich, oder? *Es war wie nie zuvor*...

Auf mich trifft dieser Satz zu.

Trotz drängendster Leidenschaft gelang es uns, mühelos aus den Kleidern zu schlüpfen, die mir zur zerwühlten Unterlage wurden. Ned kniete vor mir, und im Flammenschein schimmerte sein Penis wie polierter Marmor. Ich tastete staunend mit der Zunge danach. Erschauernd schob er mich sanft zurück, drückte meine Schultern auf den Boden.

Ich zog ihn mit. Meine Arme wirkten dünn und weiß auf seiner goldbraunen Haut. Seine Locken waren immer noch feucht vom geschmolzenen Schnee, als er sich herabbeugte und die Lippen um meine Brustspitze legte. Ich wölbte mich auf, begierig, ihn in mir zu spüren.

Oh, Ned, süß, liebevoll, verantwortungsbewußt, wie er war: Selbst als ich meine Beine um ihn klammerte und, mich windend vor Lust, ihm meinen Körper entgegenbog, zögerte er noch und fragte, ob er sich gehenlassen dürfe, ob es in Ordnung sei.

»Ja«, rief ich und zerrte seinen schweren Leib auf mich herab, »ja, ja, ja... oh, bitte, mach schon, bitte...« Und als, so schnell, so wild, die erste Leidenschaft verbraucht war, fing ich zu weinen an. Ich schluchzte vor Glück. Ned hielt mich an sich gedrückt, murmelte liebevolle Worte, streichelte mir das Haar, küßte meine Lider, und schließlich, unausweichlich, liebten wir uns noch einmal...

22

»Ich liebe dich«, sagte Ned, »m-mehr, als ich es je für möglich gehalten hätte.«

Wir hatten den Weg nach oben ins Bett gefunden. Draußen war es dunkel geworden, und aus dem Nachthimmel wirbelten scheinbar unerschöpflich weiße Flocken. Oh, wie gierig ist die Menschenseele doch. Sechs Stunden zuvor war es mein äußerster Wunsch gewesen, nur eine einzige Nacht mit Ned verbringen zu können. Jetzt schaute ich verstohlen zum Fenster hinaus und hoffte, der Schnee würde uns eine ganze Woche lang begraben.

»Ich liebe dich auch«, antwortete ich leise, glücklich. »Hätte nie gedacht, daß... Vögeln so verdammt herrlich sein kann.«

Ned lachte und tat so, als wollte er mich Mores lehren. »Trotz all d-deiner raffinierten Lover aus London?«

»Niemals. Und sprich nicht so, als gäb's ein ganzes Regiment davon.«

»Die genaue Anzahl will ich gar nicht w-wissen«, sagte Ned und schreckte zusammen, weil ich plötzlich hochgefahren war und ihn bei den Schultern packte.

»Nein«, sagte ich mit ernstem Nachdruck. »Laß uns nicht von anderen reden. Weder von gestern noch von der Zukunft.« *Und nur ja nicht von deiner Frau*, wollte ich damit zum Ausdruck bringen und wußte, daß Ned mich sehr wohl verstand. »Tun wir einstweilen so, als gäb's nur uns. Und niemanden sonst...«

»›... und machen diesen Fleck zum Überall.‹«

»Shakespeare?«

»Nein«, antwortete Ned, wälzte mich auf seine Brust und deckte sein Gesicht mit meinen Haaren zu. »Ausnahmsweise nicht. John D-donne. Oh, Frankie, Liebste...«

Das Wetter meinte es gut mit uns. Unter anderen Umständen hätte ich wahrscheinlich flapsig darauf verwiesen, daß Gott es gut mit uns meinte; doch dies schien mir in diesem Fall unangebracht.

Drei Tage und drei Nächte steckten wir in unserem zauberhaften, weißen Gefängnis fest. Es schneite ununterbrochen, und zwar so heftig, daß die Räumfahrzeuge überfordert waren. Albert rief mich vom Wheatsheaf aus an, und ich hatte Mühe, ihn davon abzubringen, mir Nothelfer ins Haus zu schicken mit Lebensmitteln, Feuerholz und Getränken. Ich sei bestens versorgt, versicherte ich ihm. Mit allem.

»Und es geht Ihnen wirklich gut?« fragte Albert besorgt nach, und Ned schmunzelte mir vom Kamin aus zu. »Absolut, hundertprozentig, besser geht's nicht«, antwortete ich. Albert lachte irritiert und legte auf.

Auch Roger rief an, ließ sich aber dankenswerterweise schnell davon überzeugen, daß ich keine Hilfe nötig hatte. Ohne Auto und bei einer Schneehöhe von zwei Metern hätte er sowieso kaum etwas unternehmen können.

Ned hatte am ersten und am darauffolgenden Morgen nochmals im Manor angerufen. Worum es bei den Gesprächen gegangen war, weiß ich nicht. Ich hatte mich derweil nach nebenan verzogen und tat so, als bekäme ich nicht mit, daß er telefonierte. Ich glaube, die Tatsache, daß niemand den geringsten Verdacht hatte, erschwerte ihm das Lügen.

Wir ließen den Lokalsender im Radio laufen, der die notstandsheischende Schneesensation von morgens bis abends genüßlich breitwalzte. Wir wußten, wann es für uns zu den ersten Problemen kommen würde. Die Hauptstraßen um York wurden freigehalten, so gut es ging, obwohl man den Autofahrern dringend von unnötigen Ausflügen abriet. Mit bangem Herzen warteten wir auf die Nachricht, daß auch die Nebenstraßen wieder befahrbar sein würden.

Aber wir gaben uns ganz unbekümmert und versuchten, die Angst zu verbergen, die mit jedem neuen Verkehrslagebericht von Radio Dales »Mittelwelle drei-vier-null« auflebte.

Ich legte alle begonnenen Arbeiten beiseite, um ein Bild zu malen von Neds stattlichem, nackt vor dem Kamin ausgestreckten Körper. Die ersten Striche zeichnete ich, während er schlief. Als er aufwachte und sah, was ich tat, reagierte er entsetzt. Wie alle bescheidenen Männer zierte er sich davor, gemalt zu werden, insbesondere im Zustand der Nacktheit. Er mußte mir jedoch nachgeben, da ich ihm im Weigerungsfalle damit drohte, den unvollendeten Akt im Gemeindeblatt zu veröffentlichen.

Am ersten Tag waren wir noch so sehr miteinander beschäftigt, daß uns allein der Gedanke ans Essen viel zu profan vorkam. Um so heftiger knurrte uns der Magen am folgenden Morgen. Ned übernahm die Leitung der Küche. Ich koche so gut oder schlecht wie der Durchschnitt aller werktätigen Frauen, war aber noch nie sonderlich geschickt in Haushaltsdingen. Unsere Wohngemeinschaft in Limberton Gardens stand kulinarischen Abenteuern skeptisch gegenüber. Auch heute noch esse ich lieber in Restaurants als zu Hause.

Ned widmete sich dem Kochlöffel mit wahrlich rührender Hingabe. Er würde zu Hause nur selten dazu kommen, sagte er, weil Elizabeth fände, daß es unmännlich sei und irritierend... Aber dann brach er ab in Erinnerung daran, daß wir uns auf den Ausschluß aller außenweltlichen Belange geeinigt hatten. Nach diesem unvollständigen Hinweis sah ich Meister Petz um so lieber in meiner viel zu kleinen Schürze herumhantieren und summend Berge von Abwasch produzieren.

Genießerisch machten wir uns auch über meine besten Weine her.

»Essen, trinken, f-fröhlich sein«, sagte er, »denn schon morgen kann's tauen...«

Er sprenkelte ein paar Tropfen vom eisgekühlten Muscat de Beaumes de Venise über meine warme Brust, als ich halbnackt vor dem Kamin döste. Nach Luft schnappend, fuhr ich auf und schimpfte ihn einen Sadisten. Er schien unter meinem spaßhaften Vorwurf zusammenzuzucken, doch das bildete ich mir, wie ich glaubte, bloß ein, denn im nächsten Moment grinste er mich schelmisch an. »Ich leck's auch wieder w-weg«, meinte er.

Liebevoll entlockte er dem ungestimmten Klavier romantische Melodien von Porter und Gershwin. Wir redeten uns die Zunge fransig und kramten in intimen Erinnerungen herum, die uns bislang tabu gewesen waren. Aber kein Wort über Elizabeth. Oder Sebastian. Oder alle anderen Partner. Dennoch gab es genügend offene Fragen, die auf eine Antwort warteten.

Eines Abends fragte ich ihn nach dem Essen: »Stört es dich, daß ich nicht in die Kirche gehe… keine Christin bin?«

Ned schälte gerade eine Apfelsine und sah mich an. »Aber Atheistin bist du nicht«, sagte er.

»Woher willst du das wissen? Darüber haben wir nie gesprochen.«

»Atheisten glauben an nichts. Für sie gibt's kein höchstes W-wesen, von welcher Art auch immer. Null. Eine solche Position zu behaupten, ist nicht leicht. Intellektuell gesehen.«

»Und dazu bin ich deiner Meinung nach wohl nicht in der Lage, oder?«

Er schüttelte den Kopf und lächelte. »M-mir scheint, du hast einen ausgeprägten Sinn für alles M-mystische, Spirituelle.«

»Findest du?«

Er zuckte mit den Achseln. »Du hast m-mir vor einiger Zeit mal erklärt, dein künstlerisches Talent sei eine Himmelsgabe.«

»So eine Redensart…«

»Vielleicht, aber du glaubst an eine Ursache und daran, daß Intelligenz nicht anfängt oder aufhört mit ihrer m-menschlich vergänglichen Hülle.«

»Kann sein.«

»Na also.«

»Ausweisführendes Mitglied irgendeiner Bataillon Gottes zu sein ist aber wohl was anderes.«

Ned grinste. »Dein V-vokabular ist wirklich hinreißend, Liebste.«

»Ich dachte, du wolltest mich zu bekehren versuchen. Meine Seele retten.«

»M-missionsmuskeln spielen zu lassen oder anderen die B-bibel über den Kopf zu dreschen ist nie meine Sache gewesen. Ich steh auf dem Standpunkt: G-gott existiert, egal ob man was dagegen hat oder nicht. Ein Kaplan, den ich sehr bewundere, meint dazu, daß es allein darauf ankommt, die Türen w-weit offen zu lassen. Einige werden von selber den Weg hinein finden. M-man kann nur helfen, nicht zwingen.«

Ich hatte drei Kerzen auf dem Tisch angezündet. Im flakkernden Licht schimmerte Neds Gesicht feierlich ernst.

»Du bist so *gut*«, sagte ich plötzlich.

Entsetzt erwiderte er: »Nein, n-nein, das bin ich nicht. Täusch dich nicht. Sei bloß still!«

Und er steckte mir ein Stück Apfelsine in den Mund und brachte mich so zum Schweigen.

Ich glaube, wir waren am Ende des dritten Tages so selig und uns des jeweils anderen so sicher, daß wir unsere Traumwelt fast für eine reale Selbstverständlichkeit hielten. Als wir in der dritten Nacht nach einem spannenden Fernsehfilm ins Bett stiegen, schliefen wir, wie zwei Puzzlestücke ineinander verkeilt, behaglich ein, ohne uns vorher geliebt zu haben.

Das Geräusch tropfenden Wassers weckte mich auf.

Im Zimmer war es stockdunkel, nur die Zeiger meines Weckers leuchteten grün. Es war halb fünf. Ich lag still und lauschte. Das Wasser tropfte von der Dachrinne auf den Fenstersims. Auch im Schlafzimmer war die Luft spürbar wärmer geworden.

Über Nacht hatte sich still und heimlich Tauwetter eingestellt.

Ned schwieg. Ich wußte, daß er wach war, denn er hatte meine Hand ergriffen. »Ich liebe dich«, sagte er schließlich.

»Ich weiß«, war meine Antwort. »Ich dich auch. Aber… wir können nicht länger Theater spielen. Der Schnee läßt uns im Stich.«

Er hielt immer noch meine Hand umschlossen und führte sie an seine Lippen.

»Was wirst du jetzt tun?« fragte ich. »Wegen Elizabeth?«

»Ich w-weiß nicht.«

»Weißt du's wirklich nicht, oder willst du es mir nicht sagen?«

Dann beschämte er mich mit der schlichten Antwort: »Ich würde dir alles sagen, Frankie. Dir was zu verheimlichen, w-wär mir einfach unmöglich.«

»Verzeih«, flüsterte ich.

In völliger Dunkelheit miteinander zu sprechen, ist irgendwie befreiend. Es fällt einem leichter, heikle Themen anzuschneiden, da die mimischen Reaktionen des anderen unsichtbar bleiben.

»Wie steht die Kirche von England zur Scheidung?« fragte ich ohne Umschweife. »Bei Pfarrern, meine ich. Entschuldige meine Unwissenheit, aber das Problem hat sich mir bisher nicht gestellt. Würdest du vor die Tür gesetzt?«

»Wie man weiß, geht die Kirche im Prinzip davon aus, daß eine Ehe B-bestand hat bis zum Tod. Aber es gibt auch Pfarrer, die sich scheiden lassen, ein zweites Mal heiraten und trotzdem in der Kirche bleiben. Natürlich n-nehmen einige Kollegen Anstoß daran, vor allem die von der Hochkirche, den Anglo-Katholiken.«

»Und was ist mit dir? Wo steht Pfarrer Cowper?«

»Ich hab immer die Auffassung v-vertreten, daß es sich in manchen Fällen nicht vermeiden läßt.«

»Wie würdest du deinen eigenen Fall einschätzen?«

»Das weiß der Himmel«, antwortete Ned. »Ich b-bin da ratlos.«

Der Wecker tickte in traurigen Synkopen zum Getropfe vorm Fenster.

»Ich finde, du solltest mir mehr über Elizabeth erzählen. Warum schlaft ihr zum Beispiel nicht mehr mitein...?«

»Woher weißt du das?«

»Sie hat's während der Weihnachtsfeier an die große Glocke gehängt. Es war schrecklich. Einerseits fand ich es abstoßend, solche intimen Geschichten über dich mit anhören zu müssen, andererseits habe ich im stillen triumphiert, weil ich den Gedanken nicht ertragen konnte, daß du mit einer anderen Frau schläfst.«

»Mit Elizabeth bin ich schon seit... Ich w-weiß gar nicht mehr, wann wir's das letzte Mal versucht haben.«

»Aber zu Anfang muß es zwischen euch doch geklappt haben. Zumindest in den ersten Ehewochen, oder?«

Ned ließ sich mit der Antwort Zeit. »In g-gewisser Weise ja.«

»Erzähl«, drängte ich ihn. »Was ist schiefgelaufen?«

»Ich kenne Elizabeth seit der Schulzeit«, sagte Ned. »Ich war mit meinen Eltern oft während der Ferien hier. Hier in dem B-bett hab ich geschlafen«, fügte er lachend hinzu. »Meine Eltern schliefen drüben in dem kleineren Zimmer, weil sie schon damals getrennte Betten vorgezogen haben. Mein Vater litt an Gicht.

Elizabeth ist sieben Jahre jünger als ich, und d-damals ist

sie mir kaum aufgefallen. Ich war nur an K-kricket interessiert, und darin war sie noch schlechter als Roger. Als Kind war sie außerdem g-ganz und gar nicht attraktiv. Ziemlich p-pummelig und schrecklich jähzornig. Rannte ständig zu ihrem Vater. Eine regelrechte Nervensäge.«

War es ein Husten oder Lachen? Ned klang verlegen und bitter.

»Dann kam der Debütantinnenball. Roger b-bestand darauf, mich einzuladen, obwohl ich schon damals Ärger mit dem Alten hatte...«

»Davon hat mir Suzy erzählt. Er mochte keine Geistlichen.«

»Der Streit mit Onkel John ging viel früher los, Jahre bevor ich den Stehkragen umlegte. Da waren Roger und ich noch auf der Schule.« Ned ließ meine Hand los. Das Bett knarrte, als er sich aufrichtete und ein Kissen zwischen Schulter und Kopfbrett stopfte.

»Wer sich gegen Onkel John auflehnte, hatte bei ihm v-verspielt. Er war nicht wie die anderen Maulhelden, die, wenn's hart auf hart kommt, nachgeben. Er v-verachtete alle, die sich unterbuttern ließen, und die ihm die Stirn boten, haßte er. So wie m-mich. Ich war hier während der Sommerferien. Wir hatten kaum die K-koffer ausgepackt, als er über Roger herzog, ihn einen Versager schimpfte, einen Blindgänger und so weiter. Ich habe ihm daraufhin vorgeworfen, unfair gegen seinen Sohn zu sein. Roger hatte einen Schulpreis für den b-besten Essay gewonnen, aber für Onkel John zählten nur Kricketleistungen. W-weil er selber mal ein guter Spieler gewesen war. Roger hatte die Nerven verloren und geflucht, worauf der Alte drohte, ihn zu v-verprügeln. Elizabeth war damals noch ein Kind. Ich glaube, Margaret w-war kurz vorher durchgebrannt. Wie dem auch sei, ich habe für Roger P-partei ergriffen, vielleicht ein bißchen zu b-besserwisserisch. Der Alte hat mich rausgeworfen und nie wieder ein f-freundliches Wort an mich gerichtet.«

»Du hast mir mal gesagt, er sei ein richtiges Monstrum gewesen.«

»O ja, das war er. Er war gemein, ein b-bigotter, unflätiger Widerling, der... Ach, ich laß mich wieder hinreißen.« Er tastete im Dunkeln nach meiner Hand und hielt sie fest. »Auf jeden Fall sind Roger und ich F-freunde geblieben. Er ist ein guter Kerl und großherzig, zumindest denen gegenüber, die er leiden kann. Und daß er m-mich noch leiden konnte, obwohl ich ihm von seinem m-miesen Vater immer als leuchtendes Beispiel vorgehalten wurde, ist wirklich b-bemerkenswert. Ich war froh, als Roger auch zum Studium nach Oxford kam. Danach sind unsere Wege allerdings ein w-wenig auseinandergegangen. Ich schlug die Kirchenlaufbahn ein, was ich im Grunde schon immer vorgehabt hatte.«

»Hat Roger dich davon abzubringen versucht?«

»Ganz und gar nicht. Roger war drauf und dran, zum katholischen Glauben überzutreten. Er redete sogar davon, Priester zu werden, w-was ihm allerdings niemand abgenommen hat. In Oxford schlugen sich zu der Zeit viele Studenten mit solchen G-gedanken herum. Nun ja, nach dem Studium wurde mir von der Kirche geraten, mich ein b-bißchen in der Welt umzusehen...«

»Und so bist du zur Landwirtschaft gekommen?«

»Genau. Anschließend b-besuchte ich das theologische Seminar. Wiederum in Oxford. Da erreichte mich der Brief von Roger, in dem er mich einlud, am Debütantinnenball von B-bess teilzunehmen. Ich rief ihn an und erinnerte daran, daß sein Vater mich wohl nicht zu sehen wünschte. Aber Roger ließ nicht locker und sagte, daß ich unter all den G-gästen kaum auffallen würde.

Es war nicht schwer, mich zu überreden, denn ich liebe die Gegend hier. Das war schon immer so. Außerdem hatte die Angelsaison gerade angefangen. Also b-bin ich gefahren. Und dann traf ich Elizabeth. Sie sah aus wie eine M-märchenfee. Oh, v-verzeih, Liebste.«

»Du brauchst dich nicht zu entschuldigen. Ich kann mir alles lebhaft vorstellen. Sie ist wirklich eine der hübschesten Frauen, die ich je gesehen habe.«

»Und ich war verw-wundert. Aus all den gut aussehenden Männern pickte sie ausgerechnet mich heraus. Warum? W-weil ich, wie sie sagte, der einzige sei, der sich vor Jahren gegen ihren Vater aufgelehnt habe. Ich konnte mich schon gar nicht mehr daran erinnern. Aber Elizabeth f-fand mich heldenhaft. Dann rückte mir der Alte auf den P-pelz, machte sich über meine Amtstracht lustig und sagte mir, was er von

Pfaffen halten würde. Es wurde ziemlich ungemütlich. Ich habe mich unauffällig verzogen, um Elizabeth die Party nicht zu verderben.«

»Und dann hast du sie erst zum Begräbnis des Alten wiedergesehen, stimmt's?«

»Das weißt du also auch schon. Ja, so war's. Roger hatte zwar immer wieder ein Treffen in London zu arrangieren versucht, aber dazu ist es nie gekommen, weil ich im Seminar zu sehr eingespannt war. Dann bekam ich meine erste Anstellung bei einer Gemeinde am Stadtrand von B-birmingham. Bald darauf starb Onkel John, und Roger bat mich, als Pfarrer die Beisetzung vorzunehmen. Elizabeth w-war wie ein verwaistes Kind in Schwarz. Heulte Rotz und Wasser, was ich kaum verstehen konnte, zumal sie andererseits die übelsten Verwünschungen gegen ihren Vater ausstieß. Aus verständlichen Gründen. Er hatte ihr kein Geld vermacht, nur das Haus, und das nutzte ihr w-wenig. Zum Glück hat ihr Roger später unter die Arme gegriffen. Wie dem auch sei, sie schien über den Tod ihres Vaters schrecklich verstört zu sein.«

»Wann hast du das erste Mal gespürt, daß du dich in sie verliebt hattest?«

»Irgendwie schon bei der P-party, glaube ich. Tatsächlich war ich überrascht, daß sie inzwischen nicht schon vergeben war. Aber Roger sagte, daß der Alte alle B-bewerber verscheucht hatte wie Kaninchen aus Salatrabatten. Insgeheim war ich Onkel John dankbar dafür. Himmel!«

Er schüttelte sich. Ich hielt seine Hand fest und wartete.

»Roger hat uns schließlich verkuppelt. Im nachhinein ist mir erst klargeworden, daß er die Romanze für uns ins Rollen gebracht hat. Elizabeth und ich waren durchaus angetan voneinander. Sie hielt mich, wie gesagt, für eine Art Helden. Ich w-war ziemlich einsam in meiner Gemeinde und entsprechend vernarrt in sie.«

»Hast du vor der Heirat schon mit ihr geschlafen?«

»Nein. Nicht, weil ich es nicht gewollt hätte. Aber Elizabeth wirkte so unschuldig, zerbrechlich und verängstigt auf mich. Deshalb fiel es mir nicht schwer, V-verzicht zu üben. Bis auf die Hochzeitsnacht zu warten.«

»Ein Honigmond wie im Kitschfilm«, sagte ich mit sprödem Lachen. »Ich glaube, mir ist keine einzige Person bekannt, die nicht schon vor der Hochzeitsnacht erste Erfahrungen mit Sex gehabt hätte. Warst du denn auch noch Jungfrau?«

»D-durchaus nicht...«

Ich lachte, aus vollem Hals diesmal. Er klang auf so komische Weise verlegen. »Durchaus nicht? Wie ist das zu verstehen?«

»Während meiner ersten Oxfordphase gab's das eine oder andere Geplänkel, und da war ein Mädchen auf der Farm, in das ich ziemlich v-verschossen war, und...«

»Schon gut, das reicht... Du warst also keine Jungfrau mehr. Im Gegensatz zu Elizabeth.«

»Und das schien für mich zunächst der Grund unserer P-probleme zu sein. O ja, wir schliefen miteinander. Aber sie hatte nichts davon, das war deutlich. Sie lag einfach nur da. Völlig p-passiv, wie eine Puppe.« Der gequälte Ton in seiner Stimme tat mir weh. Um so fester hielt ich seine Hand.

»Ich habe alles mögliche versucht. Champagner, Parfüm, romantische Musik, o Gott, ich weiß nicht was sonst noch. Mal's dir selber aus. Schließlich hatte ich Angst davor, zu B-bett zu gehen, denn ich war so scharf auf sie und konnte den resignierten B-blick in ihren Augen nicht ertragen. Anschließend ekelte ich mich vor mir selbst und...«

Ich wartete einen Moment und sagte dann: »Birmingham hatte ihr offenbar auch nicht gefallen.«

»G-ganz und gar nicht«, antwortete Ned. »Sie haßte die Stadt. Und dann wurde die Stelle von St. Peter frei. Roger redete mir zu, und Bess wollte unbedingt ins Dower House ziehen. Ich dachte, jetzt w-wird alles besser.«

»Und? War's so?«

»Ich kam dem Problem auf den Grund«, sagte Ned so leise, daß ich ihn kaum verstehen konnte. »Am Abend des Umzugs gab's einen f-fürchterlichen Streit. Ich hatte zu viel getrunken. Mit Roger, denn wir waren für die erste Zeit im Manor untergebracht. Da platzte mir der Kragen, ich schrie Bess an und warf ihr schreckliche Dinge um die Ohren, die ich vorher nicht einmal im Traum gesagt hätte. Sie sei eine Versagerin als Frau und als G-geliebte allemal... Schließlich rannte sie aus dem Zimmer.«

Er hielt meine Hand so fest gedrückt, daß es weh tat. Aber ich wagte mich nicht zu rühren.

»Und plötzlich kam sie ins Schlafzimmer zurück. Ich erinnere mich genau: Sie trug ein dünnes N-negligé, hielt eine Hand hinterm Rücken versteckt und lächelte. Ich traute meinen Augen nicht, denn vor einer Minute noch hatte ich, betrunken wie ich war, auf sie eingeschrien. Aber jetzt kam sie lächelnd auf mich zu, holte die Hand hinterm Rücken hervor... und reichte mir eine Peitsche.«

23

»Sie wollte, daß du sie damit schlägst?«

»Sie war voller Erwartung. So glücklich...«

Obwohl unsere Finger immer noch ineinander verschränkt waren und sein warmer Körper neben mir lag, fühlte ich mich isoliert und kalt.

»Und? Hast du sie geschlagen?«

»Ich war ganz p-perplex und meine Wut immer noch nicht verraucht. Als ich aber dieses kleine Mädchen lächelnd vor mir stehen sah, das mir die Gerte reichte und sagte: ›Ich bin b-b-böse gewesen...‹, war ich wie vom D-donner gerührt. Daraufhin geriet sie nun in Rage. Ich wollte sie in den Arm nehmen, sie trösten, aber sie fluchte nur, nannte mich einen Waschlappen, einen... Ach, was soll ich die W-worte wiederholen, mit denen sie mich bombardierte? Ich war zu betrunken, um mich provozieren zu lassen. Am Ende warf ich sie aufs Bett und fiel über sie her. Die eigene Frau hab ich v-vergewaltigt...«

»Und das war es, was sie wollte?«

»Zum ersten Mal zeigte sie Vergnügen. Soeben hatte sie mich noch wie eine Wildkatze angefaucht, jetzt schnurrte sie wie ein Kätzchen. Am Morgen darauf war sie süß und heiter und fragte mich nach dem G-geschenk.«

»Geschenk?«

»Ich hatte auch nicht richtig zu hören geglaubt. ›Wo ist mein Geschenk?‹ lispelte sie wie ein kleines Mädchen. Ich fürchtete schon, ihren Geburtstag vergessen zu haben, aber der ist nicht im Januar, sondern im Juni.

An diesem Morgen hätte ich sie liebend gern mit Geschenken überhäuft. Allerdings konnte ich mir nicht viel leisten. Trotzdem fuhren wir in die Stadt. Was ich ihr dort kaufte, ist mir entfallen, aber ich weiß noch, daß ich abends nicht schnell genug ins B-bett kommen konnte. Ich hoffte darauf, die F-flitterwochen nachholen zu können. Es war jedoch wieder wie früher, wie die B-begattung eines Roboters.«

Er seufzte. »Liebling, tut mir leid. Ich will dich nicht als K-kummerkasten mißbrauchen. Es kommt mir nur darauf an, daß du verstehst.«

Es entstand eine längere, gespannte Pause. Am Ende meldete ich mich zu Wort.

»Hat es etwas mit ihrem Vater zu tun?«

»Herr im Himmel, ist die Sache so leicht zu durchschauen?«

»Ich weiß nicht, aber nachdem, was mir so alles zu Ohren gekommen ist, was du gesagt hast...«

»V-von selber wäre ich wohl kaum dahintergekommen. Ich wußte nicht ein noch aus. Lag's an mir? An ihr? Ich spielte sogar mit dem Gedanken, eine dieser Ratgeberredaktionen anzuschreiben. Denn den alten Familienarzt kann man in solchen Dingen nun w-wirklich nicht um Rat fragen. Jack Kingdom hat Bess auf die Welt geholt.«

Wieder seufzte Ned. »Und dann, eine Woche später, ging das ganze von vorn los. Ich war im Streß; zum ersten Mal hatte ich eine eigene Gemeinde. Elizabeth verhielt sich schrecklich den alten D-damen des Kirchenkreises gegenüber. Ihr war offenbar nie in den Sinn gekommen, daß eine Pfarrersfrau Gemeindepflichten zu übernehmen hat. Und ich Esel habe nie mit ihr darüber gesprochen, weil ich einfach voraussetzte, daß sie B-bescheid weiß. Wie dem auch sei, ich war sauer auf sie und forderte von ihr, auch mal an mich zu denken. Statt dessen setzte sie alles daran, meine Wut zu steigern. Ich habe vergessen, was sie sagte. Auf jeden Fall meinte sie, daß sie nicht dafür bezahlt werde, alten Hexen Tee einzuschenken. Und dann... wälzten wir uns im Bett herum. Sie stöhnte und schrie, und plötzlich fiel mir auf, daß sie nicht m-meinen Namen nannte, sondern ›Papa‹ rief.«

»Um Himmels willen.«

»Es fing alles damit an, daß er sie schlug. Er war ein brutales Miststück. Wer ihm quer kam, auf den prügelte er ein: auf seine Tiere, seine Kinder und seine Frau. Deshalb hat Margaret ihn verlassen. Kurz danach – wann genau, weiß ich nicht – nahm sein Verhältnis zur Tochter eine neue Prägung an. Nicht, daß er sie tatsächlich penetriert hätte. Das weiß ich, denn sie war noch Jungfrau, als wir heirateten. Er würde wohl vehement bestritten haben, seiner Tochter jemals zu n-nahe getreten zu sein. Bess war ihm lieb und teuer, sofern sein verschrobenes Herz überhaupt lieben konnte. Er glaubte wohl, sie wie jeder gute Vater züchtigen und anschließend trösten zu müssen. Nachdem er sie geschlagen hatte, rieb er sie immer mit k-kühlenden C-cremes ein und... Herrje, den Rest kannst du dir sicher selbst vorstellen.«

Seine Stimme war nur noch ein gequältes Raunen. Das Tikken des Weckers klang so aufdringlich und gehetzt wie Trommelschläge.

»Er war, wenn es passierte, natürlich immer sturzbetrunken. Wahrscheinlich mußte er sein schlechtes Gewissen b-betäuben. Allzuoft ist es dazu wohl nicht gekommen, denn Bess war ja im Internat, und sie mußten sich auch vorsehen, damit Roger oder sonst wer keinen Verdacht schöpfte...«

»Sie?«

»Tja, Bess, das arme Mädchen, hat mitgespielt. Denn anschließend konnte sie ihren Vater um alles b-bitten. Dann waren Geschenke fällig.«

Ich wollte mich ihm zuwenden, ihn in die Arme nehmen in der Hoffnung, seinen Kummer einfach zudecken zu können, hielt mich aber zurück.

»Sie hat mir eines Tages alles gestanden. Ich w-war natürlich entsetzt, gleichzeitig aber auch erleichtert, weil ich glaubte, das Problem endlich aufgeklärt zu haben. Aber es ist naiv anzunehmen, daß sich P-probleme, sobald sie benannt sind, ohne weiteres lösen lassen. Jedenfalls fühlte ich mich der Sache gewachsen und dachte, daß ein Therapeut eingeschaltet werden sollte. Ich für meinen Teil wollte ihr einen Schritt entgegenkommen nach dem Motto Geben und Nehmen. Dann, so glaubte ich, würde sich alles w-wieder einrenken lassen.«

»Was anscheinend nicht der Fall war.«

»Es ist doch arrogant zu meinen, daß die eigenen V-vorlieben im Bett die einzig zulässigen wären. Das Normale. O ja, ich habe versucht, hart gegen Bess zu sein, sie zu zwingen...« Er gab ein bitteres Lachen von sich. »Himmel, wie l-lächerlich es klingt, wenn über Sex geredet wird. Wie dem auch sei, es hat nicht geklappt. Ich habe die Rolle, die Bess von mir f-forderte, nicht spielen können. Sie wollte... sie drängte darauf, daß ich ihr w-weh tue. Und das brachte ich nicht über mich. Unmöglich war mir das...«

Er weinte, und ich schlang meine Arme um ihn, tröstete ihn, wiegte ihn sanft hin und her, küßte sein Haar.

»Ich f-fürchtete, sie würde zerbrechen. Wie eine Puppe. Es ist unaussprechlich. Du kannst dir nicht v-vorstellen...«

»Doch, das kann ich«, entgegnete ich leise. Es fiel mir nicht einmal schwer. »Armer, armer Liebling.«

»Für sie bin ich offenbar eine Enttäuschung auf der ganzen Linie«, sagte er wenig später. »Weil ich ihren Vater einmal zur Hölle gewünscht hatte, glaubte sie, daß ich ihm ähnlich sei. Sie mußte sich damit abfinden, geirrt zu haben. Anschließend sind wir auf Tour gegangen, von einer Klinik zur anderen. Ich war damals immer noch voller Hoffnung. Damit ist es jetzt v-vorbei. Was soll's? Die Therapeuten behaupten, ihr helfen zu können, und es liegt nicht an mir, sie zu kritisieren. Außerdem zahlt Bess die Honorare aus eigener Tasche. Mir ist es sogar recht, sie aus dem Haus zu haben. Und ihr scheint's auch zu gefallen. Ich glaube, es macht ihr Spaß, die schrecklichen D-details aus ihrer Kindheit wieder durchzukauen.«

»Es macht ihr Spaß?«

»Immerhin fühlte sie sich von ihrem Vater geliebt. D-das hat sie immer wieder betont, als wir noch miteinander gesprochen haben. Über all diese Dinge.«

»Und heute redet ihr nicht mehr miteinander?«

Ich spürte, wie er den Kopf schüttelte. Seine Locken streiften mein Kinn. »Heute komme ich besser damit zurecht. Zwischen uns ist alles geklärt. Wirklich schlimm war's nur solange, wie sie noch... Hoffnungen in mich setzte. Sie tat schreckliche Dinge, um mich zu provozieren. D-dumme, häßliche Dinge. Eines Abends zum Beispiel kam ich nach Hause und mußte feststellen, daß sie mein Klavier verkauft hatte. Es war weg. Das Klavier, auf dem ich schon als Kind gespielt hatte. Ich habe natürlich ein D-donnerwetter veranstaltet, was wohl auch noch draußen auf der Straße zu hören war. Jedenfalls wurde in der ganzen Nachbarschaft über uns getuschelt. Wir haben eine Geschichte erfunden und behauptet, daß Elizabeth wegen ihrer angegriffenen Nerven Ruhe brauchte. Ob man uns glaubte, wage ich zu bezweifeln.

Am nächsten Tag ist sie dann losgezogen, um *mir* ein Geschenk zu kaufen. So ging's ständig: Streitereien und Geschenke. Eine Kiste Wein, irgendwelche modischen Fummel, sündhaft teure Socken oder Krawatten ...«

»Sie hat einen guten Geschmack«, sagte ich und grinste, was er in der Dunkelheit natürlich nicht sehen konnte.

»Die gewünschte Gegenleistung blieb aus. Was sie wirklich wollte, konnte ich ihr nicht b-bieten. Trotzdem versucht sie's immer wieder mal. Bisweilen stellt sie haarsträubende Sachen an ...«

»Und schießt auf Garagenfenster«, erwähnte ich. »Knapp an uns vorbei.«

»So ist es. Manchmal wage ich es nicht, sie aus den Augen zu lassen. Ironischerweise aber benimmt sie sich nur d-dann daneben, wenn ich zuschaue. Dann flehe ich sie an – wie damals, als sie zur Fuchsjagd ausgeritten ist –, bitte und bettle, daß sie sich anständig verhalten soll, um nicht zum Gespött der Nachbarn zu werden. G-gütiger Himmel, was mute ich dir nicht alles zu ...«

Wieder nahm er meine Hand und küßte sie sanft. »Sie weiß jetzt, daß ich sie niemals schlagen, ihr kein Haar krümmen würde. Trotzdem legt sie es nach wie vor drauf an, mich zur W-weißglut zu reizen. Sie scheint nur eine Form der Zuneigung anzuerkennen, nämlich angeschrien zu werden.«

Ich war drauf und dran zu sagen: arme Elizabeth, hielt mich aber noch rechtzeitig zurück. Ich wollte sie nicht bedauern. Sie hassen zu können, war mir lieber.

»Zum Glück wohnen wir in Thornbeck«, sagte Ned. »Die Leute hier sind zwar nicht die tolerantesten, zeigen aber Bess gegenüber sehr viel Nachsicht. Sie v-verzeihen ihr die schlimmsten Entgleisungen. Woanders käme sie damit w-wohl nicht so leicht durch, besonders nicht als Frau des Pfarrers.« Er seufzte. »Trotzdem muß ich fürchten, daß mit der Zeit diese Nachsicht weniger wird. Noch ist Bess für viele Gemeindemitglieder die hübsche Tochter des Gutsherrn. Kaum mehr als ein Kind. Noch schmunzeln sie und sagen, die Kleine sei ein bißchen wild, ein F-frechdachs. Aber wenn sie älter wird, was dann?«

»Kennt Roger ... ihr Problem?«

»Nein, nicht direkt. Aber vielleicht vermutet er was. Schließlich stammen beide von ein und demselben Vater ab. Daß Roger ihr gegenüber manchmal so schroff ist, hängt damit wohl zusammen. Er steht auf dem Standpunkt: Ich habe den Alten unbeschadet ertragen, warum sollte es meiner Schwester anders ergangen sein? F-früher sind die beiden besser miteinander ausgekommen. Ihr Verhältnis hat sich erst in den letzten drei oder vier Jahren verschlechtert.«

»Ned, du glaubst, daß sie dich liebt, nicht wahr?«

»Warum wäre sie sonst noch b-bei mir? Sie hat sieben Jahre Zeit gehabt, mich zu verlassen. An Geld mangelt's ihr nicht. Ich habe ihr einmal, als es besonders schlimm um uns stand, geraten, sich von mir scheiden zu lassen, und gesagt, daß ich aus dem Haus ausziehen und mir eine andere Pfarrstelle suchen würde. Aber sie hat nur den Kopf geschüttelt und kein Wort darüber verloren. Ich dachte, daß ich sie w-womöglich gekränkt hätte, und bin nie mehr darauf zu sprechen gekommen.«

»Und du würdest dich nicht von ihr trennen können?«

»K-könntest du jemanden verlassen, der dich braucht, Frankie? Der so beschädigt und verletzlich ist wie Elizabeth? Und wenn du ihn noch so sehr hassen würdest? Ich hasse Bess nicht. Ich habe Mitleid mit ihr. W-wie könnte ich es rechtfertigen, sie im Stich zu lassen?«

Ein Pfarrer, der seine arme kranke Frau fallen läßt für ein Flittchen aus London. Unerhört. Zum Teufel mit ihm.

Bitte, flehte ich ihn im stillen an, frag mich nicht, laß es mich nicht aussprechen müssen. Doch ich wußte, daß er um die Frage nicht umhinkam.

»W-würdest du sie an meiner Stelle verlassen können, Frankie?«

Die Stille dehnte sich zwischen uns aus wie ein großer, schwarzer Abgrund. Obwohl ich Ned in meinen Armen fühlte, schien die Kluft zwischen uns rasend schnell aufzureißen.

»Nein«, antwortete ich schließlich. »Wohl kaum.«

Wir lagen schweigend beieinander, bis das erste fahle Grau die Vorhänge in Umrissen markierte. Ich sagte, daß ich aufstehen und Tee machen wolle. Ned ließ mich gleich los. Wir hatten mehr als eine Stunde ineinander verschlungen dagelegen, wach und ohne uns zu bewegen. Die ganze Zeit über hatte ich gehofft, Ned würde sich rühren, mich lieben. Vielleicht erhoffte er das gleiche von mir. Wahrscheinlich. Aber wir lagen einfach nur da. Mag sein, daß wir beide insgeheim spürten, daß für uns die Zeit des Miteinanderschlafens vorbei war.

Als ich schließlich die Bettdecke zurückwarf und aufstand, folgte mir Ned nach unten in die Küche. Wir tranken Tee und versuchten, uns an den Glutresten im Kamin zu wärmen.

Die Szene glich einer grausamen Parodie des drei Tage zurückliegenden Nachmittags, den wir vorm Kamin verbracht hatten. Statt unsere Kleider abzuwerfen, zogen wir uns nun an. Statt uns zu umarmen, mieden wir jede Berührung. Wir wagten es nicht einmal, uns in die Augen zu sehen.

Der Vorhang blieb zugezogen. Draußen taute es, die Bäume schimmerten wieder schwarz statt silbern. Aber die Landschaft war immer noch weiß. So schnell konnten die Schneemassen nicht verschwinden. Auf dem Hügel brummte ein Auto. Das Geräusch war mir so vertraut, daß ich nicht darauf achtete und vergaß, seit drei Tagen nichts dergleichen gehört zu haben. Doch Ned stand auf und schob den Vorhang eine Handbreit zur Seite.

»Die Straße wird geräumt«, sagte er. »Bald wird George Danby wieder seine Runde machen.«

»Und du wirst wegfahren können.«

Er nickte.

»Werden wir uns ... wiedersehen?«

Achselzuckend antwortete er: »W-was glaubst du? Allein der Gedanke, dich nicht wiederzusehen, ist mir unerträglich. Es würde mir das Herz brechen. Aber was ich genausowenig ertragen könnte, ist die Vorstellung, heimlich tun zu m-müssen. Gezwungen zu sein, dich zu verstecken. Zu lügen. Ich will der Welt zeigen dürfen, daß du zu mir gehörst, und nicht wie eine Ratte in dein Bett geschlichen kommen. Immer in Sorge, daß jemand mein Auto hier p-parken sieht. Oder mich fragt, warum ich seit neuestem so oft herkomme ...«

Ich dachte an Gerald. An die Anrufe um 8.30 oder 14.15 Uhr. Sex, hübsch abgerundet mit einem Bad (er hatte seine eigene Seife in meinem Badezimmer deponiert) und innerhalb der dreieinhalb Stunden, die er ansonsten dazu gebraucht hätte, um mit einem Kunden essen zu gehen. Während der Bürostunden immer zu belanglosen, harmlosen Gesprächen verpflichtet zu sein für den Fall, daß die Sekretärin mithörte.

»Nein«, sagte ich langsam. »Seitensprünge können ziemlich mürbe machen. Oder sollte ich von Ehebruch reden?«

»Ich nenn's weder so noch so«, entgegnete er heftig und mit gereizter Miene. »Für m-mich ist es Liebe…«

Und das überbrückte die Kluft zwischen uns, denn ich warf mich ihm in die Arme und hielt ihn fest, als wollte ich allem trotzen, was uns zu trennen versuchte. Eine Phrase der kirchlichen Trauungszeremonie schwirrte mir wie Hohngelächter durch den Kopf… *das soll der Mensch nicht scheiden. Was nun Gott zusammengefügt hat, das soll der Mensch nicht scheiden, nicht scheiden…* Ich war wütend auf diesen Gott, der Ned mit einer anderen zusammengeführt und mich von ihm geschieden hatte. Um so verzweifelter klammerte ich die Arme um ihn.

»Ich muß gehen«, sagte er schließlich, verteilte zarte Küsse auf meinem Gesicht, als wollte er dessen Form im Gedächtnis speichern.

Ich nickte, ließ aber immer noch nicht locker.

»Ich muß die Garage freischaufeln«, flüsterte er.

»Nein. Du könntest gesehen werden. Ich schaufle.«

Er zeigte sich entrüstet – und verzweifelt.

»Wer weiß?« sagte ich mit falscher Zuversicht. »Vielleicht verläßt sie dich eines Tages…«

Doch Ned schüttelte resigniert den Kopf. »Ich denke, ich w-werde, wenn du nichts dagegen hast, für ein paar Tage verreisen. Oben in Northumberland ist ein kleines Refugium, von Mönchen bewohnt. Es wäre ganz gut, wenn ich…«

»Du willst Buße tun?« rutschte es mir in gereiztem Tonfall heraus. Dabei hätte ich heulen können wie ein Schloßhund.

»W-wieso Buße? Buße setzt voraus, daß man was bereut. Aber wieso sollte ich die drei glücklichsten Tage meines Lebens bereuen? Das wird mir n-nie und nimmer einfallen.«

Ich küßte ihn.

»Besuch mich, bevor du wegfährst. Es soll nicht so… melodramatisch für uns ausgehen. So abrupt und mit dem Vorsatz, nie wieder miteinander zu sprechen. Wenn du gehst…«

»Und was ist mit dir? W-wirst du zurechtkommen?«

»Natürlich.« Resolut schob ich ihn von mir und lächelte. »Ich werde mich jede Nacht in den Schlaf heulen, aber Kummer soll ja gerade Künstlern gut tun.«

»Und du wirst keine Angst haben, so allein?«

Ich streichelte seine Wange. »Ned, ich wohne hier nun schon über zweieinhalb Monate allein.«

»Aber ich weiß, daß dich dieser dumme B-brief in Angst versetzt hat.«

Den hatte ich längst vergessen.

»Nicht mehr«, antwortete ich. »Es war doch wohl nur Elizabeth, die ihn geschrieben hat. Willst du ihn sehen? Ich weiß jetzt, daß sie...«

»N-nein«, entgegnete Ned. »Ich glaube nicht, daß sie ihn geschrieben hat. Nicht Elizabeth. Trotzdem brauchst du dich nicht zu sorgen. Ehrlich.«

Ich dachte, daß er seine Frau zu verteidigen versuchte. Schlimmer noch, ich dachte, daß er mich belog, um sie zu verteidigen. Wieso hätte er sonst so sicher sein können, daß der Briefschreiber nicht zu fürchten war?

Mit wütendem Schwung schaufelte ich den Schnee vor der Garage weg. Und als ich den Wagen in einer grauen Abgaswolke den verschneiten Hügel hinaufkurven und verschwinden sah, mengte sich unter die Trauer, ihn verlieren zu müssen, der gallige Geschmack der Eifersucht.

24

Der Schnee blieb noch lange liegen. Die letzten, vereinzelten Schneefelder, durch die schon gelbe Winterlinge und Schneeglöckchen brachen, waren immer noch nicht weggetaut, als ich Yorkshire verließ.

Der Wärmeeinbruch war nur von kurzer Dauer. Er hatte die Straßen freigemacht, doch gegen Abend wurde es wieder kälter, und die weiße Landschaft erstarrte. Gegen Mittag stiefelte ich zum Wheatsheaf hinauf, um meinen Wagen abzuholen. Albert war so freundlich gewesen, ihn freizuschaufeln.

Meinen Kummer mit Alkohol herunterzuspülen, lag wohl auf der Hand, aber was mich schließlich entschieden tief ins Glas blicken ließ, war das Auftauchen von Elizabeth Cowper, die kurz nach mir die Bar betrat.

Ihr zu begegnen versetzte mir einen gehörigen Schock. Während der langen nächtlichen Unterhaltung mit Ned hatte sie sich wie eine Fiktion in meinem Kopf festgesetzt, die es zu analysieren, zu verstehen und sogar zu bedauern galt, obwohl ihr Einfluß auf mein Leben durchaus wirksam blieb. Nun kam sie in persona in die Bar marschiert, stampfte den Schnee von den Stiefeln, schüttelte das Kopftuch aus – und grüßte mich so beiläufig, als wäre nichts passiert. Ja, zu allem Überfluß entschuldigte sie sich noch bei mir.

»Ich war Weihnachten Ihnen gegenüber reichlich ungezogen«, sagte sie und lächelte charmant. »Mein Vater hatte wohl recht, wenn er sagte, daß ich ein launisches Mädchen sei. Sie müssen mir verzeihen. Ich hatte wohl zu viel getrunken und... ehm, gewisse Dinge völlig mißverstanden. Sei's drum. Der eigentlich Schuldige ist mein widerlicher Bruder. Ein Wunder, daß wir uns, in dieser verdammten Schneewüste eingeschlossen, während der letzten drei Tage nicht gegenseitig umgebracht haben. Trotzdem«, fügte sie mit geheimnisvollem Schmunzeln hinzu, »ich denke, die Zeit war nicht gänzlich verschwendet. Im Gegenteil. Wie sind Sie denn in Ihrem Häuschen zurechtgekommen?«

Mir wurde flau. »Gut«, antwortete ich. »Ich hab gut eingeheizt.«

»War Ihr Freund da?«

Ich kippte den Rest Whisky auf einmal. »Sebastian ist nach Schottland weitergereist. Vor fast zwei Wochen schon.«

»Schade«, erwiderte Elizabeth ruhig. »Männer halten schön warm. Sagt man. Nein danke, Albert, ich will nichts trinken, nur ein paar Packungen Zigaretten. Ich brenne darauf, nach York zu kommen, aber Ned besteht darauf, daß ich, solange noch Schnee liegt, den Range Rover nehme, und Mistkerl Roger will ihn mir nicht vor nächster Woche leihen. Schön, daß ich Sie getroffen habe, Frankie. Sie müssen bald mal wieder vorbeischauen. Bis dann.«

Ohne zu fragen schenkte mir Albert noch einen Whisky ein.

»Ich weiß nicht, was in die Lady gefahren ist«, sagte er nachdenklich. »Sie erinnert mich an eine Katze, die vorm Mauseloch lauert.«

Ich malte mein Bild von Ned fertig. Das Format war riesig, wenn auch nicht ganz in Lebensgröße. Für die Ausstellung eignete es sich jedenfalls nicht. Denn selbst im entfernten London war zu füchten, daß jemand erkennen würde, wer darauf abgebildet war, und das ganze Bild roch regelrecht nach Sex. Die Vorstellung, es in einer Galerie hängen zu sehen, amüsierte mich. Der Titel hätte schlicht, rätselhaft und modern lauten können: VIKAR I.

Es war das einzige Bild, dessen Güte mich ohne Abstriche überzeugte. Ein Verkauf käme für mich nie in Frage. Wenn ich schon nicht mit dem Vorbild leben konnte, so wollte ich mir wenigstens nicht das Abbild nehmen lassen. Nachdem der letzte Pinselstrich getan war, versteckte ich den Schinken hinter der großen blauen Sammelmappe. Allerdings ragten noch die Füße am Ende hervor. Es ging mir nicht nur darum, das Bild vor fremden Blicken zu schützen – Mr. Danby hätte mich eines Morgens fast bei der Arbeit daran erwischt. Ich wollte es selber nicht immer sehen müssen. Bei kleinsten Anlässen schoß mir das Wasser in die Augen. Ich fragte mich mittlerweile, ob auch ich mir den grassierenden Grippevirus eingefangen hatte, so verstimmt und schwach fühlte ich mich.

Bettruhe war dennoch ganz ausgeschlossen, denn es galt, Ablenkung zu suchen. Also malte ich weiter. Auf Geralds Besuch war ich deshalb völlig unvorbereitet.

Seit dem Schneesturm waren zehn Tage vergangen. Ich schaute zum Fenster hinaus, um nachzusehen, wer da so entschieden an die Haustür pochte – und erkannte sofort den angeberischen Porsche in Dunkelgrün. Gerald stand auf Zehenspitzen auf der Eingangsstufe, vergeblich bemüht, seine auf Hochglanz polierten Halbschuhe vor dem Schneematsch zu schützen. Als ich ans Fenster klopfte, um ihn ums Haus herumzuwinken, und ihm zurief, daß die Haustür nicht zu öffnen sei, zeigte er sich entsetzt beim Anblick der aufgeweichten Spur.

Mich musterte er nicht weniger entsetzt. Ich trug meine häßlichsten, mir aber gefälligsten Malklamotten: einen ausgeleierten schwarzen Pullover, mit Telegraphenmasten gestrickt aus dicker, flauschiger Wolle, die Farbspritzer ganz diskret zu absorbieren vermochte. Die schlabbrigen Leggings waren so bequem wie eine Pyjamahose. Das Haar war ungewaschen, und wo mein Make-up-Beutel steckte, wußte ich schon gar nicht mehr.

»Aber ich hab mich doch angekündigt«, sagte er, folgte mir ins Wohnzimmer und sah sich mit irritierter Miene in dem chaotischen Durcheinander um. »Datum, Uhrzeit, alles war genau abgesprochen.«

»Vergessen«, antwortete ich. »Du wolltest doch noch mal anrufen. Darauf hab ich mich verlassen.«

»Herzchen, ich war über Weihnachten am anderen Ende der Welt. Von dort aus konnte ich nicht telefonieren. Himmel, was für eine Bleibe...«

»Aber schön, oder?«

Gerald lugte zum Fenster hinaus. Beeindruckt schien er nicht zu sein. Im gescheckten Zustand zwischen Schnee und Matsch sieht wohl keine Landschaft besonders vorteilhaft aus. Das Weiß ist verdreckt, und aus tauenden Flecken staken struppige Grasbüschel hervor.

»Hör zu«, sagte er kurzentschlossen. »Wie wär's, wenn du gleich ein paar Sachen packst und für die Nacht mit mir eine geräumige, hübsche Hotelsuite in Scarborough beziehst? Wie weit ist es bis dahin? Zwanzig, dreißig Meilen? Nein...«, winkte er ab, »keine Widerrede. Ich lade dich ein. Kleinigkeit. Außerdem habe ich was zu feiern. Ich werde wieder Vater...«

Ich gaffte ihn an, und bevor ich Worte fand, klingelte das Telefon. Ich hob ab.

»Frankie?«

»Ned! Oh, Ned...«

In den vergangenen zehn Tagen hatte Ned bislang nur ein einziges Mal anrufen können. Meist waren Leute im Haus, wenn nicht Elizabeth, dann Beverley, die Putzfrau oder irgendwelche Besucher aus der Gemeinde.

»Ich w-wollte hören, ob du da bist. Heute nachmittag fahre ich nach Northumberland. Elizabeth ist in York. Ich würde gern auf einen Sprung vorbeikommen.«

»Jetzt gleich?«

»W-wieso nicht? Bist du nicht allein?«

»Nein. Wie wär's in ein paar Stunden?«

Gerald sah mich an und krauste die Stirn.

»Oh, Liebling. Dann m-muß ich schon weg sein. Man erwartet mich gegen sechs. Ich hätte nur jetzt eine Stunde frei.«

»Was soll's?« antwortete ich. »Wir... werden uns sicher sehen, wenn du zurückkommst. Wie lange bleibst du?«

»Nur ein paar Tage. Ich glaube kaum, daß ich dich von dort oben anrufen kann.«

»Verstehe. Das wäre nicht Sinn und Zweck der Übung, oder? Tja... paß auf dich auf.«

Ich liebeliebeliebe dich, dachte ich fiebrig, weil aber Gerald zuhörte, hielt ich mich zurück. Nicht aus Rücksicht ihm gegenüber – was kümmerte es mich, wenn er betroffen reagierte? Nein, ich wollte bloß nicht, daß er von Ned und mir erfährt. Gerald würde sich über uns nur lustig machen und unser kostbares Verhältnis reduzieren auf ein billiges Techtelmechtel nebenher, wie es zwischen ihm und mir bestand.

»Ich liebe dich«, sagte Ned leise.

»Ich dich auch«, flüsterte ich noch leiser und legte den Hörer auf.

»Wer war dran?« wollte Gerald wissen. Er hatte sich elegant plaziert: mit einer Pohälfte auf den Tischrand, peinlich darauf bedacht, sich die hellbraune Hose nicht zu beschmutzen. Er sah aus, als wäre er den Hochglanzseiten von *The Country Weekend* entsprungen. Seine Hose würde dem schwächlichsten Dornenästchen kaum Widerstand entgegensetzen können; auch der Pullover war viel zu dünn und das Jackett aus Tweed und Leder offenbar viel zu teuer, um es der hiesigen Witterung zu opfern.

»Ein Freund«, antwortete ich.

»Na schön. Wirst du jetzt packen?«

»Nein«, entgegnete ich. »Und soll ich dir mal sagen, wie du das Geld für die Hotelsuite besser anlegen könntest?«

»Wie denn?«

»Ich finde, du solltest mal dein Eheweib ein bißchen mehr verwöhnen.«

»Ach, darum geht's also«, sagte Gerald und schüttelte lächelnd den Kopf. »Verzeih, ich hab nicht bedacht, daß du Anstoß nehmen könntest. Ich war selbst nicht gerade happy, als Helen mit der Nachricht rausrückte. Aber du müßtest doch mittlerweile wissen, daß du in meinem Leben eine ganz andere Rolle spielst als sie...«

»Du triffst den Nagel auf den Kopf«, unterbrach ich ihn schroff. »Und meine Rolle ist soeben ausgelaufen. Genauer gesagt, schon vor einem Monat, was mir damals aber noch nicht ganz klar war.«

»Frances. Was ist in dich gefahren?«

»Verstand. Und die Erfahrung, daß es auch Menschen gibt, die sich um andere kümmern im Unterschied zu gewissen Mieslingen, die nur sich selber im Kopf haben.«

»Du meinst doch nicht etwa mich damit?«

»Wen sonst? Ich bin zwar auch kein Engel, schäme mich aber mittlerweile dafür, auf deine dreisten Spielchen eingegangen zu sein, an deinem Geld und deiner Zeit partizipiert zu haben, während deine Frau mit kleinen Kindern zu Hause sitzt und... Ja, ich schäme mich zutiefst. Es geschähe dir recht, Gerald, wenn sie dich verlassen würde. Und wenn sie Grips hat, tut sie das auch.«

»Ich glaube, die Einsamkeit hier draußen hat dich ein bißchen verwirrt«, sagte Gerald steif. »Können wir jetzt endlich gehen?«

»Wir?« schrie ich ihn an. »Wir? Hast du nicht begriffen? Es gibt kein *Wir*. Du gehst. Ich bleibe.«

Wäre ich nicht so wütend gewesen, hätte mich der verdutzte Ausdruck in Geralds hübschem Gesicht zum Lachen gebracht.

»Was soll ich machen? Ich habe alles so arrangiert, daß niemand weiß, wo ich bin. In Newcastle kann ich jetzt noch nicht auftauchen. Und nach Hause zurück...«

»Versuch ein bißchen in dich zu gehen«, sagte ich. »Hat mir auch ganz gut getan.«

Gerald zog schließlich wieder ab. Zuvor hatte ich ihm noch ein heißes Getränk angeboten; immerhin war er in einem Rutsch von London hierhergefahren. Kaum war er jedoch zur Küchentür hinaus, rief ich Ned an. Elizabeth antwortete.

Ich wußte nicht, was ich sagen sollte. Überraschenderweise schien sie beglückt, mich zu hören.

»Ich wollte gerade aufbrechen, und Ned ist schon unterwegs in dieses bescheuerte Kloster. Was kann ich für Sie tun?«

Auf die schnelle fiel mir nichts Passendes ein. »Ich... ehm...«, und dann kam mir die zündende Idee, »Ned hat offenbar seinen Schal bei mir liegenlassen.« Ausgerechnet Gerald hatte mich darauf aufmerksam gemacht. Bevor er gegangen war, hatte er ungeniert herumgeschnüffelt und Ausschau gehalten nach Hinweisen auf einen anderen Mann. Fündig wurde er nicht, denn den Schal hielt er für den meinen und beglückwünschte mich – zum ersten Mal – zu meinem Geschmack. Was ihn überzeugte, war allein das Etikett.

»Er muß ihn an dem Abend vergessen haben, als auch Sie und Roger bei mir waren. Sie erinnern sich, ich war so in Angst...«

»Wir haben uns damals alle ein bißchen töricht verhalten«, meinte sie gereizt. »Vor allem ich. Ich werde ihm Bescheid sagen, sobald er...« Sie stockte und fragte neugierig: »Es ist doch nicht zufällig ein blauer Schal?«

»Doch«, antwortete ich zögernd. Er hing immer noch am Haken neben dem Küchenschrank, wo ich ihn am ersten Tag des Schneesturms hingehängt hatte.

Elizabeth ließ ein klirrendes Lachen verlauten. »Kaschmir?« fragte sie staunend.

»Ja... kann wohl sein.«

»Interessant«, erwiderte sie und lachte, als hätte ich einen gelungenen Witz gerissen. »Wie unbedacht von meinem Mann. Der Schal gehört nämlich mir.«

»Wirklich?«

Warum machte mich diese Frau so schrecklich nervös?

»Ich habe ihm schon x-mal verboten, den Schal auszuleihen. Nun, das wird ihm eine Lehre sein, nicht wahr? Danke, Frankie. Vielen Dank. Nett, daß Sie angerufen haben. Bis dann.«

Sie legte auf. So liebenswürdig hatte sie mir gegenüber noch nie geklungen. Als wäre ich ihre beste Freundin.

25

Am nächsten Morgen erwachte ich mit zwei beklemmenden Ahnungen, die mir auf unerklärliche Weise über Nacht zugeflogen zu sein schienen. Ich behaupte nicht, hellsichtig zu sein, räume aber ein, daß es solche Fähigkeiten durchaus geben mag – bei einigen wenigen vielleicht. Ich für mein Teil habe mich lange damit abgefunden, daß meine Sinne auf die üblichen fünf beschränkt sind.

Nichtsdestotrotz überkam mich an diesem Morgen die unabweisliche Furcht, daß sehr bald etwas Schreckliches passieren würde. Von Hellsichtigkeit kann schon deshalb nicht die Rede sein, weil ich nicht im geringsten ahnte, was da drohte. Natürlich fürchtete ich spontan, daß Elizabeth von meiner Affäre mit Ned Wind bekommen haben könnte. Doch dieser Sorge ging ich nicht weiter nach, weil mich die zweite Ahnung sehr viel mehr beschäftigte.

Auf das, was dann tatsächlich passierte, war ich dennoch völlig unvorbereitet. Seither habe ich mich Hunderte von Malen gefragt, ob ich die Sache hätte abwenden können, wenn ich darauf gefaßt gewesen wäre. Dieselbe Frage ist mir natürlich auch von anderen gestellt worden: von Polizisten, Rechtsanwälten und dem Untersuchungsrichter. »Haben Sie die Tragödie nicht verhindern können?« Aber solche Fragen sind belanglos und dienen nur der Verzweiflung. Im nachhinein läßt sich leicht behaupten, daß es dazu nicht hatte kommen müssen.

Wie dem auch sei, es überraschte mich nicht, als Elizabeth Cowper vor der Küchentür auftauchte. Zugegeben, ich war gereizt und hatte den ganzen Morgen über im Haushalt herumgewirtschaftet, um mich abzulenken. Warum? Weil ich ihren Auftritt erwartete. Der blaue Schal, der in der Ecke am Haken hing, erinnerte mich an meine Dummheit, mit der ich mich tags zuvor am Telefon verplappert hatte.

Ich machte mir gerade eine Tasse Milch heiß, als sie ankam. Es war kurz nach Mittag. Ich hatte vor lauter Nervosität seit über zwanzig Stunden keinen Happen mehr zu mir genommen und machte mir mittlerweile Sorgen um meine Gesundheit. Am frühen Morgen war mir so schwach und elend zumute gewesen, daß ich kaum den Willen aufbringen konnte, aus dem Bett zu steigen. An gebrochenem Herzen sind doch bloß viktorianische Jungfern verschmachtet, redete ich mir verärgert ein. Ich weiß noch, daß ich darüber nachdachte, ob ich einen Löffel voll Honig zur Milch geben sollte oder nicht. Der Kindergartengeruch, der von der warmen Flüssigkeit ausströmte, schlug mir auf den Magen.

»Darf ich reinkommen?« trällerte Elizabeth, als hätte sie Kreide gefressen, doch jeder andere wäre einem Wolf ähnlicher gewesen. In ihrem flauschig gelben Mohair-Pullover sah sie eher aus wie ein leicht verwundbares Küken. Übers ganze Gesicht strahlend, trat sie ein, fuhr mit der Hand durchs windzerzauste schwarze Haar und entschuldigte sich für die schmutzigen Gummistiefel. »Ich bin zu Fuß«, sagte sie und schien noch ganz außer Atem zu sein. »Ned hat den Wagen genommen, und Roger... nun ja, ich glaube kaum, daß er mir den Rover geliehen hätte nach der kleinen Auseinandersetzung von vorhin. Ah ja, da ist ja der Schal.«

Sie nahm das gute Stück vom Haken und wickelte es sich um den Hals. Der Farbkontrast zwischen Schal und Pullover war jedoch reichlich schrill. Sie verzog das Gesicht und nahm ihn wieder ab. Dann machte sie es sich auf einem der Küchenstühle bequem und blinzelte mir heimtückisch zu.

»Ich weiß Bescheid...« tönte sie mit theatralisch geheimnisvoller Stimme, fing aber urplötzlich wieder zu kichern an.

»Was wissen Sie?«

»Tun Sie nicht so, Frankie. Die Geschichte zwischen Ihnen und Ned. Er war hier, stimmt's? Während des Schneesturms.« Sie wiegte den Kopf hin und her, anscheinend selber verwundert über den Vorwurf.

»Warum wollen Sie mit mir darüber reden«, entgegnete ich rasch. »Das geht doch wohl hauptsächlich Sie und Ned was an.«

Sie prustete vor Lachen, ungekünstelt, herzhaft. »Glauben Sie wirklich, ich fahre hoch nach St. Aiden und konfrontiere den armen Deppen vor den interessierten Augen der Mönche mit meinen Scheidungsgründen?«

Hinter mir kochte die Milch über.

»Wie poetisch«, meinte Elizabeth. »In *Cold Comfort Farm* kocht doch auch immer die Grütze über, wenn's kriselt, nicht wahr? Das haben Sie gut getimt.«

»Ich weiß nicht, wovon Sie reden.«

»Ach, kommen Sie. Sie könnten Ihre Beichte folgendermaßen beginnen: ›Verzeihen Sie, daß ich mir Ihren Mann ausgeborgt habe.‹ Oder irgendwas in der Art. Dann würde ich großherzig erwidern: ›Vergessen Sie's, meine Liebe. Nur keine Hemmungen. Mir fällt er sowieso bloß auf den Wekker.‹«

Ich wandte mich ab, um die Milch vom Herd zu wischen. Draußen wurde es dunkel.

»Auch das Wetter ist wie inszeniert, finden Sie nicht auch?« sagte Elizabeth mit Blick durchs Fenster. »Sturmwolken senken sich herab. Ich hoffe bloß, daß es nicht zu regnen anfängt. Ich bin ohne Mantel. Haben Sie was dagegen, wenn ich rauche?«

Ich stellte den Topf ins Spülbecken und setzte mich ihr gegenüber.

»Es ist vorbei«, erklärte ich entgegen meiner feigen Absicht, alles abzustreiten und den Streit von den Ehepartnern austragen zu lassen. »Ned wird Sie nicht verlassen. Aber das kann er Ihnen selber sagen...«

»Interessant«, spottete sie verächtlich. »Nur zu, fahren Sie fort...«

»Was soll ich sagen? Mehr fällt mir nicht ein, außer daß es mir leid tut. Aber das wäre bloß eine Floskel und nicht ehrlich gemeint.«

»Gut. Seien Sie ehrlich. Weiter so.«

»Weiter? Ich kann nicht... Das ist doch albern. Am Küchentisch lassen sich solche Dinge nicht verhandeln. Wir spielen schließlich keine Seifenoper.«

»Wahrhaftig. Dazu sind Sie nicht gut genug angezogen. Hab ich Sie bei der Arbeit gestört?« Sie sah sich in der Küche um. »Ich kann mir vorstellen, daß Edward in einem kleinen Häuschen wie diesem richtig glücklich wäre. Bislang habe ich daran noch gar nicht gedacht. Es würde ihm bestimmt Vergnügen machen, in Küche und Garten herumbosseln zu dürfen. Hauptsache, der Platz reicht für sein verdammtes

Klavier. Wissen Sie, er kann mein wunderschönes Dower House nicht ausstehen.«

»Ach ja? Das wußte ich nicht.«

»Wollen Sie mir weismachen, daß Sie nicht mit ihm im Bett über mich gelästert haben?« Zum ersten Mal mischte sich ein beißender Unterton in ihre Stimme. Sie deutete fragend auf die Zigarette, die ihr immer noch unangezündet zwischen den Fingern steckte.

»Rauchen Sie ruhig«, sagte ich kleinlaut, überrascht, daß sie unter den gegebenen Umständen immer noch Anstandsregeln gelten ließ. Verständlicher wäre es gewesen, wenn sie versucht hätte, die glühende Kippe auf meiner Haut auszudrücken. Statt dessen wartete sie geduldig auf meine Erlaubnis, die Zigarette anstecken zu dürfen. »Hier muß irgendwo ein Aschenbecher sein. Ich habe ihn für Suzy herausgekramt.«

»Ah, Suzanna«, rief Elizabeth. »Sie weiß Bescheid, nicht wahr?«

»Keine Ahnung«, erwiderte ich. »Als sie hier war, gab's außerdem noch nichts, was sie hätte wissen können. Und gesagt hab ich ihr auch nichts.«

»Oh, Suzanna weiß meistens schon im voraus, was eine Klatschgeschichte zu werden verspricht. Sie hat wahrhaft prophetische Gaben. Jetzt verstehe ich, warum sie in letzter Zeit einen so selbstgefälligen Eindruck auf mich machte. Alte Kuh.«

»Hat sie... Andeutungen gemacht?«

Elizabeth schüttelte den Kopf. »Wir haben Streit. Aber der wird sich wieder legen.«

»Wie sind Sie denn dahintergekommen?«

»Durch einen außergewöhnlichen Zufall, meine Liebe.« Es klang, als wollte sie mir von der Neueröffnung einer Boutique berichten. Das Gespräch wirkte so surreal auf mich, daß mir davon ganz schwindelig wurde. »Ich komme soeben von einem Besuch bei Michael Porrit zurück; Sie wissen, das arme Herzchen von St. Catherine. Er wohnt zur Zeit in York.«

»Ich weiß...«

Sie lachte wieder munter drauflos. »Natürlich, so was spricht sich schnell rum, nicht wahr? Nun ja, so ganz nebenbei erwähnte er, daß sich Ned seit Wochen nicht mehr bei ihm habe sehen lassen. Was mich natürlich überraschte, war Ned doch meines Wissens in York vom Schnee überrascht und drei Tage festgehalten worden. Den guten Porrit brachte mein Einwand ganz durcheinander. ›Aber er hat mich angerufen‹, sagte er, ›und mir gesagt, daß er aus dem Tal nicht rauskommen könnte.‹ Er war den Tränen nahe. Also tröstete ich ihn mit dem Hinweis, daß alles bloß ein Mißverständnis sei und Ned wahrscheinlich irgendwo anders gestrandet wäre. Daß Michael mir nicht glaubte, war unverkennbar. Aber wissen Sie...« Sie legte eine Pause ein, um an der Zigarette zu ziehen. »...ich war immer noch völlig arglos, dachte ganz spontan, daß sich Ned womöglich zu lange in der Bücherei von York aufgehalten und nur wenig Lust verspürt hätte, Michael zu besuchen. Das wäre ihm nicht zu verdenken gewesen, denn Michael Porrit ist der größte Langweiler weit und breit und fängt bei jeder Kleinigkeit zu flennen an. Schrecklich...«

Sie rauchte wie eine Anfängerin, stülpte die Lippen übermäßig weit hervor und fingerte unsicher an der Zigarette herum.

»Nein, ich habe keinerlei Verdacht geschöpft. Bis Sie, meine Liebe, mir von dem Schal erzählt haben. Ich habe meinem Mann nämlich genau an jenem gewissen Tag zugesehen, wie er sich das Ding um den Hals geschlungen hat. Und daran bin ich in den folgenden Tagen verdammt oft erinnert worden, weil's nämlich lausig kalt war und dieser Schal mein mit Abstand wärmster ist...«

Liebevoll strich sie über das weiche Gewebe des Schals, der auf ihrem Schoß lag.

»Als Ned nach seinem... kleinen Ausflug zurückkehrte, habe ich ihn danach gefragt. Er wurde rot wie ein Schuljunge und sagte, daß er ihn wohl im Hotel habe liegenlassen. Ich dachte, er sei bloß deshalb so verlegen, weil er den Schal verloren hatte. Aber dann riefen Sie an, und ich wußte, daß mir mein Mann, dieser ausgemachte Tugendbolzen, was vorgeflunkert hatte. Alles andere ließ sich an fünf Fingern abzählen.«

Ich musterte sie und hörte staunend zu. Seit über zehn Tagen war mir klar, daß es zu dieser Szene unausweichlich würde kommen müssen. Ich hatte mir Elizabeth vorgestellt, wie sie mich zur Rede stellen und anschreien, ja, womöglich sogar mit einem Gewehr bedrohen würde. Aber daß sie mir nun lachend in der Küche gegenüber saß und sich wie über einen guten Witz amüsierte – darauf wäre ich im Leben nicht gekommen.

Nach dem Elend der vergangenen zehn Tage und den düsteren Ahnungen am Morgen faßte ich plötzlich Hoffnung, so bizarr und unglaubwürdig sie auch sein mochte. Mir schien es, als würde sich eine ebenso unwahrscheinliche wie perfekte Lösung all meiner Probleme anbahnen.

Es kostete mich einige Mühe, um mit halbwegs gefaßter Stimme zu sprechen. »Es klingt, als ginge Ihnen die ganze Sache nicht sonderlich nahe.«

Schulterzuckend antwortete sie: »Warum auch? Oh, zugegeben, es piekt ein bißchen, wenn der eigene Mann in fremden Betten Trost sucht. Eigentlich sollte ich fuchsteufelswild werden. Aber unter den gegebenen Umständen kommt mir das Ganze durchaus gelegen.«

Ich wagte es kaum, stellte aber dennoch die Frage: »Sie wären also bereit... sich von ihm scheiden zu lassen?«

»Davon könnte mich nicht einmal der Premierminister abbringen. Aber ich muß schon sagen, Sie überraschen mich sehr.«

»Inwiefern?«

»Aus Ihrer besorgten Frage kann ich doch wohl nur schließen, daß Sie ihn heiraten wollen, dabei dachte ich, daß Sie sich als Pfarrersfrau genauso schlecht machen würden wie ich. Ich muß Sie warnen, meine Liebe, eine solche Rolle ist sterbenslangweilig.«

Ich wurde rot. Es erschien mir peinlich unangemessen, ausgerechnet mit Elizabeth über die Vorzüge einer Ehe mit Ned zu diskutieren.

Ich antwortete: »Wenn Sie wirklich so denken, frage ich mich, warum Sie Ned nicht längst verlassen haben.«

»Ah«, erwiderte Elizabeth und drückte die Zigarette aus. »Ich hatte meine Gründe...« Sie widmete sich wieder dem blauen Schal und zählte die wollenen Fransen ab.

Ich fühlte mich ohnmächtig wie eine Maus in den Krallen einer Katze. Aber der Vergleich hinkt wohl. Ich entsprach eher einer struppigen Kanalratte und sie einem schnurrenden, flauschigen Kätzchen. Dennoch war ich nicht in der Lage zu handeln. Ich konnte nur reagieren.

»Roger«, sagte sie unvermittelt und schaute auf. »Es war alles Rogers Schuld. Er wollte nicht, daß ich Ned verlasse.«

Sagte sie die Wahrheit? Ihre Stimme klang derart zögerlich und taktierend, als versuchte sie, sich eine Geschichte aus dem Ärmel zu schütteln.

»Wie kann er Sie daran hindern?«

»Ist doch klar. Indem er mir kein Geld mehr zukommen läßt«, antwortete sie nun schon sehr viel selbstsicherer. »Wie Sie vielleicht wissen, hat mir mein Vater nur das Dower House hinterlassen. Roger schießt Geld dazu, damit ich über die Runden komme. Und damit macht er Druck, seitdem mir klargeworden ist, daß meine Ehe ein Fehler war. Wenn ich Ned verlasse, dreht Roger den Hahn zu.«

»Und aus dem Grund bleiben Sie bei Ned?«

»Tun Sie nicht so unschuldig. Wovon sollte ich leben? Ich habe nichts gelernt, und bei Co-op Schinken abwiegen... nein danke.«

»Sie könnten wieder heiraten.«

Zum ersten Mal zeigte sich hinter ihrer puppenhaften Fassade ein Anflug von Kummer. »Zur Ehe tauge ich wohl auch nicht. Wie dem auch sei –« sie sah mich trotzig an – »Sie haben mir die Entscheidung leicht gemacht. Roger weiß inzwischen von der kleinen Schneeromanze zwischen Ihnen und Ned und ist stinksauer darüber. Selbst ich habe meinen Bruder noch nie so wütend gesehen. Gegen meine Trennung von Ned wird er jetzt nichts mehr einwenden können. Das habe ich ihm auch gesagt.« Und mit unverhohlen maliziösem Vergnügen fügte sie hinzu: »An Ihrer Stelle würde ich in den nächsten Tagen einen großen Bogen um Roger machen.«

Sie stand auf und ging ans Fenster, um das Wetter zu studieren. »Übrigens war er mir schon um eine Nasenlänge voraus. Er hat geahnt, daß Sie und Ned miteinander liebäugeln. Wahrscheinlich hat Suzy ihm auf die Sprünge geholfen. Die clevere, alte Suzy. Ist mir um etliche Nasenlängen voraus.«

Ich sah sie fassungslos an.

»Sie... Sie selber haben wirklich nichts geahnt?«

»Nein. Bislang war ich überzeugt davon, daß Ned zielstrebig auf seine Heiligsprechung hinarbeitet.«

»Aber der Brief?« wandte ich ein. »Meine Autoschlüssel?«

Sie richtete den Blick auf mich und zeigte sich erstaunt.

»Ich versteh das alles nicht«, sagte ich.

»Kann sein, daß ich mich Ihnen gegenüber flegelig verhalten habe«, meinte sie. »Aber dafür habe ich mich schon entschuldigt. Es war naiv von mir anzunehmen, daß Sie sich für meinen Bruder interessieren. Die Vorstellung hat mir gefallen. Zum Teufel, regnet's etwa?«

Ich trat neben sie ans Fenster. »Schneeregen...«

»Ich werde mir für heute nachmittag Rogers Panzer ausleihen, egal, was er davon hält. Ich muß zu meinem Anwalt.« Sie lächelte zufrieden. »Noch eine Zigarette vielleicht, um zu sehen, wie sich das Wetter entwickelt. Dann will ich Sie nicht länger bei der Arbeit stören. Wie lange gedenken Sie eigentlich noch zu bleiben? Es wird langsam Zeit, wenn Sie sich noch einen günstigen Abgang verschaffen wollen.«

»Tut mir leid, ich kann Ihnen nicht ganz folgen.«

Sie setzte sich wieder und steckte eine Zigarette an. »Der Skandal wird bald unsere enge, kleine Welt erschüttern.«

»Sprechen Sie auf Ihre Scheidung an? Was ist daran so skandalös?«

»Warten Sie ab, was passiert, wenn bekannt wird, daß ich ihm Ehebruch vorwerfe. Sie Glückliche. Es muß aufregend sein, als *femme fatale* angeprangert zu werden.«

»Ehebruch? Wovon reden Sie? In einem Scheidungsverfahren wird doch heutzutage keine Schuld ermittelt. Wenn sich beide Partner einig sind, brauchen sie bloß eine Zeitlang getrennt zu leben und...«

»Ich weiß. Aber trotzdem werde ich mich nicht um meinen kleinen Spaß bringen lassen.«

»Spaß? Das nennen Sie Spaß?«

»Von der Sache sollen möglichst viele erfahren. Gegebenenfalls schalte ich auch die überregionale Presse ein. Die scheint unersättlich zu sein, wenn es darum geht, die Sünden des Klerus auf die Titelseite zu bringen. Ich fänd's herrlich, mein Foto in der *Sun* wiederzusehen. Was meinen Sie?«

»Und was ist mit Ned?«

»Ach ja, der arme Ned. Er wird sich natürlich die Haare raufen. Aber das geschieht ihm recht. Leugnen wird er nicht, oder? Ehrlich, wie er ist.«

»Ich verstehe nicht, warum Sie ihm so was zumuten wollen. Daß Sie mich aufs Korn nehmen… na, schön, damit komme ich zurecht. Aber ihn?«

»Ich hab's satt, daß alle den herzensguten, frommen Pfarrer Cowper bedauern, weil er mit einer so verrückten, launischen Frau gestraft ist. Jetzt bin ich am Zug, denn es ist wohl an der Zeit, daß auch mir zur Abwechslung mal ein bißchen Sympathie entgegenschlägt. Und dem helfe ich nach, indem ich die Frau mime, der übel mitgespielt wurde. Ein kleines, schwarzes Kostüm und ein Schleier à la Bette Davis wäre wohl die passende Garderobe dafür. Meinem Bruder wird vor Wut der Schaum vor den Mund treten.«

Kichernd drückte sie die Kippe aus und stand auf. »Nehmen Sie's nicht persönlich. Ich hab nichts gegen Sie. Im Gegenteil, ich wünsche Ihnen alles Gute. Es regnet immer noch. Leihen Sie mir Ihren Regenmantel?«

26

Ich schaffe es noch immer nicht, diesen besonderen Blauton zu treffen. Ob es mir jemals gelingt, ist zweifelhaft, denn sobald die Mischung auf der Palette der fraglichen Farbe nahekommt – einem zarten Himmelblau, um eine Nuance dunkler als Wedgwood –, fangen meine Hände zu zittern an. Dem kann ich mich nicht widersetzen. In meiner Vorstellung ist dieses Blau dann jedesmal besprenkelt mit scharlachrot leuchtenden Flecken.

Elizabeth Cowper wickelte den Schal um den Kopf, stopfte sorgfältig ein paar lose Haarsträhnen darunter und warf meinen Regenmantel über. Er war ihr etliche Nummern zu groß, worüber sie sich prächtig zu amüsieren schien.

Nicht zu fassen, dachte ich immer wieder; diese Frau beschuldigt mich, mit ihrem Mann geschlafen zu haben, will mich als Mitbeklagte vor Gericht zitieren, und marschiert lachend in meinem alten Regenmantel los, als wären wir die besten Freundinnen.

Ich glaube, wir haben uns ganz normal verabschiedet. Mit den üblichen Floskeln eben. Aus den Gedanken, die mir durch den Kopf gingen, wurde ich kaum schlau. Ned würde frei sein. Aber der Skandal. O Gott, Elizabeth ahnte wohl selber nicht das mögliche Ausmaß.

Ich weiß noch, daß ich, gleich nachdem die Tür zugeschlagen war, aufsprang und ins Wohnzimmer lief, um das Telefonbuch zu wälzen. Ich wollte Ned im Kloster anrufen. Hier bei mir hätte er sein sollen, anstatt in friedlicher Einsamkeit sein Gewissen zu erforschen. Ich glaube, daß mir das Motorengeräusch aufgefallen ist. Allerdings achtete ich nicht weiter darauf, da ich mir den Kopf zermarterte bei dem Versuch, den Namen des Klosters in Erinnerung zu rufen. Dann hörte ich den Schuß.

Er war nicht sonderlich laut, aber auf schockierende Weise endgültig. Ein einziger, trockener Knall. Für einen Augenblick konnte ich mich nicht regen. Am liebsten hätte ich mir wie ein Kind die Hände vors Gesicht geschlagen, um nicht zur Kenntnis nehmen zu müssen, was da geschehen war.

Schließlich zwang ich mich, ans Fenster zu gehen, das auf die Straße hinauswies. Elizabeth lag auf dem Weg. Ihr Kopf, umwickelt mit dem blauen Kaschmirschal, war fast gänzlich weggeschossen. Die kleine, gepflegte Hand spreizte sich wie ein Seestern auf dem schlammigen Blumenbeet, gleich neben einem Busch gelb blühender Winterlinge. Ich hörte ein Klikken. Roger, der vor dem Range-Rover stand, lud das Gewehr neu. Er hatte mich nicht gesehen.

Würgend taumelte ich weg vom Fenster. Daß mir der Mageninhalt nicht hochkam, lag an der Panik, die mich nun packte und jeden Muskel meines Körpers lähmte.

Er bringt mich um! schrie es mir durch den Kopf. Um mich herum schien sich alles zu verlangsamen, dem zähen Bewegungsablauf eines Unterwasserballetts zu folgen, doch mein Gehirn arbeitete wie wild. *Roger bringt mich um.* Und in erschreckender Deutlichkeit wurde mir bewußt, daß die Kugel nicht für sie, sondern für mich bestimmt gewesen war. Elizabeth hatte mich gewarnt, mir geraten, einen großen Bogen um ihn zu machen. Dann war sie aus *meinem* Haus getreten, in *meinem* Mantel, einen Schal um den Kopf gewickelt. Ihr Kopf, o Gott...

Jetzt waren Rogers Schritte auf dem Weg zu hören.

»Frankie?« rief er. »Frankie...?«

Für einen Anruf war es zu spät. Bis ich den Hörer abgehoben hätte, würde er das Haus erreicht und den Gewehrlauf durchs Fenster gesteckt haben. Ich rannte los, warf einen Stuhl um, der mir im Weg stand, flog die Treppe hinauf, verriegelte die Stiegentür hinter mir und preßte mich lauschend an die Wand. Stille. Dann ein Klopfen. Die Küchentür sprang auf und schlug gegen den Rand des Spülbeckens.

»Frankie? Um Himmels willen, wo steckst du?«

Er war im Haus. Ich hatte nicht abgeschlossen, nachdem Elizabeth gegangen war. Wie lange ließ er sich wohl noch aufhalten? fragte ich mich. Roger hatte Kraft. Die Stiegentür einzutreten, würde ihm kaum Umstände machen. War zu hoffen, daß jemand zufällig die Straße entlangkommen würde? Wohl kaum. Sollte ich versuchen, durchs Fenster zu steigen und mit dem Auto zu fliehen? Nein, der Gedanke war schneller verworfen als gefaßt. Solche Auswege gab's nur im Kino, nicht aber im wirklichen Leben.

»Oh, Frankie, verflucht. Du mußt doch hier irgendwo sein...«

Dann hörte ich ihn an der Stiegentür rütteln. »Bist du oben? Was treibst du? Ich muß mit dir reden, Frankie...«

»Bitte...«, fing ich zu stammeln an. Meine Stimme kam mir selber fremd vor; sie klang wie die einer sehr alten Frau. Schrill und brüchig. Es gelang mir nicht, sie zu dämpfen, unter Kontrolle zu bringen. »Bitte, Roger, tu's nicht...«

»Du bist also doch da. Was soll ich nicht tun?«

»Mich... erschießen.«

»Dich erschießen, Frankie? Wieso um alles in der Welt sollte ich dich erschießen?«

Er rüttelte wieder an der Tür.

»Wegen uns... Ned und mir.«

Roger stieß einen bitteren, schmerzvollen Laut aus.

»Du traust mir zu, dich zu töten, weil du Ned liebst?« rief er. »Wie könnte ich dir das zum Vorwurf machen?« Und schluchzend fuhr er fort: »Ich liebe ihn, solang ich denken kann.«

Er stand beim Spülbecken, als ich die Tür öffnete. »Da, sieh«, sagte er mit brüchigem Lächeln. »Kein Gewehr. Das steht drüben in der Ecke.«

»Aber du hast es wieder nachgeladen.«

»Natürlich. Stell dich nicht so dumm an. Tu mir einen Gefallen. Gib mir einen Brandy. Einen doppelten. Oder wenn keiner im Haus ist, irgendwas anderes. Mein letzter Wunsch.«

»Was soll das heißen?«

»Um Himmels willen. Ich brauch was zu trinken. So wie du aussiehst, könntest du auch einen Schluck vertragen.« Er hob den Stuhl auf, den ich umgestoßen hatte, und forderte mich auf, Platz zu nehmen. »Ist hier was zu finden?« fragte er und öffnete die obere Tür des Küchenschranks.

Ich nickte.

Der Weinbrandgeruch ließ mich wieder würgen. Roger kippte sein Quantum mit einem Schluck hinunter und schenkte sich neu ein.

»Selbstmörder hinterlassen meistens Abschiedsbriefe«, sagte er. »Ich hab ein paar Zeilen zu schreiben versucht, bring aber nichts zustande. Statt dessen will ich dir erzählen...«

»Roger, von Selbstmord kann keine Rede sein. Du hast Elizabeth erschossen«, sagte ich törichterweise.

»Natürlich. Sie hat's verdient. Herausgefordert.«

»Gütiger Himmel«, flüsterte ich. »Lieber Gott...« Wieder entgleiste mir die Stimme, und ich fühlte eine Flut von Tränen in mir aufquellen. Mir war, als hätte jemand anders Kontrolle über meinen Mund, meine Glieder, als hätte sich mein Körper von mir losgelöst. Mein Blick geriet ins Schwimmen; um mich herum fing alles zu rotieren an.

»Nein«, sagte Roger harsch und drückte mir das Whiskyglas unsanft an die Lippen. »Du darfst jetzt nicht schlappmachen, Frankie. Du mußt mir zuhören.« Wieder drohte sich mir der Magen umzustülpen, aber ich schluckte den Fusel, und langsam rückte vor meinen Augen alles wieder an seinen Platz. »Es geht schon«, sagte ich. »Nur zu, sag mir, warum du...« Es war mir unmöglich, den Satz zu Ende zu sprechen, in Worte zu fassen, was er getan hatte. Ich betrachtete meine Hände und war überrascht zu sehen, daß sie nicht zitterten. Das Zittern spielte sich ausschließlich im Inneren ab.

»Ich hab Ned schon immer geliebt«, sagte Roger. »Seit meiner Kindheit. Lange bevor mir beigebracht wurde, daß es was Schlechtes ist...«

In dem entnervten, bleiernen Gemütszustand, der dem Schock folgt, kann nichts mehr überraschen. Und weil ich so benommen war, traute ich meinen Ohren nicht, glaubte, falsch verstanden zu haben. »Du willst mir doch nicht weismachen...«

»Doch, ich bin homosexuell. Oder wie du sagen würdest: *gay*.« Er spuckte das Wort förmlich aus. »Eine verdammt unzutreffende Vokabel. Denn was ist gay und heiter daran? Nein, ein Elend ist es, das reine Elend. Deine Kommentare kannst du dir schenken. Ich will nichts hören von diesem liberalen Gewäsch. Hör mir zu...«

Er lehnte immer noch an der Spüle. Ich saß am Küchentisch – genau zwischen ihm und der Flinte, auf die er nun einen Blick warf. Sie stand in der Ecke und schien ihm Sicherheit zu verleihen.

»Mein Vater war ein Teufel. Er verachtete mich, haßte meinen Anblick. Und ein Sadist war er. Er drosch mit der Peitsche auf alles ein, was sich bewegte, und hatte Spaß daran. Meine Mutter machte sich mit ihrem Gigolo aus dem Staub, als ich dreizehn war. Ich will mich nicht rausreden mit faulen Entschuldigungen, sondern nenne einfach bloß ein paar Fakten. Wäre ich in einem Heim gelandet, hätten Sozialarbeiter an mir ein gefundenes Fressen gehabt. Aber es geht mir nicht darum, Mitleid einzuheimsen...

Während meiner ganzen, elenden Kindheit gab es nur einen, der mir freundlich gesinnt war, nämlich Ned. Zugegeben, in der Schule konnte ich mich halbwegs wohl fühlen. Ich war wohl der einzige Junge, der weinte, wenn's in die Ferien ging. Hier im Dorf hatte ich zwar auch ein paar Freunde, aber die kuschten alle vor meinem Alten. Im Gegensatz zu Ned. Er hat sich immer hinter mich gestellt.«

»Aber deine Schwester. Sie hat doch auch unter ihm gelitten, oder?«

»Bess und Vater hingen zusammen wie Pech und Schwefel. Sie konnte ihn um den kleinen Finger wickeln. Unterbrich mich nicht, Frankie. Ich will endlich hinter mich bringen, was ich dir zu sagen habe. Also... ich liebte Ned und liebe ihn noch. Deshalb habe ich Himmel und Erde in Bewegung gesetzt, um ihn nach Thornbeck zu holen. Ich wußte, daß er mich nie... Aber das war mir egal. Ich wollte ihn nur in der Nähe wissen. Für immer. Daß sich Bess in ihn verknallte, kam mir natürlich sehr gelegen. Es war verdammt nicht leicht, den amtierenden Pfarrer von St. Peter in den vorzeitigen Ruhestand zu schicken, aber ich hab's geschafft.« Er sah mich mit verbissener Miene an. »Weißt du, was die Leute aus dem Dorf damals sagten? ›Der Apfel fällt nicht weit vom Stamm. Der Junge ist so herrisch und anmaßend wie sein Vater.‹ Und das sagten sie bewundernd. Himmel.« Er leerte sein Glas.

»Und zu allem Überfluß kommt zwei Monate später Bess daher und meint, der Ehestand würde ihr nun doch nicht gefallen; sie habe sich was anderes darunter vorgestellt. Mich wundert, daß ich sie nicht schon damals erwürgt habe.«

»Kannst du ihr wirklich einen Vorwurf machen, Roger? Ehen gehen allenthalben in die Brüche, und bei den Problemen deiner Schwester...«

»Halt den Mund, Frankie. Das ist meine Geschichte. Meine Schwester war eine neurotische, egoistische Ziege. Und mir war klar, daß Ned nicht mehr zu halten wäre, wenn Bess sich von ihm trennen würde. Ich hatte Angst, ihn dann nicht mehr wiederzusehen. Also bot ich Bess finanzielle Unterstützung an. Zum Teufel auch, sie war die glücklichste Frau auf der Welt. Etwa nicht? Sie wurde bezahlt dafür, daß sie mit einem Mann wie Ned zusammenbleibt.« Roger zeigte ein dünnes Lächeln. »Es hat mich ruiniert. Mehr oder weniger jedenfalls. Selbst bei dem Geld, das ich von der Familie meiner Mutter habe. Ned wird nicht viel erben.«

»Ned?«

»Ich vermache ihm alles. Schließlich ist er mein nächster Verwandter. Sozusagen. Ich wünschte bloß, das Erbe wäre größer. Von dem, was übriggeblieben ist, wird sich das Finanzamt das meiste holen. Und die Scheidung hat natürlich auch eine Menge gekostet.«

»Warum hast du eigentlich geheiratet, Roger? Deine Neigungen liegen doch woanders.«

»Genau aus dem Grund habe ich geheiratet. Um nicht erkannt zu werden... dafür habe ich alles getan. Aber wenn ich Caro im Bett auf mich warten sah, wurde mir jedesmal übel.« Er hob sein Glas. »Damit hab ich mir Mut gemacht. Und schau, was aus mir geworden ist...« Die bronzefarben schimmernde Flüssigkeit in seiner Hand zitterte, und wütend rammte er das Glas aufs Spülbord.

»Aber all die anderen Frauen?«

»Was für andere Frauen? Diese Geschichten hat man mir bloß angedichtet, weil der Alte so ein Schürzenjäger war. Ich habe nicht dementiert, das ist alles.«

»Und... ich?«

»Ah, Frankie. Ich wollte es noch einmal versuchen, verzweifelt, wie ich war, und...«, fügte er mit bitterem Lachen hinzu, »du siehst so knabenhaft aus. Du hattest nicht so schrecklich schwammige Rundungen wie Caro. Ich dachte, vielleicht kann ich diesmal... Darf ich mir noch was von dem Brandy nehmen?«

Ich schenkte ihm ein. Draußen gefror der Schneeregen; zersplitterte Eiskristalle flogen klirrend gegen die Scheibe. Draußen lag Elizabeths Leiche ausgestreckt auf dem Weg.

»Zu Anfang hab ich dir nur spaßeshalber schöne Augen gemacht. Und du bist auf das Spielchen eingegangen, stimmt's? Für mich war's Imagepflege. Roger, der geile Bock. Aber du bist mir so lieb, daß... Tja, und dann hab ich all meinen Mut zusammengenommen in der Absicht, dir eine Generalbeichte abzulegen. Du erinnerst dich an jene Nacht, als du, armes Mädchen, so verängstigt warst, weil ich draußen ums Haus herumgeschlichen bin.«

Ich nickte.

»Was du über offene Zweierbeziehungen und schwule Männer gesagt hast, hat mir gefallen. Ich war sicher, Verständnis bei dir zu finden.« Er nahm noch einen Schluck aus dem Glas und starrte zum Fenster hinaus.

»Ich wollte dir eine Art Ehe vorschlagen, in der jeder von uns eigene Wege geht. Ich hoffte sogar, du würdest einverstanden sein, denn wenn Suzys Andeutungen zutrafen, war damit zu rechnen, daß dir ein solches Arrangement gelegen käme, um in Neds Nähe bleiben zu können.« Er warf mir einen Blick über die Schulter zu und verzog das Gesicht. »Lächerlich, ich weiß. Als wäre gute Nachbarschaft Ersatz für... Aber halbe Sachen sind besser als gar nichts. Ich weiß, wovon ich rede. Na ja, jedenfalls bin ich hierhergekommen... und hatte dann keinen Mumm mehr, bei dir anzuklopfen. Stattdessen habe ich dir nur einen Schrecken eingejagt. Die Sache mit dem Brief tut mir genauso leid. Das war billig...«

»Der anonyme Brief? Den hast du geschrieben?«

Roger drehte sich um und sah mich an. »Als Suzy mir steckte, daß sich zwischen dir und Ned was anbahnt, bin ich wütend geworden. Aus Eifersucht, schätze ich. Außerdem hatte ich Angst, daß Ned wegziehen könnte, wenn er sich in dich verliebt. Nach nüchterner Betrachtung war ich mir aber sicher, daß Ned seine Frau niemals verlassen würde. Andernfalls hätte er schon lange vorher Reißaus genommen. Doch diese Einsicht kam mir zu spät. Ich hatte den üblen Wisch bereits abgeschickt. Wenn ich nicht irre, ahnte Ned, wer dahintersteckte. Ihm ist bestimmt eingefallen, daß es in unserer Schulzeit eine ähnlich dumme Episode gegeben hatte. Er verlangte von mir, daß ich mich bei dir entschuldige.«

»Und meine Autoschlüssel?« fragte ich. »Hast du die genommen?«

In Rogers Gesicht rührte sich keine Miene; dann nickte er ungeduldig.

»Das hatte nichts zu bedeuten. Ein blöder Partywitz. Wenn du mich gefragt hättest, wär ich damit rausgerückt. Ich wollte einfach bloß, daß du bleibst. Und daß Ned bleibt. Aber dann habt ihr euch beide heimlich davongeschlichen.«

»Und ich habe immer nur Elizabeth verdächtigt...«

»Bess glaubte, daß du die Schlüssel selber versteckt hättest. Stell dir vor. Sie dachte, du würdest einen Vorwand suchen, bei mir übernachten zu können. Für sie stand nämlich außer Frage, daß du ein Auge auf mich beziehungsweise auf das Manor geworfen hast. Immerhin wußte sie, daß es mir ernst war, als ich um deine Hand anhielt. Alle lachten, aber sie war wie versteinert und fürchtete, daß du den Antrag annehmen und dadurch all ihre Pläne durchkreuzen könntest. Verdammt, sie ist eine Hexe... war eine Hexe. Sie wollte Ned ruinieren. Wußtest du das? Sie wollte vor Gericht gehen und eure Affäre an die große Glocke hängen.« Der Alkohol hatte inzwischen Rogers Blick getrübt; seine Stimme war jedoch immer noch klar und fest.

»Hast du's deshalb getan?« fragte ich. »Sie umgebracht, weil sie einen Skandal vom Zaun brechen wollte? Du glaubst doch wohl selber nicht, Ned damit einen Gefallen getan zu haben. Oh, mein Gott.«

Roger lachte höhnisch. »Du hast keine Ahnung«, sagte er. »Du kennst meine Schwester nicht im geringsten. Die letzten sieben Jahre hat sie ihrem Mann das Leben zur Hölle gemacht, ihn gedemütigt, wo sie nur konnte. Alles, was ihm von Bedeutung war, hat sie ihm wegzunehmen versucht.« Er sprach schneller und schneller. »Seine Berufung, das Klavier, die Achtung seiner Mitmenschen...«

»Roger, ich weiß Bescheid. Ned hat's mir erzählt. Nachdem, was Elizabeth als Kind durchmachen mußte...«

»Was kann das schon gewesen sein?« brüllte Roger. »Wir hatten denselben Vater, sind beide geschlagen worden. Bess hat anschließend wenigstens noch ein bißchen Zuwendung erfahren. Das war für mich nicht drin. Wirklich weh getan hat Vater ihr nie. Na schön, dadurch sind ihr womöglich ein paar sexuelle Flausen in den Kopf gestiegen. Mir geht's ja ähnlich. Aber Sex ist nicht alles und kann kaum entschuldigen, was sie getan hat. Meine Schwester war eine verwöhnte Göre, aber nicht beschränkt. Sie wußte genau, was sie tat. Es gab niemanden, der ihre Probleme besser kannte als sie selbst. Um die bis in alle Winkel auszuloten, hat sie ein Vermögen ausgegeben.«

Mit tranigem Blick suchte er meine Zustimmung.

»Und hat sie sich jemals auch nur einen Schritt auf Ned zubewegt? Die kleinste Anstrengung unternommen, ihm das Leben zu erleichtern? Naiv wie er war, konnte er nicht glauben, daß manche Menschen durch und durch schlecht sind. Er hielt sie bloß für ein bißchen durcheinander und hoffte, sie mit Liebe heilen zu können. Ich hab ihn eines Besseren zu belehren versucht. Ungezählte Male. Aber er wollte nicht hören.«

Roger beugte sich vor, langte nach meiner Hand und packte so fest zu, daß es weh tat. »Erinnerst du dich an unser Familienmotto? Meine Schwester wußte genau, daß es für sie einen besseren Weg zu wählen gab, entschied sich aber wissentlich für den schlechteren. Ned war für sie nichts weiter als ein Prügelknabe.«

»Aber Roger... das ist doch, das kann doch kein Grund für einen *Mord* sein...«

»Deshalb habe ich sie auch nicht umgebracht – obwohl der Grund allein schon ausgereicht hätte. Sie hätte es verdient gehabt, wie ein tollwütiger Hund totgeschlagen zu werden. Nein, ich mußte sie umbringen, weil sie mich bloßstellen wollte. Meine Schwester hatte sich aufs Erpressen verlegt. In der Nacht, als ich hier draußen vorm Haus stand und dir alles gestehen wollte... wußtest du, was Elizabeth da getan hat? Ja?«

Er starrte mich an und wartete begierig auf eine Antwort. Ich schüttelte den Kopf.

»Sie war mir gefolgt. Hielt Ausschau nach Beweisen. Daß ich zu dir gegangen bin und nicht etwa zu jemand anderem, muß ihr einen Schlag versetzt haben. Was für ein Pech für sie. Den Feldweg habe ich sonst immer nur eingeschlagen, wenn ich heimlich aus dem Dorf verschwinden wollte. So wie der Alte früher und womöglich all seine Vorfahren auch. Aber nicht zu Fuß, sondern im Land Rover. Zu dem Zweck hab ich mir das Ding gekauft. Mit wem hoffte sie mich wohl zu ertappen? Mit irgendeinem Bauern? Dummes Luder...«

Er ließ meine Hand los, um noch einen Schluck Brandy zu nehmen.

»Und dann kam der Schnee. Als guter Bruder, der ich manchmal zu sein versuche, habe ich Bess rüber ins Manor geholt. Um mit ihr vorm Kamin zu sitzen und zu trinken. Sie bedankte sich dafür, indem sie mein Schlafzimmer durchstöberte, wobei ihr ein kleiner, aber sehr bedeutungsvoller Zeitungsausschnitt in die Hände fiel.«

Lächelnd schaukelte Roger auf seinem Stuhl hin und her.

»Daraufhin lieh sie sich meinen Wagen aus – beachte bitte: *meinen* Range Rover – und fuhr nach York. Dort suchte sie Michael Porrit auf und entlockte dem armen Deppen das Eingeständnis, den Mann erkannt zu haben, der damals durch das verdammte Pissoirfenster entkommen war. Konnte ich denn ahnen, daß in dem Nest der verzweifelten Schwuchteln ausgerechnet ein Pfarrer meines Sprengels den Verschlag nebenan besetzt hielt?

Anschließend kam meine Schwester zu mir und drohte, mich an den Pranger zu stellen, falls ich nicht in ihre Scheidung einwilligen und die Unterhaltszahlungen verdoppeln würde.«

Roger leerte sein Glas und stand auf.

»Deshalb habe ich sie erschossen.«

27

... und mehr, mein liebster Ned, weiß ich dazu nicht zu sagen.

Du hättest ihn vielleicht überwältigen, daran hindern können. Ich nicht. Es war schrecklich, entsetzlich. Ich weiß, er war ein Mörder, und am Ende schien er mir wie von Sinnen zu sein. Das habe ich auch der Polizei gesagt. Dem Untersuchungsrichter werde ich dasselbe sagen. Vielleicht wird man davon sprechen, daß er unter Geistesstörungen litt, und ihn für seinen Freitod nicht zurechnungsfähig halten. Aber ich konnte ihn nicht aufhalten. Ich bin mir nicht einmal sicher, ob ich es auch gewollt hätte.

Er hat mir zum Abschied einen Kuß gegeben und aufgetragen, Dir zu schreiben, daß seine Liebe, all seine Liebe, Dir gehört.

Mein armer Ned. Was mußtest Du ertragen. Ich wünschte, mir würde etwas einfallen, womit ich Dich trösten könnte. Daß ich mich davongemacht habe, muß Dir wohl zusätzlich einen Schlag versetzt haben. Ich weiß, das war grausam von mir. Aber was hätte ich sonst tun sollen? Wir konnten nicht zusammenbleiben, nicht bei all den Journalisten, die überall herumschnüffeln. Sie sind mir mittlerweile auch hier auf die Spur gekommen. Ich habe den Hörer neben den Apparat gelegt.

Auch wenn sich die Wogen wieder geglättet haben – sobald ich nach Thornbeck zurückkäme und nur eine einzige Stunde mit Dir verbringen würde, stünde das halbe Dorf Kopf. Hab ich nicht recht? Die Leute dort sind wachsam, das hast Du selbst gesagt. Vor denen gibt es kein Verstekken. Die ganze Sache ist scheußlich genug; was zwischen uns ist, muß nicht auch noch in der Öffentlichkeit breitgetreten werden.

Deshalb bin ich nach London zurückgekehrt. Ich hätte nicht eine Nacht länger bleiben können, nicht allein. Die Polizei hat mich gestern tatsächlich durch halb England bis zum Haus meiner Mutter eskortiert. Jetzt bin ich zu Hause in

Clapham. Zur Verhandlung muß ich natürlich wieder hoch in den Norden. Man braucht mich als Kronzeugin. Ich weiß, daß Du auch da sein wirst.

Besser, wir begegnen uns nicht...

Ich mußte das Schreiben kurzfristig unterbrechen. Eine Träne war auf die erste Zeile der neuen Seite gefallen und zu einem verräterischen Tintenklecks auseinandergelaufen. Ich nahm ein frisches Blatt und setzte ein zweites Mal an.

Bestimmt ist es besser, wenn wir uns nicht begegnen.

Es tut mir schrecklich leid, aber ich glaube, Elizabeth hatte recht, als sie sagte, daß ich mich genausowenig wie sie zur Pfarrersfrau eignen würde. Obwohl ich weiß, daß Du mich gerade jetzt am meisten brauchst, kann ich unmöglich bei Dir sein. Der Skandal wäre einfach zu groß, nicht wahr? Und später dann, wenn Du alles überwunden hast, wirst Du, wie ich fürchte, ohne mich besser zurandekommen.

Würde er das glauben? Akzeptieren? Frankie Cleverdon geht ab und bittet den Bären, nicht hinter ihr herzujagen...

Aber bitte, laß uns in Freundschaft auseinandergehen. Fast hätte ich meine Adresse unterschlagen, aber das wäre albern gewesen. Schließlich ist es nicht sonderlich schwer herauszufinden, wo ich wohne. Ich bitte Dich aber, mich weder treffen noch anrufen zu wollen. Weil es nun einmal so sein muß, ist es besser, wir trennen uns sofort, als daß später alte Wunden wieder aufgerissen werden.

Ich werde meine Bilder abholen lassen und sie hier für die Ausstellung fertigmalen.

Vergessen werde ich Dich nie...

Mehr konnte ich nicht zu Papier bringen. Die Tränen strömten mir heiß übers Gesicht. Ich krakelte meinen Namen unter die Zeilen, steckte die Seiten in einen Umschlag und lief Hals über Kopf zur Post, um nicht doch noch schwach zu werden und den Brief zurückzuhalten.

Endlich glaubte ich mich einmal richtig entschieden zu haben. Was Besseres hättest du nicht machen können, redete ich mir ein. Bla bla bla. Irgendwie mußte ich mich ja zu trösten versuchen.

Ich heulte die halbe Nacht durch und döste schließlich ein, Worte murmelnd, die ich seit Jahren nicht mehr von mir gegeben hatte. Ich bat Gott (wenn er denn existierte), mir aus dieser verdammten Klemme zu helfen.

Oktober

Ich starrte hinunter auf die Straße und atmete tief durch, um meine Nerven zu beruhigen. Es half nichts. Statt dessen wurde mir schwindelig. Wieder fuhr ein Bus der Linie 137 vorbei. Eisern nahm ich mir vor, noch zwei Busse abzuwarten. Dann würde ich ein Taxi rufen. Und zum Teufel mit Sebastian.

Die Wohnung war kaum wiederzuerkennen, weil blitzsauber und aufgeräumt. In den vergangenen zwei Monaten hatte ich bislang brachliegende Hausfrauentalente zum Einsatz gebracht. Die Türdrücker, die jahrelang unter einer grünlichen Dreckkruste unsichtbar geblieben waren, entpuppten sich im neuen Glanz als wahre Schmuckstücke des Jugendstils.

Schon immer hatte meine Wohnung intensiv gerochen: nach Leinöl, Terpentin und Acrylfarbe. Nun mischten sich unter diese Gerüche gemeinere Duftnoten, nämlich die von Scheuermitteln und Politur. Ich hoffte, daß der Gestank verflogen sein würde, bevor ich zurückkehrte. Bevor *wir* zurückkehrten. Ich wollte Sebastian den Auftrag geben, das zweite Schlafzimmer täglich zu lüften.

Mein Koffer stand im Flur. Er war schon seit knapp einer Woche gepackt. Am Morgen hatte ich noch etwas dazugesteckt: Neds Brief an mich, der seit Monaten zuoberst in der Nachttischschublade gelegen hatte, sowie die neuen Nachthemden. Nun war das marineblaue Gepäckstück im Flur in seiner »Griffbereitschaft« wirklich notwendig und nicht nur – wie es bislang den Anschein hatte – für irgendeinen Notfall aus übertriebener Vorsorge bereitgestellt und im Grunde so überflüssig wie ein Flugblatt zur Vorbereitung auf einen Atomkrieg.

Den Brief mit einzupacken wäre eigentlich nicht nötig gewesen, da ich den Inhalt auf Verlangen wortwörtlich hätte zitieren können. Zumindest die letzten Seiten. Auf den ersten standen lediglich Nachrichten über Grundstücksverfügungen und einzelne Nachwirkungen der Doppeltragödie auf das

Alltagsleben im Dorf. Das meiste davon war mir schon bekannt, bevor ich Neds Brief erhalten hatte. Bis auf eines: Es verblüffte mich zu lesen, daß Ned offenbar schon zu Schulzeiten gewußt hatte, daß Roger zumindest bisexuell veranlagt war. Damit erklärte sich auch, warum er mir schon damals geraten hatte, Rogers Annäherungsversuche nicht ernst zu nehmen. Jetzt machte sich Ned bittere Vorwürfe darüber, daß er seinen Schwager nie mit der Wahrheit konfrontiert hatte.

... aber er war so verschämt; es hätte ihn bestimmt unsäglich gekränkt, von mir zu erfahren, daß ich Bescheid wußte. Jahrelang hatte er alles darangesetzt, sich nichts anmerken zu lassen. Es wäre mir allzu grausam vorgekommen, ihm die Maske herunterzuziehen. Aber jetzt muß ich mir vorwerfen, kurzsichtig und feige gewesen zu sein. Ich ahnte nicht, wie tief seine Gefühle für mich waren. Kaum zu glauben, wie blind ich gewesen bin. Als einzige, kleinlaute Entschuldigung ließe sich vielleicht vorbringen, daß ich mir einfach nicht zutraute, eine so große Liebe entfachen zu können. Die Schuld, nichts gesehen oder geahnt zu haben, drückt schrecklich schwer.

Ich liege wach und frage mich, was ich hätte tun können, wie diese entsetzliche Vergeudung von Leben abzuwenden gewesen wäre. Ich weiß, Dich quälen dieselben Fragen, aber glaube mir, Liebste, Dich trifft keine Schuld. Unsere Liebe schürte nur zufällig den Streit zwischen Bruder und Schwester. Ich dagegen, als Freund des einen und Ehemann der anderen, habe auf der ganzen Linie versagt.

Es überraschte mich nicht zu erfahren, daß Ned auf sein Erbe verzichtete. Er wollte nicht Nutznießer der Tragödie sein. Um so mehr bewunderte ich sein Vorhaben: Er hatte das Dower House zum Verkauf freigegeben und plante, den Grund und Boden der Vaiseys so bald wie möglich zu veräußern. Mit dem erzielten Gewinn gedachte er, eine wohltätige Stiftung zu gründen. Das Manor sollte zu einer Art Therapiezentrum umgebaut werden, in einen Zufluchtsort für Menschen aus zerrütteten Familien. Die Tragödie der Vaiseys, so hoffte Ned, würde am Ende vielleicht dazu beitragen können, daß anderen ein ähnliches Los erspart bliebe.

Mit Tränen in den Augen las ich, daß ein Teil der Liegenschaften vom Verkauf ausgenommen war, nämlich Lamp Lodge.

... dort habe ich so viel Glück erlebt, vor allem natürlich mit Dir, mein Liebling. Aber schon als Kind war mir das Häuschen lieb und teuer. Ich will nicht, daß die Tragödie auf diese Erinnerungen abfärbt. Ich werde mich nach einer neuen Pfarrstelle umsehen, könnte es aber nicht ertragen, diese kleine Verbindung mit der Vergangenheit zu verlieren. Wer weiß, wo ich landen werde.

Ich finde keine Worte zur Beschreibung der Qual, Dich nicht sehen zu dürfen und auch noch damit einverstanden sein zu müssen. Aber ich bin Pfarrer und muß es bleiben. Zumindest darf ich nicht leichtfertig aufgeben. Ich vermute, eine Ehe mit mir läuft auf eine Dreiecksbeziehung hinaus: Die Kirche nimmt die dritte Seite ein. Vielleicht die grundlegende, stützende der beiden anderen Seiten, die aufeinander zugeneigt sind. Diese Vorstellung könnte mir gefallen, doch ich habe die Erfahrung gemacht, daß diese grundlegende Seite die beiden anderen auch auseinandertreiben kann. Außerdem habe ich gelernt, wie verkehrt es ist, einer Frau abzuverlangen, den Anforderungen einer Pfarrersfrau zu entsprechen, obwohl sie sich innerlich davor sträubt. Wir beide wissen ein bitteres Lied davon zu singen.

Deshalb bin ich Dir nicht gram. Natürlich nicht. Ich bin dankbar für Deine Offenheit und gestehe Dir noch mal, daß ich Dich liebe. Daß ich Dich immer lieben werde und daß trotz der schrecklichen Ereignisse, die sich draußen anbahnten, die drei gemeinsamen Tage mit Dir, eingeschlossen im Schnee, zu meinen kostbarsten Erinnerungen gehören.

Der Orden ist einverstanden und gewährt mir einen längeren Aufenthalt im Kloster, sobald ich Rogers chaotische Hinterlassenschaft geordnet habe. Keine Angst, ich gedenke nicht für immer hinter Klostermauern zu verschwinden, brauche aber einstweilen äußere Ruhe, um im Innern wieder Frieden finden zu können.

Auf immer Dein.

Ned

Daß er Mönch werden würde, war nicht zu befürchten. Ein solches Leben entsprach nicht seinem Temperament. Außerdem würde er, zurück auf freier Wildbahn, sehr bald wieder von Frauen umschmeichelt werden. Auch daran zweifelte ich nicht. Er war einfach zu schwach, zu vertrauensvoll, zu *liebenswert*, um auf Dauer allein zu bleiben. Ich fürchtete bloß, daß ihm mittlerweile schon eine andere nachstellte.

Ich hatte nämlich nicht die Absicht, Ned aufzugeben. Von wegen. Sobald sich die Möglichkeit ergab, wollte ich nach Yorkshire reisen beziehungsweise dahin, wo er sich gerade aufhielt. Es stand natürlich zu befürchten, daß ich zu spät kommen würde; vielleicht würde ich ihn verändert wiederfinden. Aber kampflos wollte ich mich nicht geschlagen geben.

Schon seit Monaten waren meine wiederkehrenden Mal-Alpträume allnächtlich durch einen neuen Traum verdrängt worden. Darin spazierte ich zu meinem Cottage hinunter (merkwürdig, ich träumte nie vom Dower House, sondern immer nur vom Cottage) und hielt Ausschau nach Ned. Eine Frau öffnete die Tür, und zwar die Vordertür, die sonst immer verschlossen war. Die Fremde musterte mich aus Augen, die so leblos wie die einer Statue wirkten, und rief dann ihren Ehemann herbei. Daraufhin erschien Ned, ein Baby auf den Armen, und an seinen Hosenbeinen hing zerrend ein Dreikäsehoch.

Der Traum war natürlich Unsinn. Wir hatten uns erst im Februar getrennt. In dieser Welt könnte es noch keine jungen Cowpers geben. Trotzdem fürchtete ich diese Frau, die mich da verständnislos anstarrte und auf der Schwelle meines Hauses, an der Seite meines Mannes stand. Denn Ned war *mein*. Ob er inzwischen irgendwo eine andere Geliebte gefunden hatte oder nicht – ein Teil von ihm würde immer mir gehören.

In diesem Moment durchfuhr ein heftiger Schmerz meinen Leib, und ich ließ mich auf den Sessel fallen. Jener Teil von Ned, der in mir steckte, drängte offenbar nach draußen.

Verflucht, wo steckte Sebastian bloß?

Daß ich Ned verlassen hatte, lag an jenem Wesen in meinem Bauch, das sich nun immer schneller und schmerzhafter daranschickte, die Welt zu betreten.

Die Behauptung, ich könne mir ein Leben als Pfarrersfrau nicht vorstellen, war Unsinn, eine frei erfundene Ausrede. Ich wäre auch als Missionarsgattin bis ans Ende der Welt gereist, wenn Ned es gewollt hätte. Ich mußte mir einfach einen Vorwand ausdenken, um von der Bildfläche zu verschwinden.

Wie hätte ich Ned beibringen sollen, daß ich schwanger war? Er konnte nichts dafür. Verantwortungsbewußt, wie er war, hatte er mich noch gefragt, ob alles in Ordnung sei, und was er damit meinte, war mir durchaus klar gewesen. Und ich, die im Jahr, wenn's hochkommt, eine Periode zu verzeichnen hat und deshalb naiverweise stets geglaubt hat, unfruchtbar zu sein – ich hatte ihm in meinem Leichtsinn versichert, daß nichts passieren könne.

Dem Informationsstand der Öffentlichkeit zufolge hatte ein Mann in einem Cottage, das auf seinem Grundstück lag, zuerst seine Schwester und dann sich selbst erschossen. Eine gewisse Brisanz bezog der Fall lediglich aus der Tatsache, daß er Gutsbesitzer und sie die wunderschöne Frau eines Pfarrers war. Mehr gab die Affäre nicht her. Sie würde bald vergessen sein. Pfarrer Ned hätte sich allerdings einer dauerhaft berüchtigten Berühmtheit sicher sein können, wenn durchgesickert wäre, daß seine von ihm geschwängerte Geliebte zur Tatzeit jenes Cottage bewohnte, vor dem die Schießerei stattgefunden hatte.

Mein liebster, treuer Ned wäre, wie ich wußte, nicht davon abzubringen gewesen, mir beizustehen. Aus demselben Pflichtbewußtsein heraus, das ihn über sieben trostlose Jahre die Ehe mit Elizabeth aufrechterhalten ließ, hätte er sich gedrängt gefühlt, mich so schnell wie möglich zu heiraten, ungeachtet aller Nachteile. Sein Ruin wäre unausweichlich gewesen.

Und das Kind? Wer würde das unschuldige Wesen, den greifbaren Beweis unserer ehebrecherischen Beziehung, nicht in Verbindung bringen mit den beiden Toten?

In einem Jahr, in einem anderen Pfarrbezirk würden sich vielleicht günstigere Umstände finden lassen. Darauf setzte ich all mein Hoffen. Sobald ich das Kind in die Obhut meiner Mutter würde geben können, wollte ich losziehen, Ned suchen und die neuen Verhältnisse in Augenschein nehmen.

Nur wenn ich sicher sein durfte, daß er mich noch wollte, würde ich ihm von dem Kind, von unserem Kind erzählen.

Das untätige Warten und die wachsende Immobilität wurden mir unterdessen zur Qual. Nachdem ich Ned meinen Abschiedsbrief geschickt hatte, war mir schnell klar geworden, daß ich mich nicht für Martyrien dieser Art eigne.

Sebastian war meine Rettung gewesen. Er hatte mich während der langen, atemlosen Sommermonate immer wieder aufgemuntert. Als er von meiner Schwangerschaft erfuhr, zeigte er sich auf eine Weise gewandelt, die ich kaum für möglich gehalten hätte.

»Und du hast es von Anfang an gewußt?« fragte er staunend.

Ich nickte. »Seit dem Tag, an dem die schrecklichen Dinge passierten.«

Erklären konnte ich mir das selber nicht. Eine überfällige Periode hatte in meinem Fall nichts zu bedeuten. Ich war aufgewacht und wußte, daß ich schwanger war – so sicher, wie ich wußte, daß die Schlafzimmervorhänge blau waren. Ich habe inzwischen gelesen, daß manche Frauen instinktiv Bescheid wissen; einige behaupten sogar, unmittelbar nach dem Beischlaf spüren zu können, was Sache ist. Wie dem auch sei, der Gedanke, schwanger zu sein, machte mir, so merkwürdig es klingt, sehr viel mehr zu schaffen als die mysteriöse Vorahnung von den schrecklichen Ereignissen jenes Tages.

Sebastian hatte sich darangemacht, die einschlägige Literatur zu studieren, gerade so, als wäre er der Vater. Ja, er studierte so gründlich, daß er sich am Ende sogar in der Lage glaubte, bei der Geburt zu helfen. Er hatte mich stets auf dem laufenden gehalten und wissen lassen, wann der Fötus acht, zehn, zwölf Zentimeter groß war. Strikt wie eine Hebamme hatte er darauf geachtet, daß ich meinen Diätplan einhielt. Den ganzen Sommer über stellte er komplizierte Berechnungen an, um das Geschlecht des Kindes bestimmen zu können: Er lauschte auf dessen Herzschlag oder ließ einen Goldring über meiner Bauchkugel pendeln. Aber dann hatte er vergessen, auf welches Geschlecht ein Pendelausschlag im Uhrzeigersinn beziehungsweise in gegensinniger Richtung hindeutete. Auf jeden Fall bat er mich inständig, bei der Geburt anwesend sein zu dürfen. Ich konnte ihm nur dankbar sein, ließ aber keinen Zweifel an meinen Gefühlen offen und warnte ihn: Sobald das Kind geboren sei, würde ich nach dessen Vater suchen. Laut Sebastian sprach aus solchen Beteuerungen nichts weiter als bourgeoise, schnöde Besitzmentalität.

Er verhielt sich, wie er sagte, als mein Freund.

Wo aber war mein Freund jetzt? In der Galerie etwa, wo meine Bilder hingen? Zwar mied er Vernissagen für geladene Gäste wie die Pest, doch ich zweifelte keinen Augenblick daran, daß er versuchen würde, sich unauffällig umzusehen. Vielleicht fühlte er sich auch nur bemüßigt, aufgrund meiner gegenwärtigen Verfassung besonders freundlich zu sein. Allerdings konnte ich mir kaum vorstellen, daß sich Sebastian in seiner erbarmungslosen Objektivität durch irgend etwas korrumpieren ließ. Ob er wirklich dort war? Sollte ich Christopher in der Galerie anrufen? Zugegeben, das Kind war erst für Samstag angemeldet, aber Sebastian hatte versprochen, mich nicht länger als ein, zwei Stunden alleinzulassen.

Als es an der Tür klingelte, wurde mir ganz flau, aus Erleichterung, aber auch vor Wut darüber, daß ich aufmachen mußte. Ich mühte mich aus dem Sessel, watschelte in den Flur und drückte den Knopf der Gegensprechanlage.

»Verflucht, Sebastian!« schrie ich in den Apparat. »Wo hast du gesteckt? Und wo sind deine Schlüssel?«

»Es... es tut mir leid«, kratzte mir eine zögernde Stimme ins Ohr. »A-aber ich bin nicht, ehm, Sebastian. Wenn du m-mich nicht sehen willst, dann...«

»Ned? *Ned*, ich glaub's nicht...«

»Ich bin gekommen, um mir deine Ausstellung anzusehen. G-gleich am ersten Tag. Aber ich bin schrecklich enttäuscht. Jemand hat das B-bild gekauft. Das mit dem Angler, weißt du? Ich hab g-genug Geld zusammengekratzt, um... Egal. Die Ausstellung ist offenbar ein großer Erfolg. Das meiste ist schon verkauft.«

»Tatsächlich?« hauchte ich matt. Dann spürte ich eine Wehe durch den Leib zerren und lehnte mich keuchend an die Wand. Ich sollte doch die Zeitabstände messen. Wann war die letzte?

»L-liebling? Ich meine... Frankie, ist mit dir alles in Ordnung?«

»Ned, bevor du hochkommst, muß ich dir eine Frage stellen.«

»Frag, was du w-willst. Aber zuerst muß ich dir was sagen. Wenn du dich mit diesem Sebastian zusammengetan hast... nun ja, ich w-werd's verkraften. Trotzdem, ich liebe dich, Frankie, und werde nicht aufhören damit.« Er hielt eine Sekunde inne und sprach dann hastig weiter. »Da war ein Kerl heute morgen bei deiner Ausstellung, sah aus wie ein Tramp, g-gab sich aber so hochnäsig wie ein K-kunstkritiker der *Times*. Er ließ sich herab, einer Begleiterin zu sagen, daß du nie was Besseres gemalt hättest. ›Ein b-bißchen sentimental‹, meinte er. Ich hätte ihm fast eine runtergehauen. Das sei aber verständlich, fuhr er dann fort. Das Mädchen neben ihm w-wollte wissen warum... Frankie, ist mit dir wirklich alles in Ordnung? Du gibst ganz merkwürdige Geräusche von dir. Also, der Kerl in der speckigen Lederjacke sagte darauf, anscheinend ziemlich angewidert: ›Sie hat da oben im Norden den K-kopf verloren, wegen irgendeines Typen, aber das scheint ihr wenigstens künstlerisch wieder auf die Beine geholfen zu haben. Vor einem Jahr noch lag sie v-völlig daneben. Aber sieh dir jetzt mal das Bild da an, das mit dem Kerl und der Angelrute. Ich seh darin eine Scheiß-L-liebesgeschichte. Sie ist immer noch nicht darüber weg...‹«

Ich versuchte zu sprechen.

»Nein, Augenblick noch, Liebste. Hör zu. Ich d-dachte, wenn dieser Mensch da tatsächlich über mich spricht, und wenn d-du mich immer noch liebst, k-könnten wir's doch miteinander versuchen. Du hast mir mal eine Lektion erteilt und gesagt, daß, wer l-liebt, nicht nur nehmen kann, sondern auch geben sollte. Nun, ich finde, du hast recht, und vielleicht war's nie deine Absicht, einen Pfarrer zu heiraten, aber...«

Wieder fuhr mir ein schmerzhafter Krampf durch den Leib. »Ned!« stöhnte ich verzweifelt.

»...aber ich dachte, hoffte, daß du's dir w-womöglich noch mal überlegen könntest und... Ach, ich rede die ganze Zeit und laß dich nicht zu Wort kommen.«

Ich spürte, wie mir der Schweiß auf die Stirn trat. Zwischen den Wehen lagen keine fünf Minuten...

»Übrigens«, fügte Ned nach kurzem Zögern hinzu. »Der G-galerist hat mich von oben bis unten gemustert. Es schien fast, als würde er mich kennen. Aber er war sehr nett und hat mir erklärt, wie m-man am schnellsten zu dir hinkommt. Was ist los? Sag was. D-du wolltest mich doch was fragen.«

»Du hast die Antwort schon gegeben«, keuchte ich. »Ich drück dir jetzt die Tür unten auf, damit du hochkommen kannst. Und Ned... es wäre gut, du würdest dich beeilen.«

Lucia St. Clair Robson
Tiana
Roman
736 Seiten, geb.,
DM 49,80
ö.S. 389,– / sFr 49,80

Ein grandioser historischer Roman über die Liebe zwischen Tiana, einer Cherokee, und Sam Houston, einem Weißen. Den Hintergrund bildet das Amerika zwischen 1809 und 1838, als die Zuwanderung weißer Siedler endgültig die Grundlagen indianischen Lebens zerstörte. Wer schon *Die mit dem Wind reitet* gerne gelesen hat, kann sich hier wieder auf ein Leseabenteuer einlassen.

Thomas Flanagan
Pächter der Zeit
Der große
Irland-Roman
1000 Seiten, geb.,
DM 58,–
ö.S. 453,– / sFr 58,–

Dies ist ein meisterhaft geschriebener historischer Roman über den Fenier-Aufstand im Irland des 19. Jahrhunderts: Solide erzählte Geschichte, tragische Liebe, ein Geheimnis und seine überraschende Enthüllung. Wir glauben sie vor uns zu sehen, diese Menschen, die singen und kämpfen, morden und lieben, leiden und lachen. Und wir leiden und lachen mit ihnen.

Ingrid Schraub
Zwischen Salon und Mädchenkammer
Biedermeier
bis Kaiserzeit
300 Seiten
geb.,ill., DM 36,–

Frauen im 19. Jahrhundert

Frauenleben – den Auftakt dieser neuen Reihe bildet dieses unterhaltsame Buch, das sich mit dem 19. Jhdt. befaßt. Die politische Entwicklung des 19. Jahrhunderts läßt auch die Frauen nicht kalt. Sie kämpfen an der Seite der Männer auf den Barrikaden, sie schreiben und drucken ihre eigenen Zeitungen. Sie studieren Malerei oder schreiben Romane; es genügt ihnen nicht, Klavier zu spielen und französische Konversation zu betreiben.

Die goldenen Zwanziger

Auf unterhaltsame Weise werden das Lebensgefühl und die Lebensumstände der Frauen in den Zwanziger Jahren vermittelt – gestützt auf zahlreiche Quellen wird ein vielfältiges Bild dieser zwischen Tradition und Moderne schwankenden Epoche geliefert.

Hanna Vollmer-Heitmann
Wir sind von Kopf bis Fuß auf Liebe eingestellt
Die Zwanziger Jahre
280 Seiten, ca. 60 Abb.
geb., ill., DM 36,–